DE KUS VAN DE DOOD

EEN BRITSE MISDAADTHRILLERMYSTERIE

DS TOMEK BOWEN ESSEX MOORDMYSTERIE-
SERIE
BOEK 4

JACK PROBYN

CLIFF EDGE PRESS

HOOFDSTUK
EEN

H erbert Tucker had nooit echt nagedacht over de dood. Hij had er nooit echt over na hoeven denken. Het idee was niet zo vaak in hem opgekomen als bij, laten we zeggen, de gewone burger. Terwijl zij in rijen van twaalf uur lang stonden te wachten bij de Nationale Gezondheidszorg, ontving hij eersteklas privébehandeling. Terwijl zij moesten kiezen tussen twee van de meest zwaar bewerkte diepvriesproducten op de planeet, at hij vers, biologisch, gezond vlees en groenten. Terwijl zij smerig kraanwater dronken, gaf hij geld uit aan het beste water uit Zuid-Amerika, gebotteld en verscheept met een bijpassend hoog prijskaartje.

De dood, of het sterven, was nooit echt bij Herbert Tucker opgekomen.

Dankzij privileges, macht en het ene ding dat we allemaal heilig verklaren - geld.

Hoewel het gezegde dat het geen geluk kon kopen niet per se altijd waar was (hij merkte dat in de meeste gevallen mensen moeite hadden om iemand te vinden die niet dacht dat het kopen van een jetski *niet* leuk was), had hij ontdekt dat geld een verlenging van het leven kon kopen, een uitstel van het onvermijdelijke. Dat het de langzame, eindeloze mars die voor ons allemaal kwam, kon uitstellen.

Dreun.

Dreun.

Dreun.

En dus waren de macabere gedachten over dood, leven en existenti-
alisme nooit bij hem opgekomen.

Tot die avond.

De bittere kou van januari, een van de koudste ooit gemeten, beet als
een krab in zijn vingers terwijl hij in zijn zakken zocht naar zijn auto-
sleutels en telefoon. Dikke, zware nevels van zijn alcoholhoudende
adem waaierden voor zijn gezicht, waardoor hij zijn geliefde Jaguar F-
Type bijna niet meer kon zien. Of misschien waren het wel de twee
glazen wijn die ze elk hadden gedronken die zijn zicht vertroebelden.

Terwijl hij de parkeerplaats overstak, zijn telefoon ontgrendelde en
het mobiele nummer intoetste, zag hij een figuur aan de andere kant
van de weg.

Waarschijnlijk een van de ratten van de stad.

Op dit tijdstip van de nacht waren ze overal. Straathonden, knaag-
dieren, sommige van de armste en eenzaamste individuen van de straten. Rennend terug naar welk hol ze ook maar vandaan kwamen.

De ratten waren overal in deze plaats, en het was zijn taak om de
straten van hen schoon te maken.

De verbinding werd gemaakt voordat hij meer aandacht aan de
figuur kon besteden.

'Herbert...' begon ze. 'Wat ben je aan het doen? Hoe laat is het?'

'Weet ik niet,' zei hij bot, terwijl hij een boer inslikte die even later
omhoog kwam. Het smaakte walgelijk en brandde in zijn keel.

'Het is drie uur 's nachts.'

Maar hij gaf niet om de tijd. Hij gaf nergens om. Niet om haar, niet
om de ratten, en vooral niet om de verdomde tijd.

'Ik...' begon hij, maar stopte toen hij bij de Jaguar aankwam. 'Ik wil
een scheiding. Geen gezeik dit keer. Ik ga niet terug op mijn woord of
wat dan ook. Ik ben klaar met je. Ik wil een scheiding en ik wil je uit
mijn leven.'

Ze zei iets, maar het was slechts ruis voor hem. Als een kleine rat die
in zijn oor piepte.

Toen trok iets zijn aandacht. Een andere figuur, anders dan de eerste,
die naar hem toe kwam.

'Hé...' zei hij. 'Wat... Wat doe jij hier?'

Voordat hij een antwoord kreeg, was de figuur bij hem, die een
zwarte doek over zijn hoofd plaatste, waardoor hij in een allesomvat-
tende duisternis werd gehuld. Hij opende zijn mond om te schreeuwen,

maar een dikke, sterke hand verhinderde hem dat. In paniek inhaleerden zijn scherpe en gejaagde ademhalingen de stof- en vezeldeeltjes van de doek. Toen voelde hij een steek in zijn rug en nog een in zijn ribben, pijn flitste door elk bot voordat zijn aandacht werd afgeleid door de volgende brandende pijn in een ander deel van zijn lichaam, als vuurwerk in de nachthemel. Zijn pogingen om te ademen maakten het alleen maar erger. Een arm werd om hem heen geslagen, die zijn klauwen in hem zette en hem van de grond tilde. In de worsteling liet hij zijn telefoon vallen, die op het beton kapot sloeg.

'Ahh!' schreeuwde Herbert.

Maar zijn kreten werden onmiddellijk gestopt toen hij in de lucht werd gehangen, gewichtloos, met armen en lichaam spartelend alsof hij voor het eerst leerde zwemmen. En voor een fractie van een seconde vroeg hij zich af of dit was hoe de hemel was.

Hoe de dood was.

Toen hoorde hij het geluid van de autodeur die openging en voelde hij zijn lichaam ernaar toe bewegen. Wie hem ook vasthield, was bijna twee keer zo sterk als hij. Het was een oneerlijke strijd. En hij stelde zich voor dat het een van de ratten van de stad was - misschien zelfs de rat die hij aan de andere kant van de weg had gezien. Ze werden sterker, slimmer.

Verdomde ratten.

Maar dat betekende niet dat Herbert uit de strijd was. Nog niet. Toen hij zijn lichaam voelde naderen tot de autodeur, strekte hij zijn armen uit en schopte met zijn benen, waarbij hij zijn schoenen tegen de panelen schuurde terwijl hij probeerde zichzelf te beschermen, probeerde te voorkomen dat zijn lichaam in de achterkant van zijn Jaguar werd gegooid.

Om het onvermijdelijke uit te stellen, de langzame mars van de dood.

Dreun.

Dreun.

Dreun.

Ze hadden hem gewaarschuwd dat dit soort dingen konden gebeuren. Ze hadden hem getraind. Ze hadden hem laten zitten en hem alle do's en don'ts verteld. En, om te bedenken, hij had niet opgelet. Zijn ego had in de weg gestaan, in de overtuiging dat hij zichzelf kon verdedigen, terwijl hij blijkbaar niet eens om hulp kon schreeuwen. Waardevolle en kostbare seconden waren verloren gegaan toen hij de kans had, maar nu had hij ze verspild.

Te laat probeerde hij het. Een hoge gil ontsnapte aan zijn lippen, maar werd onmiddellijk gesmoord met een kopstoot in zijn gezicht. Een harde ook. Recht op zijn neus. Botsplinters en zijn hersenen tegen zijn schedel aan, als een rat die probeert uit een kooi te ontsnappen.

O God.

De ratten.

Ze waren echt overal.

HOOFDSTUK
TWEE

I k loop. Weer. Zo beginnen deze dingen altijd. Lopen. Nou ja, niet echt lopen-lopen. Meer als lopen, maar dan sneller. Dat tempo tussen lopen en joggen in. Half-joggen. Dat is het. Zo heb ik het in het verleden genoemd.

Mijn kleine benen bewegen zo snel als ze kunnen, maar het voelt alsof iets ze tegenhoudt, iets wat ze vertraagt. Een soort weerstand.

Het is donker. Zoals altijd. Behalve dat de straatverlichting desoriënterend is, en elke keer als ik ernaar kijk, zie ik daarna alleen maar een rode en blauwe vlek voor mijn ogen. Het verdomde ding verblindt me bijna, en als ik de straat oversteek, zie ik de auto niet die op me af raast.

De auto moet vol op de remmen en ik moet me verontschuldigen en wegschuifelen alsof het niet is gebeurd, ook al is het wel gebeurd en hebben alle andere auto's het waarschijnlijk gezien en veroordelen ze me nu omdat ik stom ben.

Mijn hart gaat als een razende tekeer en het voelt alsof het letterlijk uit mijn borst zal ontploffen.

Dit is nieuw. Dit is allemaal nieuw. Volgens mij heb ik dit nooit eerder onthouden. Het voelt... onbekend. Maar als ik bij de Magnet keukenwinkel kom, voelt alles weer vertrouwd, valt alles weer op zijn plaats. Ik weet nu waar ik ben, ik weet wat ik doe.

Maar nog belangrijker, ik weet wat er hierna gebeurt...

Ik weet dat de jongeren daar aan de overkant van de straat zullen zijn, rondhangend voor de slijterij, waarschijnlijk proberen ze iets te stelen of iets te doen wat niet mag.

Maar ik negeer ze, zoals gewoonlijk. Ik heb geen tijd voor hen. Ik moet naar Michał. Hij wacht op me. Nog steeds.

En als ik het park nader waar hij zal zijn, wordt het geluid van de auto's stiller, en worden de wegen minder druk.

En dan springt het beeld.

En dan ren ik een trap af. Die trap die helemaal naar beneden leidt naar Old Leigh. Maar deze keer ben ik groter, ouder - dertig jaar ouder. Mijn benen zijn krachtiger, maar mijn lichaam niet. Het is afgepeigerd, en ik heb moeite om mezelf aan de leuning overeind te houden.

Beneden race ik over een kort stuk beton voordat ik bij een kleine brug kom die de treinsporen oversteekt.

En dan springt het beeld.

Naar de man op de grond. Phillip Balham.

Zijn gezicht verpletterd tegen het beton. Mijn lichaam over het zijne gedrukt. Het daar vasthoudend, zijn nek knijpend, het leven uit zijn nutteloze, waardeloze, kloterige verrekte lichaam persend.

En dan hoor ik een schreeuw.

Van een man. Nick, die komt om me te stoppen. Die komt om me te stoppen deze klootzak te vermoorden.

Maar als ik weer naar beneden kijk naar de man, is het lichaam veranderd.

In plaats van Phillip, staar ik naar Kasia, mijn lichaam dat het hare tegen het beton drukt. Ik vermoord mijn eigen dochter, verstik haar. Maar als ik van haar af ga, besef ik dat ik het helemaal niet ben. Dat het haar pinda-allergie is, die haar snel verstikt. Ze krijgt stuiptrekkingen, haar lichaam vervormt, haar longen happen naar lucht.

'Kasia!' roep ik.

Maar het is te laat. Ze stopt met bewegen, stopt met ademen. Haar lichaam ligt daar perfect stil, ongerept, sereen.

Ik was het die haar vermoordde. Ik nam haar laatste adem weg... Ik verpletterden haar luchtpijp en zorgde ervoor dat ze nooit meer zou ademen.

En dan springt het beeld.

―――――

Tomek klemde de pen tussen de pagina's van zijn notitieboek en sloot het, waarbij hij het stevig dichthield met de dunne elastische band die langs de rand liep. Toen legde hij het in de bovenste la van zijn nachtkastje en liep naar de keuken. Hij had dringend behoefte aan een drankje; het opschrijven van je nachtmerries maakt dorstig. Dit was de eerste in lange tijd geweest. En wat nog zorgwekkender was, was de inhoud ervan. Kasia, het incident, Phillip Balham. De twee nachtmerries die in elkaar overliepen.

Hij was er zeker van dat de betekenis erachter ernstig was, een weerspiegeling van zijn slechte geestelijke gezondheid en de manier waarop hij verwerkte wat er die avond was gebeurd. Maar op dit moment kon hij alleen maar denken aan een glas water. Iets om zijn dorst te lessen en zijn uitgedroogde mond te bevochtigen.

In de keuken vulde hij een glas en dronk het in één teug leeg, voordat hij het terug in de gootsteen zette. Terwijl hij terugliep naar zijn slaapkamer, sloop hij op zijn tenen door het appartement, rekening houdend met de krakende vloerplanken, voorzichtig om Kasia niet wakker te maken. Maar toen hij langs haar kamer liep, hoorde hij beweging, een geluid. Door de jaren als inspecteur bij de politie van Essex waren zijn zintuigen fijn afgestemd geraakt op het opmerken van kleine dingen, tekenen van verstoring. Ze waren gewend geraakt aan geluiden en beelden die niet op hun plek waren. En dit was zo'n geval.

Het was iets na drie uur 's nachts, en Kasia zou moeten slapen - ze zouden allebei moeten slapen. Maar het geluid suggereerde dat ze wakker was. En probeerde dat feit te verbergen.

Tomek liep naar haar deur, sloeg zijn vingers om de deurkruk en opende hem voorzichtig. Toen het zwakke licht van de straatlantaarns buiten de kamer in filterde, betrapte Tomek haar terwijl ze probeerde haar ogen te sluiten.

'Je bent wakker?' fluisterde hij, hoewel dat niet nodig was.

'Jij ook.' Kasia kwam overeind in bed.

'Ik kon niet slapen. Jij?'

'Ik ook niet.' Ze trok haar knieën tegen haar borst en sloeg haar armen eromheen, zich opkrullend tot een bal. In de weken na het incident was ze terughoudender geworden, voorzichtiger. En de psychologische effecten ervan begonnen haar ook ouder te maken. Ze zag er een paar jaar ouder uit dan ze was. Waakzamer, meer bewust van de verschrikkingen die in de wereld bestonden.

Tomek wilde liever niet nadenken over hoeveel hij in dezelfde tijd verouderd moest zijn...

'Weer een nachtmerrie?'

Ze knikte.

'Hetzelfde?'

'Ja.'

Tomek ging op de rand van het bed zitten en legde een hand op het stuk deken dat hen scheidde. Nog iets dat hij had opgemerkt sinds die avond: ze had zich fysiek van hem gedistantieerd. Er waren geen knuffels meer als hij thuiskwam of voordat ze naar bed ging. Zelfs de lichtste aanraking op haar arm was te veel voor haar. Phillip Balham had al het vertrouwen weggenomen dat ze in wie of wat dan ook had. En hij had absoluut geen idee hoe hij het terug kon krijgen.

'Wil je erover praten?'

'Nee.'

'Het hoeft niet met mij,' vervolgde hij. 'Ik kan iemand voor je vinden om mee te praten. Zoals we besproken hebben.'

'Ik weet het. Maar nee. Ik wil... ik wil niet. Niet alleen. Niet tenzij jij met me meegaat.'

'Wil je dat ik erbij zit terwijl jij het aan iemand uitlegt?'

Ze schudde haar hoofd. 'Niet zo. Over *jouw* nachtmerries. Die jij al langer hebt dan ik.'

Tomek vond dat geen prettig idee. Hij was er geweest, had het gedaan. Een paar sessies bij een counselor doorgebracht na de dood van zijn broer, en geen positieve resultaten ervaren. Hij had zijn nachtmerriedagboek; dat was meer dan genoeg. Waarvoor had hij de hulp van een professional nodig?

'Ik zal erover nadenken,' zei hij tegen haar.

Voordat Kasia nog iets over de kwestie kon zeggen, ging zijn telefoon in de andere kamer. Het geluid van het apparaat dat op tafel vibreerde, echode door het hele appartement.

Gered door de bel.

Hij verontschuldigde zich, verliet Kasia's slaapkamer en haastte zich naar zijn eigen kamer.

'Hallo?' nam hij op.

'Sorry dat ik u stoor, sergeant,' klonk de stem van rechercheur Martin Brown aan de andere kant van de lijn. 'Maar er is een probleem.'

'Dat is meestal zo op dit tijdstip van de ochtend.'

'Herbert Tucker is als vermist opgegeven, sergeant.'

'Wie?'

'Herbert Tucker.'

'Word ik geacht te weten wie dat is?'

'Ik bedoel...'

Tomek had geen idee naar wie Martin verwees. En hij dacht niet dat het verschil maakte of hij het wel wist. Het enige wat hij wist, was dat de naam hem deed denken aan een personage uit *The Thick Of It*. Hij vertelde de agent dat hij er zo snel mogelijk zou zijn, hing op en ging terug naar Kasia's slaapkamer.

'Ik moet gaan,' zei hij. 'Maar we zetten dit gesprek later voort?'

'Prima.'

Gered door de bel.

Het kwam niet vaak voor, maar soms had de dienst als piketsergeant zo zijn voordelen.

HOOFDSTUK
DRIE

DC Martin Brown, de man met veruit het beste haar in het team - een lange, glanzende paardenstaart die eruit zag alsof hij deze dagelijks grondig waste met professionele shampoo - stond op Tomek te wachten op de parkeerplaats van het politiebureau. Niet omdat hij Tomeks veilige aankomst op de plaats delict wilde garanderen. Maar omdat de plaats delict zich op minder dan honderd meter afstand bevond. Op de parkeerplaats van het gemeentehuis van Southend, die direct aan die van hen grensde.

Tomek wist niet of het kwam door zijn vermoeidheid of zijn onvermogen om om drie uur 's nachts normaal te functioneren, maar hij had de knipperende lichten die tegen het kale betonnen gebouw en de omringende bomen weerkaatsten volledig gemist. Om nog maar te zwijgen van het kleine leger geüniformeerde politieagenten dat rond de plaats delict was opgesteld.

'Ik denk niet dat ik hier zoveel mensen heb gezien sinds die keer dat Jamie Oliver kalkoenspiralen van de schoolmenu's schrapte.'

'Wat is er gebeurd?' vroeg Martin.

'Weet je dat niet meer? Die chef...'

'Nee, ik weet wat er met *dat* is gebeurd. Ik bedoelde wat er hier is gebeurd?'

'Het liep uit de hand. Mensen begonnen buiten het gebouw te protesteren en riepen ons op om naar buiten te komen en die arme drommel te arresteren. Alsof wij iets zouden doen. Maar eerlijk gezegd, ik had op school kalkoenspiralen gegeten en vond ze heerlijk, dus het was moeilijk om het met ze oneens te zijn.'

Martin bromde en knikte toen met zijn hoofd in de richting van de grote witte forensische bus in de verte.

'Denk dat deze zaak een beetje meer aandacht zal krijgen dan Jamie Oliver.'

'Echt?'

'Ja.'

'Wie zei je ook alweer dat het was?'

'Herbert Tucker.' De minachting omdat hij zichzelf moest herhalen was duidelijk te horen in Martins stem.

Tomek pauzeerde terwijl hij de naam door zijn hoofd liet gaan.

'Zegt me nog steeds niets,' zei hij met een lege blik.

'Herbert Tucker... De Conservatieve parlementariër voor Southend.'

'O, die klootzak.'

'Ik dacht dat je hem niet kende?'

'Ken ik ook niet,' antwoordde Tomek. 'Ik neem gewoon aan dat hij er een is, gebaseerd op recente historische gebeurtenissen. En het feit dat hij een politicus is.' Toen draaide hij zich om naar de plaats delict. 'Hij heeft tenminste waarschijnlijk het meest eervolle in zijn leven gedaan door te verdwijnen vlak naast het bureau; maakt het heen en weer gaan naar de plaats delict een stuk makkelijker.'

Martin zag de humor er niet van in, maar dat kwam waarschijnlijk omdat hij was uitgerust met onnatuurlijk lange benen en een kort bovenlijf zoals Meneer Sprinkhaan uit *James en de Reuzenperzik*, dus voor hem was het bereiken van de plaats delict niet zo'n probleem als voor sommige anderen op kantoor.

Tomek had nooit echt van politici gehouden. Hij had trouwens ook nooit echt een hekel aan ze gehad. Hij zag ze vaak als meeuwen op het strand. Ze bestonden, net zoveel als hij, en zolang ze niet in zijn gezicht kwamen of probeerden iets van hem te stelen, was hij tevreden. Maar iets gaf hem de indruk dat Herbert Tucker een ander soort meeuw was. Het type dat je friet steelt of op je boterham schijt, zelfs nadat je hem beleefd had gevraagd op te rotten.

De plaats delict bevond zich aan de andere kant van de parkeerplaats, zo ver mogelijk verwijderd van het gemeentehuis en andere auto's. Het was een rustige, afgelegen plek uit het zicht van bewakingscamera's, met een metalen hek dat langs de achterkant liep voor extra bescherming. Een groep van vijf forensisch medewerkers hing rond de plek, op handen en knieën, zoekend door het grind en asfalt met krachtige LED-lampen die boven hen uittorenen en de grond in een witte gloed hulden. Aan de linkerkant van de ruimte waren drie van de vijf forensisch medewerkers bezig met het onderzoeken van een specifieke plek op de grond.

Tomek besloot in een forensisch pak te stappen en zich bij hen te voegen.

'Wat gebeurt er hier dan?' zei hij, terwijl hij wenste dat hij zijn zonnebril had meegenomen.

'Bloed,' antwoordde een van de forensisch medewerkers resoluut.

'Goed begin.'

'Onduidelijk of het van het slachtoffer of de dader is.'

Tomek knikte. Voordat de forensisch medewerker verder kon gaan, drong er een aroma door de lucht en klom in zijn neusgaten. Hij snoof. Hard. Hij sloot zijn ogen terwijl hij probeerde de oorsprong van de geur te ontcijferen.

'Is dat pis?' vroeg hij, en draaide zich toen naar een kleine donkere vlek op het beton vlak bij waar de passagiersdeuren zouden zijn geweest.

'Lijkt erop,' antwoordde een andere van de gezichtsloze forensisch medewerkers.

'*Ruikt* er meer naar,' merkte Tomek op.

'Die arme drommel heeft waarschijnlijk ook in zijn broek gescheten,' zei iemand.

'Herinner me eraan dat ik er niet bij ben als we zijn broek vinden.'

Daarna liep Tomek weg om te spreken met de geüniformeerde agent die als eerste op de plaats delict was aangekomen. De man was begin dertig en zag eruit alsof hij genoeg energiedrankjes had geconsumeerd om hem de afgelopen zesendertig uur op de been te houden. Hij sprak snel en zijn vingers en handen trilden, alsof hij bijwerkingen ondervond van een ongeteste medicijn.

'Ik kreeg ongeveer een half uur geleden de oproep en kwam onmiddellijk hiernaartoe. Ik wist dat er iets mis was, dus ik moest hier gewoon zijn. Gelukkig hoefde ik niet ver te gaan. Maar toen ik hier aankwam, was er niets meer over. De auto was weg, en het enige teken dat er iets mis was gegaan, was de geur en de spetters bloed op de grond. Eerst dacht ik dat het een hit-and-run was, maar toen herinnerde ik me dat dat onwaarschijnlijk was als de auto ontbrak.'

'Geweldig. Ja. En je hebt niets gezien?'

De man schudde zijn hoofd. 'Het was pikdonker. Is het nog steeds.'

Nee, shit, dacht Tomek, maar hij hield het voor zich.

'Weet je wie het gemeld heeft?' vroeg Tomek, waarbij hij de vraag richtte tot zowel de agent als Martin.

'Zijn vrouw,' antwoordde Martin, terwijl hij een centimeter of twee naar voren stapte. 'Voor zover ik begrijp was ze met hem aan de telefoon toen het gebeurde.'

Aan de telefoon om drie uur 's nachts? Tomek wist niet veel over de man, maar hij achtte het niet waarschijnlijk dat hij op dat tijdstip speels aan het giechelen was met zijn vrouw als een stel tieners.

'Dus niemand heeft gezien wat er gebeurd is?'

'Nee,' antwoordden de twee mannen in koor.

'En weten we waar hij vandaan kwam?'

Toen draaide Martin zich om naar het gebouw achter hen.

'Juist. Domme vraag. Hij werkte laat door.' Tomek keek omhoog naar het betonnen gebouw dat zo deprimerend was dat het herinneringen opriep aan het zwembad waar hij als kind naartoe ging met zijn twee oudere broers. 'Is er nog iemand op kantoor met wie we zouden kunnen spreken?'

Martin schudde zijn hoofd.

'Is dat een nee, of weet je het niet?'

'Allebei, sarge. Het is een "nee, ik weet het niet".'

'Geweldig.'

Maar een snelle blik op de lege parkeerplaats om hen heen beantwoordde Tomeks vraag. De leegte was echter van korte duur toen er een andere auto aankwam en DCI Nick Cleaves uitstapte, oftewel Nare Nick zoals Tomek en de anderen op kantoor hem noemden. Ondanks het tijdstip had hij zijn volledige politie-uniform aangetrokken en kwam hij aangewaddeld. Nick was een man die al enkele jaren in de vijftig was en de pensioengerechtigde leeftijd naderde. Maar hij zou zich daardoor niet laten vertragen, zoals bleek uit de snelheid waarmee hij op het kleine groepje mannen af kwam gestormd.

'Goedemorgen, sir,' zei Tomek. 'Of is het avond? Ik heb u nog nooit zo snel zien bewegen.'

'Rot op. Nu is het absoluut *niet* het moment.'

Nick nam zijn politiepet af en onthulde een onberispelijk kale schedel die glinsterde in het maanlicht en de kunstmatige verlichting vanaf de andere kant van de parkeerplaats. Tomek vertrok zijn gezicht bij de reflectie van het hoofd van de man.

'Zeg geen verdomd woord,' zei Nick, terwijl hij met een vinger naar Tomek wees. 'Ik weet wat je denkt, en waag het niet.'

Tomek hief zijn handen in een gebaar van overgave. 'Ik dacht helemaal niets, chef. Echt niet!'

'Bullshit. En daarom, omdat je zo'n klootzak bent zo vroeg in de ochtend, mag jij naar Herberts huis gaan en met zijn vrouw spreken. Anna zou er al moeten zijn.'

'En de rest van de versterking?'

'Die zijn onderweg.'

'Nu al?'

'Ja,' antwoordde Nick langzaam, terwijl hij bijna terneergeslagen keek naar de plek waar Herberts auto had gestaan. 'We moeten deze man zo snel mogelijk vinden. Anders zullen we allemaal de hel te verduren krijgen.'

HOOFDSTUK
VIER

Herbert Tucker en zijn familie woonden aan een weg genaamd Poors Lane. Maar met een zwembad in bijna elke tuin en een gebruikelijke Range Rover Sport op elke oprit, was er niets arms aan de mensen die er woonden. En met huizenprijzen geschat op enkele miljoenen, vroeg Tomek zich af wat voor welgestelde individuen zich de buren van Herbert Tucker noemden

Toegang tot het landhuis met zes slaapkamers, vier badkamers, twee woonkamers en één entertainmentruimte was alleen mogelijk via een smalle, onverharde weg. Toen hij de oprit van de Tuckers opdraaide, een stuk perfect geplaveid terrein dat bijna net zo lang was als de parkeerplaats van het gemeentehuis, trof hij brigadier Anna Kaczmarek aan die op hem stond te wachten naast haar geparkeerde auto. Wolken van damp ontsnapten uit haar mond terwijl ze zichzelf omhelsde tegen de bittere kou van de nacht. Ze stond zichtbaar te trillen onder haar dikke jas, sjaal, handschoenen en muts.

'Weet je zeker dat je Pools bent?' vroeg hij terwijl hij uit de auto stapte, wijzend naar haar uitrusting.

'*Spierdaluj,*' antwoordde ze, waarmee ze hem vertelde op te rotten. 'Ik kon nooit goed tegen de kou.'

'En dus dacht je dat het zonnige Engeland de plek zou zijn om er beter mee om te gaan?'

'Hou je mond. Je weet waarom ik hierheen ben gekomen,' zei ze en zuchtte diep. 'Je kunt soms zo'n klootzak zijn.'

Tomek was zich er terdege van bewust dat zijn sarcasme mensen tegen het hoofd kon stoten, maar het was alles wat hij ooit had gekend. Een verdedigingsmechanisme dat uit de hand was gelopen en deel was geworden van de structuur van zijn identiteit. Het was nu te laat om nog terug te draaien.

'Waar is ze?' vroeg hij.

'In de woonkamer, met haar jongste dochter.'

'En de oudste?'

'Bij haar vriend.'

'Hoe gaat het met hen?'

'Zie zelf maar...'

En dat deed hij. Zonder nog iets te zeggen, leidde Anna hem door de voordeur. Zodra hij het gebouw betrad, werd hij in het gezicht geraakt door een muur van warme lucht, zo dik en dicht dat het voelde alsof hij de koelte van een winkelcentrum verliet en de woestijnhitte van het Midden-Oosten instapte. Een dunne laag zweet begon zich onmiddellijk op zijn rug te vormen en hij werd gedwongen zijn jas en colbert uit te trekken, anders zou zijn overhemd binnen enkele minuten na zijn aankomst doorweekt zijn.

De deur van het huis opende in een bescheiden ruimte met een moderne houten trap die langs de muren omhoog spiraleerde. Voordat hij de rest van de hal in zich op kon nemen, werd zijn aandacht afgeleid door de vioolbladplant die tot aan zijn borst kwam, genesteld in een witte pot op poten, direct aan zijn rechterhand. Hij reikte naar een blad en begon met zijn vingers erover heen en weer te wrijven, de nerven masserend.

'Je mag hem hebben als je wilt,' klonk een stem die hem deed schrikken.

Tomek keek op en zag een vrouw in de deuropening naar de woonkamer staan. Ze droeg een spijkerbroek, een dunne blouse en schoenen met plateauzolen. Haar gezicht was zwaar opgemaakt, haar haar gekruld, en haar wangen en kaaklijn zo gebeeldhouwd als die van een catwalkmodel. Het leek alsof ze uren had besteed aan het klaarmaken voor hun bezoek. Of ze had gewoon geluk en zag er zo uit als ze uit bed stapte. Terwijl hij naar haar keek, en haar magere, bijna ondervoede gestalte, dacht Tomek dat ze niet zou misstaan in een aflevering van *The Real Housewives of Beverly Hills* of een ander waardeloos televisieprogramma waarop Kasia stond te kijken op ITV. Misschien was dat waar ze op hoopte.

The Real Housewives of Essex.

Het laatste wat de provincie nodig had was nog een reality-tv-programma om haar reputatie te besmeuren.

'Pardon?' antwoordde Tomek.

'De plant. Je mag hem hebben als je wilt. Mijn man was er dol op. Maar we kunnen altijd een nieuwe kopen als het nodig is. Hij zal het niet erg vinden.'

Tomek was verbaasd. Zoveel om uit te pluizen in die ene zin alleen. Zo weinig tijd om het te doen.

'Een man naar mijn hart,' zei hij uiteindelijk. 'Maar ik moet het deze keer afslaan. Misschien neem ik je aanbod een andere keer aan.'

Met een geforceerde, halfslachtige, vriendelijke glimlach wandelde de vrouw naar hem toe en stelde zich voor.

'Nora Tucker.'

'Tomek Bowen. Sergeant,' voegde hij toe.

'Zullen we?'

Zonder op een antwoord te wachten, draaide Nora hem de rug toe en liep de woonkamer in.

In het midden van de ruimte stond een kleine houten salontafel met daarop een schaakspel. Het spel zag eruit alsof het meer decoratief dan functioneel was, net als veel van de rest van het meubilair: een chaise longue tegenover een grote, tienpersoons bank, een houtkachel tegen de achterwand. Zelfs het vijftig inch tv-scherm leek te duur om aan te raken, laat staan te gebruiken.

Nora liep rechtstreeks naar de andere kant van de kamer waar ze naast haar tienerdochter ging zitten die ongeveer even oud leek als Kasia. Misschien een jaar of twee ouder.

'Dit is Eleanor,' legde Nora uit, maar de tiener schonk hen weinig aandacht. In plaats daarvan verplaatste ze zich naar de hoek van de bank en wurmde zich tussen de kussens, haar vinger scrollend op en neer op haar telefoon. 'Mijn andere dochter is bij haar vriend.'

'Dat heb ik gehoord,' zei Tomek terwijl hij naar een plek op de bank zocht. Hij had keuze te over en ging uiteindelijk zo ver mogelijk bij Nora vandaan zitten; het voelde alsof ze aan tegenovergestelde uiteinden van de kamer zaten. 'En weet je andere dochter...?'

'Whitney.'

'En weet Whitney wat er aan de hand is?'

Nora schudde haar hoofd. 'Ik wil haar niet storen. Ik denk dat u tot morgenochtend moet wachten voordat u het haar vertelt.'

'Wij?'

Nora's blik flitste tussen Tomek en Anna.

'Nou, ja. Ik dacht dat dat deel van uw werk was. Ik...'

'Ik bedoel, we kunnen het wel, en we doen het ook, maar dat is alleen als er niemand anders is om het te doen,' antwoordde Anna. 'Maar als u wilt dat wij het doen, dan kunnen we dat natuurlijk voor u doen.'

Weer een van die gemaakte glimlachjes flitste over Nora's gezicht. 'Geweldig. Dank u. Ik waardeer het echt. Bespaart me de hoofdpijn om helemaal daarheen en terug te moeten gaan.'

Tomek kreeg meteen een indruk van Nora, en geen goede. Ze leek oppervlakkig, egocentrisch en alleen maar bezorgd om zichzelf. En hij dacht dat hij het moeilijk had gehad tijdens zijn jeugd. Hij kon zich alleen maar voorstellen hoe de kindertijd voor de twee meisjes Tucker moest zijn geweest.

Hij opende zijn mond verschillende keren terwijl hij nadacht over wat hij zou zeggen, maar telkens verdween de gedachte uit zijn hoofd en zat hij daar als een vis op het droge.

'We begrijpen dat dit een zeer stressvolle tijd voor u is,' begon Anna, die hem te hulp schoot. 'We hebben momenteel een team op kantoor dat naar uw man zoekt. Wat we moeten doen is vanuit uw perspectief begrijpen wat er mogelijk is gebeurd. Kunt u enkele vragen beantwoorden over het telefoongesprek dat jullie hadden?'

'Natuurlijk.'

Beide rechercheurs wachtten tot ze verder zou gaan, maar toen er uit eigen beweging niets kwam, spoorde Tomek haar aan om te beginnen.

'Sorry, ja,' begon ze, rechtop zittend, haar lippen samengeperst, een haarlok achter haar schouders strijkend alsof ze op het punt stond een vraag in een sollicitatiegesprek te beantwoorden. 'Herbert werkt altijd laat door. Dat hoort bij de baan, dus we zijn eraan gewend dat hij niet in huis is. Maar het komt niet zo vaak voor dat hij zo laat in de ochtend thuiskomt. Ik sliep toen hij belde.'

'Hoe laat was dat precies?'

Nora haalde haar schouders op, pakte toen haar telefoon en hield die voor Eleanor's gezicht. De tiener leek te weten wat haar moeder van haar vroeg, want ze nam het apparaat en binnen enkele seconden antwoordde ze voor haar.

'Drie uur twaalf 's nachts,' zei ze, en ging snel weer terug naar haar eigen telefoon.

Tomek bedankte haar en vervolgde zijn ondervraging richting Nora.

'Hoe klonk hij aan de telefoon?'

'Geïrriteerd.'

'Alsof hij net zijn teen had gestoten of een miljoen pond had verloren in het casino?'

Nora dacht even na. 'Die van de teen...'

'Zei hij waarover hij boos was?'

'Niet bepaald.'

'En wat zei hij *precies* tegen u?'

'Oh, je weet wel. Gewoon dat het hem speet dat hij laat was en dat hij onderweg naar huis was.'

'Maakt hij u normaal gesproken wakker op dat tijdstip om u dat soort dingen te laten weten?'

Ze haalde haar schouders op. 'Soms.'

Tomek haalde diep adem. Hij dacht dat hij nog nooit iemand zo ongeïnteresseerd of minder bezorgd had horen klinken over het feit dat hun echtgenoot vermist was, mogelijk dood. Hij had honden ontmoet die bezorgder waren als hun baasjes hen twee seconden alleen lieten dan deze vrouw was.

'Wat gebeurde er waardoor u besefte dat er iets mis was?' vroeg Anna, die Tomek opnieuw te hulp kwam. Inmiddels was ze gewend geraakt aan de warmte en had ze geleidelijk haar extra lagen uitgetrokken en droeg nu een nette blouse onder haar jas.

'Nou...' begon Nora langzaam. 'Hij was tegen me aan het praten, en het volgende moment niet meer. Ik denk dat hij merkte dat er iemand was, want hij zei: "Wat doe jij hier?" en daarna stopte hij. Er waren wat schuifelgeluiden aan de andere kant en toen werd de verbinding verbroken.'

'En dat was het moment waarop u besefte dat er iets mis was?' vroeg Tomek.

'Uiteraard.'

Ja, want het was net zo duidelijk als haar bezorgdheid om haar man.

'U zei dat hij had gezegd: "Wat doe *jij* hier?" vlak voordat hij werd aangevallen. Denkt u dat hij de persoon kende die dit hem heeft aangedaan?'

Nora schudde haar hoofd, en voor het eerst leek ze zeker van haar antwoord. 'Ik denk het niet,' antwoordde ze. 'Hij klaagt altijd over mensen die de parkeerplaats binnenlopen of daar zijn wanneer ze er niet horen te zijn. Vooral 's nachts. Kleine ratten, noemt hij ze. Hij is bang dat ze iets met zijn auto gaan doen. Hij is er altijd erg beschermend over geweest. Het is zijn trots en vreugde. We grapten dat hij meer van de auto houdt dan van de kinderen.'

'Juist,' reageerde Tomek. Want dat was volkomen logisch, en uit Eleanors uitdrukkingsloze reactie was duidelijk te zien dat ze de grap zeker niet deelde en dat het niet de eerste keer was dat ze het hoorde. 'Is er nog iets anders dat u zich kunt herinneren van het telefoongesprek? Vreemde geluiden? Andere stemmen?'

Nora schudde weer haar hoofd, net zo zelfverzekerd.

'Oké,' zei Tomek. 'Nou, wanneer we naar het telefoongesprek luisteren, hebben we een paar experts die alles kunnen oppikken als het er is.'

'Kunt u dat doen?' vroeg Nora, met bezorgdheid in haar stem.

Tomek grijnsde net zo schijnheilig als zij. 'We kunnen een heleboel dingen. Ons team is echt heel goed. Maar maak u geen zorgen, we zullen alles doen wat we kunnen om erachter te komen waar uw man is en wie hem dit heeft aangedaan.'

Nora zei niets. In plaats daarvan schoof ze op de bank en wendde zich tot haar dochter, die nu weer verdiept was in haar telefoon. Tomek huiverde bij de gedachte wat voor soort mensen er op dit tijdstip van de ochtend online waren.

Waarschijnlijk hetzelfde soort mensen dat Herbert Tucker had ontvoerd.

'Als we het er toch over hebben-' begon Tomek, maar hij onderbrak zichzelf toen hij besefte dat de andere mensen in de kamer niet op de hoogte waren van zijn gedachten. 'We... ik... Voor zover ik begrijp was uw man een vrij invloedrijk figuur,' vervolgde hij, struikelend over zijn woorden. 'Wat betekent dat we in dit soort gevallen kunnen verwachten dat we van ontvoerders horen met een losgeld of eis van een of andere soort.'

Nora knikte langzaam, alsof ze maar half luisterde. Terwijl de andere helft van haar nadacht over wat Tomek en het team zouden kunnen horen tijdens haar telefoongesprek met haar man.

'Ten eerste, ik denk dat u zich moet voorbereiden op die mogelijkheid, en dat er moeilijke beslissingen voor u liggen. In de tussentijd zal Anna hier permanent gestationeerd zijn terwijl we proberen hem te vinden, voor het geval er eisen binnenkomen via de telefoon, uw mobiel, of een van de telefoons van uw dochters. Het is beter om voorbereid te zijn dan niet, toch?'

Deze keer knikte Nora krachtiger.

'Met dat in gedachten,' vervolgde hij, zich ervan bewust dat hij nu haar volledige aandacht had. 'Is er iemand die u kunt bedenken, of het nu in het verleden of heden is, die dit zou kunnen hebben gedaan?'

HOOFDSTUK
VIJF

Het korte antwoord was: iedereen. Bijna iedereen die ooit met Herbert Tucker te maken had gehad, had op zijn minst één keer gewenst dat hij dood was.

'Christus, zelfs ik heb een paar keer gewenst dat hij dood was,' had Nora hun openhartig uitgelegd, meteen nadat ze hun had verteld dat er geen specifieke namen bij haar opkwamen. 'Zo was hij nu eenmaal. Frustrerend. Vasthoudend. Narcistisch. Hij dacht altijd dat hij belangrijker was dan de kleine man, en vaak had hij gelijk. Hij werd niet zo succesvol door aardig te zijn. Natuurlijk heeft hij in zijn tijd veel mensen benadeeld, maar hij beweerde altijd dat het puur zakelijk was. Dat het nooit persoonlijk was.'

Toen Tomek het huis verliet, iets meer dan een uur na zijn aankomst, had hij het gevoel dat iemand had besloten dat het nu wél persoonlijk was, dat het tijd was voor Herbert Tucker om het leven als de kleine man te ervaren.

Tomek legde de lange reis van Benfleet naar het bureau snel af. Tegen de tijd dat hij terugkeerde op kantoor, was er een ruimte voor grote incidenten ingericht, en het kantoor was gevuld met zijn collega's die van de ene naar de andere kant liepen, terwijl ze druk met elkaar spraken en informatie en instructies uitwisselden. Tomek bleef in de deuropening staan, half van plan om langzaam weg te stappen van de chaos en terug te keren naar de sereniteit van de gang. Maar zijn korte moment van desertie kwam niet tot uitvoering, dankzij DC Rachel Hamilton, die zijn naam riep.

'Alle hens aan dek, sarge,' riep ze. 'Dat geldt ook voor jou.'

Tomek keek naar zijn handpalmen, naar de lijnen en de rode bloedvaten die onder zijn huid zichtbaar waren. 'Deze dingen zijn te kostbaar om in de buurt van *dit* dek te komen. Je hebt toch gezien wat voor troep er hier naar binnen wordt gelopen?'

'We zullen de volgende keer de rode loper voor je uitrollen, Uwe Hoogheid.'

'Er is niet genoeg moisturizer in de wereld om het vuil van deze vloer van me af te vegen.'

'Er is niet genoeg moisturizer in de wereld om je voorhoofd te bedekken...'

De opmerking overrompelde Tomek. Niet omdat hij er beledigd door was, maar omdat het uit de minst waarschijnlijke bron kwam. DC Nadia Chakrabarti, de zwaar zwangere zesendertigjarige die sinds het begin van haar zwangerschap bijna elk wakker moment van elke dag naar biltong had gesmacht.

'Wat zei je daar?' vroeg Tomek.

'Ik... Ik heb niet...'

'Nee. Ga door. Zeg het maar. Leg uit wat je bedoelt.'

Nadia stotterde. Ondertussen ontsnapten er kleine lachsalvo's uit de lippen van zijn collega's.

'Ik... gewoon... Op dat moment realiseerde ik me pas hoe groot je voorhoofd is. Heeft iemand je ooit verteld dat je een groot voorhoofd hebt?'

'Nee. En nu heb je me er echt onzeker over gemaakt. Dus bedankt daarvoor.'

Terwijl Tomek naar zijn bureau liep, riep Nadia hem na en stak haar hand uit naar hem, maar hij ontweek het en liep door naar de andere kant van de kamer.

Voordat iemand het gesprek kon voortzetten, ging er een deur open, gevolgd door het geluid van zware voetstappen op het tapijt. Stilte daalde neer over de rest van het kantoor terwijl alle ogen gericht waren op Nasty Nick, die nu alleen een overhemd en stropdas droeg op zijn bovenlichaam.

'Wat is er zo grappig dat we allemaal gestopt zijn met werken?'

Niemand antwoordde. Tenminste, niet in eerste instantie. Ze wisten

allemaal dat de vraag retorisch was, maar er waren genoeg persoonlijk-
heden op kantoor die de kinderachtige behoefte hadden om te antwoorden. En een van hen was Tomek.

'Ze hebben het over mijn voorhoofd, sir,' zei hij, terwijl hij zijn stoel
onder zijn bureau vandaan trok. 'Blijkbaar is het behoorlijk groot.'

'Serieus? Ons parlementslid is vermist en jullie zijn...' Nick's wenkbrauwen trokken samen terwijl zijn ogen zich op Tomeks hoofd richtten. Hij bewoog naar voren, inch voor inch dichterbij. 'Weet je wat? Ik
heb het nooit eerder opgemerkt, maar je hebt inderdaad een vrij-'

Tomek sloeg zichzelf op zijn voorhoofd en bedekte het met zijn
handen. 'Kunnen we alsjeblieft stoppen met praten over mijn enorme
voorhoofd, verdomme! Hebben we niet allemaal een onderzoek om mee
door te gaan?'

Dat hadden ze. En voordat Tomek kon gaan zitten, werd hij, samen
met de rest van het team, door Nick naar de grote onderzoeksruimte
geroepen. Een paar momenten later waren ze allemaal de kamer
binnengedruppeld en hadden allemaal een stoel gevonden. Kort na het
nieuwe jaar, en na zijn terugkeer van persoonlijk verlof, had Nick
Tomeks verzoek goedgekeurd om een tafel in het midden van de kamer
te plaatsen. Ergens waar ze als volwassenen omheen konden zitten en
discussiëren, zonder het gevoel te hebben dat ze in een klaslokaal
werden onderwezen. Nick had de aankoop en alle afmetingen aan
Tomek overgelaten, maar dankzij een optelfout (die volledig, ondubbel-
zinnig niet zijn schuld was en wél die van alle anderen), was het op
maat gemaakte vierkante bureau te groot, en was er aan weerszijden
ervan zeer weinig ruimte om te manoeuvreren. Het was noch praktisch
noch functioneel, maar het had een fortuin gekost en dus bleef het
staan.

'Hoe lang moeten we de Starship Enterprise-tafel nog houden,
sarge?' vroeg Chey.

'Tot we iemand vinden die dom genoeg is om hem zelf te willen
hebben,' antwoordde Tomek.

'Misschien willen de mensen op het gemeentehuis hem wel? Ik heb
gehoord dat ze daar altijd vergaderingen hebben en rondzitten om over
niets te praten.'

'Zoals wij, bedoel je?'

'Ja, maar zij hebben tenminste het budget en een kamer die groot
genoeg is ervoor.'

Tomek stond op het punt te antwoorden toen hij Nicks diep ontevreden blik naar hem zag kijken, met zijn armen gevouwen op zijn buik. Naast hem stond inspecteur Victoria Orange, die haar wangen vandaag in een andere tint roze had gekleurd. Een nieuwe make-upset die ze uitprobeerde.

'Is iedereen klaar? Want ik ben niet zeker of jullie de ernst van wat er gebeurd is wel beseffen,' blafte hij. 'Een parlementslid, *ons* parlementslid, is vermist, en we moeten alles doen wat we kunnen om hem zo snel mogelijk te vinden. Ik wil alle ogen, vingers en hersenen aan het werk op deze zaak. We *moeten* hem vinden.'

'Waarom, sir?' vroeg Tomek, en besefte toen onmiddellijk hoe slecht de vraag moet hebben geklonken voor iedereen die niet in zijn hoofd zat.

'Wat bedoel je met *waarom?*'

'Niet op die manier,' antwoordde Tomek. 'Het is gewoon, we lijken *heel veel* nadruk te leggen op het zo snel mogelijk vinden van Herbert Tucker. Terwijl als dit iemand anders was, als dit oude David van de straat was, ben ik er niet zo zeker van dat u ons zou vragen alles te laten vallen om hem te vinden.'

Nick nam de tijd om te reageren. Innerlijk wist Tomek dat de man woedend was, maar aan de buitenkant was daar niets van te merken; het enige teken van Nicks woede was de lange, diepe, zware zucht die uit zijn neusgaten ontsnapte.

'Ik denk niet dat dit het moment is om moraal en ethiek te bespreken, Tomek,' antwoordde Nick. 'Maar misschien kunnen we een keer samen laat blijven en het onder ons uitwerken, zullen we?'

Tomek vond dat niet prettig klinken, en hij vond het idee om alleen met zijn baas in een stille kamer te zijn ook niet fijn - de anderen zouden kunnen gaan praten - dus schudde hij zijn hoofd en bleef stil.

'Of misschien kunnen we het hebben over hoe de media al lijkt te weten van Herberts verdwijning?'

Tomek fronste zijn wenkbrauwen. 'U zegt dat alsof ik het antwoord weet, sir.'

'Dat is omdat ik denk dat je het wel weet.'

Hij snoof spottend. 'Hoe bent u daar nou bij gekomen?'

'Jij en je vriendin...'

Tomek wist precies wie hij bedoelde. Abigail Winters, journaliste voor de *Southend Echo*. Degene die al zo lang als ze elkaar kenden probeerde met hem af te spreken.

'Ik wijs die beschuldiging af, sir. Ik heb niet met haar over Herbert of wat dan ook gesproken.'

'Hoe dan ook, ze staan buiten en willen een verklaring. En ik zal hen iets moeten geven, dus ik moet weten wat jij weet.'

De volgende tien minuten besprak het team welke informatie ze tot nu toe hadden verzameld. Het antwoord was echter: niet veel. Eigenlijk minder dan dat. De som van geen reet. De grootste aanwijzing of kans die ze hadden om Herbert te vinden was via CCTV, een taak die werd geleid door DC Chey Carter.

'Het enige probleem daarmee, chef, is dat er geen CCTV is aan die kant van de parkeerplaats,' legde de jonge agent uit. 'Ik heb de beelden bekeken van buiten het gemeentehuis op het moment dat Herbert het gebouw verliet, en ik zie hem naar zijn auto lopen, maar voordat hij er daadwerkelijk aankomt, gaat hij uit beeld en verdwijnt.'

'Wat betekent dat?' vroeg Nick.

'Het betekent dat zijn auto in een blinde hoek geparkeerd stond.'

'Waarom zou hij zijn auto daar parkeren?'

'Voor zover ik begrijp, was het *zijn* plek, en hij moet hebben geweten dat het in een blinde hoek was, dus hij moet hem daar om een reden hebben gehouden.'

'Misschien was het *omdat* het uit het zicht was dat hij hem daar hield...' voegde DC Martin Brown toe, zijn stem brak halverwege de zin. 'Alsof hij iets probeerde te verbergen.'

Dat gaf iedereen reden om even te pauzeren. Hoewel niemand van hen precies wist wat Herbert Tucker verborg door zijn auto in een blinde hoek te houden.

'Wat met zijn ontvoerder?' vroeg Nick, het gesprek voortzettend. 'Hebben we CCTV-beelden van hem?'

Chey schudde zijn hoofd. 'Zijn aanvaller moet van de zijkant van de straat zijn gekomen, sir. Ik kan hem nergens vinden.'

'Dus je hebt helemaal niets fucking gezien?' De heftigheid en agressie in Nicks stem was duidelijk. 'Wat met de auto toen die vertrok? Je moet het voertuig toch hebben zien vertrekken van de parkeerplaats?'

De jonge agent nam de tijd voordat hij antwoordde, terwijl iedereen zich voorbereidde op de woede die ze wisten dat zou volgen.

'Ze reden over de stoeprand en gingen zuidwaarts op Victoria Avenue.'

'Geweldig, dus we hebben een-'

Chey hield een vinger omhoog om de man tot zwijgen te brengen, die langzaam stopte met praten toen hij besefte wat Chey deed.

'Het enige probleem is echter, chef,' vervolgde de agent, 'dat het nummerbord was afgedekt.'

'Afgedekt? Waarmee?'

'Zwarte tape, sir.'

Nick gooide zijn handen in de lucht en zuchtte diep. 'Dus de aanvaller wandelt zo vanaf de straat naar binnen, onaangekondigd, valt Tucker aan, verandert de nummerplaten, en rijdt dan weg richting de zonsondergang?'

'Eigenlijk zou het op dat tijdstip van de ochtend zons*opgang* zijn, sir,' onderbrak Oscar, ook bekend als Kapitein Eigenlijk in het team. 'En zelfs dan zit je er nog een paar uur naast...'

Nick wierp hem een blik van ongeloof toe. 'Lijkt dit je fucking het juiste moment om me te corrigeren?'

Schaamte flitste over Oscars gezicht. Zijn spiergeheugen om mensen te corrigeren zat zo diep ingebakken dat hij soms niet eens wist dat hij het deed.

Nadat hij zijn excuses had aangeboden, sprong Tomek erin. 'Kijk naar de positieve kant, chef, we kunnen in ieder geval de auto op vingerafdrukken onderzoeken als we hem vinden.'

'Hebben we een melding uitgegeven voor een Jaguar F Type met zwartgemaakte nummerplaten?' vroeg Victoria snel, in een poging haar voet tussen de deur van het gesprek te krijgen.

'Ja, mevrouw,' antwoordde DS Sean Campbell, bijna net zo snel. 'Ik heb een waarschuwing gestuurd naar alle uniformen en patrouillewagens om uit te kijken en ons onmiddellijk te informeren als ze iets verdachts vinden of iets wat enigszins overeenkomt met de beschrijving van het voertuig.'

Een glimlach verscheen op Victoria's gezicht en ze gaf hem een veelbetekenend knikje.

Sean was Tomeks langstdienende vriend in het team, waarbij hij Nick nipt versloeg voor de hoogste positie met een paar maanden, en de afgelopen dertien jaar waren ze bijna onafscheidelijk geweest, als de broer die Tomek tijdens zijn jeugd nooit echt had gehad. Maar in de afgelopen maanden, sinds Kasia in zijn leven was gekomen, de dochter over wie hij pas recentelijk had gehoord, waren ze uit elkaar gegroeid, met een kloof tussen hen in. Die kloof was onlangs vergroot door Seans betrokkenheid bij de inspecteur. Hoewel iedereen op kantoor op de hoogte was van hun relatie (Tomek had enorm genoten van het afluisteren toen ze het aan Nare Nick uitlegden) en ze probeerden het zoveel mogelijk buiten kantoor te houden, sijpelde het toch door in hun acties en kleine blikken naar elkaar. En, niet te vergeten, hun kleine schouderklopjes en veelzeggende blikken zoals ze zojuist hadden gedaan.

'Dus we weten niet *waar* hij is,' begon de hoofdinspecteur. 'Maar we weten wel *wat* er met hem is gebeurd - ongeveer. Dat betekent dat de andere vraag die we moeten beantwoorden is *wie* hem dit zou hebben kunnen aandoen. Tomek, wat heb jij van zijn vrouw opgestoken?'

Tomek ging rechtop zitten voordat hij antwoordde. 'Niet veel, chef. Behalve het feit dat bijna iedereen die Herbert Tucker ooit heeft ontmoet, op een bepaald moment in zijn leven gewenst heeft dat hij dood was. Dus... dat zou het veld enigszins moeten verkleinen.'

'Hoe verklein je daarmee in godsnaam het veld op wat voor manier dan ook?'

'Nou, we kunnen mogelijk uitsluiten dat dit een tiger kidnapping is. Op basis van wat Nora Tucker zei, kunnen we aannemen dat dit geen willekeurige aanval is, maar eerder iemand die hem kende, iemand die hem pijn wilde doen. Dus dat verkleint het speelveld van een paar honderdduizend inwoners in de omgeving tot een paar duizend mensen die hij in zijn carrière heeft ontmoet.'

'*Eigenlijk...*' kwam het trage en geïrriteerde antwoord van de kapitein weer. 'Ontmoet de gemiddelde persoon tot tachtigduizend mensen in zijn leven. Aanzienlijk meer voor mensen zoals wij. En nog meer voor iemand als Herbert Tucker - denk aan alle PR-bijeenkomsten en vergaderingen die hij in zijn leven heeft moeten doen.'

Nu wist hij hoe Nick zich had gevoeld. 'Bedankt daarvoor, kapitein. Maar dat helpt me niet echt als ik zeg dat we het veld kunnen verkleinen, toch?'

Kapitein Eigenlijk haalde zijn schouders op. 'Ik wil gewoon zeker weten dat je feitelijk juist bent.'

'Heb je er ooit aan gedacht om mee te doen aan *Weekend Miljonairs*? Want je zou goed zijn. Echt verdomd goed.'

'Ik geloof er niet in.'

'Waar geloof je niet in?'

'Quizshows.'

'Je vindt het idee niet leuk om veel geld te verdienen door een paar vragen te beantwoorden?'

'Precies.'

Tomek schudde ongelovig zijn hoofd. Onder normale omstandigheden zou hij een reactie hebben gehad op zo'n opmerking, maar nu was er niets. Het was alsof zijn geest zo verbijsterd was dat hij aan niets anders kon denken dan eraan te herinneren in en uit te ademen.

'Wat had zijn vrouw nog meer te zeggen?' vroeg Nick, waarmee hij Tomek uit zijn mijmering haalde.

'Niet veel,' antwoordde Tomek. 'Ik word over een paar uur bij haar verwacht om de dochter weer thuis af te zetten en haar het slechte nieuws te vertellen. Wil je dat ik nog iets doorgeef?'

HOOFDSTUK
ZES

Tomek merkte toen hij via de achterdeur het politiebureau verliet als eerste de kou op. Nul graden. Vrieskou. 'Godverdorie,' zei hij zodra hij voelde hoe de verdovende sensatie direct aan zijn vingers begon te knagen, en hij liep richting zijn auto. Hij kwam niet verder dan het einde van de kleine trap toen hij zijn naam hoorde.

'Christus op een fiets!' riep hij uit toen er een figuur achter een boom vandaan tevoorschijn kwam.

Het figuur was klein, tenger, en gekleed in een dikke, gewatteerde jas met een bontkap over haar hoofd getrokken. Onder de kap zat een knap gezicht, met lichte make-up en een zwarte bril op haar neus.

'Je zit vandaag vol met krachttermen, hè?' vroeg ze terwijl ze dichterbij kwam.

'Dat gebeurt als je me de stuipen op het lijf jaagt,' antwoordde hij, terwijl hij zijn handen in zijn zakken stak. 'Wat doe je hier, Abi?'

'Ik kom jou zien, natuurlijk.'

Tomeks gezicht betrok.

'Nou, eigenlijk kom ik je voor twee redenen zien.'

'Nee, en nee.'

Tomek liep richting de auto, maar de journaliste volgde hem toch, klampte zich aan zijn hielen vast, hield hem bijna vast om bij te kunnen blijven.

'Het gaat over Herbert Tucker,' zei Abigail.

'Ik weet waar het over gaat. Maar wat ik wil weten, en wat de rest van ons wil weten, is hoe *jij* over Herbert Tucker weet. Ik lijk de schuld te krijgen van Nick omdat jouw team ervan op de hoogte is!'

'Natuurlijk weten we ervan,' antwoordde ze, haar wangen werden geleidelijk roder hoe langer ze buiten stonden. Ofwel was het de kou of de vurige flirt en lust die ze voor hem voelde.

Tomek vermoedde dat het een combinatie van beide was.

'Hoe?' vroeg hij.

'We zijn journalisten. Het is ons werk om dingen te weten.'

Tomek keek haar fronsend aan, wachtend tot ze meer zou vertellen.

'Oké,' mompelde ze, met een rol van haar ogen. 'Een paar weken geleden vertelde onze baas ons dat we vaker buiten het bureau moesten posten. Voor het geval er iets zou gebeuren.'

'Dus jullie hebben ons gestalkt?'

Mij gestalkt?

'Vlei jezelf niet,' antwoordde ze alsof ze zijn gedachten kon horen. 'Het was alleen zodat we als eerste exclusief nieuws konden krijgen, dat was alles.'

'Juist. En je hebt toevallig niet gezien wie de burgemeester gister-avond heeft ontvoerd?'

'Burgemeester? Hij was een parlementslid.'

'Juist. Sorry. Ze zijn hetzelfde in mijn hoofd. Beide beginnen met een P, en ik wed dat hun functies praktisch hetzelfde zijn.'

Abigail leek niet onder de indruk van zijn gebrek aan kennis over de werking van de lokale politiek, maar eerlijk gezegd kon het hem niet schelen.

'Dus...' begon ze langzaam, optimistisch. 'Wat kun je me vertellen?'

'Veel dingen.' Hij krabde peinzend aan zijn wang, alsof hij zijn inner-lijke Griekse filosoof kanaliseerde. 'Water is nat. Beren schijten in het bos. En je moet *nooit* de stralen kruisen...'

Tot zijn verbazing zag Abigail de humor ervan in en gaf hem speels een klap op zijn arm. En voor een moment flitste er iets tussen hen. Iets wat ze al een tijdje niet hadden gehad. Eigenlijk maar één keer eerder. De avond dat ze dronken hadden gezoend. Een rauwe, onvervalste magnetische aantrekkingskracht. Tomek dacht dat het weer ging gebeuren.

Nog een moment.

'Je kunt soms zo'n eikel zijn,' zei ze, waarmee ze uiteindelijk de impasse verbrak.

'Ik doe mijn best,' antwoordde hij, terwijl hij haar een ondeugende grijns toonde. 'Maar alle gekheid op een stokje, je weet waarschijnlijk net zoveel over wat er met hem gebeurd is en waar hij is als wij.'

Een blik van verwarring trok langzaam over Abigails gezicht. Alsof hij haar net het antwoord op het leven, het universum en alles had verteld, en ze het nog steeds niet begreep.

'Dus jullie weten niets?' vroeg ze.

'Je snapt het snel.'

Nog een speelse klap, deze keer harder - en een beetje meer verdiend.

'Je staat trouwens nog bij me in het krijt,' zei ze. 'Denk niet dat ik dat vergeten ben.'

'Waarvoor sta ik bij je in het krijt?'

'Speel niet dom.'

'Dom over wat?' Tomek keek rond op de parkeerplaats alsof hij daar het antwoord zou kunnen vinden.

'Wanneer neem je me mee uit?'

Het gelach en de luchtige plagerijen stopten en werden meegenomen door een sterke windvlaag die langs de bomen floot. De afgelopen maand of zo had Abigail hem voortdurend herinnerd aan en gevraagd naar de date waarop hij haar had beloofd mee te nemen. Maar elke keer dat hij een telefoontje had gemist of vergeten was op een sms te reageren, was dat via de telefoon gegaan en had hij een excuus gevonden. Maar nu was dit in persoon, een confrontatie, hij had nergens heen om te gaan. Nergens om zich te verstoppen.

Hij twijfelde om twee redenen. Eén, hij dacht dat ze een beetje geobsedeerd door hem was tot op het punt dat het grensde aan een obsessie, en nadat hij iets soortgelijks had meegemaakt in een vorige relatie, besefte hij dat hij niet weer in zoiets verzeild wilde raken. En de andere reden was dat het potentieel hun werkrelatie in gevaar kon brengen. Als leden van hetzelfde team (onofficieel) vertrouwden ze vaak op elkaar voor informatie en toegang tot elkaars contacten (hoewel hij zeker meer nam dan gaf), en ze had hem in het verleden meerdere keren geholpen en hij wist dat hij in de toekomst weer op haar zou moeten vertrouwen.

Maar het andere deel van hem, het deel dat nieuwsgierig was en grotendeels gedreven werd door libido, vroeg zich af hoe het zou zijn om te zien hoe hun relatie zich zou ontwikkelen.

'Wanneer heb je tijd?' vroeg hij.

De vraag verraste haar, alsof ze die helemaal niet had verwacht.

'Morgenavond als dat jou uitkomt?'

'Voorlopig wel ja. Hangt ervan af wat er gebeurt met meneer Tucker.'

'Mooi. Ik wist dat ik je zou overhalen,' zei ze, knipogend.

En dat was precies waar hij bang voor was. Dat ze uiteindelijk al zijn barrières zou afbreken en de echte Tomek Bowen tevoorschijn zou brengen.

'Waar neem je me mee naartoe?'

'Ik heb wel een paar ideeën in gedachten,' zei hij terwijl hij naar zijn auto liep zonder ook maar één restaurant in gedachten te hebben.

'Ergens nieuws, alsjeblieft.'

'Nieuws?'

'Als in, ergens waar je nog niet eerder een meisje mee naartoe hebt genomen.'

'Ehm.'

'Oh, dat wordt moeilijk zeker?'

'Nee. Het is gewoon een beetje...'

'Ik vind het niet raar om te vragen of we ergens heen kunnen waar je nog niet eerder met een ander meisje bent geweest, dank je wel. Ik wil niet dat je aan haar denkt terwijl je geacht wordt de avond met mij door te brengen.'

'Misschien lopen we wel een van mijn exen tegen het lijf,' zei hij, en ze stak haar hand uit om hem opnieuw te slaan, maar hij trok weg zodat ze hem net miste.

Toen stopte hij bij zijn auto en stapte in, waarbij hij het portier open liet staan.

'Misschien worden we wel gefotografeerd in het restaurant. Mensen zullen denken dat we lokale beroemdheden zijn. Of het nieuwe Charles en Diana.'

'Liever niet,' zei ze terwijl ze een stap bij de deur vandaan deed. 'Niet met hoe dat is afgelopen...'

HOOFDSTUK
ZEVEN

Tomek dacht niet dat hij en Abigail ooit het nieuwe sprookjespaar Charles en Diana zouden worden, maar er was één specifiek koppel waarvan hij zeker wist dat ze nog veel verder van dat ideaal verwijderd waren.

Herbert en Nora Tucker.

Na zijn ontmoeting met Abigail was Tomek naar het huis van Whitney's vriend gereden, die toepasselijk genoeg Charlie heette, en had haar opgehaald na haar overnachting. Voordat ze de deur voor hem dichttrok, had Whitney gevraagd of Charlie met hen mee kon komen, en Tomek had zijn schouders opgehaald en ingestemd. Emotionele steun, had ze gezegd. Het maakte Tomek niets uit; dat betekende tenminste dat hij geen smalltalk hoefde te maken en ze gewoon kon laten kletsen op de achterbank.

Maar die zegen was niet van lange duur geweest. Niet toen Whitney hem was begonnen te bestoken met bezorgde vragen.

'Kun je me vertellen wat er gebeurd is?'

'Is hij in orde?'

'Ga je hem vinden?'

Whitney Tucker was een vrouw van begin twintig, maar haar maniertjes en houding – de zachte, kinderlijke spraak, de afhangende schouders, het constante bijten op haar vingernagels en het draaien van haar haar tussen haar vingers – suggereerden dat ze enkele jaren achterliep, een tiener die om de een of andere reden nog steeds vasthield aan die eerdere jaren. Toch was ze ondanks dat alles elegant en aantrekkelijk, iemand die duidelijk veel tijd, en veel van papa's geld, besteedde aan het er zo goed mogelijk uitzien. Een miniatuurversie van haar moeder in wording.

'We doen alles wat we kunnen om je vader te vinden,' legde Tomek uit vanaf de voorstoel. 'We hebben een team van mensen die naar hem zoeken, maar we hebben je steun nodig, en je volledige medewerking zodat we hem kunnen vinden en snel weer thuis kunnen brengen.'

'Oké,' zei ze, wat een deel van haar angsten leek weg te nemen. 'Heb je al met mijn moeder gesproken?'

'Ja. Zij was degene die belde om te zeggen dat hij vermist was.'

'En ze heeft mij niet gebeld?'

Tomek gaf geen antwoord. Hij hoopte dat de vraag retorisch was.

'Dat is nou typisch iets voor haar,' voegde Whitney eraan toe.

'Ik denk dat ze je probeerde te beschermen. Ze wilde je avond niet verstoren.'

'Wat moedig van haar.'

Een kort moment van stilte vulde de auto, en Tomek wachtte tot het wegebde voordat hij de vraag stelde die bij hem was opgekomen.

'Hoe zou je het huwelijk van je ouders beschrijven?'

Als Whitney beledigd was door de vraag, liet ze het niet merken. Sterker nog, ze keek alsof ze de vraag had verwacht. Tomek bereidde zich voor op haar antwoord.

'Ze haten elkaar,' zei Whitney, terwijl haar blik naar het raam afdwaalde. Ondertussen zat Charlie achterin, aan de rand van het gesprek, starend door het raam. 'Ze zitten elkaar constant in de haren.'

Interessant.

'Als het niet voor Whit en Eleanor was, denk ik niet dat ze nog samen zouden zijn,' zei Charlie. De intonatie in zijn stem suggereerde dat hij probeerde zich in het gesprek te mengen. En hij zag er ook zo uit. Een mooie jongen, iemand die zijn hele leven door mensen was omringd, gewend was om in het middelpunt van de belangstelling te staan en het niet leuk vond wanneer hij dat niet was.

'Ik vraag me dat soms ook af,' zei Whitney terwijl ze de hand van haar vriend kneep.

Tomek wist hoe ze zich voelde, was er zelf ook geweest. Hij vroeg zich vaak af of, als zijn ouders *hem* niet hadden gehad, ze dan allemaal gelukkiger zouden zijn. Zijn moeder, vader, Dawid. Allemaal. Dat gevoel was begonnen nadat zijn ouders, vooral zijn Poolse moeder, hem de schuld hadden gegeven van Michałs dood. In de ogen van zijn ouders had hij gefaald om zijn broer te beschermen. Hun relatie was na die catastrofale gebeurtenis sindsdien gebroken en afstandelijk gebleven. Hoewel het in de afgelopen weken en maanden was verbeterd, dankzij de komst van Kasia in hun familie, was er nog een lange weg te gaan.

Met z'n drieën kwamen ze twintig minuten later aan bij het huis van de familie Tucker. Anna deed de deur voor hen open, met een nieuwe set wallen onder haar ogen. Voordat ze een nieuwe ronde van ondervragingen begonnen, gaven Tomek en Anna de familie een moment om samen te zijn, te rouwen, te verwerken. De drie Tucker-vrouwen omhelsden elkaar terwijl Tomek, Anna en Charlie vanaf de zijlijn toekeken, naast de vioolbladplant, die Tomek in stilte de Sluwe Vioolspeler had genoemd, omdat de naam hem deed denken aan Dodger uit Charles Dickens' *Oliver Twist*.

Terwijl ze naar de familiereünie keken, observeerde Tomek het gedrag van de vrouwen: Nora's interactie met Whitney was kort, bijna microscopisch, maar de interactie van haar dochters met elkaar duurde veel langer, een omhelzing die suggereerde dat ze elkaar in maanden, bijna jaren niet hadden gezien. Een omhelzing die Nora aan de rand van haar eigen familie achterliet.

Toen Whitney zich losmaakte van haar zus, hield ze Eleanors gezicht vast en veegde tranen uit haar ogen. 'Het is oké,' zei ze tegen haar. 'Het komt allemaal goed.'

Eleanor knikte zwakjes, in wat een compleet andere emotie was dan die ze slechts enkele uren eerder aan haar moeder had getoond. Toen was ze afgeleid, afstandelijk, bijna koppig geweest. Maar nu was ze kwetsbaar, zwak. Allemaal voor haar oudere zus. Het was toen dat Tomek besefte dat hij keek naar een band tussen de zussen die dieper was dan welke loopgraaf dan ook. En hij kreeg de indruk dat het zij tegen de rest van de wereld was.

'Mevrouw Tucker,' begon Tomek. 'Kunnen we misschien in de andere kamer privé spreken? Is het goed als uw dochters naar boven gaan of misschien naar de keuken?'

'Ik... ik denk niet-'

'Het is prima,' onderbrak Whitney, en ze pakte de hand van haar zus en trok haar en Charlie de houten trap op. 'We zijn in mijn slaapkamer.'

'Perfect,' zei Tomek met een glimlach. 'Dank je.'

Een moment later waren ze vertrokken en hadden de drie volwassenen zich naar de woonkamer verplaatst, waar ze dezelfde plaatsen innamen als slechts enkele uren eerder. Alles was hetzelfde, op één klein detail na dat sinds zijn laatste bezoek was toegevoegd: een doos tissues naast Nora Tucker.

'Jullie hebben hem dus nog steeds niet gevonden?' vroeg ze, meteen ter zake komend.

'Wat doet je dat zeggen?'

'Die depressieve, sombere blik op jullie gezichten,' zei ze. 'Het lijkt er niet op dat jullie hier zijn om me goed nieuws te brengen.'

'Helaas is er geen verandering sinds vanochtend,' legde Tomek uit.

'Ik begrijp het. En hoe nam *zij* het op?'

Het duurde even voordat Tomek begreep naar wie ze verwees.

'Ze leek het prima op te nemen, denk ik. Hoewel ik geen maatstaf heb voor de reacties van je dochter. Ik heb niets om het mee te vergelijken. Maar ze noemde wel iets dat ik graag met u zou willen bespreken, als u dat goedvindt.'

Nora's rug verstijfde licht. Ze vouwde haar handen samen op haar schoot.

'Ga verder...' zei ze, met lichte aarzeling in haar stem.

'Voor zover ik begrijp, zijn er veel ruzies in jullie huwelijk.'

'Is dat niet in ieders huwelijk zo?' kaatste ze geïrriteerd terug. 'Dat betekent nog niet dat ik iets met zijn verdwijning te maken heb.'

'Dat zeg ik ook niet. Ik wilde u alleen wat vragen over uw huwelijk, dat is alles.'

Voordat ze antwoordde, haalde Nora diep adem en hield die vast. Terwijl ze de lucht uit haar borst liet stromen, begon ze: 'Het is moeilijk geweest, begrijp me niet verkeerd. We hebben onze meningsverschillen gehad, zoals elk stel, en we zijn er aan de andere kant uitgekomen. Maar we gaan gewoon door. Natuurlijk is er niet veel liefde meer, maar ik denk dat dat normaal is bij mensen zoals wij...'

'Waarom zegt u dat?'

'Welk deel?'

'Waarom er geen liefde meer tussen jullie is?'

Ze haalde haar schouders op, alsof het antwoord voor de hand lag. Tomek besloot dieper te graven.

'Wat is er vanochtend echt gebeurd toen uw man u belde? Waarom belde hij u om drie uur 's nachts? Want het zit me dwars, en ik denk niet dat het alleen was om u te laten weten dat hij naar huis kwam.'

Het duurde lang voordat Nora antwoordde. Maar voordat ze dat deed, strekte ze haar nek naar het plafond en liep toen naar de woonkamerdeuren. Ze trok ze voorzichtig dicht, alsof het geluid het huis zou kunnen doen instorten, en keerde terug naar haar stoel als een ander persoon. Deze keer was ze uitdagender, weerbaarder, de façade van de rouwende huisvrouw leek in een oogwenk te verdwijnen.

'Hij vertelde me dat hij wilde scheiden.'

Tomek zuchtte langzaam. 'Waarom hebt u tegen ons gelogen?'

'Omdat ik niet wilde dat Eleanor het zou ontdekken.'

'Was dit de eerste keer dat jullie dit bespraken?'

Nora schudde haar hoofd, en begon toen met haar diamanten oorbellen te spelen, waarbij ze de verschillende andere dure met diamanten bezette ringen en armbanden aan haar hand liet zien.

'Hij vertelde het me een paar maanden geleden. Zei dat hij niet gelukkig was en dat hij uit de relatie wilde stappen.'

'Maar jullie zijn nog steeds samen... Wat is er veranderd?'

'We raakten allebei zo druk met ons eigen ding, leefden ons leven apart, dat het gewoon nooit gebeurde. Ik was meer dan tevreden om bij hem te blijven, met het huis, met de kinderen, dus ik heb het nooit meer ter sprake gebracht.'

En de diamanten sieraden. En de sportwagen op de oprit. En de manicures en pedicures en haarbehandelingen en de yogalessen.

Allemaal op iemand anders zijn creditcard.

Tomek wedde dat ze alles zou doen om in de relatie te blijven.

'Dus wat was er anders aan het telefoontje van vanochtend? Wat had hem ertoe gebracht het opnieuw ter sprake te brengen?'

Ze haalde opnieuw haar schouders op. 'Dat moet je aan hem vragen.'

Om de een of andere reden dacht Tomek dat dat misschien wel het laatste zou zijn waar Herbert Tucker aan zou denken wanneer ze hem vonden.

Als ze hem vonden.

HOOFDSTUK
ACHT

Albert Patterson werd meer dan zestig jaar geleden voor het eerst verliefd op het strand. Zijn ouders hadden hem en Roger met de bus meegenomen naar Southend voor een vakantie, de eerste van hun leven en een van de weinige die ze als gezin zouden doorbrengen. Ze hadden de middag op het strand doorgebracht, gespeeld in het zand, kastelen gebouwd en het water in gerend om het vuil van hun voeten te wassen, alleen om dan te beseffen dat ze onmiddellijk daarna weer vies zouden worden. Ze hadden ijsjes gedeeld en een picknick meegenomen in een klein mandje. Zelfgemaakte tonijnsandwiches. Alberts favoriet.

Maar het beste deel van de dag, zijn favoriet, was zijn kleine ontdekking geweest.

Het tij was weggetrokken en hij en Roger hadden in de modder gespeeld, hun voeten zinkend in de vieze, smerige substantie. Ze hadden elkaar achterna gezeten, een onschuldig spelletje tikkertje.

Dat was totdat Albert struikelde en met zijn gezicht voorover in de modder belandde. Bedekt met aarde, waarvan hij een deel had ingeademd, had hij zijn broer geroepen. Roger was naar hem toe gesneld, en terwijl zijn broer hem uit het moddergat trok waarin hij dreigde te verdwijnen, glinsterde er iets onder de bruine substantie.

Een munt.

Oud, smoezelig, bedekt met eeuwen aan vuil en viezigheid.

Hij wist niet precies wat het was, noch waar het vandaan kwam. Hij wist alleen dat het belangrijk was voor iemand en dat hij het nodig had.

Het voor zichzelf wilde hebben.

Maar dat was niet mogelijk geweest. Tijdens de rit naar huis had Albert zijn schat geheim gehouden, verborgen in de zak van zijn natte en zanderige korte broek. Pas toen ze thuiskwamen, had hij zijn vondst met zijn familie gedeeld. In het begin waren ze woedend geweest, teleurgesteld dat hij iets had gestolen dat niet van hem was. Maar nadat hij had uitgelegd waar hij het had gevonden, en wat hij ermee van plan was, hadden ze hun excuses aangeboden en begrepen ze het.

Wat daarna volgde, had hen allemaal verbaasd. Zijn vader had de munt naar een verzamelaar gebracht, die de schat had onderzocht en de waarde op meer dan tweeduizend pond had geschat. Het was namelijk een oude Romeinse munt, misschien afkomstig van een lang verloren schip dat ooit over de Theems en zijn monding had gevaren, aangespoeld na al die eeuwen.

Alberts ouders hadden de munt later verkocht, wat genoeg was geweest om hen uit de armoede te halen en naar een mooi huis aan de boulevard van Southend te verhuizen waar Albert de afgelopen vijftig jaar de stranden had afgespeurd op zoek naar nog zo'n levensveranderende vondst.

Maar tot nu toe had hij niets gevonden.

Afgezien van een diamanten ring, die hij snel had teruggegeven aan de ontroostbare vrouw die hem naar verluidt slechts een uur eerder was verloren, bestond het merendeel van zijn vondsten uit oude kroonkurken, magneten en andere stukjes schroot.

Vijftig jaar patrouilleren op de stranden van Leigh-on-Sea, Chalkwell, Southend en Thorpe Bay met zijn metaaldetector, hopend dat elk nieuw getijde nog zo'n glimmende gouden munt zou brengen.

Vijftig jaar heen en weer dwalen, nog steeds vasthoudend aan de opwinding die hij bij zijn allereerste vondst had ervaren.

En nu was het niet anders.

Hij had de ochtend doorgebracht aan het andere uiteinde van de kust van Essex in Leigh-on-Sea en naderde het einde van zijn ochtend in Thorpe Bay. Daar bestond het strand grotendeels uit stenen en gladde kiezels die door jaren van zout water waren geërodeerd. Het was meestal de minst rijke plek wat vondsten betreft. Er was vaak weinig te vinden in Thorpe Bay, maar hij hield er desondanks van. In feite was het een van zijn favorieten, dankzij de strandhuisjes die langs de promenade stonden. Strandhuisjes in verschillende kleuren, die in de zomer altijd druk bezocht en gebruikt werden. Hij had eens opgevangen dat ze meer dan honderdduizend pond waard waren. Veel te veel geld naar zijn mening. Maar het stond bovenaan op zijn aankooplijstje als hij ooit nog een gouden Romeinse munt zou vinden. Dat en een splinternieuwe metaaldetector.

Toen hij besloot het voor vandaag voor gezien te houden, liep hij terug langs de boulevard voor de strandhuisjes, zijn ogen en neus nog steeds naar de grond gericht, zoekend naar de geringste flits, de zachtste glinstering.

Toen hij het midden van de rij strandhuisjes bereikte, stopte hij. Een vieze, penetrante geur was in zijn neus blijven hangen. Maar het kwam niet van het zeewier of de troep die op het strand was aangespoeld; hij had lang genoeg de stranden gepatrouilleerd om het verschil te kennen.

Nee, dit was iets anders. De geur van iets veel viezer.

En dus besloot hij te gaan kijken.

Het duurde niet lang voordat hij besefte wat de geur was geweest en waar het vandaan kwam.

Een dakloze man die beschutting had gezocht tussen twee strand-huisjes. Een dakloze man die vermoedelijk in zijn broek had geplast om 's nachts warm te blijven. De figuur was gewikkeld in een dekbed en droeg een paar oude wandelschoenen die vol gaten zaten.

'Triest,' zei Albert, terwijl hij zijn hoofd schudde en verder liep, de man achterlatend.

Hij haatte het om het te zien, maar zoals veel mensen was hij nooit bereid genoeg om het te veranderen of er iets aan te doen. Hij zag zichzelf als machteloos, een ineffectieve en bijna nutteloze stem in de strijd tegen wat dan ook. Het enige in het leven waarover hij controle had, was zichzelf en zijn metaaldetector. Het was alleen jammer dat hij geen controle had over de kust en de geheimen die eronder lagen.

Maar net toen hij op het punt stond te vertrekken en alle hoop op te geven, viel zijn oog op iets. Iets glimmends. Iets interessants.

Met opzwellende opwinding bukte Albert zich tot op grondniveau en begon de kleine steentjes rond het voorwerp weg te vegen, totdat hij uiteindelijk een trouwring blootlegde. Goud, massief, zwaar.

Veel geld waard. Misschien niet genoeg voor een strandhuisje in Thorpe Bay, maar zeker genoeg voor de nieuwe metaaldetector waar hij op eBay naar had zitten kijken.

HOOFDSTUK
NEGEN

Het weer was aanzienlijk verslechterd. De kou was venijniger geworden en de wind droeg een gevoel van wraak met zich mee. En om de zaken nog erger te maken, was het gaan regenen. Niet hard, maar ook niet zacht. Het soort regen waarbij je binnen een paar minuten na het verlaten van je huis doorweekt raakt. En dat is precies wat er met Tomek gebeurde zodra hij het politiebureau verliet en de korte tocht naar zijn auto maakte.

De oproep was minder dan tien minuten geleden binnengekomen. Er was een lichaam gevonden in Thorpe Bay. Aan de boulevard. Geklemd tussen de beruchte rij strandhuisjes.

Nick had Tomek apart genomen en hem opgedragen naar de plaats delict te gaan. 'Ik speel geen favorieten,' had Nick in zijn kantoor uitgelegd. 'Ik zorg er alleen voor dat *zij* geen favorieten speelt.'

Zij zijnde de inspecteur, Victoria.

Zij zijnde degene die een relatie heeft met een rechercheur.

Het was duidelijk te zien dat Nick niet blij was met het idee dat ze samen waren, dat het hun focus en vermogen om een complex en spraakmakend moordonderzoek te leiden zou kunnen beïnvloeden. En Tomek kon hem dat nauwelijks kwalijk nemen.

In de korte tijd dat Herbert Tucker vermist was, had zijn naam meer dan tienduizend vermeldingen op Twitter gekregen en waren er meer dan twee dozijn artikelen over hem geschreven. Het team controleerde deze en de reacties eronder op aanwijzingen of updates.

Tomek vroeg zich af of dit Nicks manier was om hen op de een of andere manier te straffen. En als dat zo was, vond hij het niet erg, want op dit moment had hij er voordeel bij.

Naast hem in de auto zat de kapitein, met zijn onberispelijk verzorgde stoppelbaard en zijn designerbril die perfect op zijn neus rustte. DC Oscar Perez was een man van klasse en charisma, maar hij hield het graag bescheiden, onder de radar. Hetzelfde gold voor zijn persoonlijkheid. Op kantoor was hij vaak stil en gereserveerd. Tenzij natuurlijk de gelegenheid zich voordeed om iemand te corrigeren, dan zag hij het als zijn plicht om dat te doen. Tomek werkte al bijna tien jaar met hem samen, maar in die tijd had hij de man nooit met een boek in zijn hand of een videodocumentaire op zijn telefoon gezien. Het was dan ook een raadsel hoe hij zo veel wist.

'Waar haal je al je nutteloze feitenkennis vandaan?' vroeg Tomek terwijl ze richting Thorpe Bay reden. De reis was maar kort – ongeveer vijf minuten, eigenlijk op loopafstand – maar geen van beide mannen had zin om de weersomstandigheden te trotseren.

'Mijn ouders,' legde Oscar uit, met zijn zachte Spaanse accent.

'Hoe dan?'

'Boeken.'

'Wat deden ze? Je tegen de grond houden en de pagina's in je mond duwen?'

Oscar grinnikte. 'Nee. Ik las al op jonge leeftijd. Behoorlijk geavanceerde dingen eigenlijk. En toen gaf mijn vader me een encyclopedie. Heb je daar ooit van gehoord?'

'Geluksvogel. Natuurlijk heb ik daarvan gehoord. Dat zijn toch die boeken met alle kookinstructies?'

'Bijna. Hoe dan ook, ik las de eerste paar pagina's en het leek allemaal logisch voor me. Alsof het meteen klikte. Ik vind het gewoon leuk om over dingen te leren.'

'En mensen te corrigeren, vergeet dat niet.'

'Daar leef ik voor,' zei Oscar koeltjes. 'Dat, en criminelen vinden.'

'Nou, Kapitein,' zei Tomek terwijl hij de auto op de boulevard tot stilstand bracht, op korte afstand van de strandhuisjes. 'Je schip is zojuist aangemeerd op vijandelijk terrein. Zet je geweren op verdoven, en bereid je voor op wat er zou kunnen-'

'Phasers.'

'Wat?'

'Phasers. Het is eigenlijk "zet je phasers op verdoven".'

Tomek wierp hem een strenge blik toe. 'Hou je kop en stap uit de auto,' antwoordde hij joviaal.

Hier beneden, langs de boulevard, waren de wind en regen erger geworden. Water geselde hem als kogels van alle kanten, terwijl de wind hem uit balans bracht toen hij op de stoeprand stapte. De straten waren verlaten. Niemand in zicht behalve de politieagenten en forensische onderzoekers midden op straat. De straat was afgezet en er was een witte forensische tent opgezet over de strandhuisjes. Tomek had er eens over gelezen dat ze soms evenveel kosten als een appartement, afhankelijk van de staat waarin ze verkeren. En Tomek kon zich niets ergers voorstellen dan een klein fortuin uitgeven aan iets dat slechts een paar maanden per jaar gebruikt zou worden, en tijdens die drukke zomermaanden zou hij gedwongen zijn het strand te delen met alle andere sufferds die erop stonden om tegelijkertijd met hem te komen. Misschien was het de Pool in hem, het cynisme, maar hij kon betere manieren bedenken om honderdduizend euro uit te geven.

Kort na hun aankomst trokken Tomek en Oscar allebei forensische pakken aan en daalden de trappen af naar het strand. Vervolgens liepen ze tussen de zeemuur en de achterkant van de strandhuisjes door, waarbij ze het afval en puin vermeden dat het uitschot van Southend daar had gegooid (nog een reden waarom hij geen strandhuisje wilde kopen). Ingeklemd tussen de muur en de kleine houten huisjes was de wind drastisch afgenomen, en de regen had moeite om door de spleten te dringen zoals in de open lucht.

De massa witte figuren was slechts een paar meter verderop, en toen ze dichterbij kwamen, werden ze beschut onder de tent die op de een of andere manier over drie van de huisjes was opgezet, waardoor ze beschermd waren tegen de elementen. In totaal vijf forensisch onderzoekers, met een plaats delict manager die hen aanstuurde. En toen zag Tomek Lorna Dean, de patholoog van het ministerie, met haar vuurrode haar dat door het witte papieren pak leek te branden.

'Goedemiddag,' riep Tomek naar niemand in het bijzonder. 'Heerlijk weer hiervoor.'

Toen keek hij naar de smalle ruimte tussen de twee huisjes. Naar het lichaam dat daar lag, beschut onder een dekbed.

'Wie hebben we hier?' vroeg Tomek aan Lorna aan de andere kant van het lichaam.

'Nog niet zeker,' antwoordde ze. 'Er is geen identificatie bij hem gevonden. Geen portemonnee, geen telefoon.'

Tomek draaide zich naar Oscar. 'Heb je de afdruk?'

'Een moment,' antwoordde Oscar, waarna hij de rits van zijn pak naar beneden deed en in zijn jaszak reikte.

'Het is behoorlijk rustig hier beneden,' merkte Tomek op terwijl hij wachtte. 'Je kunt jezelf echt horen denken.'

Toen kwam Oscars hand tevoorschijn, en Tomek nam het document van hem aan. Terwijl hij naast het gezicht van het slachtoffer hurkte, vouwde hij het papier open en hield het dicht bij het hoofd van de man.

'Wat denk je?' vroeg Tomek aan Oscar. 'Dezelfde vent?'

'Nou... zijn mond is een beetje rood, en zijn neus is een beetje gebroken, maar ja, ik zou zeggen dat het dezelfde man is.'

'Wie?' onderbrak Lorna.

'Ons geachte parlementslid en raadslid, de heer Herbert Tucker,' antwoordde Tomek met een zweem van sarcasme in zijn stem.

'Wie?'

'Precies. Ik kende hem ook niet. Vandaar de foto.' Tomek zwaaide met de afdruk. 'Blijkbaar is hij een lokale beroemdheid.'

'Echt?'

'Nee,' antwoordde Oscar. 'Het is gewoon dat Nick en Martin verwachten dat we allemaal weten wie hij is.'

'Juist. Dat is volkomen logisch.'

Tomek negeerde hen en ging verder met het observeren van de dode man voor hem. Herbert Tucker leek in niets op de foto die Tomek van internet had gedownload. Herbert Tucker had nu een gebroken neus, en een stroom opgedroogd bloed bedekte zijn neusgaten en wangen, maar de grootste afwijking was de rode zwelling en beschadigingen rond zijn mond. Het zag eruit alsof hij iemand had gekust en er uiteindelijk met diens lippenstift op was geëindigd. Maar wat nog verontrustender en verwarrender was, waren de kleren die Herbert droeg. Tomek had de bewakingsbeelden gezien van Herbert Tucker die om drie uur 's nachts het gemeentekantoor verliet, en Herbert had een pak, overhemd en nette schoenen gedragen. Formele kleding. Kantoorkledij. Iets dat suggereerde dat hij voor de lokale overheid werkte. Nu was hij echter gekleed in een vochtige bruine jas, een gescheurde spijkerbroek en een paar vuile, met gaten doorzeefde schoenen.

Hij was aangekleed om eruit te zien als een dakloze.

En ook zo te ruiken.

De stank van pis en ammoniak was overheersend tussen de strandhuisjes, en Tomek vroeg zich af of het van Herbert kwam of dat het in
de constructie van de huisjes zelf zat, doorgedrongen in het hout
doordat mensen voortdurend op precies die plek plassen. En toen herinnerde hij zich de geur op de plaats delict op de parkeerplaats en de plas
die daarbij hoorde.

'Wie heeft hem gevonden?' vroeg Tomek, terwijl hij een moment
nam om te verwerken wat hij zag.

'Een gepensioneerde tijdens zijn ochtendwandeling. Zei dat hij bijna
een hartaanval kreeg.'

Tomek vroeg zich af hoe lang Herbert Tucker daar al had gelegen,
overleden, blootgesteld aan de elementen, bedekt met zijn eigen pis. Hij
vroeg zich af hoeveel andere mensen hem hadden genegeerd zodra ze
de deken en de vieze kleren hadden opgemerkt.

De moordenaar had Tucker om een reden zo aangekleed - om af te
leiden en te vertragen - wat betekende dat degene met wie ze te maken
hadden slim en berekenend was. En, belangrijker nog, de ontvoering en
moord van tevoren had gepland. Dat was niet het soort beslissing dat
op een gril werd genomen. Er was nauwkeurig en grondig nagedacht
over zijn dood.

Tomek had alles gezien wat hij nodig had. Hij stond op, en met
Oscar die vlak achter hem aan liep, begaf hij zich terug naar het politie-
lint. Daar vond hij de arme, ongelukkige ziel wiens taak het was om de
wacht te houden en de aanwezigen in en uit te laten tekenen in het
aanwezigheidslogboek. Hij droeg een complete regenjas en waterdichte
pet, maar het deed weinig om hem te beschermen tegen de elementen.
Tomek begroette de man met een warme glimlach terwijl hij zichzelf
uitschreef in het logboek, en gaf hem vervolgens een schouderklopje
toen hij wegging.

Terwijl ze naar de auto liepen, zag hij een politievoertuig aan de kant
van de weg staan, met twee personen zichtbaar op de achterbank achter
het glas. Tomek liep ernaartoe en klopte op het glas, waardoor hij de
witharige man voor hem liet schrikken. Hij opende de deur.

'Verdorie, man,' riep hij uit. 'Ik heb al één hartverzakking gehad, ik
wil er niet nog een. Probeer je me te vermoorden?'

'Niet opzettelijk, meneer.'

Tomek stak zijn hoofd om de man heen en zag de agent in uniform achter hem.

'Jezelf uit de regen houden?' vroeg hij.

'Een getuigenverklaring afnemen,' antwoordde de agent.

'Dus u bent degene die het slachtoffer heeft gevonden?' zei Tomek tegen de oudere heer.

'Ja.'

'Uw naam?'

'Laurence Lowell.'

'Aangenaam kennis te maken, Laurence Lowell. Ik ben rechercheur Tomek Bowen. Als u iets nodig hebt, laat het mij of mijn collega's weten.'

De man leek wat te kalmeren. 'Natuurlijk.'

'Voordat ik u weer met rust laat, mag ik vragen hoe lang geleden u het lichaam hebt gevonden?'

De agent antwoordde als eerste, zijn aantekeningen raadplegend. 'Een uur geleden, chef. Vijftien uur twaalf.'

Tomek knikte.

Dat betekende dat er een tijdvenster van twaalf uur was tussen Herbert Tuckers ontvoering en zijn ontdekking.

Een tijdvenster van twaalf uur waarin ze hun moordenaar moesten vinden.

HOOFDSTUK
TIEN

Tijdens elk moordonderzoek moeten er zes vragen worden beantwoord.
Wie?
Wat?
Waar?
Wanneer?
Waarom?
En hoe?
Zes universele vragen die op alles konden worden toegepast.
Wie was erbij betrokken?
Wat is er gebeurd?
Waar is het gebeurd?
Wanneer is het gebeurd?
Waarom is het gebeurd?
Hoe?
Wat echter belangrijk was om te onthouden, was de betekenis van elk antwoord.
Wanneer is het gebeurd? Waarom op dat specifieke tijdstip? Waarom niet eerder, later?
Het konijnenhol van vervolgvraag na vervolgvraag was enorm, maar het waren juist die konijnenholen die uiteindelijk leidden tot een goed spoor of het oppakken van een potentiële verdachte. En Tomek

vermoedde vrijwel onmiddellijk dat het konijnenwarren van Herbert Tuckers leven nog groter en nog moeilijker te volgen zou zijn.

Hij en Oscar waren zo snel mogelijk naar het bureau teruggekeerd, meer om uit de regen en in de warmte te komen dan voor goed nieuws. En binnen enkele ogenblikken na hun terugkeer waren ze bestookt met vragen, vooral van Nick die wanhopig op een update zat te wachten.

'Is hij het? Is het Tucker?'

Tomek voelde zich als die ene keer dat hij op de hoofdstraat van Southend was lastiggevallen door iemand die hem probeerde over te halen om maandelijks aan een goed doel te doneren. Er was geen ontsnappen aan.

'Rustig aan, chef,' antwoordde hij. 'Laat me in ieder geval eerst mijn jas uitdoen.'

Een paar seconden zouden in het grote geheel niets uitmaken, maar voor Nick wel. Hij beende achter Tomek aan en hijgde zwaar in zijn nek.

Nadat hij zijn jas aan een haak had gehangen, draaide Tomek zich om en zag Nicks kale hoofd een paar centimeter van zijn kin zweven.

'Nou?'

'Ja.'

'Is hij het?'

'Ja.'

'Weet je het zeker?'

'Ik heb de foto gebruikt.'

'Welke foto?'

'Ik wist niet hoe hij eruitzag, dus ik heb er een uitgeprint en naast zijn gezicht gehouden.'

'Jezus, Tomek,' zei Nick, luid zuchtend. 'We moeten zijn vrouw nog steeds zijn identiteit laten bevestigen.'

Ook al was Tomek voor negenennegentig procent zeker dat het Herbert Tucker was.

'Waarom heb je niet zijn portemonnee of rijbewijs gecontroleerd?' vroeg Nick.

'Er was eigenlijk geen ID bij hem, meneer,' antwoordde Oscar vanaf de andere kant van de kamer.

'Wat bedoel je?' vroeg Nick.

'Vermoedelijk heeft de moordenaar het gestolen. Hij was gekleed als een dakloze.'

Er viel een diepe stilte in de kamer terwijl het team de informatie verwerkte. Het moment duurde even - tien seconden, twintig, dertig - voordat Nick ongelovig zijn hoofd schudde en een spoedvergadering in de ruimte voor grote incidenten bijeenriep.

Een minuut later zat het team, met uitzondering van Nick die vooraan in de kamer stond en ongeduldig heen en weer liep. In de tijd dat Tomek en Oscar buiten het bureau waren geweest, hadden ze gewerkt aan het beantwoorden van de *wie*-vraag. Wie had dit Herbert aangedaan? Wie had hij in zijn leven zo veel kwaad gedaan dat ze dachten dat dit de enige manier was om wraak te nemen?

Maar nu het team wist dat Herbert als een dakloze was gekleed in de momenten voorafgaand aan of volgend op zijn dood, voegde dat een andere dimensie toe aan het onderzoek.

De vraag werd nu: wie had hij zo veel kwaad gedaan, en *waarom* zouden ze hem zo willen kleden?

Tomek had een paar eerste ideeën, maar wilde wachten tot hij de informatie had gehoord voordat hij er in zijn hoofd vorm aan gaf.

'Vertel ons alles wat je weet over zijn plaats delict,' beval Nick, bot en zakelijk.

Tomek, die zich voelde alsof hij hardop voor de klas moest voorlezen, schraapte zijn keel. Vervolgens legde hij uit wat ze hadden ontdekt na het gesprek met de belangrijkste getuige, Laurence Lowell, en de agent in uniform. Dat Laurence het lichaam slechts een uur eerder had ontdekt. Dat Herbert Tucker als een dakloze was gekleed en tussen de strandhuisjes was gedumpt. Dat hij was bedekt met een dekbed. Dat hij rode vlekken rond zijn mond had.

'Rode vlekken?' vroeg Nick.

'Alsof hij iemand had gekust met *heel veel* lippenstift op.'

'Andere zichtbare tekenen van geweld? Mogelijke doodsoorzaak?'

'NTB voor nu, meneer. Lorna boekt hem vanmiddag in.'

'Praat alsjeblieft normaal, Tomek, in godsnaam.' Nick zuchtte zwaar genoeg voor Tomek om het aan de andere kant van de tafel te voelen. 'Wat nog meer?'

'Dat is vrijwel alles wat we nu weten. Behalve dat er geen CCTV in dat gebied is, dat heb ik gecontroleerd.'

'En de belangrijkste getuige? Vermoed je dat hij erbij betrokken zou kunnen zijn?'

'Als we op zoek zijn naar een man in de zestig, dan ja. Maar ik denk eerlijk gezegd niet dat dat het geval zal zijn. De persoon die dit heeft gedaan, moet Tuckers lichaam naar het strand hebben gedragen en hem op een bepaald moment hebben uitgekleed. Ik weet niet hoe het met jou zit, maar zelfs ik zou moeite hebben met iemand van zijn postuur.'

'Maar je was nooit de sterkste,' riep Sean.

Tomek grijnsde. 'Ik heb het lichaam van een atleet. Jammer dat het dat van een darter is.'

En dat was geen grapje. Sinds Kasia in zijn leven was gekomen, waren de getallen op zijn taille en de letters op zijn kledingmaten allemaal veranderd en dat baarde hem zorgen. Hij kon zich niet herinneren wanneer hij voor het laatst was gaan hardlopen, maar hij wist nog wel wanneer hij voor het laatst afhaalmaaltijd had gegeten. Voor Kasia maakte het niet uit, het kleine donderstenetje was gezegend met een geweldige stofwisseling die haar er slank en gezond uit liet zien. Terwijl Tomek een ledemaat had willen ruilen om de zijne terug te krijgen.

'Sean, Tomek, hou je bek,' kreunde Nick. 'Dit is niet de tijd of plaats. Als jullie je grappige kleine gesprekken willen voeren, doe dat dan in je eigen fucking tijd en niet in mijn fucking gebouw.'

Tomek voelde zich nu als een kind dat net door de leraar was uitgescholden.

Nu de plaats delict was afgehandeld, verschoof de focus van het gesprek snel naar de rest van het team en wat zij hadden ontdekt in hun pogingen om de lagen van Herbert Tuckers leven bloot te leggen.

'Hij was een vervelend stuk vreten, een echte klootzak,' begon rechercheur Rachel Hamilton. 'En dat is mijn onpartijdige mening. Herbert Tucker maakte voor het eerst naam in de metaalindustrie. Hij kocht staal en andere metalen voor een spotprijs van mensen die ervan af wilden, maakte het schoon en verkocht het door aan de hoogste bieder. Hij begon daarmee toen hij twintig was en ging er tien jaar mee door voordat hij uiteindelijk de vastgoedmarkt betrad.'

'Tegenwoordig is iedereen huisbaas of vastgoedmagnaat,' zei Anna. 'Het is belachelijk. Het weerhoudt mij en mijn familie ervan om een huis te kopen.'

Haar reactie werd beantwoord met instemmend geroep.

'Vanaf dat moment werd hij behoorlijk vermogend en bekend. Hij begon zich aan te sluiten bij de Conservatieve elite en stemde zijn loyaliteiten daarop af. Hij maakte veel vrienden op hoge posities, en elke keer dat hij subsidies aanvroeg of een bouwvergunning nodig had, werd het versneld en veel sneller door het proces geloodst dan bij iemand anders het geval zou zijn geweest.'

'Natuurlijk,' antwoordde Nick.

'Ruiken jullie dat?' vroeg Tomek. 'Ruikt naar corruptie. En dat is niet de enige geur.'

'Waar heb je het over?' Nu was het Victorias beurt om zich te mengen in het gesprek. Tomek had gemerkt dat ze sinds het begin van het onderzoek weinig had gezegd en gedaan, wat niet bij haar paste. Misschien had Nick haar eindelijk herinnerd aan de mogelijke problemen rond haar relatie met Sean.

'Ik ben vergeten te vermelden,' begon Tomek. 'Herbert Tucker had in zijn broek geplast toen hij stierf. Ofwel ervoor of tijdens.'

'Niet erna?' vroeg Nick sarcastisch.

'Dat is eigenlijk wel mogelijk,' zei Oscar. Toen herinnerde hij zich om 'meneer' toe te voegen aan het eind.

Nick zuchtte onwillekeurig en keerde toen terug naar Rachel, die verder ging met het uitleggen van het levensverhaal van hun slachtoffer in verrassend nauwkeurig detail.

'Hij studeerde economie in Cambridge maar vertrok uiteindelijk toen hij besefte dat het allemaal theorie was en dat de praktische zaken zich in de echte wereld afspeelden. En op dit moment heeft hij vier bedrijven. Het metaalbedrijf, de vastgoedonderneming, een online retailbedrijf en een bedrijf in het buitenland, geregistreerd op het eiland Jersey.'

'Klassieke politicus,' merkte Sean op.

'Laten we proberen de politiek erbuiten te houden, oké?'

'Dat zou weleens behoorlijk lastig kunnen zijn, meneer. Maar ik zal mijn best doen.'

Tomek voelde aan dat het gesprek een andere wending nodig had voordat het zou ontaarden in een ruzie tussen twee mannen met tegengestelde politieke opvattingen, dus vroeg hij: 'Hoe weet je dit allemaal?'

Rachel draaide haar laptopscherm om. Daarop was een Amazon-boekpagina te zien voor iets genaamd "Het Is Beter Aan De Top", beschikbaar als Kindle en paperback. Op de boekomslag stond de direct herkenbare Herbert Tucker, die naar beneden keek, vermoedelijk naar degenen die onder hem stonden, waarbij zijn onderkin zichtbaar was.

'Die stomme eikel heeft een memoir geschreven?'

'Meer een zakelijk boek, maar hij praat *veel* over zichzelf.'

'Natuurlijk doet hij dat.' Tomek rolde met zijn ogen. 'Heb je het allemaal in een paar uur gelezen?'

'Het meeste heb ik diagonaal gelezen. Het is niet zo lang. Ik denk dat ik misschien het enige exemplaar heb gekocht.'

'Zijn grootste fan. Noemt hij namen?'

Rachel schudde haar hoofd.

'Natuurlijk niet. Klassieke politicus.'

'Wat zei ik?' siste Nick.

'U zegt veel dingen, meneer.'

'Weet je niet meer wat ik vijf minuten geleden zei? Over je bek houden?'

Het gelach en de glimlach verdwenen van Tomeks gezicht toen Nick zich weer tot Rachel wendde.

'Had hij vijanden in de zakenwereld? Iemand die hij heeft genaaid en die misschien wraak wilde nemen?'

Rachel draaide de laptop weer naar zich toe. 'Nog niet zeker, maar ik weet vrij zeker dat er in zijn dertigjarige carrière in het bedrijfsleven, en de laatste tien jaar in de politiek, vast wel iemand moet zijn. Ik moet dat alleen nog wat grondiger onderzoeken als ik meer tijd heb.'

Een stilte viel over de kamer terwijl ze wachtten tot Nick iemand anders zou aanwijzen om te spreken. De hoofdinspecteur plaatste zijn vingers op het bureau en wendde zich langzaam tot Chey.

'We weten dus over zijn zakelijk leven. Wat kun je ons vertellen over zijn politieke leven?'

De opgewonden uitdrukking op Cheys gezicht leek te suggereren dat de jonge agent de hele ochtend had gewacht op dit moment om alles te laten zien wat hij had geleerd, en hij zag eruit alsof hij zijn openingszin meerdere keren in zijn hoofd had geoefend terwijl hij geduldig wachtte.

'Ik ben niet zo van de politiek,' begon hij. 'Ik ken mijn Angela Merkels niet van mijn Nicola Sturgeons. En als ik moest kiezen, zou ik zeggen dat ik meer geef om de geur van de scheten van een kangoeroe dan om wat er in de regering gebeurt. Maar wat ik wél weet, is dat deze man vijanden had. Veel van hen. Negen van de tien op de klootzakschaal. Waarschijnlijk de minst geliefde persoon in de county als we de peilingen mogen geloven, en ik zou zelfs durven stellen dat hij de minst geliefde persoon in zijn eigen huishouden is. Hoe ik dit weet, vraag je misschien?'

Chey wachtte tot iemand letterlijk de vraag zou stellen. Toen niemand dat deed, flitste er een vleugje teleurstelling over zijn gezicht en ging hij verder.

'Wel, dames en heren, het internet. Een snelle zoektocht naar zijn naam levert verschillende video's op van mensen die hem lastigvallen en zelfs aanvallen op straat. Mijn favoriet is die waarin hij wordt bekogeld met eieren en in zijn gezicht wordt geslagen terwijl hij door een menigte loopt.'

'Net als John Prescott,' riep iemand.

Chey haalde zijn schouders op, alsof hij absoluut geen idee had wie John Prescott was. 'Zeker,' zei hij en ging verder.

'Het blijkt dat hij aan het begin van zijn politieke carrière een enorme voorvechter was tegen drugs - om ze te bestrijden, niet om ze te gebruiken. Hij was ook een grote speler op het gebied van dakloosheid en beloofde gouden bergen als het ging om ondersteuning en huisvesting voor daklozen. En sinds hij de afgelopen twee jaar aan de macht is, is hij absoluut geen van zijn beloften nagekomen, en de algemene consensus is dat hij is teruggekomen op veel van wat hij zei te zullen doen en dat hij de county heeft teruggebracht naar de jaren tachtig. Hij noemde "dakloosheid zelfs een levensstijlkeuze".'

'Klootzak,' merkte iemand anders dan Tomek of Sean op.

'Een van de laatste dingen die hij heeft gedaan - naar zijn eigen bescheiden mening ook een van de beste - is het verhogen van de parkeertarieven langs de boulevard.'

'Is dat waarom het me laatst meer dan twaalf pond kostte voor een middag?' vroeg Tomek.

Hij en Kasia waren langs de boulevard gaan wandelen en naar de arcadehallen gegaan als een leuk uitje; het was een dure middag geworden.

'Ja, hij is daarvoor verantwoordelijk,' antwoordde Chey.

'Klootzak,' mompelde Tomek onder zijn adem.

'Hoewel je blij zult zijn om te horen dat ze het over een paar weken weer normaal maken. Blijkbaar zijn de parkeerplaatsen niet zo druk als vroeger.'

'Ik vraag me af waarom...'

'Kunnen we alsjeblieft weer ter zake komen?' snauwde Nick, terwijl hij gefrustreerd met zijn hand op tafel sloeg. 'Hoe helpt ons dit op wat voor manier dan ook?'

'Dat doet het niet,' antwoordde Chey eerlijk, enigszins té eerlijk. 'Het vertelt ons alleen dat hij veel vijanden had. En mogelijk veel mensen die hem dood wilden hebben.'

HOOFDSTUK
ELF

Hoewel Herbert Tucker misschien veel vijanden had, was de laatste persoon die hem levend had gezien vrijwel zeker niet een van hen. Sarah Jewell was een vrouw van begin veertig met kastanjebruin haar, een perfect gebit en een even verblindende glimlach. Ze droeg een lange, nauwsluitende gele jurk met een bloemenpatroon dat niet zou hebben misstaan in de Botanische Tuinen. Tomek vond de outfit niet echt passend bij het seizoen, maar wat wist hij nou van mode? Hij droeg nog steeds dezelfde schoenen die hij al zeven jaar had. En hij zag geen reden om ze te vervangen. Ja, ze roken misschien - verschrikkelijk, als je Kasia moest geloven - maar ze waren nog steeds functioneel, en belangrijker nog, ze zaten nog steeds comfortabel.

Bovendien kon hij het niet verantwoorden om nog eens honderdvijftig pond aan een paar schoenen uit te geven, zelfs als hij er de volgende acht jaar mee zou doen.

Sarah opende de deur naar een kleine vergaderruimte. Binnen stond een tafel, vier hoogwaardige ergonomische Herman Miller stoelen die elk meer dan duizend pond kostten, een flatscreen-televisie aan de muur, en een whiteboard bevestigd aan de aangrenzende muur. Tomek kon niet anders dan opmerken hoe schoon en nieuw alles eruitzag. En hoe er kosten noch moeite waren gespaard als het ging om het belastinggeld dat dit alles financierde.

Hij vroeg zich ook af welke andere luxe de gemeente Southend nog meer genoot van zijn geld.

Sarah trok een stoel aan de andere kant van de tafel uit en ging zitten. Tomek en Rachel namen tegenover haar plaats. Voordat hij begon, nam Tomek een moment om de vrouw te bestuderen. Haar make-up was volledig, behalve waar deze was uitgelopen op de plekken waar ze duidelijk had gehuild, en haar ogen waren gezwollen. In haar mouw, een klein stukje uitstekend, zat een zakdoekje, en terwijl ze wachtte, begon ze ermee te friemelen, de stof tussen haar duim en wijsvinger te wrijven. Het was slechts subtiel, de kleinste beweging, maar Tomek merkte ook op dat haar lichaam trilde. Of ze nu nerveus met haar been op en neer wippend onder de tafel zat, of dat het een fysieke reactie was op het nieuws van Herberts verdwijning en dood, hij wist het niet. Maar uiteindelijk dacht hij dat het een combinatie van beide was.

'Mevrouw Jewell,' begon Tomek.

'Juffrouw,' corrigeerde ze. 'Eén keer getrouwd, maar nooit meer.'

'Juist,' antwoordde Tomek met een verontschuldigende glimlach. 'Juffrouw Jewell. Allereerst, bedankt dat u de tijd neemt om met ons te praten. Zoals u ongetwijfeld weet, onderzoeken we de verdwijning van uw baas, Herbert. Maar ik moet u met spijt meedelen dat zijn lichaam niet lang geleden is gevonden.'

Sarah schoot met haar hand naar haar mond om de hoorbare zucht die over haar lippen kwam te bedekken. 'Is hij dood?'

'Ja.'

En toen kwamen de tranen. Veel tranen. Minstens drie minuten lang. Onophoudelijk gejammer en hyperventilatie. Tomek zat er geduldig bij, wachtend tot ze over de eerste schok heen was, maar het was Rachel die de vrouw bijstond. Zij was de meer attente en emotionele van de twee, en het was logisch dat zij de ontroostbare vrouw troostte op welke manier dan ook. Tomeks enige bijdrage was het halen van nog een doos tissues van haar bureau.

Toen ze eindelijk klaar was, begon Tomek. Terwijl hij sprak, bleef ze haar ogen deppen, en alle zorg voor haar zorgvuldig aangebrachte make-up was verdwenen.

'We vermoeden dat hij vermoord kan zijn door wie hem ook ontvoerd heeft,' vertelde Tomek haar.

'Ik hoorde het vanochtend. Ik kreeg een sms van Keith dat hij van de beveiliging had gehoord dat Herbert was verdwenen.'

'Keith?'

Tomek stak zijn hand in zijn zak voor zijn pen en notitieboekje, klaar om Sarahs volgende woorden op te schrijven.

'Keith Ferguson. Werkt met Herbert. Ze zijn vrij close.'

Tomek noteerde de naam en onderstreepte hem verschillende keren.

'Hoe lang werkte u al voor meneer Tucker?' vroeg Tomek, erop gebrand het gesprek voort te zetten.

Ze pakte nog een tissue uit de doos en hield deze onder haar neus.

'We kennen elkaar al tien jaar. Ik was eerst administratief medewerker, kwam binnen via het afgestudeerdenprogramma van de gemeente toen ik vijfendertig werd. Ik heb laat politicologie gestudeerd, nadat ik besefte dat ik in deze wereld wilde komen. Ik ontmoette Herbert op mijn eerste dag. Hij was zo lief, zo aardig en verwelkomend. Hij liet me de hele plek zien en vertelde me waar ik heen moest als ik iets nodig had.'

'En toen besloot u zijn secretaresse te worden?'

Ze knikte, haar betraande ogen op Tomek gericht. 'Ik wist dat ik hem niet zou inhalen, dus liet ik het gaan. Ik zou het nooit tot parlementslid schoppen, dus richtte ik al mijn aandacht op het helpen van hem.'

'Zeer nobel en onbaatzuchtig van u.'

Tomek kon zich niet herinneren wanneer hij voor het laatst zoiets had gedaan. Of dat hij ooit zijn hele leven on hold had gezet. Het telde niet echt met Kasia, aangezien hij nog steeds zijn carrière en zijn dromen nastreefde. Maar het bracht wel een interessant punt naar voren: als ze ooit iets in hun leven zouden moeten verhuizen of veranderen, zou hij dan bereid zijn om de carrière op te geven die hij de afgelopen twintig jaar van zijn leven had gekend? Hij was er niet zo zeker van. En hopelijk zou hij het nooit hoeven uit te vinden.

De volgende tien minuten bleven de drie van hen Sarah's carrière bespreken en de impact die Herbert Tucker op haar leven had gehad, hoe hij haar dingen had geleerd waarvan ze dacht dat ze ze kende, maar niet volledig had begrepen. Hoe hij haar had geleerd hoe ze vooruit kon komen in de zakenwereld, en zelfs een klein zakcentje voor haar had opgezet, een online winkel die gehaakte figuurtjes van populaire filmen tv-personages verkocht. Wanneer ze tijd had, natuurlijk.

In die tijd waren de tranen langzaam afgenomen, net als het gesniffel, wat Tomek tot waanzin had gedreven, en was ze begonnen te ontspannen. Haar schouders waren gezakt en in één diepe ademhaling leek alle stress en frustratie te verdwijnen.

'Gisteravond...' begon Tomek, het volgende gespreksonderwerp inleidend zodat het niet als een verrassing voor haar kwam. 'Hoe laat hebt u het kantoor verlaten?'

'Kort na drie uur.'

'En Herbert was er toen nog?'

Ze knikte.

'Hoe bent u thuisgekomen?'

'Ik ben gelopen. Ik woon maar om de hoek. Vijf minuten lopen hiervandaan.'

'Herbert heeft u geen lift aangeboden?'

Ze schudde haar hoofd. 'Ik vind lopen niet erg,' antwoordde ze. 'Ik doe het de hele tijd. Ik ben eraan gewend, en het is niet zo ver. Bovendien zijn de straten niet zo slecht of gevaarlijk als het nieuws je wil doen geloven.'

'Moet fijn zijn om zo dicht bij je werk te wonen. Wedden dat je zo laat mogelijk uit bed rolt, vlak voor je begintijd?'

Hij vroeg het alleen maar omdat hij wist dat dat precies was wat hij zou doen als hij de mogelijkheid had.

'Dat zou je denken, maar helaas niet. Ik ben hier bijna elk uur van de dag. Zeven uur 's ochtends tot middernacht.'

'En zelfs langer...' voegde Rachel toe. 'Zoals gisteravond het geval was.'

'Ja. Absoluut. Ja. Zoals het geval was. Het is behoorlijk intensief, maar het houdt me bezig en er is nooit een saaie dag. Ik vind het geweldig.'

Rachel knikte langzaam, haar ogen vernauwden zich. Tomek werkte lang genoeg met haar om te weten dat ze een reeks vragen had die ze moest stellen en hij zou haar niet in de weg staan. Ze werkten nog maar een paar maanden samen, maar hun werkrelatie werd bijna telepathisch.

'Wat deed je hier zo laat?' vroeg ze, op een monotone, passieve toon.

Sarah aarzelde voordat ze antwoordde, haar reactie berekenend. Ze bleef met het zakdoekje tussen haar vingers spelen. Tomek keek naar beneden en merkte voor het eerst haar vuurrode nagels op.

'Weet je,' begon ze. 'Het gebruikelijke. Brandjes blussen. Herbie had iemand boos gemaakt en we moesten een reactie of een manier bedenken om ermee om te gaan.'

'Is dat een regelmatig voorkomende zaak dan?'

'Vaker dan we willen toegeven. Maar jullie zijn geen journalisten, dus het is oké.'

'En de rest van de avond?' vroeg Rachel, steeds verder doorvragend.

'Herbie had een grote toespraak in het vooruitzicht. Hij zou naar het Lagerhuis gaan en we moesten iets opstellen om aan de premier voor te leggen, dus hebben we onze avond besteed aan het schrijven daarvan.'

'En toen besloten jullie om het voor gezien te houden?' De hint van beschuldiging in Rachels toon werd steeds duidelijker.

'We vielen allebei in slaap achter onze bureaus,' antwoordde Sarah, haar lichaam wat gespannener, en haar rug begon stijver te worden. 'Ik ben er vrij zeker van dat Herbie me op een gegeven moment hoorde snurken, dus zei hij dat het waarschijnlijk het beste was dat we naar huis zouden gaan.'

Waarbij slechts één van hen het redde. Terwijl de ander in een permanente slaap werd gebracht.

Er viel een korte stilte tussen hen, en Tomek stelde een pauze voor. Hij had dringend water nodig en ging op weg naar de waterkoeler. Terwijl hij Sarahs aanwijzingen volgde, nam hij het kantoor op de derde verdieping in zich op. Het was net zo saai als hun eigen kantoor, met een paar moderne verbeteringen. En toch bruiste het van leven. Minstens dertig mensen zaten aan hun bureaus, typend, klikkend, pratend en schreeuwend door de ruimte. Het was hectisch, maar niet zo hectisch als het politiebureau midden in een moordzaak, en Tomek wist welke hij verkoos. Een paar momenten later vond hij de waterdispenser; een groot, modern apparaat met meer knoppen en wijzers dan een ruimtevaartuig. Het hele ding bracht Tomek meteen in verwarring. Zozeer zelfs dat hij de dichtstbijzijnde persoon aansprak - een twintiger, een roodharige vrouw met een bult bij haar oog.

'Hoe werkt dit ding?' vroeg Tomek haar. 'Ik wil alleen wat water, geen toegang tot nucleaire lanceercode.'

De vrouw grinnikte, nam het bekertje van hem aan, reikte naar voren en drukte op een knop. Onmiddellijk begon er water uit de kraan te stromen en een paar seconden later was het klaar. 'Het is gemakkelijk als je weet hoe het moet,' zei ze. Toen ze wegliep, voegde ze eraan toe: 'Maar als je ooit die lanceercodes vindt, kom me dan opzoeken. Ik zou ze graag zien.'

Tomek draaide zich van haar weg, zijn ego iets opgekrikt, en ging terug naar de vergadering, dit keer via een andere route. Terwijl hij zich een weg baande tussen de bureaus door, observeerde hij de perso-neelsleden. Ze leken zich allemaal niet bewust van zijn aanwezigheid, alsof hij gewoon een van hen was, nog een naam en gezicht dat ze zich niet hadden kunnen herinneren. Wat hem het meest verbaasde was hoe ze allemaal... normaal leken te doen. Alsof hun hoogste leidingge-vende niet dood was. Alsof ze helemaal niet hadden gehoord dat hij vermist was. Er hing geen somberheid in de lucht, geen gevoel van wanhoop.

Ofwel ze wisten het niet. Of ze wisten het wel, en het kon ze gewoon niets schelen.

En op basis van wat Tomek tot nu toe over de man had gehoord, vermoedde hij het laatste.

Kort nadat hij was teruggekeerd naar de vergaderruimte, keerde het gevoel van wanhoop terug.

'Je noemde dat jullie vaak veel brandjes moesten blussen,' zei Rachel toen hij was gaan zitten.

'Ja.'

'Kun je daar wat meer over vertellen?'

'Op welke manier?'

'Wat voor soort dingen moesten jullie aanpakken? Bedreigingen? Iemand die Herbert kwaad zou willen doen?'

'Wil je een lijst met namen? Want die heb ik.'

Tomeks gezicht klaarde op. 'Heb je die?'

'Ja. En bovenaan die lijst staat Aaron Howell-Jones.'

'Waarom?'

'Hij stuurt regelmatig doodsbedreigingen naar Herbie. Hij heeft een keer een kogel in de post gestuurd.'

'Echt waar?'

'O, ja. Aaron mocht hem echt niet.'

Er is een verschil tussen iemand niet mogen en iemand met de dood bedreigen.

'Waarom niet?'

Sarah pauzeerde voordat ze antwoordde. 'Ik... Hij... Aaron was het niet eens met zijn beleid over dakloosheid.'

'Degene waarop hij terugkwam?'

Sarah stotterde, niet in staat om te antwoorden. Haar mond ging snel open en dicht, en nu begreep Tomek waarom ze het nooit als poli-ticus zou hebben gered.

'Ben je er ooit mee naar de politie gegaan?' vroeg Tomek. 'Dit is de eerste keer dat ik hiervan hoor.'

Zuchtend liet Sarah haar hoofd zakken. 'Ik heb het geprobeerd. Echt waar. Ik heb zo vaak geprobeerd hem te overtuigen om het te melden, maar elke keer zei hij nee. Hij zei dat ik ze allemaal moest bewaren als bewijs, en dat als hem iets zou overkomen, ik het aan jullie moest laten zien. Maar hij wilde er destijds niets aan doen. Het was niet alleen zo bij Jones' bedreigingen, het was zo met elke bedreiging die hij kreeg.'

'Waarom wilde hij het niet melden? Voor iemand die behoorlijk intelligent lijkt, was hij niet erg slim.'

Sarah grinnikte, maar hield snel op. 'Ik weet het. Hij was dom in dat opzicht. Maar het was omdat hij geloofde dat hij onaantastbaar was, dat hem nooit iets zou overkomen, dat het allemaal woorden en loze bedreigingen waren en dat niemand ze ooit zou uitvoeren.'

Nou, dat hadden ze wel gedaan. En nu was hij nog een moordonderzoek verwijderd van zes voet onder de grond.

'Dus hij was een politicus met een Godscomplex,' merkte Tomek op, meer tegen zichzelf dan tegen iemand anders. 'Dat kon nooit goed aflopen.' Toen kuchte hij en verplaatste zich op zijn stoel. 'We hebben die lijst nodig, en we moeten ook het bewijs zien dat je hebt bewaard.'

Sarah knikte hevig. 'Natuurlijk. Ja. Alles wat jullie nodig hebben. Is er nog iets anders?'

'Eigenlijk wel. Ik denk dat ik net langs zijn kantoor ben gelopen. Is er vanochtend al iemand binnen geweest?'

'Niet dat ik gezien heb, en ik was een van de eersten hier.'

'Vindt u het erg als we even rondkijken?'

Sarah haalde haar schouders op en antwoordde: 'Ik zie niet in waarom dat een probleem zou zijn.'

HOOFDSTUK
TWAALF

E en dure mannengeur doordrenkte de lucht in Herbert Tuckers kantoor, alsof het in de muren en tapijten was gewreven en nu langzaam in de atmosfeer werd vrijgegeven. Chanel voor mannen of een ander duur merk waarvan Tomek de geur niet kende of herkende. Ze roken allemaal hetzelfde als je er lang genoeg tussen verbleef. Zwaar. Klam. En overweldigend zoet.

Maar het was in ieder geval een verbetering ten opzichte van de pislucht die hij met de parlementariër was gaan associëren.

Het kantoor van de man was in bijna onberispelijke staat. Niets stond uit plaats. In het midden van de kamer stond een bureau, gericht op de deur. Daarop stond een computer, precies in het midden, met aan de ene kant een postvak 'in' en aan de andere kant een postvak 'uit'. Beide waren tot de rand gevuld met documenten die zijn handtekening vereisten, of zaken die hij moest doorlezen.

De muis en het toetsenbord, van andere merken en modellen dan degene die Tomek in het hoofdkantoor had gezien, waren perfect en haaks ten opzichte van het computerscherm gepositioneerd. De kamer schreeuwde dat hier iemand werkte die overdreven pietluttig was over alles.

Voorbij de tafel, aan de linkerkant van de muur, stond een kleine plank met ringbanden, ordners en documenten, alfabetisch gelabeld en kleurgecodeerd om elk aspect van zijn functie aan te duiden. Aan de rechterkant was een plek voor Herberts garderobe. Een rij jashaken was aan de muur bevestigd, waaraan verschillende Barbour- en Tommy Hilfiger-jassen hingen. Daaronder stond een klein schoenenrek met verschillende schoenen voor verschillende gelegenheden.

'Nike-sportschoenen voor als hij in een comfortabele bui is,' legde Sarah uit. 'De Edward Green suèdes voor als hij naar een gelegenheid gaat. De Berluti leren Chelsea boots voor formele bijeenkomsten. En de Dior Oxfords voor belangrijke vergaderingen.'

Tomeks mond viel open terwijl hij naar de woorden luisterde die uit Sarahs mond kwamen. Hij had geen idee wat al die namen betekenden, hij wist alleen dat ze ongelooflijk duur klonken.

'Ik wed dat sommige van die schoenen meer kosten dan mijn telefoon,' zei hij.

'Ik wed dat ze meer kosten dan mijn huur,' voegde Rachel toe.

'Hij was een echte verzamelaar,' zei Sarah. 'Hij had een grote kast vol schoenen in zijn huis. Hij heeft me die een keer laten zien.'

Tomek stopte met naar haar luisteren en trok de latex handschoenen aan die Rachel hem had gegeven. Toen begon hij de kamer te doorzoeken, inspecteerde de laden en bakjes op de bureaus, voordat hij overging naar de mappen op de planken en de inhoud van Herberts jaszakken. Er was veel te veel om ter plekke te bekijken, dus alles zou handmatig moeten worden geïnspecteerd door het team en een handvol gelukkige (of ongelukkige) leden van het geüniformeerde personeel, maar het gaf Tomek een goed idee van wat voor soort man ze te maken hadden.

Het was duidelijk te zien dat Herbert Tucker genoot van de fijnere dingen in het leven, dat hij verstandig was geweest met zijn geld en het niet had verspild aan onnodige aankopen. Ja, de vier paar schoenen waren misschien een beetje overdreven, maar van het weinige dat Tomek van het huis van de man had gezien, kreeg hij niet de indruk dat het vol stond met de nieuwste en beste producten, dat hij slim was geweest met zijn uitgaven.

Wat Tomek deed afvragen waar de rest van het geld naartoe was gegaan. En naar wie het was gegaan.

En hoe dat van invloed kon zijn geweest op zijn verdwijning en dood.

Binnen een half uur hadden Tomek en Rachel, samen met een team van forensisch onderzoekers dat zij had opgeroepen, de bezittingen in

Herberts kantoor met succes veiliggesteld als bewijsmateriaal, inclusief zijn desktop en laptop die in de eerste lade waren gevonden.

Tomek was de laatste die het kantoor verliet, en toen hij de deur achter zich sloot, botste er iets tegen hem aan. Het voelde als een klein paard, maar was in feite een menselijk wezen. Een zeer geschrokken en geagiteerd wezen (hoewel niet al te verschillend van een echt paard, merkte Tomek op).

'Rustig aan, tijger,' zei hij, 'je rent rond als een hond met een rotje onder zijn staart. Wist niet dat politiek zo opwindend was.'

'Ik... eh... sorry daarvoor,' zei de man, terwijl hij aan de achterkant van zijn hoofd krabde. Vervolgens legde hij een hand op Tomeks arm en begon hem af te tasten.

Tomek pakte de hand van de man vast en liet deze langzaam zakken.

'Het gaat *prima* met me,' zei hij. 'Je bezorgdheid wordt gewaardeerd, maar raak me alsjeblieft niet nog eens aan.'

Een blik van geschokte ontzetting verscheen op het gezicht van de man alsof Tomek hem zojuist had geslagen.

'Het spijt me. Het is gewoon... Herbert. Ik ben een beetje... je weet wel. Sorry.'

'U kende hem?'

'We kenden hem allemaal. Maar ik denk dat ik hem waarschijnlijk het langst heb gekend.'

Toen realiseerde Tomek zich dat hij naar Keith Ferguson keek.

'Vindt u het goed als we even praten?' vroeg Tomek beleefd. Hij was al op zoek naar een kamer voordat Keith kon antwoorden.

De man liep aarzelend een kleine, kale kamer binnen en vond een plek aan de tafel. Tomek sloot de deur en voegde zich bij hem.

Net als Herbert Tucker was Keith Ferguson een man van begin vijftig, maar hij zag er aanzienlijk jonger uit. Hij had dik zwart haar dat naar achteren was gekamd met behulp van een kam en een flinke hoeveelheid haarproduct, en zijn tanden waren opzichtig wit. Tomek had iets soortgelijks meegemaakt toen hij de makelaar had ontmoet die hem zijn flat had verkocht. Turkse tanden, zo werden ze genoemd. Goedkoop, vrolijk, en zo helder als de zon die het land in de zomermaanden kuste.

Terwijl hij daar zat, wiebelde Keith op zijn stoel. Hij voelde zich ongemakkelijk, dat was duidelijk te zien, maar er was nog iets anders aan het gedrag van de man dat Tomek zorgen baarde. Hij was oplettend en alert, maar tegelijkertijd afgeleid en ongeconcentreerd. Zijn bewegingen waren onregelmatig en schokkerig. En zijn knie ging net zo snel op en neer als zijn hart.

De man was ergens onder invloed van, en Tomek dacht niet dat het bedoeld was om zijn cholesterol te verlagen.

'Vertel me hoe u Herbert Tucker kent,' begon Tomek.

'We waren vroeger zakenpartners. Ik werkte met hem samen bij zijn avontuur in het ondernemerschap en hielp hem zijn metaalbedrijf op te zetten.'

Tomek kon zich niet herinneren dat Keiths naam überhaupt in Tuckers boek werd genoemd.

'En toen zijn we bij elkaar gebleven. Ik hielp hem met zijn zaken. Hij hielp mij met de mijne. We waren ongeveer even oud, we trouwden rond dezelfde tijd, en hij stichtte een gezin met Nora op hetzelfde moment dat ik de mijne begon met mijn vrouw. We werden hechte vrienden. We deden letterlijk bijna alles samen.'

'Klinkt *inderdaad* zo. *Letterlijk*,' antwoordde Tomek, met nadruk op het woord dat hij het meest verafschuwde. 'Hebben jullie het altijd goed kunnen vinden in jullie professionele en persoonlijke relaties met elkaar?'

Keith schudde zijn hoofd. 'Natuurlijk niet. Het is als een huwelijk, en welk huwelijk is er altijd rozengeur en maneschijn? Nee, we hadden onze ruzies, onze meningsverschillen, maar niets wat sterk genoeg was om tussen ons in te komen.'

Tomek knikte peinzend. Hij kon niet anders dan denken dat het allemaal een beetje te mooi klonk om waar te zijn. De perfecte, harmonieuze zakenrelatie die zo lang had geduurd?

'Heb je het boek gelezen dat hij heeft gepubliceerd? Zijn boek over zaken?'

'Ja. Hij vroeg me om het na te lezen.'

'En je was niet boos over het feit dat je naam helemaal niet wordt genoemd?'

Keith opende zijn mond maar sloot die onmiddellijk daarna weer. Hij nam de tijd om te antwoorden, de berekeningen voor een reactie waren zichtbaar op zijn gezicht. En in de tijd die hij nodig had om met iets te komen, werd zijn onrustige gefriemel erger. De drugs in zijn systeem werkten uit.

'Waarom zeg je het zo?' vroeg Keith, tijd rekkend.

'Hoe zo?'

'Alsof ik iets te maken had met wat er met hem is gebeurd.'

Tomek tuite zijn lippen en schudde zijn hoofd. 'Zoiets is niet uit mijn mond gekomen.'

'Niet letterlijk, maar het werd geïmpliceerd.'

'Letterlijk geïmpliceerd, of impliciet letterlijk?'

De geschokte blik werd vervangen door verwarring.

'Ik heb gevraagd om mijn naam buiten het boek te houden, als je het echt wilt weten.'

'Dat wil ik. Interessante keuze. Waarom?'

'Omdat het een viering was van alles wat Herbert in zijn leven had bereikt, en ik wilde daar niet van afleiden. Ik was blij om het gepubliceerd te zien. En hij gaf me zelfs een gesigneerd exemplaar,' legde Keith uit met het zelfvertrouwen van iemand die die specifieke zin meerdere keren had geoefend.

'Ondanks dat je een enorm aandeel had in het bereiken van waar hij was?'

Keith knikte, maar Tomek was niet overtuigd. En te oordelen naar het halfslachtige knikje, de man zelf ook niet.

'Dus hoe zijn jullie twee in de politiek terechtgekomen?'

Keith keek op zijn horloge en masseerde vervolgens zijn pols met zijn duim, alsof hij plotseling dringend ergens naartoe moest.

'We beseften dat er veel dingen waren die veranderd moesten worden in de stad en dat we rijk en invloedrijk genoeg waren om dat te kunnen doen.'

'Dus jullie veroverden de zakenwereld, en dachten toen dat jullie de politieke wereld konden veroveren.'

Keith merkte het sarcasme in Tomeks stem op en reageerde gepikeerd op de opmerking. Hij gebaarde om zich heen. 'Ik bedoel, het heeft gewerkt, toch?'

'Voor één van jullie, ja.'

Keith antwoordde daar niet op, maar het was duidelijk te zien aan het gezicht van de man dat er een zweem van jaloezie was, een vleugje afgunst. Wanneer slechts één van de vrienden parlementslid voor Southend kon worden, werden het speelveld en het respect voor elkaar snel ongelijk.

'Maakte dat je boos?' vroeg Tomek.

'Welk deel?'

'De tweede viool spelen bij één van je beste vrienden? Naar de zijlijn worden geschoven?'

'Het kon me eerlijk gezegd niet schelen,' zei Keith zelfverzekerd, hoewel de intonatie en lichte breking in zijn stem niemand voor de gek hielden, vooral Tomek niet. 'Hij was de beste man voor de baan. Hij verdiende het en hij deed fantastisch werk.'

Terwijl hij luisterde, kreeg Tomek de indruk dat dit een specifieke leugen was die Keith zichzelf zo vaak had verteld dat hij het was gaan geloven.

'Het is eerlijk om te zeggen dat je Herbert Tucker vrij goed kent, toch?' vroeg Tomek langzaam.

'Ja...' antwoordde Keith, met voorzichtigheid en bezorgdheid in zijn stem.

'Dus ik vraag me af, weet je misschien wie iets te maken zou kunnen hebben met zijn dood? Iets dat je misschien hebt gehoord? Iemand die in je opkomt die hem misschien dood wilde hebben?'

Keith pauzeerde even, en stilte daalde neer in de kamer. Buiten de dunne muren van de vergaderruimte weerklonk het geluid van gesprekken en gelach. De sombere sfeer die typisch gepaard gaat met rouw en het overlijden van een familielid of collega bleef het gebouw mijden. En het was duidelijk te zien dat de enige mensen die overstuur leken te zijn over de dood van Herbert Tucker degenen waren met wie Tomek al had gesproken.

'Niemand komt bij me op...' zei Keith, terwijl hij de tijd nam om elk woord duidelijk uit te spreken. Hij schudde zachtjes zijn hoofd, zwaaiend van links naar rechts. Ondertussen waren de trillingen die zijn lichaam teisterden heviger en agressiever geworden.

'Voel je je wel goed?' vroeg Tomek.

'Prima. Helemaal prima. Afgezien van het feit dat ik natuurlijk overstuur ben over Herbert. Het zet je gewoon... aan het denken, nietwaar? Dat het iedereen op elk moment kan overkomen.'

Tomek fronste zijn neus. 'Statistisch gezien is de kans dat zoiets willekeurig gebeurt zo klein dat je meer kans hebt om twee keer door dezelfde auto te worden aangereden,' antwoordde hij, waarbij hij zijn innerlijke Oscar Perez kanaliseerde (en de stem van de kapitein in zijn hoofd hoorde terwijl hij het zei).

'Nou... ja. Ik begrijp wat je bedoelt.'

'Dit soort dingen gebeurt meestal door iemand die het slachtoffer kent, en nog vaker omdat ze hem op de een of andere manier hebben dwarsgezeten. Dwarsgezeten tot het breekpunt,' Tomek besloot de opmerking in de lucht te laten hangen, Keith te laten sudderen in zijn eigen trillende plas zweet.

'Sommige mensen hebben gewoon een hekel aan politici.'

Amen daarop, dacht Tomek.

Nog een blik op het horloge, dit keer duidelijker. Net als de zucht die ermee gepaard ging.

'Houd ik je ergens van af?' vroeg Tomek.

'Wat? Nee. Natuurlijk niet.'

'Verlangend om de kamer uit te gaan?'

'Sorry? Nee. Ik bedoel, nee. Ik... het spijt me. Ik wilde je niet beledigen.'

'Wat deed je gisteravond?' Tomek had al vroeg in zijn carrière uitgewerkt dat het veranderen van de richting van het gesprek een veel grotere impact had op de uitkomst dan het volgen van een lineair pad. En de vraag, de belangrijkste vraag die hij zojuist op Keith had afgevuurd, had de man bijna van zijn stoel gestoten.

'Gisteravond?' herhaalde hij, stamelend als een kind. 'Wat gebeurde... Oh, dat... Ik was, weet je... Ik ging gewoon... Ik ging naar huis naar mijn vrouw en kinderen. We... eh, we bleven laat, met z'n drieën. Ik, Sarah en Herbert. We waren bezig met wat dingen. Stukjes voor een toespraak. En toen hield ik het rond middernacht voor gezien, denk ik. Ik... ik weet de exacte tijd niet. Daarna ging ik naar huis.'

'En waar is thuis voor jou?'

'Rochford.'

Een rit van tien minuten. Helemaal niet ver weg. Vooral niet midden in de nacht.

'Kan iemand uw verblijfplaats bevestigen?'

'Ja. Natuurlijk. Mijn vrouw.'

Tomek noteerde haar naam, Keiths adres en de rest van de gegevens die hij hem had gegeven voordat hij de onder invloed verkerende man beloofde dat hij contact zou opnemen.

HOOFDSTUK
DERTIEN

Tomek staarde al lang naar de waterkoker nadat deze was overgekookt. Pas toen de deur van de kleine keukenruimte openging, kwam zijn geest weer tot leven. En zelfs toen functioneerde hij maar op halve kracht. Daar in de deuropening, zijn lichaam vulde het bijna helemaal, stond DS Sean Campbell. De enorme rechercheur, groter dan wie dan ook die Tomek ooit had ontmoet, droeg een eenvoudig T-shirt met daaroverheen een stijlvolle groene jas. Het was een nieuwe outfit voor zijn vriend, en te oordelen naar de rest - de op maat gemaakte jeans en nette schoenen - was het een compleet nieuwe garderobe.

'Die vind ik mooi,' zei Tomek, wijzend naar Seans jas.

'Bedankt,' zei hij, terwijl hij zichzelf van top tot teen bekeek. 'Het heet een shacket.'

'Een wat?'

'Een shacket.'

'Waar staat dat voor? Shit jacket?'

'Nee. Ik bedoel, nou ja, dat zou kunnen, maar ik zou liever niet hebben dat je het zo noemt. Het staat voor shirt jacket.'

'Een shirt dat eruitziet als een jas?'

'Ja...'

'Origineel. Waar heb je het vandaan?'

'M&S.'

'Ach gossie. Ben je al op die leeftijd?'

'Rot op.'

'Ik maak er geen grapje van. Ze maken goede dingen. Eigenlijk heel goede dingen. Comfortabel en stijlvol ook. Welkom bij de club.'

'Betekent dat dat ik oud ben?' vroeg Sean terwijl zijn schouders zakten.

'Alleen ouder dan iedereen op de planeet die jonger is dan jij.'

'Geweldig. Ik merk dat je tijd hebt doorgebracht met de Captain.'

Tomek haalde zijn schouders op. 'Misschien ben ik Captain 2.0 in de maak.'

'Dat is het laatste wat de wereld nodig heeft.'

Een glimlach speelde om Tomeks lippen. 'Of misschien is het *precies* wat de wereld nodig heeft.'

'Het is nu dus je plechtige plicht om iedereen ter wereld te informeren en op te voeden, is dat het?'

'Alleen als ze bij M&S winkelen.'

'Fuck.'

Inderdaad, fuck. Tomek had al een tijdje niet meer zo gelachen en gegrapt met Sean. De dingen waren de laatste tijd nogal wisselvallig geweest, en hij was blij dat dit weer een van die zeldzame maar aangename oplevingen was.

'Is de rest van het ensemble ook van M&S?'

'Dat klopt.'

'Wat bracht je ertoe om het te kopen?'

'Victoria.'

'Wow. Het moet wel serieus zijn. Laat haar niet veranderen wie je bent, maat. Laat haar je geen dingen laten doen die je niet wilt doen.'

Sean vond die opmerking niet leuk. Waardeerde het niet. Tomek besefte waarschijnlijk kort daarna dat hij het ook niet had moeten zeggen. Maar het was nu te laat. De kogel was uit het pistool, en wat een leuk, positief, vriendschappelijk gesprek was geweest, was zojuist een paar niveaus gedaald.

'Hoe zit het met jou en Abigail?' vroeg Sean, het gesprek even van zichzelf afleidend.

'Er is geen ik en Abigail. We gaan morgenavond uit eten. Maar dat is alleen omdat ze me de afgelopen paar weken heeft gesmeekt en ik hoopte dat ze me wat inzicht in Herbert Tucker kon geven.'

'Klinkt een beetje... *transactioneel*.'

Transactioneel. Tomek herhaalde het woord verschillende keren in zijn hoofd totdat het slechts een combinatie van letters en klanken werd.

'Alles wat ik zeg is,' begon Sean, en Tomek voelde dat het nu zijn beurt was om een lage klap te ontvangen. 'Een relatie die gebaseerd is op transacties lijkt me niet echt goed.'

'Juist,' antwoordde Tomek, opzettelijk kortaf. 'Bedankt.'

Sean schuifelde ongemakkelijk op zijn voeten. 'Neem het aan van iemand met ervaring,' zei hij.

'Ja. Tuurlijk. Zal ik doen.'

Toen Tomek aanstalten maakte om de keuken te verlaten, stapte Sean opzij. Tegen de tijd dat hij bij de deur was, riep zijn vriend hem terug.

'Hé, ga je nog steeds mee naar de wedstrijd dit weekend?'

'Ja,' antwoordde Tomek. 'Dat zou moeten lukken.'

Toen vertrok hij.

'Tomek... Tomek...' riep Sean hem na, maar hij negeerde hem en liep door. 'Je bent vergeten je koffie af te maken!'

———

Kort daarna had Nick een nieuwe vergadering in de ruimte voor grote incidenten belegd. Toen Tomek een plaats zocht, bracht Sean een dampende kop koffie en zette die voor hem neer.

'Je wordt seniel op je oude dag,' zei Sean, terwijl hij zijn tanden liet zien in een glimlach. 'Eerst M&S, nu dit.'

Tomek keek naar het drankje. Hij wilde het niet echt - het was vijf uur, te laat, en hij had het eigenlijk niet eens gewild - maar hij was te beleefd om te weigeren.

'Als ik een voorbeeld ben, volg jij over een paar jaar in mijn voetsporen.'

'Verdomme, ik hoop van niet,' zei Sean terwijl hij naast Tomek ging zitten.

'Een paar jaar, maat, dat zeg ik je. Een paar jaar... Je zult merken dat sommige dingen makkelijker worden met de leeftijd.'

'Zoals wat?'

'In slaap vallen. Je bank wordt je beste vriend, en soms je nieuwe bed.'

Sean opende zijn mond om te antwoorden maar werd onderbroken door Nick die net de kamer binnenkwam en de deur achter zich dichtsloeg.

'Goed, stelletje onverlaten,' zei hij, terwijl hij haastig naar het hoofd van de kamer liep. 'Het is een paar uur geleden, en ik heb een update nodig. Wat hebben jullie? Nieuws over de post-mortem?'

'Nee, chef,' antwoordde Nadia.

'Prima. Kun je haar onmiddellijk achter de broek zitten?'

'Absoluut.'

Nadia boog haar hoofd en begon een bericht op haar telefoon te typen. Nick ging door met het gesprek.

'Wat nog meer?' vroeg hij.

Tomek opende zijn mond om als eerste te spreken, maar Chey was hem voor.

'Ik heb Herbert Tuckers auto gevonden,' zei de jonge detective.

'Je hebt hem persoonlijk gevonden?'

'Nee. Niet helemaal. Iemand anders deed dat en meldde het. Ik volgde alleen zijn bewegingen toen ik eenmaal wist waar het was.'

'En waar was het?'

'Op de parkeerplaats langs Thorpe Bay.'

Nicks hoofd schoot naar Tomek voordat hij zich weer naar Chey wendde. 'Wil je zeggen dat het de hele tijd een paar meter van de plaats delict geparkeerd stond en niemand het heeft gevonden? Zelfs niet onze eigen DS Bowen en DC Perez?'

'Ik... ik bedoel... ik wil niemand verklik-'

'Dat was een verzuim, meneer,' zei Tomek, die zichzelf en zijn collega te hulp schoot. 'We wilden zo snel mogelijk terug naar kantoor met het nieuws dat Herberts lichaam was gevonden.'

En om uit de regen te komen. Maar dat hoefde Nick zeker niet te weten.

'We leven in de eenentwintigste fucking eeuw, Tomek. Je hebt een mobiel, net als iedereen in deze kamer. Misschien had je, als je je fucking hersens had gebruikt, kunnen bellen terwijl je naar de auto zocht.' Nick liet een lange, hoorbare zucht ontsnappen. Zijn schouders zakten en hij schudde spottend zijn hoofd. 'Chey, wat gebeurt er nu, alsjeblieft?'

'Forensisch onderzoek heeft de auto in opslag en onderzoekt hem zo snel mogelijk. Hun zorg is nu het bewijs dat verloren is gegaan door de regen en wind, maar ze hebben de binnenkant die volgens hen voldoende zal zijn. Ze zijn ervan overtuigd dat we daar genoeg DNA zullen vinden.'

'Geweldig. En wat over waar het vandaan kwam?'

'Blij dat u dat vraagt, meneer.' Chey had zijn laptop meegenomen, en met een paar klikken op de knop was het hem gelukt zijn computerscherm te casten naar de televisie die aan de muur hing. Erop stond een kleine kaart van Southend. Het gebied was grotendeels grijs gemaakt, behalve een dikke, rode lijn die door de straten van de stad slingerde tot hij stopte langs het strand van Thorpe Bay. 'Het voertuig volgde deze route. Alles bij elkaar ongeveer een reis van twintig minuten.'

'Hoe laat was dat?' vroeg Nick.

'Ik zou zeggen tussen drie uur veertien en drie uur vierentwintig 's nachts, chef.'

'Is er geen CCTV-beeldmateriaal van binnen de parkeerplaats aan de boulevard?' vroeg Sean, terwijl hij naar voren leunde in zijn stoel alsof hij fysiek het gesprek binnenging.

Chey, nog steeds vooraan in de kamer, blies een scheetgeluid door zijn lippen. 'Doe niet zo gek. Dat zou te makkelijk zijn.'

'Ze hebben de prijzen onlangs verhoogd. Ik dacht dat ze er bovenop zouden zitten en overal camera's zouden plaatsen om mensen te betrappen?'

'Daarom hebben ze parkeerwachters, maat.'

Bij velen bekend als de ergste mensen die er bestaan.

'Is de bestuurder überhaupt te zien in de beelden?'

'Helaas niet,' antwoordde Chey. 'Veel van de camera's hier zijn, eerlijk gezegd, waardeloos. Ik heb betere beelden van de ruimte gezien dan van deze klotedingen. Maar goed, het is gewoon een van de vele uitdagingen waarmee ik moet dealen in mijn werk. En dat is allemaal te danken aan de gemeente. Zij zijn degenen die de technologie up-to-date moeten houden.'

'Wat gebeurde er nadat het voertuig op de parkeerplaats was aangekomen?' vroeg Nick, die zich weer in het gesprek mengde. 'Iets dat suggereert dat hij naar een huis of gebouw was gebracht voordat hij werd vermoord?'

'Nog niet, meneer.'

'Waar ging de moordenaar daarna naartoe, Chey? Heb je beelden gezien van een auto die de plaats verlaat?'

Chey schudde langzaam zijn hoofd, voorzichtig om de hoofdinspecteur niet te ergeren. 'Niets wat ik tot nu toe heb gezien, meneer. Maar ik blijf natuurlijk zoeken.'

Nick zuchtte opnieuw, dit keer zwaarder. 'Dus we hebben geen beelden van de misdaad die plaatsvindt of van de auto die de parkeerplaats oprijdt waar het lichaam werd gevonden. We hebben geen bewijs van het gezicht van de bestuurder-'

'Ik bedoel, er is een screenshot,' onderbrak Chey. 'Maar het is zo wazig als een dronken avond.'

'Maakt me niet uit. We kunnen het nog steeds gebruiken. Heeft iemand goed nieuws?'

Nu was het Tomeks beurt. Hij kuchte voordat hij begon en legde, met Rachels hulp, de gesprekken uit die ze hadden gehad met Sarah Jewell en Keith Ferguson.

'Wat denk je?' vroeg Nick. 'Heeft een van hen er iets mee te maken?'

'Beiden geven me rode vlaggen,' antwoordde Rachel.

'Wat betekent dat, voor de oudere generatie?' vroeg Nick.

'Zoals rode vlaggen in een relatie. Waarschuwingssignalen.'

'Hmm. Oké. Welke rode vlaggen geven ze je?'

'Nou,' zei Rachel, haar ogen gleden snel naar Tomek alsof ze goedkeuring zocht. Hij gaf het met een knikje. 'Sarah kent Herbert Tucker al jaren. In die tijd heeft ze *met* hem gewerkt, en nu werkt ze *onder* hem.'

'En ik wed dat ze nog veel meer *onder* hem doet,' voegde Tomek toe.

'Hoezo?' vroeg Victoria. Tot nu toe had de inspecteur aan de rand van het gesprek gezeten, bijna wegvallend in de achtergrond van de kamer, en Tomek was zelfs vergeten dat ze aanwezig was.

'Sarah noemt hem Herbie. Toen ik zijn vrouw bezocht, heeft ze hem bij geen van beide gelegenheden met zo'n schattige bijnaam aangesproken.'

'Wat dacht je van al die schattige bijnamen die jij voor ons hebt?' vroeg Nadia.

'Volkomen anders,' antwoordde Tomek. 'De mijne zijn koosnaampjes. Terwijl ik denk dat die van hen grotendeels voor de slaapkamer zijn gereserveerd.'

'Denk je dat ze een affaire hebben?'

'Zou me niet verbazen. Je weet hoe die politici zijn.'

'Stop,' zei Nick, zijn hand opstekend om Tomek te verbieden verder te gaan. 'Stop nu met praten en vertel me over Tuckers politieke compagnon, Keith...'

Tomek hield opzettelijk zijn mond dicht, zoals hem was opgedragen, totdat Nick de grap niet meer leuk vond. Wat hij eigenlijk in de eerste plaats al niet had gevonden.

'Meneer Ferguson was zeker onder invloed van iets toen ik eerder met hem sprak. Hij was zenuwachtig, zwetend en ongemakkelijk. Grotendeels vanwege zijn zorgen dat hij misschien de volgende zou zijn omdat, volgens hem, politici niet populair zijn. Geen idee waar hij dat idee vandaan heeft. Maar ik denk dat de paranoia iets te maken had met de drugs in zijn systeem. Afgezien daarvan beweert hij het gebouw om middernacht te hebben verlaten en naar huis te zijn gegaan naar zijn vrouw, maar hij woont slechts op tien minuten rijden, dus hij had om drie uur 's ochtends kunnen terugkomen en Herbert Tucker kunnen vermoorden.'

'Motieven? Wat heeft hij?'

'Altijd de tweede viool spelen? Aan de kant geschoven worden terwijl zijn beste vriend alle eer krijgt? Denk dat zoiets me ook een beetje zou hebben opgefokt.'

Tomek wist niet of het onwillekeurig of bewust was, maar Sean had naar hem gekeken. Hij had de minuscule beweging vanuit zijn ooghoek opgemerkt. En hij voelde de bezorgdheid op het gezicht van zijn vriend, dat er misschien iets soortgelijks tussen hen gebeurde. Het was geen geheim dat beiden een promotie tot inspecteur wilden, maar met een van hen in het ondergoed van de huidige functiehouder, was het geen raketwetenschap om uit te werken wie waarschijnlijk als eerste aan de beurt zou zijn. En als dat het geval was, dan hoopte Tomek alleen maar dat hij niet zou eindigen met het vermoorden van zijn beste vriend en zich wenden tot een leven van drugs en saai politiek werk.

'Nog iets anders?' vroeg Nick.

'Ja,' riep Nadia, waarmee ze ieders aandacht trok. 'Net een e-mail gekregen van Lorna. Ze zei dat we de deur moeten checken.'

'Wat-?'

Voordat Nick kon eindigen, klonk er een klop op de deur, en daar stapte Lorna Dean binnen, de patholoog van het ministerie van Binnenlandse Zaken. Haar vuurrode haar hing los en ze droeg een dunne grijze gebreide trui die tot aan haar nek kwam.

'Dat noem ik nog eens een entree maken,' zei Tomek.

'Niets gaat boven een beetje theater, schatje. Wilde jullie allemaal even laten weten dat de lijkschouwing klaar is. Herbert Tucker - of

Herbert de Pervert, zoals sommige gasten in het ziekenhuis hem noemden - is opengesneden, onderzocht en klaar voor jullie beoordeling.'

Tomek had gesprekken en ervaringen met Lorna altijd chaotisch en tegelijkertijd betoverend gevonden. Ze bevond zich verder op de schaal van gestoordheid dan de rest van hen, maar dat moest ook wel om het werk te doen dat ze deed: de hele dag naar dode lichamen staren, hun organen verwijderen, wegen en onderzoeken. Er moesten wel een paar schroefjes los zitten.

'Vertel op dan,' zei Nick, terwijl hij nog een zucht door zijn neusgaten liet ontsnappen. 'Wat heb je gevonden?'

'Een paar dingen die jullie wel interessant zullen vinden,' begon ze, genietend van het theatrale van de situatie en de aandacht van haar publiek. 'Ten eerste had Herbert Tucker een gebroken neus. Ook nog recent. Mogelijk door een vuist of een voorhoofd, maar gezien de omvang en dichtheid van de breuk zou ik zeggen dat het door een voorhoofd kwam. Hij zou een kopstoot hebben kunnen gekregen.'

'Een Glasgow Kiss,' zei Tomek zonder na te denken.

'Wat is dat?' vroeg Nick.

'Een Glasgow Kiss. Zo noemen ze het in Glasgow.'

'Ja, no shit. Maar je bent niet Schots en ook niet uit Glasgow, dus wat heeft dat er in godsnaam mee te maken?'

Tomek mocht deze versie van Nick niet. De agressieve, vervelende klootzak-versie. Natuurlijk, de man was net terug van enkele weken verlof nadat zijn dochter in het ziekenhuis was beland door een paranoïde schizofreen. En natuurlijk zou hij ongetwijfeld een buitensporige hoeveelheid druk krijgen van de media, politiehiërarchie en andere leden van de politieke elite bij het zoeken naar Herberts moordenaar, maar dat betekende nog niet dat hij zich zo als een eikel moest gedragen.

Tomek was ervan overtuigd dat zijn opmerking relevant was. Hij wist alleen nog niet waarom.

'Niets, meneer. Gewoon mijn hersenen die me weer parten spelen.'

'Hoe dan ook,' vervolgde Lorna voordat er een ruzie uitbrak. 'Zoals ik al zei, mijn vermoeden is een kopstoot - een Glasgow Kiss.' Lorna wierp Tomek een snelle glimlach toe voordat ze doorging. 'Nu verder naar de doodsoorzaak. Deze zal je bevallen. Nou, misschien ook niet. In ieder geval, ammoniak.'

'Ammoniak?' herhaalde Nick.

'Ja. Ik geloof dat het veel voorkomt in tuinproducten, meststof en dergelijke, en ook in schoonmaakmiddelen. Het is zeer irriterend en zeer gevaarlijk wanneer het op je huid komt, net als onze eigen meneer Bowen daar.'

Lorna's poging om de stemming te verlichten werkte, aangezien enkele van zijn collega's met haar mee juichten, maar daarna verdween het snel weer.

'Ammoniak werd gevonden rond zijn mond, in zijn keel en in zijn longen. Dit alles leidt me tot de conclusie dat het in zijn keel is gegoten.'

'Is dat waarom hij naar pis rook?' vroeg Martin. Hij was, net als Victoria, tot nu toe bijna overbodig geweest in het gesprek.

'Ja. Maar in het grote geheel is het een van de aangenamere geuren die je op een lijk kunt hebben.'

'Zeker.'

Tomek had een vraag, maar in plaats van die hardop te stellen, stak hij zijn hand op en wachtte geduldig tot Lorna hem zou kiezen. 'Je zei dat het rond zijn gezicht zat... Is dat waarom het eruitzag alsof hij iemand had gekust die lippenstift droeg?'

'Ja! Precies. En dat is een briljante overgang naar mijn volgende punt, dus dank je.' Ze schoot met een vingerpistool op hem. 'Toen Herbert Tuckers lichaam werd gevonden, was hij in een dekbed gewikkeld. Dit heeft ons grotendeels in staat gesteld om veel van het DNA op zijn lichaam te bewaren, en een van de dingen die ik vond was een klein stukje lippenstift op zijn linkerhand. Dus iemand had hem gisteravond zeker gekust.'

En er was maar één persoon die dat kon zijn geweest.

HOOFDSTUK
VEERTIEN

S arah Jewell zat al bijna twintig minuten in de verhoorkamer te wachten tot rechercheur Martin Brown en rechercheur Oscar Perez eraan kwamen, terwijl Tomek en de rest van het team vanuit de centrale onderzoekskamer toekeken.

Ze zat daar met haar benen en armen over elkaar geslagen. Tomek had geprobeerd dit te psychoanalyseren - dat ze zichzelf beschermde, dat ze bang was voor wat er ging gebeuren - maar hij had dat in het verleden geprobeerd en zat er zo ver naast dat hij ermee stopte zodra Martin en Oscar de kamer zonder ramen binnenkwamen.

'Sorry voor het wachten,' zei Martin tegen haar.

'Is... is alles in orde?'

'Ja. We moesten nog wat zaken afhandelen.'

'Nee, ik bedoelde over Herbie. Over dat ik hier ben. Ik weet niet zeker waarom...'

'We hebben gewoon nog een paar vragen over gisteravond,' vervolgde Martin. Zijn haar was langer en glanzender dan dat van haar, en voor dit verhoor had hij het in een knot bovenop zijn hoofd gebonden.

'Ja, dat zei uw collega. Maar ik weet niet hoeveel meer ik u kan vertellen.'

'Wat als u begint met ons de waarheid te vertellen?' beet Oscar haar toe, zijn toon dwingend.

De slik in Sarahs keel was zichtbaar op het scherm. 'De waarheid? Ik weet niet wat u... Ik...'

'Draagt u lipstick, Sarah?' vroeg Martin.

'Lipstick?'

'Ja. Zoals het soort dat u nu draagt. Draagt u dat vaak?'

'Ja, ik... ik heb een paar merken in mijn make-uptas op kantoor.'

'Waarom draagt u het?'

Sarahs hoofd kantelde opzij, verward door de vraag. En Tomek moest toegeven dat hij hetzelfde deed om dezelfde reden.

'Wat bedoelt u met "Waarom draag ik het"? Waarom draagt u de kleren die u draagt? Waarom heeft u lang haar? Waarom draagt u het in een man bun?'

'Beantwoord de vraag alstublieft,' zei Martin, zijn stem neutraal, kalm.

De zucht was hoorbaar door de luidsprekers. 'Ik draag het omdat ik me er beter door voel over mezelf.'

'Oké,' vervolgde Oscar. 'En droeg u het gisteravond?'

'Ik... ik denk het wel, ja. Waarom? Vanwaar die fascinatie met mijn lipstick?'

'Gewoon routinevragen.'

'Ze lijken niet erg routinematig. Uw collega's hebben me dit eerder niet gevraagd.'

Sarah werd steeds onrustiger en gefrustreerder, en dat verontrustte Tomek. Hij vroeg zich af wat ze te verbergen had. Het was op momenten als deze dat hij wenste dat hij in die kamer was, maar omdat hij ervoor had gekozen om hogerop te komen, waren de kansen om zoiets te doen schaars. Het was typisch een rol die was weggelegd voor de agenten van het bureau.

'Ik ga het u nog eens vragen, Sarah,' begon Martin. 'Kunt u ons vertellen wat er gisteravond echt is gebeurd?'

'Dat heb ik u verteld. We werkten laat.'

'Tot drie uur 's ochtends?'

'Ja.'

'Alleen jullie tweeën?'

'Keith was er ook.'

'Niet vanaf middernacht. Dus dat laat jullie twee drie uur alleen.'

'En?'

'En we vonden lipstick op zijn hand en ejaculaat in zijn broek.'

En toen viel het kwartje. Sarahs mond viel open en haar blik daalde neer op de tafel, wanhopig.

'Heeft u gisteravond seks gehad met Herbert Tucker?' vroeg Oscar.

'J-ja,' antwoordde Sarah, haar stem brak.

'Was het met wederzijdse instemming?'

'Ja! Natuurlijk. O God, ja, ja het was met wederzijdse instemming. Hij heeft me niet gedwongen of zoiets.'

'Was dit de eerste keer dat het tussen jullie twee gebeurde?'

Deze keer aarzelde Sarah lange tijd. Een aarzeling die hun eigenlijk al het antwoord gaf.

'Nee,' antwoordde ze zachtjes, terwijl ze moeizaam slikte.

'Zou het eerlijk zijn om te zeggen dat jullie twee een affaire hadden?'

'Ik... Wij... Ja. Ja, we hadden een affaire.'

'Hoe lang al?'

'Ongeveer... juli, augustus, september... zes maanden,' antwoordde ze terwijl ze op haar vingers telde.

'Wist iemand anders hiervan?'

Sarah schudde haar hoofd. 'Zijn vrouw niet. Tenminste, dat denk ik niet. Ze heeft me er in ieder geval nooit mee geconfronteerd. Maar Keith wist het... hij betrapte ons een keer. Op kantoor nadat iedereen weg was. Maar hij beloofde dat hij niets zou zeggen. En ik denk dat hij zich aan zijn woord heeft gehouden. Anders zou het een schandaal zijn geworden als het bekend was geraakt, net als de vorige keer...'

'Vorige keer?' vroeg Oscar. 'Is dit eerder gebeurd?'

'Ik... ik weet niet of ik dit echt zou moeten zeggen.'

'Mevrouw Jewell,' begon Martin. 'Dit is onderdeel van een moordonderzoek. Als u ook maar iets weet, hoe irrelevant het ook mag lijken, moeten wij dat weten. Beantwoord alstublieft de vraag van mijn collega.'

'Ja. Het was eerder gebeurd. Ik... ik weet haar naam niet, maar Herbert had een tijd lang een affaire met haar, en er waren zelfs geruchten dat ze samen een kind hadden gekregen.'

Tomeks oren spitsten zich.

'Waar zijn de moeder en het kind nu?'

Sarah schudde haar hoofd. 'Ik weet het niet. Ik denk dat ze zijn vertrokken uit de stad of zoiets.'

Nooit meer iets van gehoord. Waarschijnlijk afgekocht met een grote som geld. Wat een smerig stuk werk bleek Herbert Tucker te zijn. Eerst een affaire met een vrouw. Dan haar zwanger maken. Dan niets meer met het kind te maken willen hebben, terwijl hij de gelukkige familie speelde met Nora, Whitney en Eleanor, en vervolgens nog een affaire hebben.

Herbert Tucker was het ergste soort man. En toch waren er nog steeds vrouwen die zich aan zijn voeten wierpen.

'Wist zijn vrouw van de affaire?' vroeg Martin.

'Ik... ik geloof het wel. Maar blijkbaar had ze er vrede mee, ze vergaf hem en toen hebben ze het opgelost. Hij sprak er niet graag over...'

Tomek kon zich niets bedenken wat de stemming meer zou bederven dan het uitleggen van je eerdere buitenechtelijke affaire aan de vrouw met wie je momenteel je echtgenote bedroog. Dat zou *hem* zeker de lust hebben ontnomen.

'Dus, om het even duidelijk te hebben,' begon Oscar, die duidelijk sprak en beide handen op het bureau legde. 'Herbert Tucker had in het verleden een relatie met iemand, hij maakte haar zwanger, zij kreeg het kind, hij had er verder niets mee te maken, en zijn vrouw vergaf hem. Vervolgens begonnen jullie twee zes maanden geleden een geheime affaire met elkaar, Keith Ferguson is de enige die ervan weet, en jullie hebben gisteravond samen geslapen?'

'Ja.'

'En toen heb je hem op zijn hand gekust?'

'Ja.'

'Waarom?'

Sarah trok met haar vinger langs de contouren van haar lippen, tijd rekkend.

'Dat vond hij fijn.'

'Pardon?' vroeg Martin, verbijsterd.

'Weet je, nadat we... nadat we het hadden... *gedaan*, zei hij dat ik hem op zijn hand moest kussen. In het begin vond ik het een beetje vreemd, maar toen raakte ik eraan gewend. Het was gewoon een van zijn kleine eigenaardigheden, weet je. Iemand zoals hij heeft die nu eenmaal. Maar hij dwong me nooit om het te doen als ik niet wilde.'

'Dus je kuste zijn hand elke keer na de seks?'

'Ja.'

Alsof hij de koning was, badend in zijn eigen grandeur en zelfgenoegzaamheid.

'En met de lippenstift die je gisteravond droeg?'

'Die had hij speciaal voor me gekocht,' antwoordde ze. 'Hij gaf het me als cadeau. Hij vond het fijn als ik die droeg elke keer dat we... je weet wel.'

Alsof zij de bediende was die hij omkocht met cadeautjes.

'Kun je me vertellen welk merk lippenstift het was?'

'Het heet Strawberry Surprise van Christian Dior. Het was geparfumeerd en had kleine glittertjes erin. Hij zei dat hij graag de geur op zijn hand rook achteraf. Dat het hem herinnerde aan onze tijd samen.'

Tomek had vreemde dingen gedaan in zijn leven, hij had wat eigenaardigheden meegemaakt tijdens zijn seksuele ontmoetingen, maar niets zo bizar en pervers als dit.

Misschien was het helemaal niet Sarah die psychoanalytisch onderzocht moest worden. In plaats daarvan was het de dode man die de vele vragen die Tomek voor hem had niet kon beantwoorden.

HOOFDSTUK
VIJFTIEN

Tomek was uitgeput. Het had gevoeld als de langste dag ooit, en er waren nog een paar uur te gaan waarin hij volledig helder moest blijven.

Vroeger, voordat Kasia in zijn leven was gekomen, zou hij na een late dienst thuis iets in de magnetron hebben opgewarmd of de restjes van de vorige avond hebben gegeten, en dan op de bank in slaap zijn gevallen, soms binnen een half uur na thuiskomst. Maar nu hij een dochter had om voor te zorgen, kon hij zich die luxe niet meer veroorloven. Kasia eiste zijn tijd en aandacht op.

Vanavond was niet anders.

Hij vond haar aan de tafel in de woonkamer, met haar hoofd gebogen over een schoolschrift.

'Wat ben je nu aan het leren?' vroeg hij terwijl hij zijn schoenen bij de voordeur uitschopte en zijn sleutels en portemonnee in een klein bakje legde.

'Sarcasme.'

'Wat? Ik stelde een serieuze vraag.'

Kasia schudde haar hoofd en legde haar pen neer. 'Nee, pap. We leren over het herkennen van sarcasme... voor Engels.'

'Leren over lezen? Niet lezen over leren?'

Tomek glimlachte grappend, maar zijn glimlach werd niet beantwoord.

'Ik wist dat je er iets over zou zeggen.'

'Dat is een vaderding.'

'Of gewoon een *jij*-ding.'

Tomek legde een hand op haar rug en gaf een zachte streling. 'Dat was een aardige poging, maar je moet nog wat oefenen voordat je net zo lang bent als ik en me dat recht in mijn gezicht kunt zeggen.'

'Ik kom niet veel tekort.'

Voordat Tomek kon reageren, trok Kasia haar stoel onder de tafel vandaan en ging recht voor hem staan. De bovenkant van haar hoofd kwam tot aan zijn schouder.

'Hoe is dat gebeurd? Belangrijker nog, *wanneer* is dat gebeurd?'

Tomek dacht terug aan toen ze voor het eerst op zijn deur had geklopt. Hoe klein en kort ze was geweest. Maar nu, in de loop van slechts een paar maanden, was ze enorm gegroeid.

'Het heet een groeispurt,' vertelde ze hem sarcastisch. 'Je herinnert je die van jou misschien niet meer omdat het zo lang geleden is.'

'Auw. Raak. Goeie,' zei hij, en stak zijn hand uit voor een high-five. Toen ze er geen teruggaf, liet hij zijn hand zakken en liep naar de keuken. In de koelkast vond hij een blikje bier en trok het open. 'Je bent op dreef,' voegde hij eraan toe toen hij terugkwam bij de tafel.

'Niet zo erg als je maag nadat je het avondeten van vanavond hebt gehad.'

Tomek was onder de indruk. Niet alleen was ze academisch slim (hoewel er sommige vakken en leraren waren waarbij ze zich moest verbeteren), maar ze was ook grappig en gevat, geestig en sarcastisch.

'Ik heb je goed getraind,' zei hij, terwijl hij zijn eerste echte 'trotse vader'-moment ervoer. Hij wilde voorover buigen en haar een kus op haar voorhoofd geven, maar koos ervoor dat niet te doen. Ze waren nooit zo liefdevol geweest. Het was moeilijk als je elkaar maar één winter kende. Ze hadden niet de afgelopen dertien jaar van haar leven gehad om zo'n niveau van verbinding op te bouwen. En Tomek vermoedde dat het er misschien nooit zou komen. Dat de onzichtbare bubbel tussen hen misschien nooit zou barsten. Dat het misschien nooit genoeg zou buigen om het mogelijk te maken. Zelfs toen hij haar had gered van de dood, was er geen genegenheid geweest, geen omhelzing. Hij had simpelweg haar hand vastgehouden, wensend dat hij zijn armen om haar heen kon slaan en haar dichter tegen zich aan kon trekken.

Datzelfde gevoel overspoelde hem nu.

'Hoe was school?' vroeg hij, terwijl hij de brok in zijn keel wegslikte.

'Prima,' zei ze. 'Saai. Maar kooktechniek was leuk.'

'Wat heb je vandaag gemaakt?'

'Appelcrumble.'

'Lekker. Waar is het?'

'Er is niets meer over. We hebben het allemaal tijdens de lunch opgegeten.'

'Jullie hebben een hele appelcrumble opgegeten?'

Ze haalde haar schouders op. 'We hadden honger.'

'Dan moet ik me maar voorstellen hoe lekker het was.'

Kasia grijnsde en richtte haar aandacht weer op haar les over sarcasme. Hij liet haar met rust en warmde de restjes op van de maaltijd die ze voor hem had gekookt. Een chili con carne. Leuk en simpel. Gemakkelijk genoeg voor een dertienjarige om te maken zonder te veel verwoestingen in de keuken aan te richten. En ze had gelijk: het was pittig, heel pittig. En toen hij in de kruidenkast keek, ontdekte hij precies waarom: de hete chilipoeder was voor de helft op, en nu stonden zijn mond en neus in brand.

Nadat hij ze had gekalmeerd, met behulp van een bos tissues en een paar glazen melk, liet Tomek zich op de bank vallen en zette de televisie aan. Hij besteedde er weinig aandacht aan. Er was niets goeds op; het was allemaal gewoon geluid, een excuus voor hem om te zitten en na te denken over de gebeurtenissen van de dag zonder in stilte te zitten. Maar het werkte niet. Terwijl hij zou moeten nadenken over Herbert Tucker en de persoon, of personen, als de lijst van vijanden die Sarah hem had gegeven iets betekende, die hem dood wilden hebben, kon hij alleen maar denken aan Kasia en *die* avond. En alle andere avonden die volgden.

Gisteravond. En de avond die eraan kwam.

'Hé,' riep hij naar haar, maar ze hoorde hem niet; ze had haar oordopjes in en bewoog haar hoofd mee op het ritme.

In plaats van op te staan en haar af te leiden met een zwaai van zijn hand of een zachte palm op haar schouder, haalde hij een kussen onder zich vandaan en gooide het door de kamer.

'Au! Waarom deed je dat?'

'Ik wilde met je praten.'

'Oh.'

'Waar luister je naar?'

'Taylor Swift.'

Hetzelfde als elk dertienjarig meisje ter wereld, zo leek het. Ze was geobsedeerd door de popster en had hem zelfs gevraagd of ze naar een aankomende tour konden gaan. Maar toen hij de ticketprijzen had gezien, had zijn hart het bijna opgegeven, al had dat hem, en honderdduizenden andere mensen, er niet van weerhouden om het te proberen. Zonder succes.

'Kun je het even uitzetten?' vroeg hij zachtjes.

Aarzelend deed ze wat haar werd gevraagd, al voelde ze al aan wat er zou komen.

'Ik...' begon Tomek. 'Heb je nagedacht over wat we vanochtend hebben besproken?'

'Ik wil niet met iemand praten. Dat heb ik je al gezegd.'

'Ik weet het, maar ik denk dat je dat toch zou moeten doen. Het hoeft niet voor altijd te zijn. Alleen totdat de dingen beginnen te... verbeteren.'

'En wat als dat nooit gebeurt?'

'Dat gebeurt wel. Vertrouw me. Er was een tijd dat ik dacht dat ik nooit meer met je grootouders zou praten, maar kijk hoe dat is uitgedraaid.'

Dat leek haar niet te overtuigen. Ze was een bange en bezorgde tiener die iets traumatisch en verschrikkelijks had meegemaakt, en hij kon haar moeilijk de schuld geven. Hij was ooit van die leeftijd geweest, en in die positie. En hij wist hoe ze zich voelde.

'Ik heb je gezegd,' vervolgde ze. 'Ik zal alleen met iemand praten als jij ook met iemand praat.'

'*Ik*?' zei Tomek, alsof hij van niets wist, hoewel hij heel goed begreep waar ze het over had. 'Pfft. Het gaat prima met me. Ik heb geen hulp nodig.'

'Jawel. Denk je dat ik je niet hoor midden in de nacht, woelen en draaien, mompelend tegen jezelf? Ik hoor alles. En ik hoorde je vanochtend in je notitieboek schrijven...'

'Mijn notitieboek? Heb je-?'

Ze schudde haar hoofd. 'Maak je geen zorgen. Ik heb er niet in gekeken. Dat zou ik niet doen.'

Omdat hetzelfde van hem werd verwacht. Dat als hij ooit het hare zou vinden, of het nu een nachtmerriedagboek was, of gewoon een dagboek waarin ze haar gedachten en gevoelens opschreef, hij er dan niet in de buurt zou komen, hoe groot de verleiding ook zou zijn.

'Ik denk dat jij er ook baat bij zou hebben,' zei ze kortaf.

'Geloof me, het gaat prima met me. Het is om jou dat ik me zorgen maak.'

'Ofwel je gaat met me mee, of we gaan helemaal niet. Dat is mijn definitieve antwoord.'

Maar de smekende blik in haar ogen vertelde hem dat het dat niet was. En dat ze erom smeekte dat hij met haar zou instemmen.

Langzaam draaide hij zich van haar af en ging terug naar de bank.

HOOFDSTUK
ZESTIEN

Tomek werd wakker van gegil. Niet van zichzelf. Van iemand anders. Vanuit de andere kant van het appartement. Kasia's kamer.

Weer een nachtmerrie. De ergste die hij tot nu toe had gehoord. Tomek gooide de dekens van zich af en rende naar haar slaapkamer. Toen hij de deur binnenstormde, zag hij haar lichaam, glimmend van het zweet, verstrikt onder de dekens. Ze sliep nog, maar ze kronkelde en schokte alsof ze wakker was en de verschrikkingen van wat haar was overkomen levendig beleefde. Het was alsof hij was binnengelopen in een scène uit een horrorfilm. Zoals die scène uit *The Exorcist* die hem als kind maandenlang slapeloze nachten had bezorgd.

En het gebeurde nu recht voor zijn ogen.

Zijn dochter, bezeten door de schadelijke en blijvend beschadigende beelden in haar hoofd.

Wie was hij om haar de hulp te weigeren die hij als kind nooit had gekregen?

Voordat hij er langer over kon nadenken, haastte hij zich naar de zijkant van het bed en legde een hand op haar lichaam in een poging haar wakker te maken, om haar uit de nachtmerrie te halen. Maar het had geen effect. Ze bleef schokken en stuiptrekken.

'Kasia...' fluisterde hij dicht bij haar oor. 'Kasia, ik ben het. Ik ben het, je vader. Kash...'

Nog steeds niets. Haar oogleden bewogen snel terwijl ze vocht tegen de aanvaller in haar dromen. En toen ging haar mond open, en even vroeg hij zich af of ze in een soort coma aan het glijden was.

En toen werd hij dertig jaar terug in de tijd geworpen, naar het moment waarop hij midden in de nacht wakker was geworden, bedekt met zweet, zwaar hijgend. Hij vroeg zich af of zijn ogen naar achteren in zijn hoofd waren gerold, of zijn mond open had gestaan. Of hij er bezeten had uitgezien. Of een van zijn ouders was binnengekomen om naar hem te kijken en toen weer was weggegaan.

'Kasia,' zei hij, terwijl hij haar nu zachtjes schudde en beide handen op haar legde. 'Kasia, stop. Je maakt me bang. Je-'

En toen vlogen haar ogen open, het wit zo helder als de maan. Voordat hij kon reageren, gilde ze en begon ze naar hem uit te halen. Haar handen en armen zwaaiden wild in het rond, en haar nagels raakten hem op zijn wang. Hij kromp ineen, sloot zijn ogen tegen de aanval en deed een stap terug, zich terugtrekkend naar veiligheid.

'Het is oké!' zei hij, zijn handen in overgave omhoog houdend. 'Het is oké. Je bent veilig. Ik ben het maar.'

Het duurde even voordat Kasia volledig bij bewustzijn kwam; voordat het besef van wat er was gebeurd tot haar doordrong. Ze lag daar, beschut onder de dekbed, en trok het tot aan haar borst. Haar huid glansde in het licht van de tafellamp naast haar, en haar haar bedekte haar gezicht. Op dat moment, terwijl hij boven haar hing - niet in staat om het gevoel van zich af te schudden dat hij eruitzag als de roofdier die haar in deze positie had gebracht - merkte hij hoe broos en gebroken ze eruitzag. Hoe kwetsbaar en jong.

Hij bracht een hand naar de zijkant van zijn gezicht en liet zijn vinger over de geschaafde huid gaan die ze had aangevallen.

'Ik... Ben je... Bloed je?'

Tomek controleerde het. 'Nee.'

'Het spijt me... Ik bedoelde het niet zo. Ik-'

'Het geeft niet,' zei hij terwijl hij op haar bed neerplofte. 'Echt niet. Je hoeft je nergens voor te verontschuldigen. Ik ben degene die sorry zou moeten zeggen. Ik had eerder moeten instemmen. Ik had je dit nooit aan moeten doen.'

'Wat bedoel je...?'

'Ik ga met je mee. Morgenochtend zoek ik iemand met wie we

kunnen praten en dan ga ik met je mee. We zijn een team, dus we lossen dit samen op.'

We zullen samen de demonen tot zwijgen brengen.

En misschien ontdekken wie mijn broer heeft vermoord.

HOOFDSTUK
ZEVENTIEN

E en arctische wind blies vanaf de kust, sneed gaten in de stof van Tomeks jas en drong door tot zijn huid. Maar hij had er lang niet zo veel last van als Chey. De jonge agent, ondanks al zijn jeugdigheid en vermeende ongevoeligheid voor kou, droeg een paar dikke zwarte laarzen, een nette broek, een grote winterjas die tot zijn knieën reikte, een dikke Arsenal-sjaal (hoe minder daarover gezegd, hoe beter), een bijpassende muts en tot slot een paar handschoenen met handwarmers erin.

'Je bent gewoon een tiener,' zei Tomek terwijl ze uit de auto stapten en langs de boulevard liepen. 'Ik zweer dat je helemaal niet zo veel last van de kou zou moeten hebben.'

'Ik heb gevoelige huid, oké!'

'Het is maar een beetje kou.'

'Makkelijk voor jou om te zeggen,' antwoordde Chey, terwijl zijn adem zijn gezicht besloeg. 'Jij bent eraan gewend.' Daarna bracht hij zijn handen naar zijn mond en begon erin te blazen om zijn vingers op te warmen. In plaats daarvan zag hij eruit als een idioot die een e-sigaret rookte.

'Hoezo?'

'Omdat je Pools bent.'

'Scherpe observatie.'

'Nou, is het daar niet altijd superkou?'

'Alleen in de winter. Net als hier.'

'Ja, maar wat ik bedoel is, is het daar niet echt *superkou*?'

'Hangt ervan af waar je woont. Hoe verder naar het noorden, hoe kouder het wordt. Net als hier... net als overal, maat. Zo werkt het noordelijk halfrond nu eenmaal.'

Toen ze het einde van de promenade bereikten, daalden ze een kleine trap af en zetten voet op het zandstrand. Het strand had een donkeroranje kleur tegen een achtergrond van sombere grijze en zwarte tinten aan de horizon. De gure winden die van de kust waaiden, gooiden handenvol zand in hun gezicht. Na een paar stappen schreeuwde Chey het uit met zijn handen tegen zijn gezicht gedrukt.

'Ik haat verdomme zand!'

'Ik denk dat het banger voor jou is dan jij voor het zand,' zei Tomek tegen hem terwijl ze verder door het zand ploeterden.

Misschien was het zijn Poolse afkomst die hem minder gevoelig maakte voor de kou dan anderen, of misschien had hij gewoon een dikkere huid dan de rest van de bevolking. Hoe dan ook, hij vond nog steeds dat Chey overdreef. Hij telde snel het aantal lagen kleding dat Chey droeg.

Vier.

'De laatste keer dat ik aan zoveel lagen dacht, was toen ik naar *Shrek* keek.'

Ze hielden halt voor een kleine houten cabine die tegen de zeemuur stond. Tomek klopte op de deur. Ze wachtten.

'Wees niet zo hard voor jezelf,' antwoordde Chey, terwijl hij zijn handen tegen elkaar wreef. 'Je bent geen oger, Tomek.'

'Jammer dat hetzelfde niet gezegd kan worden over jou, ezel.'

Cheys gezicht lichtte op. 'Betekent dat dat ik je nobele ros ben?'

'Alleen terwijl ik mijn prinses probeer te vinden. Daarna kun je je eigen weg gaan.'

'Gaaf! Dus ik ben een soort wingman van je?'

'Nee. Ik bedoelde niet-'

Maar het was te laat. Voordat hij zijn zin kon afmaken, ging de deur van de Southend Kanoclub open. De kleine houten cabine bevond zich in Shoeburyness, een paar honderd meter van de plek waar Herbert Tucker was vermoord. Hier was het einde van de kustlijn van Southend, voordat het grondgebied van het Ministerie van Defensie begon. In de verte was een reeks houten palen te zien die uit het water staken: dat waren zeewerende obstakels die de hele Zuid-Essex kustlijn bevolkten.

De man die voor hen stond, zag er bijna precies uit zoals Tomek had verwacht: lang, warrig surferachtig haar, met een dikke blonde baard die erbij paste; een klein, mager postuur; een zwarte kralen halsketting die om zijn nek hing, en nog enkele om zijn pols. Hij zag eruit als het type dat je zou beleren over biologisch voedsel, de verwoestende effecten die palmolie op de planeet had, en hoe fietsen en het gebruik van openbaar vervoer beter was voor het milieu, terwijl hij tegelijkertijd dezelfde computer en iPhone uit het Verre Oosten gebruikte die een grotere CO_2-voetafdruk hadden dan een jaar aan bus- en treinreizen bij elkaar.

'Aaron Howell-Jones?'

'Ja...' antwoordde de man, onzeker van zichzelf.

Achter hem in de cabine stonden rijen plastic kano's en kajaks, met aan weerszijden een rek voor reddingsvesten en wetsuits.

'Is alles in orde?' vroeg Aaron.

Tomek en Chey staken hun handen in hun zakken, op zoek naar hun politielegitimaties. Tomek had de zijne het eerst te pakken, maar bij Chey duurde het langer. Hij fumelde een eeuwigheid met zijn rits, probeerde het verschillende keren, maar gaf het toen op. Zelfs nadat hij zijn handschoen had uitgetrokken, duurde het nog een eeuwigheid voordat hij zijn jas had losgemaakt, door de verschillende lagen had gezocht en zijn identificatie had gevonden.

Absoluut compleet waardeloos, dacht Tomek.

'Alstublieft,' zei Chey triomfantelijk toen hij het eindelijk aan Aaron liet zien. 'Sorry daarvoor.'

Aaron keek er van dichterbij naar. 'Zou u die van u uit het hoesje willen halen? Ik kan het niet goed zien.'

Eerst keek Chey verward, maar toen hij een vlek op de hoes zag, begon hij zijn vingers in het plastic venster van de ID te wrikken. Hij kwam niet verder dan het uiteinde van zijn vingernagel voordat Aaron hem vroeg te stoppen.

'Sorry. Dat was gemeen. Ik hoef het niet te zien. Ik wilde alleen zien hoe je probeerde het open te maken.'

'Ha. Goeie.'

Chey kon de man niet expliciet vertellen dat hij kon oprotten, maar het was duidelijk aan zijn gezichtsuitdrukking te zien dat dat precies was wat hij wilde zeggen. En meer.

'Meneer Howell-Jones,' begon Tomek, terwijl hij Chey zijn legitimatie liet opbergen waar die hoorde.

'Noem me gewoon Aaron.'

'Geen achternaam?'

'Nee. Ik gebruik die niet meer.'

Waarschijnlijk dachten ze dat ze op de een of andere manier bijdroegen aan het smelten van de ozonlaag.

'Oké dan, meneer Aaron. We vroegen ons af of we u enkele vragen mochten stellen?'

'Betreffende?'

'Betreffende uw relatie met Herbert Tucker.'

Meteen werden de lijnen in Aarons jonge gezicht dieper. 'Tucker de kinderneuker? Wat heeft die lul nu weer gedaan?'

'Hij is vermoord, meneer Aaron. Nou, *hij* heeft het niet zichzelf aangedaan. Iemand heeft het hem aangedaan.'

'Oké...' Aaron verplaatste zijn gewicht van de ene voet naar de andere. 'En ik neem aan dat jullie willen weten of ik er iets mee te maken had?'

'Zoiets ja.'

Aaron zuchtte diep en draaide zich toen om naar de muur met kano's achter hem. 'Gaat dit lang duren? Ik moet deze naar buiten brengen, en ik heb over ongeveer een uur een les.'

'Een les voor wat?'

'Kajakken. Ik leer mensen hoe ze dat moeten doen.'

Flashbacks van de laatste keer dat Tomek in een kajak had gezeten, verschenen in zijn gedachten. Drijvend door de moerassen van Tollesbury, jagend op een moordenaar. Worstelend tegen het getij en het gewicht van zijn lichaam in het water. Falend...

'Ik leer mensen ook windsurfen en kitesurfen.'

'Zelfstandig?'

'Helaas niet. Het bedrijf wordt geleid door mijn baas. Ik werk hier alleen maar. Hij heeft nog vier andere locaties langs de kust. En hij heeft ook die bij Lakeside.'

Tomek tuurde achter Aaron naar het aantal kajaks dat in de cabine was geprop. Meer dan een dozijn in totaal, variërend in lengte, kleuren en aantal zitplaatsen. Tomek wilde er het liefst zo ver mogelijk bij vandaan blijven.

'Voel je vrij om alvast te beginnen,' zei hij. 'Ik ben er zeker van dat je tegelijkertijd vragen kunt beantwoorden.'

'Wie zei dat mannen niet kunnen multitasken?'

We zijn nog niet eens begonnen...

Aaron wachtte niet op Tomeks reactie. Hij begon de ingang van de cabine op te ruimen en maakte ruimte voor de drie meter lange kajaks die naar buiten moesten. Eerst was er echter het zeil van een windsurf-plank. Het was minstens twee meter hoog en ruim een meter breed, net klein genoeg voor zelfs Tomek om te dragen. Maar in plaats van het aan Tomek te geven, gaf Aaron het aan de dichtstbijzijnde man. Chey. Die niet alleen een van de jongste maar ook een van de kleinste leden van het team was.

'Zou je dat voor me kunnen vasthouden, terwijl ik de-?'

Chey had het nog maar een fractie van een seconde vast toen een sterke, hevige windvlaag langs de kust raasde en hem met zijn kont over zijn kop in het zand gooide. Toen Tomek zich omdraaide, zag hij alleen de jonge agent op het strand liggen, gevangen onder het zeil, vastgepind door de wind die als een militaire aanval op hen bleef inbeuken.

Tomeks eerste reactie was om te lachen, zich kapot te lachen en over de grond te rollen (om alle acroniemen compleet te maken), maar toen realiseerde hij zich waar hij was en in wiens gezelschap hij verkeerde. In plaats daarvan gromde hij en schudde afkeurend zijn hoofd. Onder-tussen stond Aaron dubbelgevouwen van het lachen.

'Ik heb er geen woorden voor,' zei Tomek, terwijl Chey moeite deed om op te staan. 'Eerlijk, ik heb er geen woorden voor.'

Nadat de agent zich onder het zeil uit had gewrongen, klopte hij zichzelf af en schudde zijn hoofd. Een grimas en schaamte stonden op zijn gezicht geschreven.

'Sorry daarvoor,' zei hij schaapachtig. 'Waar... waar waren we?'

'*Wij* waren hier,' antwoordde Tomek, wijzend naar zijn voeten. '*Jij...* jij was daar. Ben je nu klaar?'

De rode wangen op Cheys gezicht beantwoordden zijn vraag. Tomek richtte zijn aandacht weer op Aaron, die nog steeds in zichzelf aan het gniffelen was.

'Hoe lang werk je hier al?'

'Ongeveer twee jaar, ongeveer.'

'En vind je het leuk?'

'Ja. Dit is mijn passieproject. Mijn andere baan is wat ik doe om de rekeningen te betalen.'

'Wat is je andere baan?'

'Ik ben tuinier. Zelfstandig. Maar ik werk samen met een andere partner, Charlie, die ook zelfstandig is. We doen tuinen voor andere mensen. Voornamelijk ouderen. Ik pas het zoveel mogelijk aan rond dit werk.'

'Hoe lang doe je dat al?'

'Nu tien jaar. In het begin deed ik het gratis. Gewoon hier en daar wat klusjes in de buurt, met het gereedschap van anderen totdat ik mijn eigen spullen kon betalen. Het was in het begin moeilijk want, ik bedoel, wie wil een vreemde in zijn tuin laten om het gras te maaien zonder eigen gereedschap? Het was een moeilijke verkoop, maar sommige mensen waren vriendelijk genoeg om me te helpen. En ik had destijds geen telefoon, dus ik moest veel van de afspraken op een stuk papier schrijven en hopen dat ze me niet zouden afzeggen. De grootste uitdaging was dat ik geen horloge had of een manier om de tijd te zien.'

Geen horloge, geen telefoon? Tomek wist niet zeker of de man *zo* losgekoppeld was van de eenentwintigste eeuw, of dat er iets anders aan de hand was geweest.

'Hoe kwam het dat je geen telefoon of horloge had?' vroeg Chey, die als eerste de lastige vraag stelde.

'Omdat ik geen huis had.'

'Je was dakloos?'

'Nou, de naam Geen Huis klinkt niet erg goed. Dakloos is wat iedereen het lijkt te noemen, dus je kunt het net zo goed zo noemen.'

Chey stotterde. 'Je ziet er niet uit-'

'Ik zie er niet dakloos uit?'

'Nee, dat is niet wat ik-'

'Het is oké. Dat hoor ik vaak. Mensen zien het lange haar en nemen gewoon aan.'

En de baard en de wijde kleding en de vuile huid.

'Dus je hebt jezelf uit die situatie gewerkt door mensen hun tuinen te doen?'

Aaron knikte, zijn glimlach vol trots. 'Totdat ik een telefoon en eigen gereedschap kon betalen. Een van de mensen voor wie ik gras maaide, was aardig genoeg om me een paar weken bij hen te laten verblijven. En toen ik klaar was om mijn financiële situatie aan de overheid te melden, lieten ze me zelfs hun huisadres gebruiken.'

Het was bewonderenswaardig. Alles eraan. Aarons drive en vastberadenheid om te slagen, zijn kracht om zichzelf op te richten en zijn borst hoog te houden. Tomek prees hem en zijn vaardigheden. Het enige wat hij echter niet kon prijzen, was Aarons vermogen om te multitasken. Sinds Cheys kleine incident met de windsurfer stond de tuinier in de cabine met zijn armen over elkaar gevouwen en had hij helemaal geen vooruitgang geboekt.

'Zeer goed,' zei Tomek. 'Hoe ken je Herbert Tucker?'

De complete omslag in het gesprek verraste en verwarde Aaron. Hij versoepelde zijn armen en begon met zijn handen te friemelen. Toen realiseerde hij zich eindelijk dat hij zijn werk niet aan het doen was en begon de kajaks uit te laden.

'Ik ken hem niet persoonlijk.'

'De video's online lijken anders te suggereren.'

'Welke video's?'

'Die met jou en het ei?'

Aaron klikte met zijn tong. 'Hij heeft gekregen wat hij verdiende.'

'Toen hij stierf?'

'Nee. Toen ik hem met eieren bekogelde op de hoofdstraat. Die schijnheilige, huichelachtige, liegende klootzak kreeg die dag precies wat hij verdiende.'

'Je lijkt een bijzondere afkeer van hem te hebben.'

'Pah! Afkeer is één woord. Verafschuwen, minachten; dat zijn woorden die ik zou gebruiken.' Aaron hees een kajak op zijn schouder en begon naar buiten te lopen. Het verschil tussen professional en amateur was duidelijk te zien, want hij liep tegen de wind in en zette de kajak moeiteloos neer op het zand.

'Waarom?' vroeg Tomek.

'Omdat hij beloofde daklozen te steunen. Hij beloofde een hoop opvangcentra en voorzieningen voor ons, maar vervolgens schrapte hij de financiering een paar weken nadat hij het had aangekondigd. Mijn broer en ik waren toen allebei dakloos, om heel verschillende redenen, maar we hielden contact, en we hadden beiden dringend die steun nodig. Mijn broer is dood door zijn toedoen.'

Zoveel vragen. Zoveel om uit te pluizen.

'Hoe is je broer overleden?'

'Overdosis drugs. Hij was verslaafd. We waren het op een gegeven moment allebei.'

Dat verklaarde waarom ze allebei dakloos waren geweest.

'En je geeft Herbert Tucker de schuld van je broers dood?'

'Ja. Elke dag. En ik ben blij dat hij dood is.'

'Is dat waarom je kogels per post naar zijn werkadres hebt gestuurd?'

Aaron pauzeerde een fractie van een seconde voordat hij doorging met zijn taak. 'Ze waren niet echt. Natuurlijk niet. Het waren startpistoolpatronen die ik soms voor de kinderen gebruik. Wanneer we wedstrijden hebben, gebruik ik ze omdat ze me niet kunnen horen boven de wind. Ik was nooit van plan iets te doen. Ik wilde hem alleen laten weten dat er veel mensen waren die hem zagen voor wat hij werkelijk was.'

'En wat was dat?' vroeg Chey.

'Een klootzak.'

Kort en bondig. Mooi eenvoudig. Recht op het doel af.

'Wat deed je gisteravond?' vroeg Tomek.

Nog een wending, deze keer abrupter en directer.

'Ik was thuis.'

'Alleen?' vroeg Chey.

'Ja. Ik woon alleen.'

'Waar woon je?'

'Op de caravansite om de hoek.'

Waarschijnlijk omdat het een kleinere ecologische voetafdruk had, concludeerde Tomek.

Chey vroeg Aaron vervolgens naar zijn adres en maakte er een notitie van.

'Kan iemand je verblijfplaats bevestigen?'

'Nee.'

'Zou je bereid zijn om naar het bureau te komen om een DNA-monster af te staan, zodat we je kunnen uitsluiten van ons onderzoek?'

'Serieus?' zei Aaron ongelovig terwijl hij een kajak op de grond liet vallen.

'Serieus,' antwoordde Tomek streng. 'Het is routine.'

Aaron snoof en schudde zijn hoofd. 'Je beseft toch wel dat ik hier niets mee te maken heb, toch?'

'Nou, dat zullen we ontdekken als we je DNA afnemen.'

'Jullie zouden het al moeten hebben. Ik ben een paar keer gearresteerd toen ik dakloos was. Een paar drugsaanklachten.'

'Nou, in dat geval zouden we het moeten redden. En als we het niet kunnen vinden, dan weten we waar we je kunnen vinden, nietwaar?'

Tomek en Chey maakten aanstalten om te vertrekken, maar Aaron riep hen een moment later terug, kano in de hand.

'Jullie weten dat ik hier niet de crimineel ben, toch?'

'Zou een controle in onze politiesystemen niet iets anders zeggen?' reageerde Tomek.

'Dat is niet wat ik bedoelde. Zij, daarbuiten. De criminelen. De *echte* criminelen. Herbert Tucker had veel vijanden, maar hij had ook veel compagnons. Veel mensen met wie hij zaken deed. Veel mensen met wie hij *controversiële* zaken deed.'

'Zoals wat? En wie?'

Aaron keek om zich heen, alsof hij bezorgd was dat iemand hen zou kunnen horen boven het bijna oorverdovende geluid van de wind.

'Southend Football Club,' fluisterde Aaron. 'De eigenaar. Nou, de mede-eigenaar. Herbert Tucker heeft zich veel vijanden gemaakt aan die kant van het bos. Dat is alles wat ik zeg.'

'Bedankt.'

Daarna haastten Tomek en Chey zich naar de auto. Toen ze in het voertuig sprongen, ontsnapt aan de gierende wind, bekeek Tomek zijn teamlid en schudde zijn hoofd. De jonge man zat onder het zand, vuil en schelpen die Tomek ongetwijfeld de komende weken in de voetenruimte zou blijven vinden.

'Wat?' vroeg Chey, terwijl hij naar zijn borst keek alsof hij wilde vragen: heb ik iets op me?

'Je bent als een handrem op een van die kano's.'

'Waarom?'

'Totaal fucking nutteloos. Echt waar. Zo omvallen...'

'Het was de wind!' riep Chey verontwaardigd, schudde toen zijn hoofd en klopte zichzelf af. 'Ik haat zand.'

HOOFDSTUK
ACHTTIEN

E en snelle zoektocht op internet bevestigde dat Herbert Tucker op zijn minst een vinger in de pap had bij Southend United Football Club. Een vinger die net zo vuil was als de inhoud van de zakelijke overeenkomst.

De Mighty Shrimpers, zoals ze liefkozend werden genoemd, bestonden sinds 1906 en hadden in hun ruim honderdjarig bestaan niet verder gereikt dan het Championship, het op één na hoogste niveau in het Engelse voetbalsysteem. Nu speelden ze in de National League, het vijfde niveau van de voetbalpiramide. Hun stadion, Roots Hall, bood plaats aan iets meer dan twaalfduizend fans, maar de club stond de laatste tijd onder steeds grotere financiële druk. De terreinen waren vervallen, de tribunes stortten in, het veld was verwaarloosd, niet besproeid en slecht onderhouden, de eigenaar was van plan het stadion te verkopen en te vervangen door meer dan honderd huizen, en noch de spelers noch het personeel waren in weken betaald. Bovenop al die ellende die de club al zo lang omringde, kwam nog het feit dat ze ook tegen degradatie vochten. Voor velen voelde het als het één na het ander, een opeenstapeling van teleurstelling en wanhoop. En de fans en trouwe supporters van de club hadden hun gevoelens kenbaar gemaakt. Er hadden meerdere keren protesten plaatsgevonden buiten het stadion, en leden van de vrijwilligersvereniging, Shrimpers Trust, namen regelmatig de verantwoordelijkheid op zich om de puinhoop waarin de club en het terrein verkeerden op te ruimen door het stadion na wedstrijden gedurende de week schoon te maken en op te knappen. Als de eigenaar niet bereid was om een van de grootste historische instellingen in de stad te beschermen, dan zouden zij dat wel doen.

Er was echter hoop. Licht aan het einde van de tunnel.

Een klein consortium van Zuid-Amerikaanse zakenlieden was van plan de club te kopen, om geld te pompen in de club, in het stadion en in de lokale gemeenschap, om de basis van het voetbal te voeden en om de club terug te brengen naar de hoogten van het Championship, en misschien ooit nog verder. Tomek en de rest van de lokale voetbalgemeenschap koesterden geen illusies dat hun aspiraties astronomisch waren, maar het was wat de club nu nodig had. Het was waar de fans al jaren om schreeuwden. Een beetje hoop, een beetje ambitie, iets om naar uit te kijken.

De afgelopen maanden hadden berichten over de overname - en in de maanden en *jaren* daarvoor - de onrust bij de club en hun toenemende financiële ondergang de krantenkoppen gedomineerd en het was alles wat Tomek had gezien. Hij was slechts een handvol keren in het stadion geweest, enkele keren als kind met zijn vader en broers, andere keren met vrienden en ex-vriendinnen, maar het was nog steeds een voetbalstadion, het was nog steeds een goed team om naar te kijken, en het was nog steeds een fundamenteel onderdeel van de lokale identiteit.

Het enige probleem was echter dat de overname in de afgelopen week was vastgelopen. De huidige eigenaar zat te treuzelen en maakte het zo moeilijk mogelijk, wat de reden was dat hij en Sean, toen ze bij het stadion aankwamen, ruim dertig demonstranten aantroffen, met spandoeken, megafoons en een paar pakkende leuzen erbij, buiten de ingang van het gebouw. Een groot spandoek met de tekst 'Rot op uit onze club!' riep beelden op van Peggy Mitchell in de Queen Vic, schreeuwend naar haar bezoekers voordat ze een fles tevoorschijn haalde. Grotendeels leek het protest vreedzaam, met mannen en vrouwen in de vijftig die langzaam marcheerden, samengedromd tegen de kou, in koor scanderend. Maar Tomek had een groep jonge fans opgemerkt, geheel in het zwart gekleed, met hun capuchons op. Tomek was bij genoeg voetbalwedstrijden geweest, vooral bij West Ham in de jaren negentig en vroege jaren 2000, en wist dat ze daar niet waren om zich tegen de kou te beschermen.

Tomek benaderde de grote menigte mensen, terwijl Sean bij de hoofdingang bleef wachten. Toen hij dat deed, begonnen de mensen die het dichtst bij hem stonden hem kwaadaardige en vijandige blikken toe te werpen.

'Ben jij er één van *hem*?' riep iemand.

'Jij kunt ook oprotten,' schreeuwde een ander.

Normaal gesproken zou Tomek met plezier hebben geglimlacht bij het vooruitzicht iemand te arresteren voor het schreeuwen van beledigingen naar een politieagent, maar als mede-liefhebber van de sport was hij bereid dit te laten passeren als een simpel geval van een misverstand.

'Ik ben er niet één van hem, nee. En ik zou liever niet oprotten, als je het niet erg vindt,' vertelde hij hen, en liet vervolgens zijn legitimatiebewijs zien. De aanblik ervan leek iedereen in hun sporen te doen stoppen, en gedempte fluisteringen begonnen door de groep te echoën. 'Wie is hier de leider?'

Niet verrassend stapte niemand naar voren.

'Maak je geen zorgen,' vervolgde Tomek. 'Niemand wordt gearresteerd. Tenzij ze iets stoms doen.' Tomek keek dreigend naar de groep jongeren terwijl hij het zei, en ze leken zijn waarschuwingen ter harte te nemen, aangezien ze zich geleidelijk begonnen te verwijderen van het stadion en terug naar de parkeerplaats erachter.

Uiteindelijk, na een korte tijd, was één man moedig genoeg om naar voren te stappen.

'Owen Braverman,' zei hij, terwijl hij zijn hand uitstak. 'Ik ben de voorzitter van de Shrimpers Trust.'

Tomek stelde zichzelf voor en legde vervolgens uit waarom hij daar was.

'Veel succes met een afspraak krijgen met die klootzak,' siste Owen. 'Die gluiperige eikel heeft zichzelf opgesloten in zijn kantoor en komt er voor niemand uit.'

Tomek grijnsde. 'Mensen doen vreemde dingen als de politie aan de deur klopt. Ik weet zeker dat we hem aan het praten kunnen krijgen. Hoe lang bent u al voorzitter?'

'Vijfendertig jaar, sinds ik het heb opgericht. Ik volg deze club mijn hele leven al. Ben naar elke thuiswedstrijd en bijna elke uitwedstrijd in die tijd geweest. Ik ken deze club beter dan die klootzak die achter zijn eikenhouten bureau zit. Ik heb de ups en de downs gezien, en ik denk niet dat we ooit zo laag hebben gestaan als nu. Het breekt mijn hart om het te zien. Southend FC is mijn passie, het is waar ik voor leef.'

Tomek kon dat bewonderen en respecteren. Hij had een vergelijkbare affiniteit gevoeld met West Ham Football Club toen hij jonger was en nog niet de verantwoordelijkheden had van een carrière bij de politie, wat hem er onvermijdelijk van had weggetrokken.

'Wat kunt u me vertellen over de eigenaar?'

Owen snoof, en zijn gezicht vertrok, alsof alleen al het denken aan de man die ergens in zijn kantoor achter zijn eikenhouten bureau zat, genoeg was om hem een hersenbloeding te bezorgen. 'Hoeveel tijd heb je? Ik kan je een hele lijst geven met redenen waarom hij geen eigenaar zou moeten zijn.'

'Zeker,' antwoordde Tomek. 'Dat kunnen we vast gebruiken in een toekomstig onderzoek. Maar op dit moment kijk ik naar de connectie van de eigenaar met Herbert Tucker.'

'De parlementariër?'

Tomek knikte.

'Waarom?'

'Meneer Tucker is gisteren dood aangetroffen. Het is overal in het nieuws geweest...'

'Herbert Tucker, die Vette Klootzak, is dood?' Owens gezicht glinsterde onder de felle ochtendzon.

'Ik ben bang dat dat zo is.'

'Wees maar niet bang, maat,' riep iemand die achter Owen stond. 'Het is goed dat hij dood is. Die eikel heeft gekregen wat hij verdiende.'

Tomek kantelde zijn hoofd opzij. 'Zijn familie is het daar misschien niet mee eens. Dus wees voorzichtig met zulke uitspraken, alsjeblieft. Zijn vrouw en kinderen zijn er kapot van en kunnen alles lezen wat jullie online schrijven. Uiteindelijk hadden zij niets te maken met wat hun man en vader heeft gedaan of mogelijk heeft gedaan, dus denk even na voor je iets zegt wat je toch onvermijdelijk gaat zeggen.'

Het advies leek langs de voetbalfans voor hem heen te glijden, want hun gezichtsuitdrukkingen bleven precies hetzelfde.

'Weet je al wie het gedaan heeft?' vroeg dezelfde man.

Tomek schudde zijn hoofd. 'Daarom zijn we hier. Om uit te vinden of meneer Colehill iets weet.'

'Hij weet veel meer dan hij jullie gaat vertellen, dat kan ik je gratis meedelen,' onderbrak Owen Braverman, terwijl er mist als van een draak uit zijn mond stroomde.

'Daarom praat ik nu met jullie. De mensen van de werkvloer. Wat kunnen jullie me vertellen?'

'Nogmaals, hoeveel tijd heb je?'

Tomek raakte steeds gefrustreerder door het constante heen en weer gepraat en hij deed ongelooflijk zijn best om niet met zijn ogen te rollen voor de man. In plaats daarvan vervloekte hij hem inwendig. Maar aangezien de man vastbesloten leek om die vraag te stellen, zou Tomek hem een antwoord geven.

'Ik heb ongeveer twee minuten,' vertelde Tomek hem. 'Nu moet je me alles vertellen wat je kunt in de komende twee minuten voordat ik naar binnen ga. Denk je dat dat mogelijk is?'

'Waarom zei je dat niet eerder?'

Omdat ik niet wist dat je zo verdomd letterlijk was.

'Colehill heeft de club twintig jaar geleden overgenomen, en sindsdien heeft hij er geld uit getrokken. Zoals... wat is dat woord? Hematoom? Aambeien?'

'Leegbloeden?'

'Ja. Dat is het. Hij heeft deze club, mijn heilige, geliefde club, leeggebloed en er schulden op geladen. Ondertussen neemt hij alle winst en laat het gebouw en de infrastructuur om hem heen instorten. Hij betaalt niemand, de spelers en het personeel hebben al maanden geen salaris gezien, en nu vertraagt hij de overname. Hij wil elke laatste cent uit de club persen, en hij heeft het niet eens nodig. Wist je dat hij offshore-rekeningen heeft waar al het geld naartoe gaat? Ja. Een of andere rekening op de Bahama's of zoiets. Weet niet waar het voor is, maar het is zeker niet om een voetbalclub te runnen. En wist je dat hij aandelen in de club verkoopt aan al zijn vriendjes in Whitehall of waar het ook is?'

Tomek wist niets van deze dingen, maar nu hij dat wel deed, nu hij gewapend was met deze informatie voorafgaand aan zijn gesprek met meneer Colehill, kon Tomek niet wachten om met hem te spreken.

Het enige probleem dat nog resteerde, was echter het vinden van een verband tussen de offshore-rekeningen en de voetbalclub met de dood van Herbert Tucker.

Tomek bedankte de man voor zijn tijd, nam vervolgens zijn contactgegevens op en draaide zich om naar Sean. Hij hield zijn bewegingen langzaam, en zijn voeten dicht bij de grond, zodat hij niet zou uitglijden op het ijs dat 's nachts was gevormd.

'Geregeld?' vroeg Sean terwijl ze de kou verlieten en de warmte in gingen.

'Ik denk het wel.'

'Dat was niet slecht voor een samenvatting van twee minuten.'

Tomek grijnsde. 'Vooral als je bedenkt dat we dertig seconden bezig waren om het woord leegbloeden te herinneren.'

HOOFDSTUK
NEGENTIEN

De vrouw begeleidde hen naar hun stoelen in een kleine wachtkamer die Tomek deed denken aan die waar hij vaak kwam op de basisschool. De stoelen waren gemaakt van een ruw, blauw materiaal en waren het meest oncomfortabele waarop hij ooit het ongeluk had gehad te zitten. De vloerbedekking was gekreukt en stug en bedekt met vuil. Om nog maar te zwijgen van de zweetvoetengeur die ervan afkwam. De muren en plinten hadden dringend een nieuw likje verf nodig. Het hele gebouw, inclusief de gangen en andere ruimtes waar de receptioniste hen doorheen had geleid, was een puinhoop. Maar goed, als het gebouw toch gesloopt zou worden, waarom zou je de boel dan nog opknappen?

De enige redding van de wachtkamer was de Nespresso-koffiemachine waar Tomek zeker een drankje uit haalde. Het laatste wat hij wilde was zijn geld aan James Colehill geven (in de vorm van kaartverkoop of merchandising), maar hij was meer dan blij om het van hem te nemen.

Een paar minuten later was meneer Colehill klaar om hen te ontvangen. Toen hij de deur opende, was Tomek net bezig zijn bekertje in de prullenbak te gooien.

'Doe dat alsjeblieft niet daarin,' snauwde James.

'Waar wilt u dat ik het doe?'

'Neem het mee.'

'Zodat ik het in een prullenbak buiten kan gooien?'

'Daar zijn ze voor...'

Tomek keek naar de plastic prullenbak voor hem. 'En waar is deze voor? Decoratieve doeleinden? Hoewel, het is waarschijnlijk het kleurrijkste ding in dit gebouw.'

'Geweldig. Bedankt voor je begrip.'

Strike één.

James draaide hun zijn rug toe en liet de deur van zijn kantoor openstaan. Tomek wierp zijn collega een blik van verbaasde ongelovigheid toe voordat hij hem volgde.

'Gooi het in zijn gezicht,' fluisterde Sean toen hij langs Tomek liep en als eerste de kamer binnenging.

Fout. Tomek zou veel erger doen. Hij zou een aanval op James Colehill lanceren.

Plotseling keek hij er meer naar uit dan twee minuten geleden.

Toen hij het kantoor binnenkwam, besefte Tomek dat hij het mis had gehad. De prullenbak was niet het kleurrijkste ding in het gebouw. Die eer ging naar James Colehills behang. Het was een schreeuwerig geel en groen dat eruitzag als een Refreshers-snoeppapiertje. En aan de rest van het meubilair in de kamer was duidelijk te zien waar in ieder geval een deel van het geld van de voetbalclub naartoe was gegaan: het mahonie bureau dat veel te breed was voor de ruimte waarin het stond; de gloednieuwe Apple Mac die erop stond; de sierlijke fluwelen troon aan de andere kant. James Colehill probeerde te leven en zich te gedragen als een koning, maar de kasteelmuren om hem heen brokkelden af.

En het kon hem simpelweg niets schelen.

Het brak Tomeks hart dat mensen zoals hij - zelfzuchtige, hebzuchtige, arrogante mensen - de leiding konden krijgen over zo'n instelling en er niet verantwoordelijk voor werden gehouden, ermee weg konden komen.

'Meneer Colehill,' begon Tomek. 'Ikzelf en mijn collega-'

'Gaat dit lang duren?' onderbrak James. 'Ik heb binnenkort een paar vergaderingen.'

Strike twee.

'Hoeveel tijd heeft u?' vroeg Tomek.

'Wat?'

'U vertelt me hoeveel tijd u heeft, en ik vertel u hoelang we gaan duren. Al heb ik het slinkse vermoeden dat u misschien een paar van uw vergaderingen moet verzetten, tenzij u dit gesprek op het bureau wilt voortzetten?'

'Ik heb niets verkeerd gedaan.'

Tomek grijnsde sarcastisch naar de man die hem van frustratie de haren te berge deed rijzen. 'Dat zullen we nog wel eens zien, nietwaar?'

'Informatie achterhouden in een lopend onderzoek ziet er niet zo goed uit voor een jury,' voegde Sean eraan toe. 'Vooral niet als het iemand als jij betreft, James.'

Colehill dacht even na, pakte een pen op en begon er cirkels mee op zijn bureau te trekken. 'Prima. Maar zou u me alstublieft meneer Colehill willen noemen?'

Geen kans.

'Natuurlijk, James,' antwoordde Tomek. 'We willen beginnen met de vraag hoe goed u Herbert Tucker kende?'

'Goed genoeg.'

Meteen voelde Tomek dat James Colehill dit zo pijnlijk en moeizaam mogelijk zou maken. Maar dat was oké, want ze konden allebei hetzelfde spelletje spelen. En het was zijn eigen tijd, zijn eigen tijd weg van die belangrijke zakelijke vergaderingen, die hij aan het verspillen was.

'Hoe lang kende u hem al?'

'Lang genoeg.' Toen stopte James langzaam met het bewegen van de pen over het bureau. 'Zei u net "kende"?'

'Inderdaad.'

'Verleden tijd?'

'Precies.'

'Wat... Waarom zei u het zo? Wat is er gebeurd?'

En toen vertelde Sean het hem. Dat zijn vriend en zakenpartner dood was, vermoord, en dat ze daar namens hem waren, op zoek naar de persoon die verantwoordelijk was.

'Op dit moment proberen we gewoon een beeld te krijgen van Herberts leven,' vervolgde Sean. 'Wat voor man hij was. Wat voor dingen hij uitspookte. Hoe hij was voor degenen die hem het beste kenden. Wat hem succesvol maakte.'

'Dat kun je allemaal vinden in dat verdomde boek dat hij schreef.'

Ah. Het boek.

'Werd u erin genoemd?' vroeg Tomek.

'Echt geen fuck. Hebben jullie het gelezen?'

Zowel Tomek als Sean schudden hun hoofd.

'Zou je moeten doen. Het is fucking hilarisch. Het is de grootste rotzooi die ik ooit heb gelezen. Allemaal opschepperij maar geen substantie, geen eindresultaat. Het leest alsof het door een vierjarige is geschreven, en het beste deel is het einde, wanneer je beseft dat je het in de fucking prullenbak kunt gooien.'

'Duidelijk niet in een van de prullenbakken hier,' merkte Tomek op, wat een kleine grinnik en glimlach van Sean ontlokte. James daarentegen vond het niet grappig en liet in plaats daarvan zijn gezicht zakken. 'Vroeg hij of u erin wilde voorkomen?'

'Ja! Dat is wat me het meest irriteerde. Hij kwam een keer langs, liet me zitten, en vertelde me dat hij een boek aan het schrijven was. Een *memoir*, noemde hij het. Weet je waar memoir vandaan komt? Het komt van het Latijnse *memoria*, wat geheugen betekent. En weet je wat het grappige is? Die klootzak had helemaal geen geheugen. Hij wist niet hoe dingen werkten, over de processen die we moesten doorlopen om bepaalde deals rond te krijgen, of zelfs hoe de vergaderingen die we samen bijwoonden verliepen. En weet je waarom dat zo is? Omdat hij een waardeloze zak stront was.'

Tomek moest denken aan zijn eerdere opmerking tegen Chey, en hoe die misschien een beetje over de schreef was gegaan.

'Herbert Tucker improviseerde zijn hele leven. Hij moest volledig bij de hand worden genomen tijdens zijn professionele en politieke carrière, en toch is hij degene die met alle eer gaat strijken. Nou ja... die *ging* met alle eer strijken.'

'Dus hij vroeg u om te helpen met het boek, u kwam met het grootste deel van de inhoud omdat u hem hielp te komen waar hij in het leven was, en vervolgens vergat hij u in dat boek op te nemen... klopt dat ongeveer?'

'Zo ongeveer.'

'En hoe voelde u zich daarbij?'

'Behoorlijk klote. Geïrriteerd. Ik...' En toen stopte hij terwijl het besef op zijn gezicht doorbrak. Hij begon met zijn vinger naar Tomek te wijzen. 'Ik zie wat je aan het doen bent.'

'En dat is?'

'Proberen het te laten lijken alsof ik zo boos was dat ik hem heb vermoord.'

'En deed u dat?'

'Ja! Ik bedoel, nee! Ik dacht dat je bedoelde of ik boos was. Ja, natuurlijk was ik boos. Ik was woedend, ik was razend. Maar ik heb hem niet vermoord.'

'Dat zullen we nog wel zien,' zei Tomek, terwijl hij zich naar Sean wendde om verder te gaan.

Voordat hij dat deed, schraapte de sergeant zijn keel en verplaatste hij zich op de stoel naar een iets comfortabelere en meer gezaghebbende positie.

'Hoe lang zijn jullie al mede-eigenaren van de club?'

'Begin daar niet over.'

'Dat willen we juist wel, als het mag. Tenzij u dit liever op het bureau wilt doen?'

Dat werkte. Dat leek altijd te werken. Alsof de dreiging om naar het bureau te gaan automatisch betekende dat hij gearresteerd zou worden. Dat was niet zo; hij had overal gearresteerd kunnen worden, het zou alleen handiger en sneller zijn geweest om hem te arresteren in hetzelfde gebouw waar hij de nacht zou doorbrengen.

'Ik kocht deze plek tweeëntwintig jaar geleden, en destijds was ik goede vrienden met Herbert. Hij verdiende goed geld en zag dit als een goede investeringskans voor hem. Dus hij overtuigde me om een aandeel in de club aan hem te verkopen voor een bedrag. Vriendenprijs, laten we het zo noemen. En sindsdien heeft hij steeds meer controle over de club verworven. En hij haalt er steeds meer uit. Hij laat het langzaam doodbloeden, en nu is er nog maar weinig over. Hij was degene die op het idee kwam om het af te breken en er een woonwijk van te maken, aangezien hij een verdomd vastgoedbedrijf bezit. En ik was geneigd het met hem eens te zijn, vooral nadat ik had gezien hoeveel het in de boeken zou opleveren. Maar dat nieuws viel niet goed, en vanwege zijn status als parlementslid en in de gemeenteraad kon hij niet het gezicht ervan zijn, dus heb ik de brunt van al deze tegenreactie moeten dragen.'

'Niet voor veel langer, volgens wat we begrijpen,' zei Tomek. 'De Zuid-Amerikanen komen uw spek redden.'

James pakte de pen weer op. 'Ik wil niet verkopen,' zei hij. 'Ik wou dat we het niet hoefden te doen. Ik hield ooit van deze club. Daarom heb ik hem gekocht. Maar dat is in de loop der jaren veranderd. Ik zou liegen als ik zei dat ik altijd de belangen van de club op het oog had, maar dat heb ik niet... niet meer. Ik werd meegezogen in Herberts wereld en nu hebben we de club naar deze situatie gesleept. De komst van de Zuid-Amerikanen is als een pleister plakken op een gebroken been.'

'Waarom vertraagt u de verkoop?'

James aarzelde even, en lachte toen in zichzelf, geamuseerd door zijn gedachten. 'Herbert vertraagde alles. Probeerde het consortium voor zoveel mogelijk geld uit te knijpen. Waardeerde het veel hoger dan het waard was, iedereen wist dat. Zelfs ik wist het. En nu hij dood is, zal het de zaak nog verder vertragen. Typisch, nietwaar? Ik zal weer als de schurk worden afgeschilderd. Om nog maar te zwijgen van het feit dat de waarde van de club absoluut zal kelderen, dus ik zal er niet het geld voor krijgen dat ik wil.'

Er was iets in de manier waarop James Colehill het zei dat impliceerde dat dat het meest verwoestende besef was van deze ochtend. Niet dat zijn zakenpartner was overleden. Niet dat hij een vriend had verloren. Niet dat hij de club kwijtraakte waar hij ooit van had gehouden (hoewel Tomek daar ook twijfels over had). Maar dat hij uiteindelijk geld zou verliezen bij de verkoop zodra alles was overeengekomen.

Dat er deze zomer geen reisje naar de Maledieven in zat.

'Waar was u twee nachten geleden, James?' vroeg Sean, zonder de man tijd te gunnen voor sentiment.

'Dat kun je me niet vragen. En verdomme, het is *meneer Colehill*!'

Tomek en Sean wisselden een blik met elkaar uit die bepaalde dat geen van beiden hem bij zijn achternaam zou noemen.

'Ik ben goede vrienden met de PFCC, moet je weten.'

Het acroniem zei Tomek niets.

'Wie?'

'Brendan Door. De Police, Fire and Crime Commissioner.'

'Oh, *hem*.' Tomek had nog steeds geen idee naar wie de man verwees. 'Hij zal er toch geen bezwaar tegen hebben dat u een eenvoudige vraag beantwoordt, of wel?'

James brieste van woede. Inmiddels was hij gestopt met krabbelen met de pen en had hij deze stevig in zijn vuist geklemd.

'Ik hoef niets te beantwoorden wat ik niet wil.'

'Tenzij u naar het bureau wilt komen. En dan kunt u aan de PFCC uitleggen waarom u daar bent.'

Voor de derde keer werkte die lege dreiging, en James legde de pen op tafel.

'Twee nachten geleden?' begon hij. 'Nou, ik was...'

Ze wachtten geduldig terwijl de man zijn antwoord overwoog.

'Ik was... ik was...'

Plotseling een stotter ontwikkeld? Lijdt aan geheugenverlies? Alzheimer?

'Ik ben er vrij zeker van dat ik gewoon hier was. Dat ben ik de meeste avonden.'

'Weet u hoe laat u vertrok?'

James tuitte zijn lippen en kantelde zijn hoofd opzij. 'Moet rond een uur of elf zijn geweest.'

'Wat gebeurde er nadat u thuiskwam?'

'Ik ging naar bed. Ik was moe. Moest de volgende ochtend om vier uur opstaan voor de volgende dag.'

'Dat is vroeg,' merkte Tomek op.

'Dat is wat je moet doen als je vooruit wilt komen. Je moet altijd de vroegste opstaan. Meer uren in de dag om meer dingen gedaan te krijgen. Dat heb ik Herbert geleerd, maar ik wed dat die stomme klootzak het in zijn boek heeft gezet als zijn eigen wijze woorden van wijsheid. Wat hij niet weet is dat ik het van iemand anders heb gepikt. Nu zal hij dat nooit meer weten.'

Tomek wist het niet zeker, maar hij dacht een dunne glimlach over James' lippen te zien trekken. Nadat ze de man hadden verteld dat ze alles hadden wat ze van hem nodig hadden, en dat ze indien nodig snel contact zouden opnemen, verlieten Tomek en Sean het kantoor en liepen terug naar de auto. Zodra ze naar buiten stapten werden ze in het gezicht getroffen door een dikke muur van kou en daar stond nog steeds de menigte demonstranten, scanderend, marcherend, proberende hun lichamen warm en hun ledematen eraan te houden. Inmiddels was de groep jongvolwassenen vertrokken, en er was een gevoel van rust neergedaald.

Owen Braverman haastte zich naar hen toe, schuifelend met zijn voeten om niet uit te glijden op het ijs.

'Wat had die lafaard over zichzelf te zeggen?'

'Niet veel.'

'Kunt u het ons niet vertellen?'

'Zo ongeveer. Er kunnen wat vertragingen zijn bij de verkoop van de club, maar ik zou doorgaan met wat u doet. Hij zal daar snel genoeg weg zijn.' Tomek legde een stevige hand op de schouder van de man, gaf hem een korte glimlach, en liep toen verder naar de auto.

Zodra ze erin zaten, zette Sean de verwarming op de hoogste stand en blies leven terug in zijn vingers.

'Gedachten?' vroeg hij Tomek tussen ademhalingen door.

'Ik denk dat meneer Colehill meer wist dan hij liet blijken. Er is zeker een motief, nu hij uit zijn voetbalclub wordt gedwongen, maar ik voelde ook nog iets anders,' legde Tomek uit. 'Wie Herbert ook vermoord heeft, het was iemand die hij kende. En wie beter dan de vroege vogel die nooit naar huis ging?'

'Ik weet wat je bedoelt. Maar hij was wel een klootzak, hè?'

'Een echte klootzak.'

Sean grijnsde terwijl hij de auto in de versnelling zette. 'Waar is je koffiebeker?'

'Heb ik in zijn kantoor achtergelaten toen we weggingen.'

'Wie is er nu de klootzak?'

HOOFDSTUK
TWINTIG

Nick Cleaves was een man met vele stemmingen. Vele talenten, ja. Maar ook vele stemmingen. Veel meer stemmingen dan talenten, althans volgens Tomek. Hij stond bekend op kantoor, en in het hele politiedistrict van Zuid-Essex, om zijn lange, diepe zuchten. Ongeacht de gelegenheid - goed, slecht of verschrikkelijk - Nick liet altijd hete lucht uit zijn neusgaten ontsnappen. Door velen bestempeld als irritant, vond Tomek ze iconisch, zijn kenmerk. Dat hij de kunst had geperfectioneerd om zoveel te zeggen zonder ook maar iets te zeggen.

Zoals de huidige uitdrukking op zijn gezicht. En de frequentie waarmee de lucht uit zijn neus kwam.

'Het ziet er niet goed uit, maat,' zei hij tegen Tomek. 'Ze is nu een week uit het ziekenhuis, wat geweldig is en zo, echt fantastisch, maar het is een enorme aanpassingsperiode voor ons. Voor haar, voor mij, voor Wendy. Wendy zorgt fulltime voor haar terwijl ik wegvlucht en me hier verstop.'

'Niemand zegt dat je je verstopt,' adviseerde Tomek. 'Je hebt een baan te doen. Een hele stad die op je schouders rust.'

Nog een zucht, deze zachter. '*Ik* zeg het. En ik kan zien dat Wendy hetzelfde denkt. Het is gewoon... het schoonmaken en voeden en verzorgen is niet het moeilijke deel, het is het *aankijken* van haar. Ik kan mezelf er niet toe brengen.'

Tomek koos ervoor niets te zeggen. Om de man te laten doorpraten tot hij alles had gezegd wat hij moest zeggen.

'Het is omdat ze anders is, ze is veranderd. Fysiek is haar gezicht veranderd, en ik weet dat ik zoiets niet zou moeten zeggen, maar het is waar. Ze is niet meer mijn kleine meisje. Ze ziet er niet meer uit als mijn kleine meisje. En ik weet niet wat ik moet doen. Het is alsof ze er niet is... ze is vaak afwezig, traag in reageren. De dokters zeiden dat er geen permanente hersenschade zou zijn, maar ze hebben niet altijd gelijk, toch?'

Nick keek naar Tomek voor een reactie, maar hij voelde zich veel te ongemakkelijk om er een te geven, dus bleef hij stil.

'Het is gewoon... de tekenen zijn er, toch? Je weet wat ik bedoel. Ze *lijkt* niet helemaal aanwezig. Het gat aan de zijkant van haar hoofd is zo enorm dat het geen verrassing is, maar ik...' Hij liet zijn hoofd zakken en richtte zijn blik op zijn schoot. 'Ik wil gewoon mijn kleine meisje terug, snap je? Ik vraag me af of ik haar ooit terug zal krijgen.'

En of de liefde voor haar ooit zou terugkeren.

Nick hoefde het niet te zeggen, maar hij wist dat dat Nicks gevoel en gedachte over de zaak was.

Na enkele ongemakkelijke momenten van stilte besefte Tomek dat Nick was uitgesproken, en dat het nu zijn beurt was om advies te geven, wat sturing, wat antwoorden op de onmogelijke vragen die Nick hem had gesteld.

Gelukkig, net toen hij zijn mond opende, was Nick hem voor.

'Genoeg over mij en Lucy,' zei hij. 'Hoe gaat het met Kasia?'

Tomek rolde zijn hoofd van links naar rechts. 'Je weet wel... ze heeft goede dagen, slechte dagen. Vooral nachtmerries. Veel nachtmerries. We hebben afgesproken dat we allebei wat counseling gaan krijgen.'

'Allebei?'

Tomek reageerde met een enkele knik. 'Ik krijg ze ook. Kasia's incident en de moord op mijn broer zijn in elkaar overgevloeid.'

'Dat spijt me te horen.'

'Dat herinnert me eraan, wat is de naam van die psychiater die je de vorige keer aanbevolen hebt?'

'Isabel?'

Tomek haalde zijn schouders op. 'Als dat haar naam is. Jij kent haar beter dan ik.'

'Ze is goed,' zei Nick terwijl hij naar pen en papier reikte. 'Echt goed.'

'Misschien moet je teruggaan.'

Nick stopte halverwege en staarde tien seconden lang in de pagina, diep in gedachten, voordat hij verder ging. Toen gaf hij het strookje papier met de contactgegevens aan Tomek, die het stilzwijgend in zijn zak stak. Er was genoeg gezegd over de zaak; Nick zou niet met de therapeut praten. Hij zou geen hulp zoeken. Hij zou het op zijn eigen, interne manier verwerken.

Toen Tomek aanstalten maakte om te vertrekken, piepte zijn telefoon. Een bericht van Abigail, die vroeg of ze nog steeds afspraken voor het avondeten.

'Fuck,' fluisterde hij tegen zichzelf.

'Is er iets mis?' vroeg Nick.

'Ik ben gewoon vergeten iets te doen.'

'Klassiek. We zullen dat 'De Tomek' moeten gaan noemen. We hebben je voorhoofd al een bijnaam gegeven.'

Tomek verstijfde, zijn hand om de deurklink. 'Rot op. Nee, dat hebben jullie niet.'

Nick grijnsde. De eerste die hij in een tijdje had gezien. 'Ken je De Muur uit *Game of Thrones*?'

Tomek kende het. Hij kende het heel goed. Een ondoordringbare zevenhonderd voet hoge verticale muur van massief ijs uit de succesvolle HBO-serie.

'Zo hebben we het genoemd,' zei Nick met een stralende glimlach.

'Als dat zo is, dan ben ik Jon Snow, Koning van het Noorden.'

'Als het je helpt om te slapen. Persoonlijk vind ik het niet beter dan Teflon Tommy, maar ik ben bevooroordeeld.'

Tomek deed zijn best om de glimlach te onderdrukken die op zijn gezicht dreigde door te breken. Toen zei hij: 'Bekijk het allemaal maar,' en vertrok.

Tegen de tijd dat hij terug was bij zijn bureau, had hij Abigail geantwoord dat ze nog steeds voor die avond stonden ingepland en dat de locatie geheim zou blijven totdat hij haar ophaalde. Het enige probleem was dat hij er geen had en dus wanhopig op tijd een plek moest vinden. Maar voordat hij er zelfs maar over kon nadenken, kwam DC Oscar Perez op hem afgerend.

'Hallo, kapitein.'

'Sergeant.'

'Buiten adem van helemaal daarvandaan?'

'Het is verder dan je denkt. Vooral als je enige beweging het op en neer lopen van de trappen naar je flat is.'

Tomek grinnikte. 'Kom op dan,' zei hij. 'Vertel het maar.'

'Het gaat over Herbert Tucker...'

'Goed begin.'

'Ik heb zijn financiën onderzocht.'

'Oh ja?'

'We hebben toegang tot zijn persoonlijke bankzaken. Hij heeft acht verschillende rekeningen bij verschillende banken.'

'Waarom heeft één persoon er zoveel nodig?' vroeg Nadia, terwijl ze zich in haar stoel omdraaide om hen aan te kijken.

'Het is een goede manier om geld te verbergen,' zei Tomek.

'Eigenlijk,' onderbrak de kapitein. 'Het is helemaal niet zo effectief. De banken kunnen nog steeds zien wat je doet, en ze hebben nu een heleboel extra beveiligingslagen toegevoegd, zodat alle betalingen je naar het doel vragen voordat je het verstuurt.'

Tomek keek vanuit zijn stoel naar de man op. 'Dus waarom heeft hij er zoveel, kapitein?'

'Het zijn gewoon bankrekeningen,' antwoordde Oscar. 'Net als die van jou en mij. Voor het geval een ervan failliet gaat, heeft hij er nog een aantal in reserve, zeg maar.'

'Over hoeveel praten we hier?'

Oscar beet op zijn onderlip. 'Nou, zijn vermogen is zeker dertig miljoen.'

'Mooi voor sommigen,' merkte Nadia op.

'Dat is geen klein bedrag. Weet u wie het nu krijgt nu hij dood is?'

'Nog niet zeker.'

'En wat heeft hij ermee gedaan?'

'Onroerend goed. Huizen verspreid over heel Essex. Sommige lijkt hij te verhuren, de andere houdt hij achter de hand voor slechtere tijden.'

'Hoeveel?'

'Negen in totaal. Eén is zijn woonadres, waar hij woont. Nog eens twee zijn onlangs gekocht op naam van zijn dochters, nog drie worden verhuurd, en de laatste drie staan gewoon leeg.'

'Om een bepaalde reden?'

Oscar haalde zijn schouders op. 'Geen die ik kan ontcijferen.'

'Oké. Wat heeft deze zakenman nog meer met zijn financiën gedaan?'

'Veel. Ik heb het handelsregister gecontroleerd en hij heeft minstens

DE KUS VAN DE DOOD 119

zes verschillende bedrijven. De sluwe klootzak heeft sommige ervan geregistreerd met zijn middelste naam erbij in het handelsregister, terwijl de anderen alleen met zijn voor- en achternaam staan. Hij heeft een restaurant in Leigh, een sportbedrijf dat verbonden is aan Southend FC, zijn vastgoedbedrijf, zijn metaalbedrijf, een offshore bedrijf en nog een dat geregistreerd staat als een uitgeverij.'

'Zijn boek...'

'Ja.'

'Interessant. En hoeveel geld zit er in elk daarvan?'

'In totaal is er ongeveer vijftig miljoen pond aan vermogen.'

Tomek nam even de tijd om zijn gedachten te ordenen en de informatie te verwerken. Het was duidelijk te zien dat de man veel geld had - zoveel dat het hem buiten de realiteit plaatste, zouden sommigen beweren - en hij wist zeker wat hij ermee moest doen. Hij was een slimme zakenman, dat moest Tomek hem nageven. Maar als Herbert Tucker, zoals James Colehill had aangegeven, niet zo goed op de hoogte was als hij voorgaf te zijn, dan zouden er ongetwijfeld fouten zijn, gaten in zijn pogingen om zaken te verbergen en ontdekking uit te stellen. Er zou onvermijdelijk een barst in het pantser zijn.

'Heb je alle rekeningen gecontroleerd?' vroeg Tomek.

'Nog niet. De bedrijfsrekeningen zullen vanwege hun aard langer duren. Wat betreft zijn persoonlijke rekeningen, daar heb ik vluchtig naar gekeken.'

'Onregelmatigheden?'

Oscar grijnsde, het gezicht van een man die wanhopig had gewacht om te zeggen wat hij wilde.

'Een paar dingen.'

'Zoals...?'

'Een contante opname van twintigduizend pond van zijn bank in november, en regelmatige maandelijkse betalingen aan een vrouw genaamd Alina Zandecka.'

Zijn minnares.

'Hoeveel?'

'Vijfduizend pond.'

Tomek floot tussen zijn lippen. 'Ik zou voor zoveel per maand ook mijn mond houden. Belastingvrij bovendien.'

'Wat zou jij kopen met vijfduizend per maand?' vroeg Chey, die net het einde van het gesprek had opgevangen.

'Het doel is niet om het elke maand uit te geven,' antwoordde Tomek. 'Het is zoals je die Lotto-winnaars hoort die tienduizend per maand winnen voor de rest van hun leven; ze verbrassen het allemaal.'

'Maar wat zou jij doen als je wist dat je tienduizend per maand kreeg voor de rest van je leven?'

'Zoveel mogelijk bonsaiboompjes kopen. Misschien zelfs mijn eigen tuintje aanleggen. Of misschien zou ik gewoon blijven doen wat ik nu doe.'

Chey hapte naar adem. 'Je zou niet stoppen met werken?'

'Nee. Want wat is anders mijn doel? Waarom zou ik 's ochtends opstaan als ik nergens voor werk, niet mijn eigen geld verdien? Ik zou waarschijnlijk depressief worden en dan aan zelfmoord gaan denken.'

Chey's mond viel een fractie open, sprakeloos.

'De stemming een beetje verpest, heb ik? Mooi zo. Nu, Oscar, wat zei je?'

'Vijfduizend per maand.'

'Ja.'

'Vijfduizend per maand gedurende de afgelopen vier jaar, tot drie maanden geleden toen de betalingen stopten.'

HOOFDSTUK
EENENTWINTIG

Alina Zandecka woonde met haar zoon in een kleine eenkamerwoning boven een slijterij in Hockley. Tomeks eerste indruk was dat het appartement nauwelijks groot genoeg was voor één persoon, laat staan voor twee. En de rommel en troep, in combinatie met het speelgoed en de spelletjes op het tapijt die de doorgang naar de woonkamer blokkeerden, getuigden daarvan.

Het had Tomek en Rachel iets meer dan een half uur gekost om bij het kleine dorpje te komen dat ten noorden van Southend lag. Lunchtijdverkeer. Een vroege spits. Om nog maar te zwijgen van het feit dat het vrijdag was. Ook wel bekend als POETS-dag in Tomeks familie.

Pleur Op, Er's Tomorrow Saturday.

Hij wist niet wanneer het een ding was geworden, maar hij had gemerkt dat vrij nemen tijdens de lunch tegenwoordig erg populair was. Dat de werkweek voor sommige gelukkigen steeds korter werd, terwijl hij en de rest van het team steeds langere uren werkten. Dat deel vond hij niet zo erg. Het was vooral het verdomde verkeer waar hij een hekel aan had.

En de kuilen in de weg.

Maar dat was een andere discussie, en een ander gesprek met de gemeente, voor een andere keer.

Toen ze eenmaal zaten, schuifelde Alina naar de keuken en maakte voor ieder van hen een kop thee, terwijl ze haar zoon op haar heup droeg. Een paar minuten later kwam ze terug, nog steeds met het kind op één arm en de mokken in de andere. Tomek was de tweede die zijn drankje kreeg.

Alina Zandecka zag eruit alsof ze al weken niet geslapen had. De wallen onder haar ogen waren zo donker als de kamer aanvoelde, maar desondanks was ze nog steeds een mooie vrouw. Heel mooi zelfs. Ze was mager maar zag er niet ondervoed uit. Het leek eerder alsof ze hard had gewerkt om haar figuur te bereiken, en aan de bulten in haar schouders en armen te zien, leek ze geen moeite te hebben om haar zoon vast te houden. Haar haar was een rommelige combinatie van bruin en blond en was opgestoken met een haarclip. Ze droeg weinig make-up, wat volgens Tomek grotendeels kwam omdat ze er geen tijd voor had. Maar ze had het niet nodig. Ze deed Tomek denken aan de Poolse supermodellen die hij vaak op de Poolse televisie zag.

'Uw zoon is prachtig,' zei Rachel, terwijl ze met het voetje van de kleine jongen speelde.

'Dank u,' antwoordde Alina, met terughoudendheid in haar stem.

Ze had een zweem van een Oost-Europees accent, maar Tomek kon niet plaatsen welk.

'Hoe oud?'

'Vier.'

'Schattig.'

Voordat ze naar binnen gingen, hadden Tomek en Rachel de reden van hun bezoek achtergehouden. Alleen dat het belangrijke politie-zaken betrof. En terwijl hij tegenover haar zat, vroeg Tomek zich af welke gedachten er door haar hoofd zouden gaan. Welke geheimen ze bang was dat naar buiten zouden komen.

'Hoe heet je, liefje?' vroeg Rachel, terwijl ze in de teentjes van de jongen kneep.

'Waar gaat dit over?' snauwde Alina, terwijl ze haar zoon iets verder om haar heup trok, net buiten Rachels bereik.

'Herbert Tucker,' antwoordde Tomek. 'We denken dat u hem kent.'

'U... u zou dat kunnen zeggen.'

'Hoe goed kende u hem?'

'Ik... Wat is er met hem gebeurd? Is er iets met hem gebeurd?'

'Hebt u het nieuws niet gezien?' vroeg Tomek. Toen ze haar hoofd schudde, ging hij verder. 'Hij is dood, Alina.'

Haar hijgende ademhaling was hoorbaar, en ze bracht haar hand naar haar mond. Toen richtte ze haar aandacht op haar zoon. 'Ik wil niet dat hij dit hoort. Mag ik...?'

'Natuurlijk,' zei Tomek met een knikje.

Alina hees zichzelf uit de bank en haastte zich naar de eettafel. Het oppervlak lag vol met folders, post, documenten en lege drinkbekers, en was bedekt met restjes ontbijtgranen. Even later zette ze haar zoon op de stoel, haalde een iPad en een paar koptelefoons uit een nabijgelegen tas, en liet hem zijn gang gaan.

'Het spijt me,' zei ze. 'Ik wilde niet dat hij het zou horen...'

'Het is goed. Echt waar.'

Tomek wilde het gesprek graag voortzetten, maar uit haar eerste reactie was duidelijk dat ze wat tijd nodig zou hebben.

'Wanneer hebt u Herbert Tucker voor het eerst ontmoet, Alina?' vroeg Rachel, met een zachte, vriendelijke, kalmerende stem.

Troostend.

'Het moet nu ongeveer vijf jaar geleden zijn geweest.'

Tomek pakte zijn pen en notitieboekje en begon aantekeningen te maken terwijl Rachel de procedure begon.

'En hoe hebben jullie elkaar ontmoet? Onder welke omstandigheden?'

'Ik... ik wil het niet zeggen...'

Tomeks interesse was gewekt.

'Waarom zou dat zijn?' vroeg Rachel.

'Omdat ik...'

'Bedreigt iemand u?'

Alina schudde haar hoofd. 'Nee. Nee... Niets van dien aard. Het is gewoon...' Alina draaide zich langzaam in haar stoel, richting haar zoon, die nu verloren was in de wonderen van zijn digitale scherm. Toen ze zich weer omdraaide om hen aan te kijken, zei ze: 'Ik schaam me ervoor, dat is alles.'

'U kunt het ons vertellen. Dit is een veilige omgeving. Dit is *uw* omgeving, Alina. Er zal u hier niets overkomen.'

Alina kalmeerde even, draaide de woorden om in haar hoofd, speelde ze uit in haar gezichtsuitdrukking.

'Ik kwam zes jaar geleden vanuit Litouwen naar dit land. Ik had niet veel geld, ik wist niet wat ik met mezelf aan moest, maar ik... ik kwam hier als paaldanseres. Daarna werkte ik een tijdje in een paar bars en clubs, totdat ik uiteindelijk... een andere baan vond.'

Tomek voelde aan waar dit naartoe ging.

'Ik werd prostituee.'

Bingo.

'Ik ontmoette Herbert voor het eerst toen ik een keer naar een club ging. Een herenclub in Southend. Hij en een groep van zijn vrienden hadden een feestje, dus gingen een paar van de meisjes met wie ik werkte daarnaartoe. Toen ik daar aankwam, waren ze al behoorlijk dronken en high van de drugs.'

'Drugs? Wat voor soort drugs?' vroeg Tomek.

'Voornamelijk cocaïne.'

'En heb je er zelf ook van gebruikt?'

Alina wendde zich opnieuw tot haar zoon en beantwoordde de vraag zonder het te hoeven toegeven.

'Ze waren wild,' zei ze. 'Er was zo veel. Het was overal.'

'Hoe vaak ben je daar naartoe gegaan om met mannen van die club te slapen?'

'Oh, zo was het niet. Het was altijd Herbert. Herbie was van mij. Ik heb nooit met iemand anders geslapen. We hadden elk onze eigen man...'

Alsof het kostbare, originele kunstwerken waren die niet gekocht, verkocht of geruild konden worden.

'Hoe vaak heb je met Herbert Tucker geslapen, Alina?'

Haar lippen bewogen maar er kwam niets uit terwijl ze naar haar vingers keek.

'Tien keer? Misschien minder?'

'Waarom is het gestopt?'

Toen antwoordde ze op dezelfde manier als eerder. Door naar haar zoon te kijken.

'Ik weet niet hoe het is gebeurd.'

Tomek moest denken aan een boek dat hij ooit had gelezen en dat het hem duidelijk had uitgelegd...

'We waren voorzichtig,' vervolgde ze. 'Ik zorgde er altijd voor dat hij bescherming droeg.'

En Tomek had ook altijd bescherming gedragen. Maar veertien jaar geleden had diezelfde bescherming besloten niet te werken.

'Toen ik erachter kwam, wilde ik het hem eerst niet vertellen. Maar de meiden... zij zeiden dat ik het moest doen.'

'Wat zei hij toen hij het hoorde?' vroeg Rachel, terwijl ze haar bijna lege theekopje tussen haar vingers draaide.

'Hij wilde dat ik er vanaf kwam. Zei dat ik een abortus moest laten doen. Vertelde me dat hij ervoor zou betalen, dat hij iemand kende.' Dat was het moment waarop de tranen begonnen. Eerst zachtjes, maar nadat Rachel haastig naar de badkamer was gegaan voor wat toiletpapier, stroomden ze naar buiten.

Beide rechercheurs wachtten tot ze klaar was voordat ze verdergingen.

'Maar je hebt nee gezegd tegen de abortus,' vervolgde Rachel.

Snikkend antwoordde Alina. 'Ik wilde het niet. Ik wilde het houden. Ik had altijd al een baby gewild. Ik...'

'En toen begon hij je geld te betalen?' vroeg Tomek, die de olifant in de kamer aansneed.

'Wat?'

'Het geld. De vijfduizend pond per maand die hij je heeft betaald. Dat geld?'

'Hoe...?' Alina snoof hard, het snot en de tranen naar binnen zuigend.

'Waarom heeft hij je dat geld gestuurd, Alina?'

'Het was... ik...'

'Dit is een veilige omgeving, weet je nog?' merkte Rachel op.

Hoewel zelfs Tomek toegaf dat het niet zo aanvoelde.

'Waarom begon hij je geld te geven, Alina?' drong Tomek aan.

'Omdat hij het me aanbood,' zei ze. 'Ik... ik was dom. Ik wist niet wat ik deed. Ik was bang. Toen ik hem vertelde dat ik het wilde houden, bedreigde hij me. Zei dat hij me zou ontmaskeren en terug zou sturen naar Litouwen. Dus bedreigde ik hem als vergelding. Ik vertelde hem dat ik naar de kranten zou gaan. Naar de *Echo*, naar de *Daily Mail*. Dat de deftige zakenman en lokale politicus drugsfeesten had bijgewoond met prostituees en er één zwanger had gemaakt. Dus bood hij me geld aan om mijn mond te houden.'

'Je hebt hem gechanteerd?'

Ze schudde met haar vinger naar hem. 'Helemaal niet!' Haar stem steeg een paar octaven maar het leidde haar zoon nauwelijks af van het computerscherm. '*Hij* bood *mij* het geld aan. Zoals ik je al zei, ik was wanhopig. Ik had het toen nodig.'

En toch, na vier lange jaren waarin ze aanzienlijk meer dan een modaal inkomen had ontvangen, woonde ze nog steeds op een plek als deze. Hoe meer hij erover nadacht, hoe meer hij begreep dat wonen boven een slijterij die verbonden was aan een tankstation, met zijn enorm opgeblazen prijzen, logisch was.

'Maar hij bleef het je geven,' zei Rachel. 'Waarom? Waarom heeft hij je al die tijd betaald?'

Ze liet haar hoofd weer zakken. 'Omdat... omdat ik hem vertelde dat ik naar de media zou gaan als hij dat niet deed.'

'Dus je hebt hem *wel* gechanteerd?'

'Nee... Maar...' Dit keer kwamen de tranen terug. Dit keer bood Rachel haar geen medeleven. 'Ik moest voor mijn zoon zorgen. Ik moest alles doen wat ik kon om voor Francis te zorgen. Zou jij niet hetzelfde hebben gedaan?'

Geen van beiden koos ervoor om de vraag te beantwoorden.

Rachel schraapte haar keel en zette de mok op het tapijt. 'Dus laat me dit even op een rijtje zetten. Je kwam hier en werkte een tijdje als paaldanseres. Je ging naar een paar feestjes met je collega's, sliep een handvol keren met Herbert Tucker - om precies te zijn *twee* handenvol - raakte toen zwanger van zijn kind en bleef hem chanteren voor geld om je mond te houden. Mis ik nog iets?'

'Het was niet zoals-'

Rachel onderbrak haar met een handgebaar. 'Het is een simpele ja of nee, Alina. Mis ik nog iets?'

Dit was een kant van zijn collega die Tomek nog niet eerder had gezien. Er woedde een vuur in haar, en hij maakte zich zorgen waar het toe zou kunnen leiden.

'Nee,' antwoordde Alina zachtjes. 'Er is niets anders.'

'Ik denk van wel.'

'Waarom?'

'Omdat, tenzij we ons vergissen, het geld vier maanden geleden stopte met binnenkomen, nietwaar?'

Alina's mond viel open terwijl haar verhaal uit elkaar viel. 'Hoe weet u...?'

'Omdat het ons werk is, Alina. Dus ik stel voor dat je ons alles uitlegt wat er is gebeurd, en onze vragen eerlijk en volledig beantwoordt. Want we komen er toch wel achter, op de ene of de andere manier.'

Verdorie. Herinner me eraan dat ik deze vrouw nooit tegen me in het harnas moet jagen.

'Waarom stopte Herbert met de betalingen? Wat is er gebeurd?'
Linkerhoek, rechterhoek, jab, jab, jab. De klappen van Rachel waren meedogenloos.
'Omdat hij mijn bluf doorhad,' siste Alina. 'Hij had er genoeg van. Op een middag belde hij me op om me te vertellen dat hij me geen geld meer zou betalen en dat het hem niet kon schelen of ik naar de media zou gaan. Hij was er klaar mee.'
'Dus waarom heb je geen wraak genomen? Waarom heb je niet met een journalist gesproken?'
'Vanwege Francis. Ik wilde niet dat hij erbij betrokken zou raken. Hij heeft een leven. Ik heb nu een leven. Hij gaat naar school. Hij heeft vrienden. Ik heb vrienden. Ik wil niet dat mensen anders over ons denken. Ik deed het om hem te beschermen.'
'Het ergerde je niet? Je werd er niet boos om?'
'Natuurlijk was ik boos. Het betekende dat ik een baan moest vinden, ik had geen inkomen. Nu werk ik voor een taxibedrijf, beantwoord ik de telefoontjes en regel ik de taxi's voor mensen.'
'Maakte het je boos genoeg om hem te vermoorden?' vroeg Rachel.
'Wat? Nee!'
'Waar was je op de avond dat hij stierf?'
'Hier. Met Francis. We waren aan het spelen, aan het leren. Zoals de meeste avonden.'
'Kan iemand dat bevestigen?'
Ze aarzelde een fractie langer dan Tomek zou hebben gewild.
'Nee. Het zijn alleen wij tweeën. Alsjeblieft... neem me alsjeblieft niet weg bij mijn zoontje.'
'Dat zou betekenen dat u iets verkeerd hebt gedaan,' zei Tomek zo vriendelijk mogelijk. 'Is er nog iets anders wat u ons moet vertellen?'
Alina friemelde aan haar vingers en plukte aan haar nagels die, in tegenstelling tot de rest van haar die zo verfijnd en verzorgd was, vies waren en tot op het bot afgebeten.
'Er was iets...' begon ze, niet in staat om haar blik op te heffen. 'Nadat hij me vertelde dat hij de betalingen zou stoppen, denk ik dat hij iemand naar mijn huis heeft gestuurd.'
'Wat bedoelt u met "iemand"?'
'Een man. Iemand. Ik weet niet wie. Ik heb nooit de kans gehad om zijn gezicht duidelijk te zien. Maar een paar dagen daarna werd ik gevolgd door een man, langs de hoofdstraat, in de auto, op weg naar

huis van Francis' school. Ik werd echt bang en sloot mezelf op in huis. Ik denk dat Herbert hem stuurde om me te waarschuwen. Ik denk dat hij me wilde laten weten dat hij me op elk moment kon kwetsen, dat ik altijd in de gaten werd gehouden.'

'Heeft hij dit tegen u gezegd?'

'Nee.'

'Hoe weet u dat hij het was?'

'Want wie anders zou het kunnen zijn?'

Tomek kon daar niets tegen inbrengen.

'Wanneer hebt u de man voor het laatst gezien?'

'Hij stopte na een paar weken. Denk dat hij moet hebben beseft dat ik niets zou doen. Dat ik te bang was.'

'Hoe zag hij eruit?'

'Witte trui. Met een capuchon. Hij droeg een pet dus ik kon zijn gezicht niet zien. Zwarte spijkerbroek. Gemiddeld postuur. Verder heb ik niet veel herkend.'

Tomek maakte een notitie van de vage beschrijving van de man en de details over wanneer hij Alina had gevolgd. Daarna vertelde hij haar dat ze contact zouden opnemen als ze nog iets nodig hadden. Dat ze in de buurt moest blijven.

Nadat ze alles hadden geregeld, maakten Rachel en Tomek aanstalten om te vertrekken. Bij het weggaan zwaaide Rachel naar het jongetje, en Tomek gaf hem een high-five. Toen hij langs hem liep, bestudeerde Tomek het gezicht van de jongen. Hij had een opvallende gelijkenis met Herbert Tucker. De oren, de neus, en zelfs de afstand tussen zijn ogen waren hetzelfde.

'Bel ons als je nog aan iets denkt dat belangrijk zou kunnen zijn,' riep Tomek naar haar op de drempel.

Terwijl ze terug naar de auto liepen, zich scherend tegen de bittere wind die door het tankstation sneed, zei Tomek: 'Herinner me eraan dat ik nooit aan jouw verkeerde kant moet komen.'

'Waarom niet?'

'Omdat ik even dacht dat je echt lief was tegen Alina's zoon, maar toen schakelde je over op haar.'

'Ik moest wel.'

'En als je dat ooit bij je eigen kind zou doen...'

Ze stapten de auto in. Rachel sloot de deur.

'Gelukkig ben ik dan ook gay, toch?'

'Sorry, wat?'

'Gay. Ik ben gay. Wist je dat niet?'

Tomek voelde zich plotseling ongemakkelijk. Zijn gezicht werd rood.

'Ik denk dat ik die niet zag aankomen.'

'Veel mensen doen dat niet. En, tenzij ik een partner vind die me overtuigt om kinderen te nemen, kan ik me niet voorstellen dat ik of het kind snel iets te vrezen hebben.'

HOOFDSTUK
TWEEËNTWINTIG

D e laatste keer dat Tomek in een stoel bij een therapeut had gezeten, was hij tien jaar oud geweest. En tot zijn verbazing waren ze niet veel veranderd. De muren van de kamer waarin hij zich nu bevond, waren in dezelfde saaie, koude lichtblauwe kleur geschilderd, en het meubilair was net zoals het al die jaren geleden was geweest. Goedkoop.

Zijn therapeut heette Isabel Fox. Ze was eind twintig en had een doctoraat in de psychologie. Nadat hij haar eerder die dag had geappt om een afspraak te maken, had ze bijna onmiddellijk gereageerd met de mededeling dat ze de rest van de week met vakantie zou gaan en dat ze hem en Kasia aan het eind van de dag nog kon inplannen. Kasia was als eerste gegaan en wachtte nu buiten de kamer op hem. Het was net na zes uur, en Tomek was zich bewust van zijn etentje over iets minder dan twee uur.

'Ik kan niets bespreken wat tussen mij en je dochter is gezegd,' zei Isabel, haar stem zacht, vriendelijk, zwaar met een Essex-accent. 'Ik wil dat even duidelijk maken.'

'Glashelder.'

Net als de ring aan haar vinger, net als de onberispelijke ketting die om haar hals hing.

'Uitstekend.' Ze vouwde haar handen ineen. 'Heb je ooit eerder zoiets gedaan? Heb je ooit met een medisch professional gesproken?'

Tomek vertelde haar dat hij dat had gedaan, en wanneer.

'Je was erg jong. En mag ik vragen waarvoor dat was?'

'Ik vond mijn dode broer in het park. Hij was in elkaar geslagen, aangevallen en voor dood achtergelaten. Ik zou hem ontmoeten maar ik was te laat. Ik zag zijn aanvallers.'

Als Isabel van streek of geschokt was door de samenvatting van zijn jeugdtrauma, dan liet ze dat niet merken. Maar goed, ze had waarschijnlijk van alles gehoord. Sommige mooie verhalen, sommige minder mooi. En waarschijnlijk een behoorlijk aantal die aanzienlijk erger waren dan het zijne.

'Ik begrijp het...' zei ze. 'En zijn de moordenaars gepakt?'

'Eén wel. De andere is ontsnapt. Hoewel niemand gelooft dat hij bestaat.'

'Dat klinkt verschrikkelijk. Het spijt me voor je verlies.'

'Doe dat niet,' zei hij, met een handgebaar naar haar. 'Dat hoef je niet te doen. Het is goed. Het is gebeurd. Ik heb het verwerkt. Ik ben verder gegaan.'

Behalve dat hij dat niet had gedaan. En hij betwijfelde of hij dat ooit zou doen. Tenminste niet volledig.

'Begrepen.' Een kleine glimlach verscheen op haar gezicht. 'Hoe heeft de dood van je broer je beïnvloed?'

'Op dezelfde manier als je zou verwachten. Dezelfde manier waarop Kasia's trauma haar nu beïnvloedt.'

'Hoe beïnvloedde het je relatie met je familie?'

Tomek pauzeerde. Hij had net geprobeerd haar te sturen naar de reden waarom hij kwam, naar Kasia, naar de nachtmerries. Maar ze bleef het gesprek een richting op sturen waar hij zich niet prettig bij voelde. Een richting die een onderwerp aansneed dat hij niet wilde aansnijden. Familie. Het was een onderwerp dat ofwel betekende dat ze uitzonderlijk goed was in haar werk en tussen de regels door kon lezen, ofwel dat een bepaalde dertienjarige te veel had gezegd tijdens hun vorige gesprek.

'Ik ben hier niet om mijn relatie met mijn familie te bespreken,' zei hij, terwijl hij het ene been over het andere sloeg. 'Ik ben hier om de nachtmerries te bespreken die ik heb.'

'Het helpt me allemaal om een breder beeld te vormen,' legde ze uit, maar Tomek wilde er niets van weten. Het was de vorige keer hetzelfde geweest: de therapeut die in zijn hoofd probeerde te komen, die hem dingen probeerde te laten geloven die hij niet wilde geloven. Praten over dingen waarover hij niet wilde praten.

'Het spijt me, maar ik wil weten hoe ik kan stoppen met deze nachtmerries.'

'De beste manier om dat te doen, Tomek, is door ze te bespreken in een omgeving waar je je ontspannen voelt, waar je je comfortabel voelt. Voel je je een van beide?'

Hij verschoof zijn kont in zijn stoel. 'Niet echt.'

'Wil je dat ik een glas water voor je haal?'

Hij overwoog het even. 'Graag.'

Zonder nog iets te zeggen, glipte Isabel behendig langs de zijkant van haar stoel en streek langs hem heen terwijl ze de kamer uit liep. Terwijl hij wachtte, tikte Tomek herhaaldelijk met zijn voet op het tapijt, met één oog op de klok. Een uur had hij voor betaald. En er waren nog vijfenveertig minuten te gaan.

Vijfenveertig minuten om haar te vertellen wat ze wilde horen.

Vijfenveertig minuten om haar te laten denken dat ze goed werk deed.

Terwijl hij in werkelijkheid alleen maar voor Kasia hier was. Als zijn nachtmerries niet zouden stoppen, dan zij het zo. Hij had ze de afgelopen dertig jaar verdragen. Wat voor kwaad zouden nog eens dertig jaar doen?

Tegen de tijd dat ze terugkwam, waren er nog vierenveertig minuten over op de klok.

'Waar waren we?' vroeg ze terwijl ze achter haar bureau ging zitten.

Tomek nam een slokje water, om zoveel mogelijk tijd te rekken.

'Ik voel me nu veel comfortabeler,' loog hij.

Drieënveertig.

'Geweldig. Dat doet me plezier. Vertel me nu eens over wat er in die dromen van je gebeurt?'

En dat deed hij. Hij vertelde haar dat ze willekeurig voorkwamen, soms meerdere nachten achter elkaar, soms met een week ertussen, en dat hij vaak midden in de nacht wakker werd, badend in het zweet. Hij vertelde haar dat de dromen bestonden uit het herbeleven van de ervaring van die avond, van het vinden van zijn dode broer in het park, accuzuur in zijn ogen gegoten, bloed op zijn borst en witte schooloverhemd. Hij vertelde haar hoe het beeld van zijn broer nu begon te veranderen in dat van Kasia. En dat hij niet wilde dat het doorging.

'Het klinken als zeer levendige nachtmerries,' merkte Isabel op. 'En je zegt dat er geen triggers zijn? Of dat je die niet kunt zien?'

'Niet dat ik kan bedenken.'

'Ik kan me niet voorstellen dat je baan erg helpt...'

Tomek haalde zijn schouders op. 'Waarschijnlijk niet. Maar ik ga daar voorlopig niets aan veranderen.'

Hij was opzettelijk ontwijkend en hij wist het. Het had niets met haar te maken, helemaal niet, alleen met mensen in haar beroep. Hij wilde graag denken dat hij het beter wist dan zij, dat haar jaren van opleiding niets voorstelden vergeleken met de veertig jaar die hij in zijn eigen hoofd had doorgebracht. Dat ze hem onmogelijk kon helpen. Als niemand daartoe in staat was geweest toen hij tien was, hoe konden ze dat dan nu hij aanzienlijk ouder was en de kasteelmuren en barrières volledig versterkt waren?

'Je zei dat je met iemand sprak toen je jonger was. Vertel me daar-over. Hoe waren die gesprekken zo kort na het incident?'

'Moeilijk,' antwoordde hij. 'Ik zei niet veel.'

'Net als nu?'

Tomek opende zijn mond om te reageren maar hield zich in.

'Ik denk het.'

'En ik neem aan dat deze persoon je enkele copingmechanismen gaf voor de nachtmerries? Dat hoop ik tenminste.'

'Ze zeiden dat ik een nachtmerriedagboek moest bijhouden.'

'En deed je dat?'

Hij knikte.

'Geweldig. Voorlopig zou ik willen dat je dat blijft opschrijven. Kun je dat voor me doen? Een dagboek bijhouden kan een therapeutische manier zijn om trauma te verwerken, vooral trauma dat zo oud is als het jouwe. Maar ik wil dat je een stap verder gaat. Ik wil dat je over je dag schrijft voordat je naar bed gaat. En als je wakker wordt, wil ik dat je opschrijft hoe je je voelt, waar je angstig over bent.'

'Alsof ik een vijftienjarig meisje ben?' Tomek rolde met zijn ogen. 'Is dat je advies? Dat ik blijf doen wat ik al doe terwijl het duidelijk niet werkt?'

'Nee, ik-'

'Want zo klinkt het wel. Ofwel ben ik ongeneeslijk en zullen de nachtmerries nooit stoppen - waar ik trouwens absoluut geen problemen mee heb - of je bent gewoon niet erg goed in je werk. En te bedenken dat je zo aangeraden werd.'

Tomek hees zichzelf uit zijn stoel en beende naar de uitgang. Hij sloot de deur voordat Isabel kon protesteren. Buiten, in de wachtkamer, vond hij Kasia zittend op een stoel, haar hoofd voorover gebogen, oordopjes in, terwijl haar vinger herhaaldelijk omhoog veegde.

'Kom,' zei hij tegen haar. 'We gaan.'

'Nu al?'

'Blijkt dat we eerder klaar waren dan verwacht.'

Zevenentwintig minuten eerder.

HOOFDSTUK
DRIEËNTWINTIG

Tomek had moeite gehad om een restaurant te vinden waar hij niet eerder met een ander meisje was geweest. Hij was met veel voormalige onenightstands op veel plekken geweest, waardoor het aanbod aan restaurants om uit te kiezen bijna was opgedroogd. Maar vanavond zat het mee. The Oyster Bar was pas recent geopend en volgens de gesprekken die hij op kantoor had opgevangen, waren het eten en de recensies goed. Wat nog beter was: ze hadden de laatste tafel voor twee voor hem en Abigail gereserveerd. Het was een klein, onafhankelijk, door een familie gerund mediterraans restaurant in Rayleigh, gelegen aan het begin van de hoofdstraat bij Rayleigh Mount van de National Trust. Op deze plek had ooit een middeleeuws kasteel gestaan, maar nu was het een groene oase voor de natuur. Hetzelfde kon echter niet gezegd worden van het restaurant. Het thema en de inrichting waren een moderne weergave van de witte gebouwen van Santorini, Griekenland: witgeschilderde muren, betegelde vloeren en laaghangende wijnranken die van het plafond hingen. Misschien wel het eenvoudigste ontwerp dat Tomek ooit had gezien. Op de achtergrond speelde rustige gitaarmuziek door de luidsprekers. De ruimte in het restaurant was klein, met genoeg plaats voor twintig personen die werden geacht rond tien tafels te passen. Het was duidelijk te zien dat de eigenaren gingen voor een romantische, intieme, wittebroodsweken-sfeer langs de Griekse kust - een betaalbaardere versie. Het was alleen jammer dat er geen uitzicht bij hoorde. In plaats van het adembenemende, kristalheldere blauwe water van de Middellandse Zee en de imposante heuvels die zich langs de kust uitstrekten, werd Tomek getrakteerd op een pikzwarte hemel, verschillende armoedige straatlantaarns, boze Essex-chauffeurs die haast hadden om naar huis te gaan, en een stortvloed van regendruppels die langs het raam naar beneden stroomden. Het was meer Scheveningen dan Santorini.

'Hoewel het gezelschap niet slecht is,' zei hij terwijl ze hun glazen witte wijn hieven.

Terwijl de *klink* zijn echo beëindigde, antwoordde Abigail: 'Het heeft lang genoeg geduurd om op dit niveau te komen.'

'Ik speelde gewoon hard to get.'

Vanavond had Abigail zich voor de gelegenheid opgedoft. Ze droeg een paar zwarte stiletto's en een ombré wijde broek, met een zwarte col top die veel meer decolleté liet zien dan hij had verwacht. Haar make-up was perfect, haar wimpers vol, en aan haar oren bungelden diamanten oorbellen die het licht van de koplampen van de auto's opvingen terwijl ze voorbij schenen. Haar outfit stond in schril contrast met de werkversie die hij de afgelopen weken veel vaker had gezien. En hij vond het leuk. Hij had haar er nog nooit zo goed uit zien zien. Zelfs niet op de avond dat ze de kus hadden gedeeld op het prijzengala.

Tomek had ondertussen haastig zijn beste blauwe overhemd aangetrokken (dat toevallig het eerste was dat hij uit de rij werkoverhemden in zijn kledingkast had gepakt), een donkerblauwe jeans en zijn netste paar schoenen - een paar Timberlands. Zij had alles uit de kast getrokken, terwijl hij eruitzag alsof hij zich had aangekleed voor een ouderavond.

'Vind je dit niet vreemd?' vroeg Abigail.

'Ja, ik denk precies hetzelfde. Wie zet er nou een witte Dipladenia in een restaurant met een Grieks thema? Iedereen weet dat die van oorsprong uit Zuid-Amerika komen.'

Een tijdje zei Abigail niets. Ze staarde hem gewoon leeg aan, bevroren van verwarring.

'Dat bedoelde je niet?'

'Nee. Natuurlijk niet. Waar heb je het in godsnaam over? Diplodocussen...'

'*Dipladenia*,' verbeterde Tomek haar. 'Dat zijn planten.'

'Jij bent een Dipladenia. Nerd.' Ze glimlachte flirterig naar hem

terwijl ze een slokje uit haar glas nam. Haar oogcontact was meedogenloos. 'Ik wist niet dat je geïnteresseerd was in planten.'

'Ik denk dat dat is waarom we dit doen...'

'Maar planten, van alle dingen. *Planten*. Waarom?'

Tomek haalde zijn schouders op. Hij had er nooit echt over nagedacht. 'Ik vind het leuk dat ze allemaal verschillend zijn, ze zijn eenvoudig, ze zijn makkelijk om mee op te schieten. Ze maken geen rommel, ze
zijn gemakkelijk te onderhouden en ze ontspannen me. Het is alsof je
een gevoel van verantwoordelijkheid hebt, maar zonder al die chaos en
financiële last die erbij komt. Misschien is dat de reden waarom ik al die
tijd single ben gebleven.'

Dat en de losse ontmoetingen, de onenightstands en, tot voor kort,
de dertienjarige dochter die op zijn stoep was beland en hem belem-
merde om dit soort dingen te doen.

'Nee, je hebt helemaal gelijk, het zijn de planten,' beaamde Abigail.
'En je onvermogen om iemand binnen te laten.'

Tomek wilde dat gespreksonderwerp vermijden en stuurde de
discussie een andere kant op.

'Ga je gang dan, juffrouw Perfect. Wat is jouw vreemde hobby?
Waarom ben je nog steeds single op de prille leeftijd van vijfentwintig?'

'Zevenendertig. Maar leuke poging.' Ze tikte met haar glas naar hem
en zei toen: 'Ik denk dat ik er nooit echt over heb nagedacht. Ik denk dat
een deel van me altijd gewoon blij is geweest om single te zijn.'

'Onzin. Wat is het? Wat durf je me niet te vertellen? Dat je stiekem
graag naar mensen op YouTube kijkt die hun make-up doen? Want als
dat zo is, dan kunnen we het goed vinden. Ik ben behoorlijk deskundig.
Kasia moet wel duizend uur van die troep hebben gekeken, en nu denk
ik dat ik het door osmose heb opgepikt.'

Abigail gniffelde. 'Het is niets van dat alles. Ik ben gewoon zo gefocust op mijn werk dat ik mezelf geen tijd heb gegund om me op iets
anders te richten.'

'Is dat wat er gebeurde met Sean?'

Tomek had meteen spijt dat hij de vraag had gesteld. Het was niet
alleen oneerlijk tegenover haar om haar te laten uitleggen waarom het
uit was gegaan met zijn vriend, maar het was ook oneerlijk om over
Sean te praten over iets waarvan hij wist dat de man er zo gevoelig voor
was, en om het te doen zonder dat hij erbij was, was een echte dolksteek
in de rug.

Abigail herinnerde hem aan dat feit met een vernietigende blik en een paar goed gekozen woorden. Nadat het gesprek enigszins ongemakkelijk was geworden, werd de gespannen sfeer doorbroken door de ober die hun bestelling opnam. Even later bracht de jonge, pre-puberende man, die eruit zag alsof hij nog op school had moeten zitten, hen twee glazen water, een sharing platter met brood en nog een drankje voor hen beiden.

Tomeks tweede, en laatste, biertje van de avond. Hij had een dochter om naar huis te gaan, en hij had geen zin om onderweg tegen een boom te belanden. Terwijl ze wachtten tot hun eten zou komen, gingen ze door met hun gesprekken, waarbij ze elkaar geleidelijk op een dieper, persoonlijk niveau leerden kennen. Hun relatie was zo lang puur platonisch geweest, maar dat begon vanavond te veranderen. Er borrelde iets in hem, iets wat hij moeilijk had kunnen toegeven. Een connectie, een vonk.

Ze brachten de volgende twintig minuten door met het bespreken van vroegere vriendjes, vroegere vriendinnetjes (bij haar hadden de twee elkaar overlapt tijdens een experimentele fase in haar vroege twintiger jaren), hun schoolleven, hun thuissituatie tijdens het opgroeien, hun favoriete plekken om als kind te bezoeken, de grappige verhalen die het zo hadden gemaakt. Lichtvoetig, zorgeloos, onvervalst plezier. Ze hadden de ketenen van hun relatie verwijderd en gingen er wild mee aan de haal.

Maar dat kwam tot een plotseling en drastisch einde zodra het eten arriveerde. Zalm linguine voor hem, kip gyros voor haar. Twee tegenovergestelde uiteinden van het mediterrane dieet, maar even heerlijk.

'Wilde je altijd al journalist worden?' vroeg Tomek. Tot op dat moment was het onderwerp werk onbesproken gebleven. En hoewel het een onschuldige vraag was, wist Tomek waar het onvermijdelijk op zou uitdraaien.

'Niet bepaald,' antwoordde ze. 'Ik vond Engels leuk op school, daarna kreeg ik een positie bij het universiteitsblad terwijl ik mijn opleiding deed. Toen realiseerde ik me dat ik er best goed in was, dus heb ik het sindsdien aangehouden. Hoe zit het met jou, meneer de agent? Wilde je altijd al achter de slechteriken aan?'

'Eigenlijk wel,' zei hij, zijn schouders ophalend. 'Al vanaf vrij jonge leeftijd.'

'Hoe komt dat?'

Tomek aarzelde. 'Ik denk dat ik het gewoon fijn vind om mensen te helpen, om ze te beschermen als ik kan.'

En om ze te wreken. Maar dat deel wilde hij haar nog niet vertellen. Niet wanneer hij nog gefrustreerd was bij de gedachte aan de dood van zijn broer na zijn ontmoeting met Isabel Fox.

'Dat is prijzenswaardig, en ik heb veel respect voor je,' zei ze. 'Als we het daar toch over hebben...'

Daar gaan we.

'Hoe gaat het met Herbert?'

'Je weet dat ik je niets kan vertellen buiten wat er al gezegd is.'

'Waarom niet? Ben je bang?'

'Nee.'

'Vertel het me dan.'

Tomek schudde zijn hoofd.

'Alsjeblieft...'

Hij schudde weer zijn hoofd. 'Ik heb die fout in het verleden gemaakt, en de persoon aan wie ik het vertelde bleek uiteindelijk de seriemoordenaar te zijn.'

'Suggereer je dat ik misschien Herbert Tucker heb vermoord, meneer Bowen?' Haar linker wenkbrauw ging flirterig omhoog.

'Ik vraag me gewoon af waarom je zo'n interesse toont, dat is alles. Het is een beetje verontrustend. Waarom vertel jij me niet wat je weet, of waar je onderzoek naar doet, en dan zal ik bevestigen of het feit of fictie is?'

'Ik heb nog een date nodig voordat ik die informatie prijsgeef.'

Tomek zuchtte innerlijk, herinnerd aan Seans woorden.

Een relatie die gebaseerd is op transacties lijkt me geen goede.

En toen besloot hij dat het waarschijnlijk voortkwam uit jaloezie en afgunst.

'Wil je het nu al in de agenda zetten? We zijn pas halverwege de maaltijd. Wat als ik per ongeluk op je spuug of wijn over je witte top mors?'

'Dan zul je mee naar mijn huis moeten komen om het schoon te maken.'

Wat, naarmate de avond vorderde, precies was wat er gebeurde. Maar in plaats van dat Tomek de wijn over Abigails top morste, was dat haar eigen toedoen. Hoewel dat Tomek er niet van had weerhouden om het met opzet te proberen.

Tegen de tijd dat ze The Oyster Bar verlieten, was het restaurant bijna leeg, op hen en een ander stel na die zo dronken werden dat ze bijna in slaap vielen aan tafel, tussen hun willekeurige lachbuien en schreeuwpartijen door. Het was een spektakel om van zo dichtbij te zien, maar zodra ze klaar waren, haastten Tomek en Abigail zich naar buiten. Te dronken om te rijden, laat staan het risico te lopen door een politieagent te worden aangehouden (wat het meest ironische zou zijn geweest, bleef Abigail hem eraan herinneren), besloot Tomek een taxi te bellen. Eerste afzetpunt was bij Abigail, en toen hij haar gedag zwaaide, trok ze hem uit de auto en haar flat in.

'Ik zou echt moeten gaan,' zei hij, terwijl hij probeerde weg te komen uit haar greep.

'Kom op,' zei ze. 'Wees niet zo saai. Kasia is een grote meid. Ze redt zich wel, toch? Ik was tien toen ik voor het eerst alleen thuis werd gelaten.'

Tomek overwoog, worstelend met de beslissing in zijn hoofd. Een goede nachtrust in zijn eigen bed, of de mogelijkheid van seks? Een nacht dicht bij zijn dochter, of een nacht waarin hij haar alleen liet?

Toen hij de deur achter zich sloot, ongehinderd door de alcohol die door zijn hersenen klotste, vlogen alle gedachten aan Kasia en haar nachtmerries, en haar eerdere gesprek met de therapeut, uit het raam van zijn gedachten.

HOOFDSTUK
VIERENTWINTIG

R ennen. Sneller deze keer.
      Ik weet niet waarom, maar het voelt alsof mijn rugzak er niet is,
alsof ik zonder rugzak ren. Maar elke keer als ik omkijk zie ik hem, op en neer
botsend, de inhoud kletterend terwijl hij me achtervolgt.

Ik ren, maar als ik bij het kruispunt van de straat buiten de school kom,
vertraag ik tot wandelpas.

Ik zie de auto niet die op me afkomt. Degene die ik eerder heb gezien maar
niet goed kan herinneren. Deze keer is hij zwart, maar in het verleden was hij
volgens mij wit, misschien zilver.

Ik zie de koplampen niet dichterbij komen.

Maar ik zie wel de kalme, onbewogen uitdrukking van de bestuurder
wanneer hij te laat op zijn remmen trapt en tegen me aan botst.

Mijn kleine lichaam rolt op de motorkap en wordt dan op de grond gekata-
pulteerd. Mijn schouder klapt tegen het beton, waardoor stekende pijnen door
mijn linkerarm schieten. Ik wil schreeuwen, maar kan het niet. Ik moet naar
Michał.

Michał wacht.

Het geluid van auto's die slippend tot stilstand komen schreeuwt in mijn
oren terwijl ik mezelf van de grond ophijs en het natte vuil en grind van mijn
schooluniform veeg.

De man in de auto vraagt of het goed met me gaat, maar ik negeer hem en
ga verder richting het park. Eerlijk gezegd voel ik niets. Alles is verdoofd. Alles

is gedempt, ver weg. En terwijl ik over de stoep ren, de auto's achter me latend, vervagen de geluiden uiteindelijk tot stilte.

En dan is er een sprong.

Ik sta boven Michals lichaam. Regen geselt mijn gezicht. Het regende eerder niet. En de wind blaast mijn haar en jas alsof ik in een windtunnel sta.

Bloed lekt uit Michals lichaam. Zijn ogen, zijn oren, zijn neus, zijn mond. Zijn hele lichaam is bedekt met de rode vloeistof. Ik weet dat hij dood is. Ik kan zien dat hij dood is. Maar ik doe er niets aan. Ik kan niet bewegen. Elk deel van me wil hem helpen, maar het voelt alsof ik lach, naar hem glimlach. Lachend en glimlachend om wat er met hem gebeurd is.

Met mijn eigen broer.

En dan is er weer een sprong. Naar de slaapkamer van mijn flat.

De lichten zijn aan, en nu sta ik weer boven Kasia. Dertig jaar ouder. En het is hetzelfde. Behalve dat ze leeft. En deze keer kan ik haar redden. Maar ik doe het niet. Ik sta daar gewoon, aan de grond genageld. De glimlach op mijn gezicht maakt me bang.

Ik wil schreeuwen, ik wil haar helpen, maar er gebeurt niets.

Ondertussen huilt ze op het bed, opgerold tot een bal, ineengedoken, moeite hebbend met ademhalen, de boeien om haar polsen en voeten snijden in haar vlees. Haar lichaam schokt en ze sterft langzaam. En het lijkt erop dat niets haar nu kan helpen. Zelfs ik niet.

Haar vader.

En dan is er weer een sprong.

Naar iets dat nog nooit eerder gebeurd is, iets dat ik nog nooit eerder heb gezien.

Het regent buiten, het geselt het gebouw. Ik draag een pak. Zwart. Iedereen om me heen is hetzelfde gekleed.

Een begrafenis.

Die van Kasia.

Ik sta voor de lessenaar, pratend. Maar ik kan niet horen wat ik zeg. Mijn woorden zijn onhoorbaar.

Tranen stromen uit mijn ogen en die van de mensen voor me. We rouwen, rouwen samen om het verlies van mijn dochter. Vrienden, familie, kennissen.

Maar dan zie ik de moordenaar van mijn broer achterin de kerk staan, op dezelfde manier als hij boven Michals lichaam stond. Met zijn armen langs zijn lichaam en zijn hoofd voorover gebogen, ogen die naar me loeren.

En dan is er weer een sprong.

HOOFDSTUK
VIJFENTWINTIG

Tegen de tijd dat Tomek de volgende ochtend thuiskwam, was het appartement leeg. Kasia was vroeg naar school vertrokken, en op tafel lag er een briefje op hem te wachten.

Ga wandelen met Sylvia. Heb lunch gemaakt. Zie je vanavond voor het diner. Hoop dat je een leuke avond hebt gehad.

Tomek wist niet waarom, maar zodra hij het gelezen had, bekroop hem een schuldgevoel als een zware verkoudheid. De woorden klonken niet alsof er enige kwaadwillendheid of minachting achter zat, maar hij kreeg de indruk dat ze geïrriteerd was omdat hij zo laat had geappt, omdat hij haar alleen had gelaten op een schoolavond, en omdat ze zich in haar eentje had moeten klaarmaken.

Hij had direct spijt van de nacht die hij met Abigail had doorgebracht.

Na een snelle douche (die had hij hard nodig) en een vlotte outfitwissel, belde hij een taxi om hem naar de parkeerplaats van het restaurant te brengen. Nadat hij zijn auto met succes had opgehaald, reed hij naar het politiebureau, nu ruim onder de alcohollimiet.

Vijfendertig minuten later arriveerde hij daar, midden in de ochtendspits. Zodra hij voet in het kantoor zette, haastte hij zich naar de keuken. Ervaring had hem geleerd dat dit de beste plek was om zich te verstoppen als hij dat nodig had. Het was ook de ideale plek om te doen alsof hij al uren op kantoor was en alleen zijn cafeïneniveau aan het bijvullen was.

Dat was, totdat hij Victoria tegen het lijf liep. De slechtst mogelijke persoon om te ontmoeten na te laat te zijn gekomen.

'Zin in uitslapen vanochtend?' vroeg ze terwijl ze de waterkoker aanzette.

'Je weet hoe dat gaat.'

'Nee, dat weet ik niet. Ik ben geen vrijgezelle man.'

Hoe weet ze dat? vroeg Tomek zichzelf af. En toen besefte hij het. Sean. Zijn beste vriend moet hebben verklapt dat hij de avond ervoor een date had en dat hij waarschijnlijk te laat op kantoor zou komen. Dat ze op hem moest wachten in de keuken.

Die slang.

Even later was de waterkoker klaar met koken, maar in plaats van het kokende water in de mok te gieten die ze voor zichzelf had klaargezet, drukte ze de hendel weer in en zette de waterkoker opnieuw aan.

'Wat doe je?' vroeg Tomek. 'Heb je dat niet net al gedaan?'

Victoria keek vol ongeloof naar het levenloze voorwerp, alsof het haar net had verteld op te rotten.

'Heb... heb ik dat?'

'Ja. Je weet best dat je dat deed.'

'Ja... het is gewoon. Bedoel je dat jij je waterkoker niet twee keer laat koken?'

'Ik kook niets twee keer,' antwoordde Tomek. 'Ik dip ook niet twee keer, maar dat is nu niet belangrijk. Wat wel belangrijk is, is dat je uitlegt waarom je water dat al gekookt heeft nog een keer laat koken?'

'Zodat het heet is.'

'En wat deed het daarvoor? Het zachtjes strelen?'

'Hou op. Het wordt gewoon *extra* heet.'

'Zodat je er langer op kunt blazen om het af te koelen?'

De hendel van het apparaat klikte, wat aangaf dat het tweede kookproces klaar was. Hem negerend, tilde ze de koker van de houder en schonk de gloeiend hete vloeistof in haar mok, waarna ze de inhoud begon te roeren.

'Wanneer krijgen we eens een inspecteur die een normale kop thee kan maken?' vroeg hij.

'Probeer je nu al van me af te komen?'

Tomek gaf geen antwoord. Niet tenzij hij iets wilde zeggen waar hij later spijt van zou krijgen.

'We noemden onze oude inspecteur altijd Lauwe Leo omdat hij altijd een paar minuten wachtte tot het water was afgekoeld voordat hij het in zijn oploskoffie goot omdat hij bang was dat hij de koffie zou verbranden. Terwijl jij gewoon schijt hebt, niet? Jij anarchist.'

'Ik denk dat je pyromaan bedoelt.'

'Victoria "De Pyromaan" Orange... klinkt niet zo lekker als Lauwe Leo,' zei Tomek, meer tegen zichzelf pratend dan tegen haar. Ergens achterin zijn hoofd dacht hij aan een andere bijnaam voor haar.

'Venijnige Victoria... Victoria de vlammenwerper... Ovenhete Orange... Oh Zo Hete Victoria...' Tomek schudde zijn hoofd en besefte dat hij onmiddellijk moest stoppen met praten. Uiteindelijk knipte hij met zijn vingers naar haar en zei: 'Laat maar aan mij over. Ik verzin wel wat.'

'Zorg ervoor dat je het doet nadat je de moordenaar van Herbert Tucker hebt gevonden, oké?'

Het onderwerp van hun volgende vergadering, waar Tomek slechts twee minuten te laat voor was omdat hij zelf een kop koffie maakte, ging inderdaad over de moordenaar van Herbert Tucker.

Tot nu toe, sinds Tomek de vorige avond was vertrokken, had het grootste deel van het teamwerk bestaan uit het doorspitten van de tientallen getuigenverklaringen die ze hadden afgenomen van alle werknemers van Tuckers verschillende bedrijven en binnen het gemeentehuis. Iedereen die in dat gebouw werkte, moest worden gesproken, en dat was een taak waar Tomek dankbaar voor was dat hij er niet mee was opgezadeld. Ondertussen wachtten ze op de DNA-resultaten van Herbert Tuckers auto en de analyse van de lippenstift die op zijn hand was gevonden.

'Nog nieuws over het onderzoek naar Alina Zandecka?' vroeg Nick aan het team

'Staat op de planning voor vandaag, sir,' antwoordde Rachel.

'Hebben we de rapporten over zijn financiën al, Chey?'

'Nee, sir. Maar ik denk-'

'Hoe zit het met de herenclub?' vroeg Nick, de rechercheur meteen onderbrekend. Hij was vastbesloten om de informatie zo snel mogelijk boven tafel te krijgen, en hij zou niet wachten op iemand die het team tegenhield.

'Hetzelfde als Rachel, sir,' antwoordde Tomek. 'Staat op mijn lijst voor vandaag.'

'Prima. Wat met-'

'Sir, ik denk dat u-' onderbrak Chey, maar hij werd onmiddellijk tot zwijgen gebracht met een handgebaar.

'Anna, wat zegt Nora Tucker? Heb je iets opgevangen dat interessant zou kunnen zijn?'

Anna nam even de tijd om zich te herpakken voordat ze antwoordde, wetend dat ze niet veel tijd zou hebben zodra ze begon te spreken. 'Nora Tucker heeft me weinig reden gegeven om te denken dat ze medeplichtig zou zijn aan de moord op haar man, *echter*, ik denk wel dat we haar in de gaten moeten houden.'

'Waarom?'

'Intuïtie, sir.'

'Intuïtie?'

'Ja, sir. Iets zegt me dat er iets niet klopt.'

'Denk je dat zij degene is die het heeft gedaan?'

'Niet per se. Ik denk dat ze er misschien bij betrokken was.'

'Hoe dan?'

'Ik heb met haar gesproken over de affaire van haar man met Sarah Jewell, en ze vertelde me dat ze er al van wist. Dat ze er... *oké* mee was.'

'Dat zou haar geen motief geven om haar man te vermoorden...'

'Ik weet het. Maar vindt u het niet vreemd? Dat ze het prima vindt dat haar man haar herhaaldelijk bedriegt?'

'Misschien hadden ze een open relatie,' voegde Tomek toe. 'Of misschien waren ze swingers.'

'Ik heb weleens van ze gehoord,' zei Chey. 'Vreemd volk.'

'Je kunt maar beter niet op een van hun feestjes belanden,' antwoordde Tomek. 'Anders moet je misschien je moeder bellen om je op te halen als je te bang wordt.'

'Goed zo,' antwoordde Chey. 'Dat was het! Geen overgebleven biryani voor jou.'

'Oh, wat? Maar-'

'Hou allebei je kop,' siste Nick, diep zuchtend. 'Kunnen we ooit een fatsoenlijk gesprek voeren zonder dat het in complete anarchie ontaardt?'

Tomek en Chey keken elkaar aan en haalden toen hun schouders op.

'Ik denk het niet, sir, nee,' antwoordde Tomek.

'Eigenlijk, sir, denk ik-'

Nick onderbrak de agent met nog een handgebaar terwijl hij zijn aandacht weer op Anna richtte. 'Hou je oren goed open. In de tussentijd wil ik dat iemand haar verleden onderzoekt: telefoontjes, sms'jes, e-mails. Alles wat erop zou kunnen wijzen dat ze iemand heeft proberen in te huren om dit te doen. En dan-'

'SIR!'

Chey's stem galmde door de kamer, luid, gezaghebbend en dwingend. Iedereen verstijfde, bevroor, hun adem stokte even terwijl ze zich omdraaiden om Nicks gezichtsuitdrukking te zien.

De hoofdinspecteur keek beschaamd, verbaasd. Zijn korte gestalte leek nog korter te worden, en hij trok zijn schouders naar achteren.

Toen schraapte hij zijn keel en zei kalm: 'Ja, Chey?'

'Ik... het spijt me dat ik zo schreeuwde, sir, maar ik dacht dat u dit misschien zou willen horen.'

'Wat horen, agent?'

'Het gaat over Keith Ferguson, sir. Gisteravond heb ik met zijn vrouw gesproken. Ze heeft me bevestigd dat hij niet thuiskwam op het tijdstip dat hij zei.'

'Waar was hij dan?' vroeg Nick.

'Dat weet ze niet.'

'Nou...' zei Nick langzaam. 'Goed werk, agent. Ik denk dat het tijd wordt dat we het hem zelf gaan vragen.'

HOOFDSTUK
ZESENTWINTIG

Tomek en Rachel waren slechts tot aan de receptie van het gemeentekantoor gekomen voordat ze ontdekten dat er geen Keith Ferguson was om mee te spreken. De man was niet op zijn werk verschenen, en na een kort telefoongesprek met zijn vrouw had zij bevestigd dat haar man inderdaad op dezelfde tijd als altijd was vertrokken. Hij had haar gedag gezegd, een kus gegeven, en haar eraan herinnerd dat hij op de terugweg eieren zou halen. Maar hij was nooit aangekomen.

En iets aan de hele situatie vertelde Tomek dat Keith geen eieren meer thuis zou brengen.

Na een korte update aan Nick en de rest van het team was er een zoekactie gestart, en tientallen agenten in uniform door de hele stad waren in hoogste staat van paraatheid gebracht voor een man die aan zijn beschrijving voldeed.

En, iets meer dan drie uur later, vonden ze hem.

Het telefoontje kwam binnen terwijl Tomek aan Cheys bureau zat, bezig met het analyseren van de telemetriegegevens van Keiths telefoon. Er was een lichaam aangespoeld langs Chalkwell beach. Een lichaam dat aan Keiths beschrijving voldeed. En voor de derde keer in twee dagen bevond Tomek zich in de striemende wind en de aanval van natte sneeuw die hem in het gezicht sloeg. Het ergste waren zijn oren. Blootgestelde vleesringen die het eerste deel van zijn lichaam waren dat bevroor. Hij had half overwogen oorwarmers te dragen, maar realiseerde zich toen dat hij daar nooit het einde van zou horen. Vooral niet na hoe hij Chey daarover had geplaagd.

Er was een tent opgezet op het strand, die Keiths lichaam beschermde tegen de elementen, terwijl een dozijn agenten in uniform en forensisch onderzoekers rond de plaats delict zwermden.

Tomek liep rechtstreeks naar de patholoog, Lorna.

'Bedankt dat je zo snel kon komen,' zei Tomek.

'Ik was in de buurt. Had met een vriendin afgesproken voor lunch. Een meid moet toch ergens van eten.'

Als ze iets anders bedoelde dan de letterlijke interpretatie, dan wilde Tomek daar niets van weten.

'Wat kun je me vertellen, Lorn?'

'Hij is dood, dat is zeker.'

'Goed begin. Iets wat wat specifieker is?'

'Als ik naar hem kijk, is zijn lichaam niet te lang aan het zoute water blootgesteld geweest, dus ik zou zeggen dat hij pas een paar uur dood is.'

'Zijn er aanwijzingen dat het om een verdacht overlijden gaat?'

Ze haalde haar schouders op en sloeg haar armen over elkaar. 'Het koude water heeft hem behoorlijk goed geconserveerd, en ik zie niets aan de buitenkant, dus ik zou voorlopig nee zeggen. Maar dat kan nog veranderen.'

'Beste inschatting van de doodsoorzaak dan?'

'Hij is ofwel gevallen of uit eigen beweging het water in gewandeld. Totdat ik hem openmaak, weet ik niet of er alcohol of iets anders in zijn systeem zit.'

Tomek dacht even na, zijn gedachten concentreerden zich op het meest waarschijnlijke scenario. Dat de druk van het onderzoek hem te veel was geworden. Dat hij iets in zijn verleden had waar hij bang voor was dat het in het publieke domein terecht zou komen. Dat sommige van zijn vele geheimen uiteindelijk zouden worden opgegraven uit welk gat ze ook in verborgen lagen. Dat misschien de schuld van het plegen van de moord op Herbert Tucker hem te veel was geworden en hij geen uitweg meer zag. Of dat hij dacht dat hij de volgende zou zijn en daarom besloot de moordenaar de moeite te besparen door het zelf te doen.

Allemaal mogelijkheden. Helaas kon de man het hem niet bevestigen.

Nadat hij had besloten dat hij alles had gezien wat hij nodig had, bedankte Tomek Lorna voor haar tijd en haastte zich terug naar kantoor, weg van de kou naar de warmte waar hij zijn oren kon laten ontdooien.

HOOFDSTUK
ZEVENENTWINTIG

Zodra Tomek voet zette in Morgana's Café in Hadleigh, gelegen aan de oude London Road, werd hij naar een plaats van verwondering en pure vreugde getransporteerd. De overweldigende geur van bacon, worstjes, rösti en eieren kietelde de dopaminereceptoren in zijn hersenen en liet zijn lichaam tintelen. Het herinnerde hem aan de eerste keer dat hij naar het Verenigd Koninkrijk kwam. Hij was vijf jaar oud en zijn vader had de familie kennis laten maken met een full English, iets waarvan hij zei dat het alleen in het land van zijn naamgever tot perfectie kon worden gebracht.

Ironisch genoeg was Morgana, de eigenaar, afkomstig uit Oost-Europa en was haar versie van de maaltijd verre superieur aan alles wat hij ooit had geproefd in een Brits café dat hetzelfde gerecht serveerde.

Tomek ving haar blik toen ze van de ene tafel naar de andere snelde, en enkele ogenblikken later kwam ze op hem afgestormd.

'Nu al weer terug?' vroeg ze.

'Ik moet misschien een tafel gaan huren,' antwoordde hij.

'Ik kan je goede korting geven.'

Toen, met een flirterige glimlach en een kleine twinkeling in haar oog, begeleidde ze Tomek naar een vierpersoonstafel aan de rand van de ruimte. Boven zijn hoofd hing een opzichtige spiegel met nepdiamanten. De zitplaatsen langs de muur waren even opzichtig fluorescerend roze, gemaakt van kunstleer dat door jarenlang gebruik zo glad als ijs was geworden, en elke keer dat je erop ging zitten, liep je het risico met je kont op de grond te belanden.

Het café serveerde uitsluitend ontbijtgerechten. Van zes uur 's ochtends tot elf uur 's avonds. De hele dag hetzelfde menu, met uitzondering dat je 's ochtends zoveel kon eten als je wilde. Het was dan ook geen wonder dat het kleine restaurant meestal tot de nok toe gevuld was met klanten die gedurende de dag in en uit liepen. Het was niet alleen een plek om aan de kou te ontsnappen, maar ook een plek om je maag te vullen en je zowel volkomen beschaamd als aangenaam verrukt te voelen. Het was een paradox, waarvan Tomek had gemerkt dat niemand er om leek te geven; ze waren altijd bereid om binnen te komen en zich vol te proppen, om het vervolgens dezelfde tijd de volgende week opnieuw te doen, of in veel gevallen de dag erna.

Het was iets na zeven uur 's avonds, en Tomek telde nog eens twintig mensen die daar met hem waren, elk in verschillende stadia van hun maaltijd. Sommigen wachtten, net als hij. Sommigen hadden net hun bord ontvangen, hun gezichten glanzend van vreugde. Sommigen negeerden hun dierbaren terwijl ze het heerlijke voedsel in hun mond stopten. Terwijl anderen net klaar waren en eruit zagen alsof ze op het punt stonden te ontploffen.

Terwijl hij daar zat, vroeg hij zich af hoeveel winst het bedrijf maakte. Of het een zakelijke interesse zou zijn geweest voor Herbert Tucker. En toen schakelde het detective-deel van zijn hersenen in en vroeg zich af waarom ze in staat waren om zulke belachelijk lage prijzen te rekenen voor de hoeveelheid voedsel die ze weggaven. Inflatie en prijsstijgingen zouden zeker hun winstmarges hebben aangetast, en de arbeidskosten waren niet goedkoop. Hij wilde niet denken dat ze zich bezighielden met witwassen, maar soms was het onmogelijk om dat niet te doen. In de afgelopen maanden waren er talloze winkels voor telefoonaccessoires en kappers geopend langs Southend high street, en het was moeilijk om niet dezelfde indruk te krijgen. Binnenkort zou het historische stadscentrum alleen nog maar voorzien in de behoeften van mensen die zin hadden in koffie, een nieuw telefoonhoesje wilden of een knipbeurt nodig hadden.

'Wat kan ik voor je halen?' vroeg een stem, waardoor Tomek uit zijn overpeinzingen werd gehaald.

Hij keek op en zag Morgana boven hem zweven. Warm, opgewonden, moe. Toch zag ze eruit alsof ze nog meer in haar mars had, alsof een dozijn energiedrankjes en koppen koffie door haar systeem stroomden. En, als hij het niet mis had, zagen haar lippen er roder uit, haar wimpers voller.

'We hebben een full English aanbieding tot acht uur vanavond. Tien pond.'

Tomek deed alsof hij geïnteresseerd was. Hoewel het klonk als een aanbieding die hij niet kon weigeren, kon hij niet verdragen om te denken aan de voedselcoma waarin hij de rest van de avond zou verkeren.

'Alleen een koffie, dank je,' antwoordde hij.

'Nog iets anders?'

Toen, bijna alsof ze het met opzet had gedaan, wandelde Abigail door de deur en slenterde naar hem toe, gehuld in een dikke pufferjas die tot aan haar schenen kwam.

'Heb je al besteld?' vroeg ze.

'Ja.'

'Heerlijk. Wat heb je gekozen?'

'Koffie.'

'Op dit tijdstip? Je zult tegen de muren opklimmen. Niet dat je het gisteravond nodig had, trouwens.'

Tomeks gezicht werd rood van verlegenheid.

'Ik neem een cola, alsjeblieft,' bestelde Abigail uiteindelijk.

Toen Morgana uit het zicht was, leunde Tomek achterover in het kussen, zijn arm rustend langs de lengte van de muur, en zei: 'Had het geteld als ik je gisteravond hierheen had gebracht?'

'Hier? Voor wie zie je me aan?'

'Iemand die goed eten weet te waarderen.'

'Dat doe ik. Maar nee. Dat zou niet toegestaan zijn geweest.'

'Mooi dat dit dan onze *tweede* date is.'

Abigail schudde haar jas af. Terwijl ze worstelde om zich te bevrijden uit de pluizige greep ervan, begon ze eindelijk te beseffen wat hij had gezegd.

'*Dit* is een tweede date?'

Tomek knikte. 'Verrassing!'

Ze zuchtte en rolde met haar ogen. 'Het is maar goed dat je er goed uitziet, Tomek.'

'Als we even kunnen stoppen met praten over mijn fysieke verschijning, zou dat geweldig zijn. Ik heb iets belangrijks dat ik met je wil bespreken.'

Haar journalistieke reflexen traden in werking en haar ogen werden groot van nieuwsgierigheid. 'Herbert Tucker?'

'Iemand anders. Maar wel verwant.'

'Verwant door bloed of op een andere manier?'

'Een andere manier.'

'Interessant. Ik heb ook iets wat ik met je zou willen bespreken. Ook een andere manier.'

Uitstekend. Nu voelde Tomek zich niet zo slecht meer over het fabriceren van een tweede afspraak uit het niets. Hij had het alleen gedaan omdat ze informatie had beloofd die relevant was voor Tuckers dood als hij haar nog een keer mee uit zou nemen.

Voordat ze konden beginnen, kwam Morgana terug met Tomeks koffie en een glas cola voor Abigail. Tomek bedankte haar en richtte toen zijn aandacht op de vrouw tegenover hem. Beelden van de nacht die ze samen hadden doorgebracht, begonnen geleidelijk in zijn gedachten te verschijnen als op een filmprojector. Flitsen van hun in elkaar verstrengelde lichamen, de alcohol in hun systemen die al het praten deed.

'Waarom glimlach je?' vroeg ze.

Hij had het niet beseft, maar de gedachten hadden hem laten glimlachen alsof hij net de loterij had gewonnen.

'Niets,' loog hij. 'Gewoon iets grappigs dat iemand eerder zei.'

'Verbazingwekkend dat jij het niet was. Je denkt graag dat je de grappige bent.' Ze nam een slokje van haar drankje en zette het vervolgens voorzichtig neer. 'Wil jij eerst of ik?'

'Zullen we dezelfde volgorde aanhouden als gisteravond?'

Abigail aarzelde niet om over de tafel te reiken en hem speels op zijn arm te slaan.

'Smeerlap.'

Tomek grinnikte in zichzelf en schoof zijn mok koffie opzij. Het was hem al naar het hoofd gestegen, en hij kon voelen dat de synapsen in zijn hersenen begonnen te vuren.

'Heb je gehoord wat er vanmiddag is gebeurd?' vroeg Tomek.

'Nee? Wat dan?'

Toen bracht Tomek haar op de hoogte van wat er met Keith Ferguson was gebeurd. Dat de lijkschouwing had uitgewezen dat hij zelfmoord had gepleegd. Dat hij zich in de uren voor zijn dood had volgegoten met alcohol en cocaïne tijdens een drank- en drugsgebruik. Dat Keith, gebaseerd op de CCTV-beelden die het team had weten te verzamelen, naar de kust was gewandeld langs de boulevard en het water in was gewaad. Dat zijn dikke, dichte kleding snel doorweekt en zwaar was geworden, waardoor hij onder water werd getrokken. Dat de ijzige temperaturen van het Thames-estuarium zijn hart langzaam tot stilstand hadden gebracht.

'We hielden Keith Ferguson in de gaten in verband met Herberts dood. Zijn vrouw kon niet verklaren waar hij was geweest. En hij deed *dit* zichzelf aan voordat we de kans kregen hem erover te ondervragen.'

Abigails ogen werden groot van verbazing, toen kantelde ze haar hoofd opzij, waarbij haar haar netjes op haar schouder viel. 'Ik heb wel wat dingen over hem gehoord... En die waren ook niet altijd bijzonder goed.'

'Zoals wat?'

'Dat hij zich soms in een paar onfrisse situaties bevond, met dames van de nacht, als je begrijpt wat ik bedoel.'

Alina Zandecka

De herensociëteit.

Tomek was zo druk bezig geweest met het onderzoeken van de zelfmoord van de ambtenaar, dat hij het nog niet had kunnen bezoeken.

'Hij stond erom bekend dat hij de grenzen opzocht, laten we het zo zeggen,' vervolgde Abigail. 'Vaak met zijn neus.'

'En is er een reden waarom je er nooit over hebt bericht?'

De schandalen van politici die betrapt worden op seks- en drugsfeesten met verborgen camera's en dagen later op de voorpagina van roddelbladen verschijnen, zijn allang verleden tijd, dacht Tomek. Maar toen herinnerde hij zich dat geld veel meer praat dan monden. En dat het volkomen logisch was waarom noch Herbert Tucker noch Keith Ferguson er ooit voor was gemeld.

'Het waren slechts geruchten,' antwoordde ze. 'Niets substantieels erachter.'

'Is het niet jouw taak om de geruchten te onderzoeken?'

Ze aarzelde, blijkbaar ongemakkelijk met de vraag. 'Onze redacteur besloot dat er sappigere dingen waren om over te schrijven.'

'Zoals de prijzen van het parkeren langs de boulevard die omhoog gaan?'

Ze snoof speels. 'Ik laat je weten dat dat een stuk journalistiek was dat hard aankwam.'

Tomek antwoordde met een spottend lachje en rolde met zijn ogen. Zijn zesde zintuig begon te tintelen.

'Als we het toch over harde journalistiek hebben,' begon ze, terwijl ze dichterbij leunde en haar stem verlaagde. 'Ik denk dat ik iets heb dat je zou kunnen interesseren.'

Tomek hield zijn adem niet in.

'Ga door...'

'Het gaat over Herbert Tucker,' zei ze.

'Oké.'

'Gisteren en vandaag heb ik een paar telefoontjes ontvangen van jonge vrouwen die zeiden dat ze door hem seksueel waren misbruikt tijdens ontmoetingen...'

Tomek nam even de tijd om te verwerken wat ze had gezegd en de implicaties ervan.

'Hoeveel mensen zijn naar voren gekomen?'

'Vier.'

'En ze zijn rechtstreeks naar jou gegaan? Ze zijn niet naar de politie gegaan?'

'Nee.'

'Om een dode man te beschuldigen van iets waartegen hij zich niet kan verdedigen?'

'Nou...'

'Ik zeg niet dat hij het niet heeft gedaan, maar zonder dat hij er is om ons zijn kant van het verhaal te vertellen, is het een beetje verdacht, toch?'

'Niet echt. Sommige van deze meisjes waren tieners toen het gebeurde.'

'Kan ik met hen spreken? Zijn ze bereid om naar de politie te stappen?'

Abigail schudde haar hoofd en klemde het glas stevig in haar vingers alsof Tomek het van haar zou afpakken. 'Ik kan het vragen, maar toen ik het eerder met hen besprak, wezen ze het idee af.'

'Mag ik hun namen weten?'

Ze perste haar lippen op elkaar en schudde haar hoofd.

'Dus waarom vertel je het me als ik er niets aan kan doen?'

'Omdat... omdat ik dacht dat je het misschien zou willen weten.'

Tomek wendde zich af en begon de andere klanten in het restaurant te observeren. Gelach en geklets vergezelden de geur van baconvet in de lucht.

'Hebben ze uitgelegd waarom ze het zo lang geheim hebben gehouden?'

'Maakt dat uit? Ze waren bang. Hun levens werden verwoest door iemand met macht. Weet je hoeveel moed en kracht het kost voor vrouwen om hierover te spreken, zelfs als het na al die jaren is?'

Dit was een kant van haar die Tomek nog niet eerder had meegemaakt. Een vuur, een passie, nog een vasthoudend element in haar persoonlijkheid. En hij bewonderde het enorm.

'Dat betwist ik helemaal niet,' zei hij, snel om zichzelf te verdedigen. 'Ik heb veel respect voor deze vrouwen en ik wou dat er meer naar voren kwamen. De enige reden waarom ik het vroeg, is omdat ik gisteren met iemand sprak die betaald werd om haar liefdesbaby met Herbert Tucker geheim te houden.'

Abigails ogen werden groot van opwinding, alsof Tomek per ongeluk de lanceringscodes voor kernwapens van de overheid had verklapt. Toen maakte de opwinding op haar gezicht plaats voor een scheve grijns.

'Ik denk dat we het over dezelfde persoon hebben.'

'Wie?' vroeg Tomek, terwijl de naam Alina Zandecka in zijn achterhoofd schreeuwde.

'De vrouw naar wie je verwijst. Is ze Oost-Europees?'

'Ja.'

'Hoe heet ze?'

'Jij eerst,' zei Tomek. 'Dezelfde volgorde als gisteravond, weet je nog?'

'Hou je mond,' siste ze. 'Op de tel van drie.'

'Dit is geen basiss-'

'Een...'

'Kom op, Ab-'

'Twee...'

Toen, bij drie, zeiden ze beiden Alina's naam.

Het duurde even voordat Tomek sprak, omdat hij om twee redenen twijfelde. Ten eerste, toen hij met haar had gesproken, had ze niets gezegd over een seksueel misbruik, hoewel ze de kans had gehad in de veiligheid en privacy van haar eigen huis. En ten tweede had ze gewacht tot nadat Tomek klaar was met zijn ondervraging voordat ze naar de pers ging.

Zijn zorg was dat Alina Zandecka uit was op een grote uitbetaling voor een verhaal dat niet echt was.

'Kunnen we samen met haar spreken?' vroeg hij.

'Wanneer?'

'Nu.'

Twijfel speelde zich af op haar gezicht.

'Hier?'

'Of ergens rustiger, als je dat liever hebt. Jouw auto?'

Gelukkig had ze dichterbij geparkeerd dan Tomek, vooraan op de parkeerplaats. Abigail reed in een beige Fiat 500, een van de kleinste auto's waarin Tomek ooit had gezeten, en toen hij erin klom, vouwden zijn benen zich tegen zijn borst alsof hij een van de testpoppen was die waren gebruikt om de veiligheid van het voertuig te testen.

'Mijn telefoon of die van jou?'

'Die van jou,' zei Tomek. Hij wilde niet degene zijn die praatte; hij wilde degene zijn die luisterde, om het gekraak en de breuk in haar stem te horen.

Even later had Abigail Alina's mobiele nummer op haar scherm geladen en belde ze het nummer, waarbij ze de oproep op de luidspreker zette.

De alleenstaande moeder nam op bij de zevende beltoon.

'Hallo?' klonk het antwoord. Aarzelend, voorzichtig.

'Alina? Met Abigail. We spraken elkaar eerder...'

'Oh. Juist. Ja. Is alles... is alles in orde?'

'Ik denk het wel,' zei Abigail. 'Ik wilde je alleen nog wat meer details vragen over je relatie met Herbert, als dat oké is?'

'Juist.'

'En de baby die jullie samen hadden...' onderbrak Tomek.

'Wat? Ik weet niet-'

'Kom op, Alina...' ging hij verder.

'DS Bowen, bent u dat? Wat doet u-?'

Voordat Alina haar zin kon afmaken, hoorde Tomek een geluid door de luidspreker. Een fluistering, hard, scherp. Gevuld met ruis.

'Hang op!'

Tomek kon het niet thuisbrengen.

'Alina, ben je er nog?'

'Ja. Ja. Ik ben er.'

Paniek in haar stem nu; voorzichtigheid en bezorgdheid vervangen door angst.

'Alina, hang op!' fluisterde de stem opnieuw. Deze keer was het dieper, beter te onderscheiden - een man.

'Het spijt me,' begon Alina, haar stem brak. 'Maar ik moet gaan. Er is iets tussengekomen. Ik moet voor mijn zoon zorgen. Ik...'

En toen was de verbinding verbroken.

HOOFDSTUK
ACHTENTWINTIG

Het was net na elf uur 's avonds toen Tomek eindelijk thuiskwam. Zes uur later dan hij had gewild. Toch was het beter dan helemaal niet thuiskomen, zoals hij de avond ervoor had gedaan.

Op zijn tenen sloop hij de trap op naar het appartement, zijn adem inhoudend om het gebouw niet te storen en Kasia niet wakker te maken. Maar de krakende vloerplanken maakten daar korte metten mee.

In de keuken had ze weer een briefje voor hem op het aanrecht achtergelaten.

Avondeten in de koelkast.

Het tweede briefje van de dag.

De aanblik ervan deed hem pijn, maakte hem verdrietig. En het besef dat hij zichzelf twee keer op de eerste plaats had gezet, voelde als een klap in zijn gezicht. Was dit wat hun vader-dochterrelatie nu was? Een eindeloze stroom van gemiste maaltijden en Post-its? Maakte dat hem niet net zo erg als haar moeder, die haar vaak urenlang alleen had gelaten terwijl ze op pad ging om drugs te scoren? Zou ze beter af zijn zonder hem? Zonder wie dan ook?

En toen besefte hij dat dat een dwaze gedachte was. Stom. Als dat zo was, zou ze in een tehuis belanden, en hij had in zijn leven genoeg gezien en meegemaakt om te weten dat dat de laatste plek was waar hij haar wilde hebben.

Tomek had niet echt honger, ook al had hij niets gegeten op kantoor of onderweg naar huis, dus liet hij de restjes in de koelkast staan. Hij sloop op zijn tenen de woonkamer uit en de gang in, zijn vingers langs de muur glijdend voor oriëntatie. Ze woonden er pas een paar maanden en hij was nog steeds aan het wennen aan hoe het gebouw aanvoelde in het donker, iets waar hij zich nooit zorgen over had hoeven maken totdat Kasia in zijn leven was gekomen.

Haar kamer was aan het einde van de gang, en in de zachte duisternis zag hij de silhouet van haar slaapkamerdeur. En de dunne streep geel licht die eronder door scheen.

Aarzelend, langzaam, voorzichtig schuifelde Tomek naar haar kamer, sloeg zachtjes zijn hand om de deurklink en tikte licht met zijn knokkels. Het geluid was nauwelijks hoorbaar; als hij niet op centimeters afstand was geweest, zou hij het waarschijnlijk niet gehoord hebben. Maar Kasia wel. Misschien was het zijn snel afnemende gehoor op zijn oude dag.

'Ik ben wakker,' kwam het antwoord. 'Je kunt binnenkomen.'

Dat hoefde Tomek geen twee keer te horen.

Kasia lag in foetushouding op haar bed, het blauwe licht van haar scherm verlichtte haar delicate gezicht. Toen hij binnenkwam, bleef ze gefocust op haar telefoon.

'Hé...' zei hij, zwevend in de ruimte tussen de deurpost en het voeteneinde van het bed.

'Hé.'

Nog steeds geen oogcontact.

'Waarom ben je nog wakker?'

'Kan niet slapen.'

Natuurlijk kon ze dat niet. Hij wist dat. Maar de stilte en ongemakkelijkheid maakten hem gek.

'Hoe... hoe was je dag?'

'Kunnen we daar morgenochtend over praten? Ik ben moe.'

Het blauwe licht van haar scherm flikkerde en flitste in haar ogen terwijl ze bleef scrollen van video naar video op welk platform ze ook gebruikte.

'Weet je het zeker?'

'Ja.'

'Oké...' Tomek aarzelde, half gedraaid. 'Ik... Heb je gisteravond beter geslapen?'

'Niet echt.'

'En... en heb je het advies van Isabel opgevolgd?'

'Ja.'

Tomek zou hebben geweten wat dat advies was als hij thuis was geweest om erover te praten. Hij zou veel meer hebben geweten als hij de afgelopen twee avonden niet had gemist.

Ze was opzettelijk koel, en het was niets minder dan wat hij verdiende. Hij had haar verwaarloosd, had gefaald. En ze herinnerde hem daaraan met pijnlijke duidelijkheid.

'Dan ga ik naar bed,' vertelde hij haar. 'Ik zal proberen morgenochtend bij je te zijn om je uit te zwaaien.'

'Het is oké. Dat hoeft niet,' zei ze zonder enige emotie of verwachting in haar stem. Alsof die verdwenen was op het moment dat hij haar de avond ervoor alleen had gelaten.

'Goed dan, kampioen. Ik zie je morgenochtend. Je weet me te vinden als je me nodig hebt.' Hij trok de deur bijna dicht.

'Hou van je, meid.'

Toen sloot hij de deur zonder een reactie te krijgen.

HOOFDSTUK
NEGENENTWINTIG

H et eerste wat ik voel is pijn, een scherpe, verblindende pijn die door mijn rug schiet.

Dan het geluid. Het geluid van een autodeur die opengaat.

Gevolgd door de aanblik van een man die naar me toe snelt en me vraagt of alles in orde is.

Het gaat prima, zeg ik hem. Dat hij zich geen zorgen over me hoeft te maken. Dat ik voor mezelf kan zorgen. Dat ik naar mijn broer moet.

Michał wacht. Michał heeft al heel lang gewacht.

Ik krabbel overeind, negeer de pijn en probeer normaal te staan. De man biedt me steun aan, maar ik wijs hem af en haast me over de weg. Ik kijk hem strak aan terwijl ik wegloop, alsof ik zijn gezicht wil onthouden, maar dat lukt niet. Het is niets anders dan zwart, een waas.

In het park is het hetzelfde. Ik kan Michałs gezicht niet zien. En dat komt niet door het bloed. Het komt omdat hij net zo wazig is als de man. Ik weet niet waarom het zo is, maar zo is het.

En dan springt het beeld.

Terug in de tijd. Ik loop het park in en kijk naar de figuren die afsteken tegen de zwarte achtergrond van de speeltuin. Ze buigen zich over Michałs lichaam. Een van hen houdt een baksteen vast. De ander staat bij Michałs hoofd. Kijkt naar beneden. Het wit van zijn tanden glimt in het zwakke licht.

Maar dat is alles wat ik kan zien. De rest is een waas, zwart, somber.

Ik haast me naar hen toe, maar ze verdwijnen al snel, en dan springt het beeld weer.

Naar het klaslokaal. Weer terug in de tijd.

Juffrouw Cameron praat tegen me. Schreeuwt tegen me. Ze staat over me heen gebogen, net als Michałs moordenaars, terwijl ik in de stoel zit. Ik houd met één oog de klok in de gaten, met het andere haar. Ik tel de minuten af tot ik weg mag.

Het is laat. Veel te laat. Ik had nu al in het park moeten zijn.

En juffrouw Cameron heeft het op mij gemunt. Mijn gedrag is verschrikkelijk, zegt ze. Dat zal me leren, zegt ze. Wat dat ook moge betekenen. Ik let niet echt op, dus ik weet het niet.

Ik moet gewoon naar Michał toe. Ik moet naar mijn broer zodat we naar huis kunnen gaan en kunnen eten.

Maar hoe langer ze me vasthoudt-

En dan springt het beeld.

Naar de achterbank van de politieauto. Papa zit naast me. Politieagenten voorin. Regen geselt het raam. Luid. Strepen die in verschillende hoeken wegvliegen terwijl we door de straten razen. Ik herinner me niet dat het eerder regende. Het moet uit het niets gekomen zijn, of plotseling zijn begonnen terwijl ik toekeek, wachtte, en absoluut niets deed om mijn broer te beschermen tegen zijn dood.

En dan springt het beeld. Naar het gezicht van zijn moordenaar.

Nathan Burrows.

De vijftienjarige die Michał doodde omdat het leuk was om te doen.

De vijftienjarige die sindsdien in een zwaarbewaakte gevangenis zat.

De vijftienjarige die al dertig jaar had gezwegen en de naam van zijn handlanger geheim had gehouden.

HOOFDSTUK
DERTIG

De droom was anders geweest. Angstaanjagend. Ontwrichtend.
Zijn geest speelde hem parten, en hoe erger het werd, hoe minder hij wist wat hij moest geloven. Hoe meer gedesoriënteerd hij zich voelde. Wat was echt en wat was nep? Hoe kon hij de twee van elkaar onderscheiden als zijn hersenen het allemaal bleven verzinnen?

Hij had rusteloos liggen woelen nadat hij om drie uur 's nachts in zijn dagboek had geschreven. Hij had zelfs overwogen om op te staan en naar zijn werk te gaan, maar herinnerde zich toen zijn gesprek, of het gebrek daaraan, met Kasia. En dat hij het een en ander goed te maken had.

Toen hij uiteindelijk om zeven uur uit bed rolde, had hij koffie en toast voor zichzelf gemaakt en was op de bank onderuitgezakt, waar hij gedachteloos naar de nieuwslezer keek die verslag deed van de gebeurtenissen van die ochtend. Daarna was het de beurt aan de weerpresentator om hem bij te praten. Een sterke, winterse wind vanuit het westen, die de temperaturen tot onder nul zou brengen. De dreiging van regen, natte sneeuw en misschien wat sneeuw.

Elk jaar weer hetzelfde dus. Grijs, nat en treurig.

Kort daarna kwam Kasia uit haar kamer tevoorschijn, gekleed in haar badjas, met de capuchon laag over haar ogen getrokken. Aan haar voeten droeg ze een paar pantoffels en ze schuifelde naar de badkamer.

'Goedemorgen,' riep hij, waarbij het enthousiasme in zijn stem verraadde hoe hij zich voelde, net toen ze de deur voor zijn neus dichtdeed.

Het geluid van stromend water sijpelde door de deur, en terwijl ze onder de douche stond, maakte Tomek een sneetje toast en een kopje thee voor haar. Het stond klaar tegen de tijd dat ze weer tevoorschijn kwam, nog steeds in haar badjas, maar nu met het merkbare verschil van een handdoek om haar hoofd gewikkeld.

'Denk je dat de school je zo zou binnenlaten?' vroeg hij zachtjes.

'Dat zou ik wel willen.'

'Ik wed dat juffrouw Holloway daar wel iets over te zeggen zou hebben.' Hij gaf haar het drankje en ontbijt. Ze nam het van hem aan en ging aan tafel zitten. 'Ga niet naar buiten met te nat haar. Je wordt nog verkouden.'

'Het komt wel goed,' zei ze terwijl ze haar tanden in de toast zette, waarbij er kruimels op het bord vielen.

Natuurlijk zou het goed komen. Tomek had op die leeftijd dezelfde onverschilligheid tegenover het weer gehad. Sterker nog, hij was waarschijnlijk erger geweest, denkend dat hij cool en superieur was door midden in de winter in slechts een dunne hoodie en een spijkerbroek het huis te verlaten. Terwijl het eigenlijk een schreeuw om hulp en aandacht was geweest.

Tomek herkende dat nu in Kasia.

Zoveel zeggen zonder iets te zeggen.

'Hé, over die andere avond,' begon hij.

'Het is prima,' zei ze. 'Je hoeft geen excuses aan te bieden. Ik ben er inmiddels aan gewend.'

'En dat zou niet zo moeten zijn. Ik zou vaker thuis moeten zijn dan ik nu ben, dat begrijp ik. Ik zal... ik zal met Nick praten over eerder vertrekken, het overdragen van... enkele verantwoordelijkheden.'

Kasia voelde de terughoudendheid in zijn stem. 'Dat hoef je niet te doen. Ik zei je al, het is prima. Ga maar weg en doe wat je moet doen. Ik ga sommige avonden misschien gewoon naar Sylvia in plaats van naar huis.'

Nu was het Tomeks beurt om de terughoudendheid in *haar* stem op te merken. Ze had hem thuis nodig. Dat ze alleen als laatste redmiddel naar Sylvia zou gaan.

'Hopelijk hoef je dat niet te doen,' antwoordde hij. 'Maar zolang je me laat weten waar je bent, hebben we geen probleem.'

Een probleem, alsof ze niet naar haar vriendin mocht gaan.

Dit ging verschrikkelijk, erger dan verwacht. Hij zei niet per se de verkeerde dingen. Maar hij zei ook niet de juiste dingen. Hij had gedacht dat hij zijn excuses kon aanbieden, zij het prima zou vinden en dat was het gesprek dan. De makkelijke weg. Maar zo werkt het brein van een tiener niet. Op dit moment zou ze, als ze enigszins op hem leek, het gevoel hebben dat zij het probleem was, dat zij iets verkeerd had gedaan, alsof hij laat thuiskwam om haar te vermijden, om zijn verantwoordelijkheden als vader te ontlopen zodra ze hulp nodig had. Dat hij haar had verwaarloosd vanwege *haar*. Dat het allemaal haar schuld was, dat ze het verdiend had. Dat het zij tegen de wereld was.

Tenminste, dat was alleen als ze enigszins op hem leek.

En als de DNA-test die ze hadden gedaan ergens op sloeg, dan was er 99,9% kans dat ze *precies* op hem leek.

Het enige probleem was dan wat hij eraan moest doen, want hij had er geen flauw idee van. Op dit moment voelde hij zich alsof hij de opvoedingsvaardigheden van een amoebe had, en alle gevoel voor ratio en het putten uit zijn, weliswaar beperkte, ervaring was het raam uit gevlogen.

Uiteindelijk beloofde hij dat hij het beter zou doen, dat hij vroeg thuis zou komen wanneer zijn werk dat toeliet en dat hij zijn relatie met Abigail voorlopig zou pauzeren.

'Dat hoef je echt niet te doen, eerlijk waar,' antwoordde ze. 'Ik vind het juist leuk dat je mensen ziet. Je kunt wel iemand in je leven gebruiken.'

'Ik heb al iemand in mijn leven.'

Zodra hij naar haar wees, rolde ze met haar ogen en zuchtte diep met het gekreun van een tiener die net iets was verteld wat ze niet wilde doen.

'Dat bedoel ik niet. Iemand met wie je een band kunt hebben. Iemand met wie je kunt lachen. Doe je een van die dingen met haar?'

Tomek dacht terug aan zijn date met Abigail - *dates*, nu meervoud. Hij dacht aan de band die ze deelden. Ongeacht of die zwak was of niet (hoewel zij het daar misschien niet mee eens zou zijn), hij was er nog steeds. Net als het lachen.

'Ik denk het wel,' antwoordde hij.

'Goed. Laat mij dan niet in de weg staan. Ik wil dat je gelukkig bent.'

'En ik wil dat jij ook gelukkig bent.'

Wat de laatste weken niet het geval was geweest.

'Hoe heb je geslapen vannacht?' vroeg hij.

'Prima.'

'Geen nachtmerries?'

'Nee,' antwoordde ze. 'En jij? Nachtmerries gehad?'

'Nee,' antwoordde hij. 'Geslapen als een blok.'

Maar beiden wisten dat de ander loog.

HOOFDSTUK
EENENDERTIG

Tomek maakte als eerste een kop koffie toen hij op zijn werk aankwam. Precies op hetzelfde moment als Victoria. Alwéér.

'Heb je al aan die nieuwe bijnaam voor me gewerkt?' vroeg ze toen hij de keuken binnenkwam, met een zweem van speelsheid in haar stem.

'Verdorie! Nog niet. Ik ben er nog mee bezig. Maar wacht, zei je niet dat ik eerst een moordenaar moest vangen?'

'Heb je dat ook nog niet gedaan?' Haar wenkbrauw ging omhoog terwijl ze de mok voor de warmte tussen haar handen klemde.

'Touché, Victoria. Touché.'

Hij wachtte tot ze weg was voordat hij zijn drankje maakte. Terwijl hij het naar zijn bureau droeg, werd hij belaagd door Anna, die zo krachtig op hem af kwam stormen vanaf de andere kant van de kamer dat hij koffie over zijn hand en mouw morste.

'Jezus, Maria, zoon van een klootzak!'

'*Kurwa mać*!' zei ze. '*Bardzo przepraszam!*'

Tomek was te druk bezig een plek te vinden om zijn mok neer te zetten en zijn hand te bevrijden van de gloeiend hete vloeistof om haar te horen.

'Het spijt me zo,' vervolgde ze.

'Het is oké. Het is maar een lichte derdegraads brandwond. Niets om je zorgen over te maken. Waarmee kan ik je van dienst zijn?'

'Er is iemand die je wil spreken.'

Tomek pauzeerde en beheerste zichzelf voordat hij zijn geduld verloor. 'Je had dat niet vanaf de andere kant van het kantoor kunnen zeggen of via een snel telefoontje, nee?'

'*No tak*, maar-'

'Christus op een fiets, wat doet dat pijn.'

Voordat hij kon protesteren, loodste Anna hem de keuken in en hield zijn hand onder een koude kraan. Dertig seconden later was zijn hand verdoofd, maar bleef het kloppen.

'Is het iemand belangrijks? De koningin?'

'Ze is dood, Tomek.'

'Sorry. Juist. Blijf het vergeten.'

'Nee, het is niet zoiets. Maar het is iemand die specifiek naar jou vraagt.'

'Het is toch niet weer een dertienjarig meisje, hè?'

Anna grinnikte, maar dat was alweer verdwenen toen Tomek probeerde zijn hand onder de kraan vandaan te trekken. Ze was beangstigend sterk voor haar formaat en trok hem in een oogwenk terug onder de stroom ijskoud water.

'Rustig aan, verdomme! Mijn botten zijn breekbaar. Als je nog harder knijpt, breek je ze misschien.'

'Doe niet zo'n aansteller. Mijn vierjarige is taaier dan jij.'

'Dat is fijn voor je vierjarige, maar niet-'

Tomek probeerde het opnieuw, maar tevergeefs; ze trok hem terug en greep dit keer nog harder. Hij besloot niets te zeggen. Les op de harde manier geleerd.

'Wie is er gekomen om me te zien?' vroeg hij.

'Iemand genaamd Terrence Toffolo.'

Tomek kromp ineen.

'Arme drommel. Zijn ouders moeten hem echt gehaat hebben.'

'En ik wed dat hij waarschijnlijk ook niet dol op hen is,' antwoordde Anna voordat ze hem eindelijk losliet.

———

Terrence Toffolo was zo pompeus en bekrompen als Tomek had verwacht. Hij was midden vijftig en zag eruit alsof hij net van de boerderij kwam. Hij droeg een tweed jagersjas over een fleece vest en een strak zittend blauw-groen geruit overhemd. Op zijn hoofd droeg hij een lichtgroene platte pet (de bijnaam Platte Pet Toff schoot direct door Tomeks hoofd toen hij het zag), en aan de onderkant van zijn lichaam een donkerblauwe spijkerbroek met een bruine leren riem. Het enige wat hij nog nodig had om het geheel compleet te maken was zijn jachtgeweer.

De uitdrukking op Terrence Toffolo's gezicht, alsof zijn naam en outfit nog niet genoeg waren, suggereerde dat hij dacht dat zijn status hoger was dan deze werkelijk was; dat hij betere dingen te doen had met zijn tijd.

Grappig, aangezien hij degene was die met Tomek was komen praten.

'Meneer Toffolo,' begon hij, achterover leunend in zijn stoel. 'Dank u dat u bent langsgekomen om met ons te spreken. Als ik het goed begrijp, vroeg u specifiek naar mij. Maar, vergeef me, ik geloof niet dat we elkaar eerder hebben ontmoet?'

'Niet dat ik me kan herinneren. En ik ben meestal goed met gezichten.'

'Probeer eens zoveel mensen te ontmoeten als ik...' zei Tomek luchtig, maar de lichtheid bereikte Terrence's sombere, ellendige uitdrukking niet. 'Ik begrijp ook dat u de heer Herbert Tucker kende...'

'Ja.'

'En is dat waarom u hier bent?'

'Ja.'

Christus, dit ging pijnlijk langzaam. En ze waren nog niet eens begonnen.

Tomek voelde dat hij hier lang zou zitten.

'Oké. Goed.' Hij voelde Terrence de energie uit zijn stem zuigen als een bloedzuiger. 'En zou u kunnen uitleggen waarom u bent langsgekomen?'

'Ik heb iets dat ik u moet vertellen.'

'Goed. Laat horen.'

Voor een lang moment zei de man niets. Staarde alleen maar naar Tomek. En Tomek vroeg zich af of Terrence was vastgelopen, of de motor in zijn krachtbron was gestopt met draaien.

'Er is geen gemakkelijke manier om dit te zeggen...'

Verdomme. Spuug het uit.

'Heeft u mijn naam ooit eerder gehoord?'

Tomek schudde zijn hoofd. 'Ik ben slechter met namen dan met gezichten.'

Vraag maar aan de vrouwen met wie ik ben geweest.

'Zou ik die moeten kennen?'

'Dat hangt af van wie u kent. Ik was een invloedrijk persoon... ooit.'

Tomek onderdrukte de neiging om te zeggen: Goed voor u.

'Ik werkte met Herbert Tucker toen hij net politicus werd. Ik was een van zijn mentoren. We hadden daarvoor ook aan een paar projecten samengewerkt, maar mijn achtergrond lag altijd in de politiek.'

Tomek knikte bedachtzaam terwijl hij luisterde.

Mentor. Politiek. Zaken. De memoires. Echo's van Keith Fergusons woorden speelden door Tomeks hoofd.

'Ik ben hier gekomen om mijn naam te zuiveren,' vervolgde Terrence. 'Ik wil dat u weet dat ik niets te maken had met de moord op Herbert.'

Dat was precies wat iemand zou zeggen die wél iets met de moord te maken had.

'Oké...'

'Ik ben hier om mijn naam te zuiveren. Er zijn dingen die u al over mij weet, en dingen die u nog te weten zult komen. Ik zou liever hebben dat u ze van mij hoort.'

Dit was allemaal heel vreemd, heel verwarrend. Of het zo was bedoeld, moest Tomek nog zien.

'Ik ben hier ook om de naam van Alina Zandecka te zuiveren.'

Oké, nu kwamen ze ergens.

'Wat is uw relatie met Alina?' vroeg Tomek.

Voordat hij antwoordde, schraapte Terrence zijn keel en bracht zijn hand naar zijn mond, zijn bewegingen langzaam, berekend. 'Zou ik wat water mogen, alstublieft?'

De klootzak. Natuurlijk wilde hij verdomme water. Hij had Tomek in de palm van zijn hand en hij was van plan hem daar zo lang mogelijk te houden.

Een paar minuten later kwam Tomek terug met een plastic fles. Een halve liter zodat het klootzakje niet elke dertig seconden zou klagen dat hij meer wilde.

'Ga alstublieft verder,' zei Tomek vriendelijk. 'Alina Zandecka... hoe kent u haar?'

'Ik ontmoette haar voor het eerst in de club.'

'De Southend Seven.'

'Ja.'

'Hoe heeft u Alina daar ontmoet?'

'Ze werd... ze werd op een avond binnengebracht. Ze zou voor ons dansen, maar toen ontdekten we dat zij en haar vriendinnen bereid waren om meer te doen... Herbert, ik moet toevoegen dat het Herbert was die hen als eerste geld aanbood in ruil voor seksuele diensten. Dat creëerde een precedent voor wat er werd verwacht en wat er zou komen.'

'Dus u sliep met Alina?'

'Niet meteen, nee. Het was bij onze derde ontmoeting. Op dat moment had ieder van ons een meisje toegewezen gekregen. Ze kwamen twee, drie keer per week langs, en we sliepen met hen. Maar ik had altijd al een oogje op Alina. Ze was zachtaardig, beleefd, elegant. Ze bezat iets wat geen van de andere meisjes had - ambitie en gedrevenheid. Ze was naar dit land gemigreerd en was op zoek naar een beter leven voor zichzelf. Toen, na enkele weken, sliepen zij en ik samen. Bij mij thuis. En we werden langzaam verliefd op elkaar.'

'Wat was er met haar relatie met Herbert?'

'Die ging door. Met ups en downs. Meer downs dan ups.'

'En toen raakte ze zwanger, nietwaar?' vroeg Tomek.

Een sprankje schok was zichtbaar op het gezicht van de man. 'Ja. Herbert dacht dat het van hem was...'

'Maar het was van u...'

'Ja.'

'En u liet hem al die jaren denken dat het van hem was?'

'Ja.'

'U bleef hem omkopen in ruil voor zijn stilzwijgen?'

'Ja.'

'Waarom? U was een politicus, zakenman, vermoedelijk vermogend. Waarom had u het geld nodig? Of zijn de tweed en de pet allemaal een façade?'

Voor iemand die zogenaamd was binnengekomen om zijn naam te zuiveren, dacht Tomek niet dat hij had beseft hoezeer die zuivering eigenlijk nodig was.

'Kort voordat alles gebeurde met Alina en Herbert, voordat hij haar bedreigde om een abortus te laten doen, was ik mijn baan kwijtgeraakt.'

'Waarom?'

'Kijk, wat ik u nog niet heb verteld is dat ik in die periode zwaar cocaïne gebruikte.'

Tomek was niet verbaasd om dat te horen. Maar hij vroeg zich af wat de man hem nog meer niet vertelde.

'Dus wat? Tucker ontdekte dat u drugs gebruikte en zette u uit het team?'

Voor het eerst brak het robotachtige uiterlijk, en Terrence's gezicht vertrok.

'We deden het destijds allemaal. Bijna elke dag cocaïne. Het hielp ons functioneren. Op een gegeven moment wisten we nauwelijks meer dat we het namen. Maar ik... ik raakte verslaafd. Ik raakte zwaar verslaafd. En toen werd het steeds erger. Ik kon niet functioneren zonder. Ik kon niet slapen, ik kon niet praten. Ik werd meerdere keren met spoed naar het ziekenhuis gebracht. Ik was een puinhoop. En Herbert, nadat hij me in de club had gevonden, stikkend in mijn eigen speeksel, dwong me eruit. Hij zei dat het vriendschappelijk zou zijn, dat het een snelle en stille exit zou zijn, maar hij wilde me uit het team hebben. Hij kon iemand zoals ik daar niet bij hebben, die zijn geloofwaardigheid schaadde, en met de dreiging dat mijn verhaal naar buiten zou komen, wilde hij er niets mee te maken hebben. Ik probeerde ertegen te vechten - tegen de verslaving, en ook tegen de beslissing - maar het mocht niet baten. Herbert wilde de grote baas zijn. Hij wilde de alfa zijn.'

'Dus hij wilde de baby niet, en hij wilde de dode last niet?'

Als Tomeks woordkeuze Terrence had beledigd, liet hij dat niet merken. Misschien was het een woord dat hij in het verleden had gebruikt om zichzelf te beschrijven.

'Wat betekende dat u en Keith Ferguson de zwakste schakels waren?'

Terrence vroeg hoe Tomek van de andere politicus wist. Tomek antwoordde, en legde toen uit dat de man dood was.

'Zelfmoord.'

Terrence boog zijn hoofd in een kort moment van plechtigheid en verdriet.

Nadat hij de man een minuut had laten rouwen, ging Tomek verder. 'Dus hij ontdeed zich van u zodra hij wist dat u een probleem zou worden. Is dat waarom u en Alina hem omkochten, Terrence?'

'*Hij* was bereid om *ons* te betalen.'

'U bevestigt dat u ook uw deel kreeg?'

Het knikje was subtiel maar merkbaar. 'De afgelopen vier jaar hebben we beiden het geld ontvangen. Tienduizend pond per maand.'

Dat was meer dan het dubbele van Tomeks salaris. Veel meer.

En te bedenken dat het allemaal van hem had kunnen zijn als hij alleen maar met een politicus van middelbare leeftijd had geslapen of enorme hoeveelheden cocaïne en andere harddrugs had genomen.

Misschien in een ander leven.

'Bedankt dat u me dit allemaal vertelt,' zei Tomek. 'Maar ik zie niet in hoe dit uw naam zuivert.'

'Wat bedoelt u?'

'Het enige wat u hebt gedaan is me vertellen dat u veel drugs gebruikte, met prostituees sliep, en vervolgens zwijggeld ontving van een voormalige collega. Niets hiervan stelt u in een goed daglicht, Terrence, en u hebt me niet verteld waar u was op de avond dat hij stierf.'

'Ik was thuis. Met Alina. We delen het appartement.'

'Dus ik neem aan dat u dat was aan de telefoon gisteravond?'

Terrence schoof ongemakkelijk op zijn stoel.

'Ik... ik...'

'Was u degene die haar vertelde naar de pers te gaan?'

'Ik...' stamelde Terrence.

Voor iemand die zo goed was in praten, en gesprekken rekken wanneer het hem uitkwam, had hij moeite met het beantwoorden van een simpele ja of nee vraag.

'Heeft Herbert Alina seksueel misbruikt, Terrence?'

'Wat u moet begrijpen-'

'Heeft u haar gedwongen om dat te zeggen, Terrence?'

'Nee, ik... Het is echt gebeurd! Ze had alleen wat overtuiging nodig, dat was alles.'

'Waarom zei u niet tegen haar dat ze naar de politie moest gaan, zoals u nu doet? Is dat omdat u wist dat wij de waarheid zouden ontdekken?'

'Helemaal niet. Ik-'

'Wat is er gebeurd? Stopte papa met het geld en dacht u dat u nog één laatste uitbetaling van de pers zou krijgen? En u wist dat u die zou krijgen omdat een dode man zichzelf niet kan verdedigen?'

'Nee! Dat is helemaal niet wat er is gebeurd!'

'Maakte het u boos toen hij u liet gaan? Is dat wat dit is - wraak? Vier jaar in de maak-'

Terrence sloeg met zijn grote, stompe hand op tafel. Het geluid deed Tomeks trommelvliezen bijna barsten en liet hem opspringen, al hoopte hij dat het niet duidelijk zichtbaar was.

'Je verzint nu dingen. Je fabriceert zaken die niet echt zijn.'

'Ik probeer een moordzaak tot op de bodem uit te zoeken.'

'Precies, en dat is waar ik je mee probeer te helpen.'

'Door jezelf aan te geven?'

Een lange stilte drong zich tussen hen in terwijl Terrence zichzelf weer in bedwang kreeg. Hij streek zijn kleding glad en zette zijn pet recht, hoewel die nog steeds scheef stond toen hij zijn hand wegtrok. Tomek keek naar de waterfles die op tafel stond, precies waar hij hem had achtergelaten. De klootzak had er niet eens van gedronken.

'Ik heb informatie die je misschien interessant vindt,' antwoordde Terrence rustig, nu sterker, met meer vastberadenheid in zijn stem en houding.

'Juist,' zei Tomek, enigszins twijfelachtig. 'Maak het alsjeblieft kort.'

'Ik heb namen. Van de Southend Seven.'

'Oké.'

'Wil je ze horen?'

Niet dit weer.

'Ja, graag. Snel, als je het niet erg vindt.'

De uitdrukking op Terrences gezicht suggereerde dat hij besefte dat hij niet langer de macht in het gesprek had, dat die volledig bij Tomek lag, en hij leek zich bij dat feit neer te leggen.

'Ik weet niet wie je zoekt, of met wie je probeert te spreken, maar als iemand Herbert Tucker heeft vermoord, dan is het een van deze mannen...'

HOOFDSTUK
TWEEËNDERTIG

'Dit is zeer verontrustend. Werkelijk zeer verontrustend.' Nick had meer dan vijf minuten lang zitten staren naar de bijna onleesbare lijst met namen die Tomek op een stuk papier had gekrabbeld. Toen gaf hij het door aan Victoria, die er net zo lang over deed om het te verwerken.

'Ik denk dat we hier heel voorzichtig mee moeten omgaan,' begon Nick met een zucht. 'Eigenlijk weet ik niet eens hoe we dit moeten aanpakken.'

'Ik heb wel wat ideeën,' zei Tomek, die zijn glimlach niet kon verbergen.

'Dat geloof ik graag.'

De namen op de lijst waren inderdaad zeer verontrustend. Mannen van belang en invloed in de lokale gemeenschap hadden slechte dingen gedaan. Mannen aan de top van de voedselketen. En als zij ten val zouden komen, was het onduidelijk hoeveel schade dat zou veroorzaken aan de onderkant.

Dat was in ieder geval Nicks zorg.

Voor Tomek maakte het niet uit. Hij was gewoon opgewonden over het vooruitzicht om een aantal zeer machtige mannen voor zich te hebben en erachter te komen wat ze wisten. En, als ze geluk hadden, mogelijk een of twee van hen achter de tralies te krijgen. Waar ze thuishoorden.

Na zijn gesprek met Terrence had Tomek Martin ingeschakeld om een uitgebreide getuigenverklaring af te nemen, wat betekende dat de man alles officieel moest herhalen, een taak die Tomek graag in de hiërarchie doorgaf. Voorlopig mocht Terrence Toffolo naar huis gaan, in het land blijven en bereikbaar zijn voor het geval de politie met hem zou willen spreken. Hij was nog steeds een verdachte, al was het alleen maar vanwege zijn slechte kledingkeuzes, maar op dit moment had het team grotere vissen te vangen.

Of beter gezegd, *haaien*.

'Is het erg dat ik geen van deze namen ken?' vroeg Victoria terwijl ze naar haar telefoon reikte.

'Dat hangt ervan af wie je het vraagt,' antwoordde Tomek. 'Als je het aan hen zou vragen, zou hun ego waarschijnlijk een deuk oplopen, maar als je het aan Jan met de pet zou vragen, kan ik me niet voorstellen dat hij ze ook kent. Dat is waarschijnlijk hoe ze enigszins onder de radar zijn gebleven. Maar als het je troost, ik moest ze zelf ook opzoeken op Google.'

Victoria legde de lijst met namen voorzichtig op tafel, alsof ze bang was dat ze hem in tweeën zou scheuren als ze het harder deed.

'Wat gaan we in godsnaam doen?' Nick wreef met zijn handpalm over zijn hoofd alsof hij het voor geluk masseerde. 'Ik... ik ken deze mensen. Ik heb nauw met ze samengewerkt. Vooral... vooral met hem.'

Nick wees naar de eerste naam op de lijst.

Brendan Door.

De commissaris voor Politie, Brandweer en Misdaad in Essex. Een van de hoogstgeplaatste politiefunctionarissen in het gebied rond Southend. Beschuldigd van feesten, drugsgebruik, omgang met prostituees. En mogelijk het doden van een man.

Samen met de andere mannen op de lijst.

Anthony Arnold, een van de beste advocaten van het Openbaar Ministerie, was verantwoordelijk voor het opsluiten van tientallen criminelen, van drugshandelaren tot moordenaars.

Gregory Chaplin, de burgemeester van Southend.

James Colehill, voorzitter van Southend United FC.

Richard Stafford, een man die al zo lang als Tomek zich kon herinneren op de opsporingslijst van het drugsteam stond voor het runnen van een van de grootste drugsoperaties in de stad, maar die altijd aan arrestatie had weten te ontkomen.

En de laatste naam op de lijst had Tomek het meest verontrust.

John Mullen, hoofdredacteur van de *Southend Echo*, de krant waarvoor Abigail schreef.

Nu begreep hij waarom haar was gevraagd om de verhalen over Herbert Tuckers schandelijke affaire en drugsgewoonten te verbergen.

'Niets hiervan mag naar buiten komen,' voegde Nick toe. 'Ik meen het. Niets verlaat dit gebouw. Niet praten met familie. Niet praten met geliefden. Zelfs niet met je kinderen. En... Tomek, ik kijk naar jou, zelfs niet met vriendjes of vriendinnetjes.'

Misschien niet.

Tomek beet op zijn onderlip. 'Waarom word ik hiervoor speciaal aangesproken?'

'Omdat jij van iedereen de grootste mond hebt. Het aantal keren dat ik je heb moeten dekken en je domme kont heb moeten beschermen, getuigt daarvan. Moet ik je eraan herinneren?'

Tomek snoof en zei niets.

Het was inderdaad waar dat hij vaak veel zei zonder erbij na te denken. Het was ook waar dat hij ooit tijdens een moordonderzoek een paar dingen had laten ontglippen, waardoor de moordenaar langer uit handen van justitie had kunnen blijven dan nodig was. Maar had hij dat met opzet gedaan? Nee. Fouten maken hoorde bij het leven, en hij vond niet dat hij daar zo lang na datum nog op afgerekend moest worden.

'Uiteindelijk is alles toch goed gekomen,' voegde Tomek toe, maar noch Victoria noch Nick koos ervoor om te antwoorden; Victoria was te druk bezig met het onderzoeken van de namen op de lijst om zelfs maar te luisteren, en Nick had het allemaal al eerder gehoord.

'Ohhh, *daar* ken ik hem van,' zei ze.

'Welke?'

'Richard Stafford. Hij stond op onze observatielijst in Colchester. We wilden hem voor drugs en mensenhandel en van alles, maar we konden hem nooit iets maken.'

'Nou, nu weten we waarom dat zo is. Met de commissaris en de officier van justitie in zijn zak is het duidelijk. De corruptie stinkt.'

'Sergeant!' riep Nick uit.

'Wat? Ik stel alleen maar het overduidelijke vast, sir.'

'Je hoeft het niet te zeggen als we allemaal hetzelfde verdomde ding denken.'

'Kom op, chef, u moet toegeven dat een exclusieve club vol witte, middelbare mannen die tot de elite behoren, schreeuwt om corruptie,' zei Victoria zachtjes.

'Jij kunt ook je mond houden.' Nick draaide zich om in zijn stoel, stapte eruit en begon heen en weer te lopen, terwijl hij zijn hoofd masseerde en van de ene naar de andere kant liep. 'Wat moeten we doen? Wat moeten we doen?'

'Ik stel voor dat we hen van alle kanten aanvallen, sir. Praat met iedereen die ze kennen en zoek uit wat ze deden op de avond dat Tucker stierf, en breng ze dan allemaal tegelijk binnen. Verzamel eerst het bewijs voordat we ze zonder voorbereiding binnenhalen.'

'Ik... ik vind het goed. Maar... we moeten supervoorzichtig zijn. Als een van hen lucht krijgt van wat we doen, is het voorbij, dan zijn we verloren.'

'Dat risico lopen we enorm als we rond hen gaan snuffelen,' voegde Victoria toe, terwijl ze advocaat van de duivel speelde. 'Ik stem ervoor om ze meteen binnen te brengen, zonder voorafgaande waarschuwing, ze te verrassen met een massale arrestatie en ze te ondervragen.'

'Niet als we geen bewijs hebben om hen aan te klagen. We zullen hen bang maken en als ze iets te maken hadden met de moord op Tucker, zullen ze hun stappen nagaan om ervoor te zorgen dat we het nooit vinden. Nee, wat we moeten doen is motieven vinden voor elke man. Tucker had veel vijanden. Twee van hen, James Colehill en Terrence Toffolo, zijn al tegen hem naar voren gekomen. Het zou me niet verbazen als de rest van hen redenen had om Herbert Tucker te... *verwijderen*. Dan, zodra we al het bewijs hebben dat we nodig hebben, brengen we ze tegelijkertijd binnen. Geen mogelijkheid voor hen om alarm te slaan en zo hun kont te bedekken. We zullen er mooi gericht mee omgaan. Ja... dat is wat we zullen doen. We zullen... Ja...'

Nick stopte midden in de kamer en liet zijn hand naar zijn middel zakken. De bovenkant van zijn hoofd was rood van waar hij te hard had gewreven.

'Kan ik het aan jullie twee overlaten om dit te coördineren? Ah, fuck!'

'Wat?'

'Ik realiseer me net dat ik over een paar uur een vergadering heb met de PFCC.'

'Oh...'

Tomek wist niet wat Nick van hem verwachtte te zeggen.

'Liever u dan ik, sir.'

Maar dat was het zeker niet.

HOOFDSTUK
DRIEËNDERTIG

Tomek wist niet waar het idee vandaan was gekomen, maar kort nadat ze waren begonnen, besefte hij dat het waarschijnlijk niet een van zijn beste suggesties was.

Midgetgolf spelen midden in de winter had zijn voor de hand liggende nadelen: de kou, de verkleumde vingers, de wind die de bal over het groene oppervlak blies. Maar in zijn verdediging was er één voordeel dat alle nadelen overtrof: het feit dat het er compleet verlaten was, en ze een volledige 18-holes piratenthema-baan voor zichzelf hadden. Ze konden er zo lang over doen als ze wilden en zoveel tijd besteden aan elke hole als nodig zonder hordes families en jonge stelletjes die in hun nek stonden te hijgen.

Tomek had nooit interesse gehad in golf. Het was te traag, te tam voor hem. En hij vond het ook niet bepaald een kijksport. Voetbal en rugby daarentegen waren zijn favoriete sporten. Zowel om te kijken als om te spelen. En hij vond dat hij er behoorlijk goed in was. Een commandant, een leider op het veld. Een baldrager die niet bang was om zijn lichaam op het spel te zetten. Het was een tijdje geleden dat hij voor het laatst het veld had betreden - hij was lid van de voetbal- en rugbyteams van de politie, bestaande uit individuen van alle niveaus van de hiërarchie - en hij was erop gebrand om weer het veld op te gaan. Misschien kon hij Kasia zelfs uitnodigen om te komen kijken hoe haar oude vader zichzelf voor schut zette door ruzie te maken met een andere volwassen man met een bierbuik en kalend hoofd.

Bij nader inzien hoefde niemand dat te zien.

'Voor deze moet je de bal door een van deze gaten krijgen, en dan gaat hij naar het volgende niveau,' legde Tomek uit terwijl hij Kasia's bal op het groene oppervlak plaatste. 'Als je geluk hebt, komt hij misschien dicht bij de hole. En als je nog meer geluk hebt, kun je een hole-in-one scoren.'

'Ja,' gromde Kasia terwijl ze naar de afslag liep voor hun vierde hole van die avond. Ze liet haar bal op de tee vallen en zwaaide zonder te kijken naar achteren om hem vervolgens door de smalle doorgang te slaan. De bal was nergens in de buurt van het doel en kaatste tegen de muur om bijna weer bij haar voeten te belanden.

'Oh...' mompelde ze.

Ze had er niet minder enthousiast uit kunnen zien als ze had geprobeerd, maar Tomek was vastbesloten om door te zetten. Hij voelde dat hij haar moest opvrolijken, haar uit huis moest krijgen, iets anders moest doen dan binnen zitten en scrollen op haar telefoon of waardeloze tv kijken.

Dit was zijn manier om zijn excuses aan te bieden. Door iets te doen waarvan hij hoopte dat ze het leuk zou vinden.

'Pech gehad,' zei hij, en legde zijn eigen bal neer. Terwijl hij zich voorbereidde, stond hij met zijn benen op schouderbreedte, knieën gebogen, billen naar achteren, rug recht. Hij keek de doorgang in en trok een onzichtbare rechte lijn naar de hole. Toen keek hij naar zijn voeten en besefte dat het allemaal zinloos was. Dat hij geen flauw idee had wat hij aan het doen was en dat het beter was om gewoon te slaan en te hopen.

Wonderbaarlijk genoeg belandde de bal door het gat aan de linkerkant en kwam op een strategische positie op het lagere niveau terecht. Tomek juichte, met een vuistpomp in de lucht. Daarna hield hij zijn hand op voor een high-five, maar Kasia keek hem alleen maar nors aan.

'Moeten we dit echt doen?' vroeg ze.

'Wat zou je in plaats daarvan willen doen?'

'Alles?'

'*Alles*?' herhaalde Tomek.

'Ja.'

'*Letterlijk* alles?'

'Ja!'

'Zou je nu liever in zee gaan zwemmen?'

Kasia draaide zich om naar de duisternis achter haar. In de verte waren de kleine lichtpuntjes van Kent te zien.

'Nee...' zei ze aarzelend.

'Dacht ik al. Dus, laten we dit afmaken en dan kunnen we onderweg naar huis McDonald's halen.'

Dat leek haar op te vrolijken.

'Maar alleen als je van me wint!'

Voor de volgende vijf rondes (of waren het holes? Tomek kon het zich nooit herinneren), raakte ze meer betrokken en gefocust. Meer de oude Kasia die hij kende. Aan het einde stonden de scores redelijk gelijk op vijf-vier in Kasia's voordeel. Hij zou liegen als hij zei dat hij haar niet een paar punten had gegeven. Een deel van hem wilde haar laten winnen voor haar zelfvertrouwen, haar moraal en haar geestelijke gezondheid. Terwijl het andere deel van hem zin had in een cheatmeal, een excuus om ongezond en vet voedsel te eten. Al met al zou het een win-winsituatie voor haar zijn.

Terwijl ze op weg waren naar de tiende hole, de tweede helft van het spel ingingen, blies een windvlaag over de kust en bracht Tomek uit balans. Eerder op de dag was er een zware regenbui gevallen, en in zijn poging om overeind te blijven, zette hij een voet op een neprots. Het plastic materiaal was glad, en onder zijn enorme gewicht gleed zijn voet weg, waardoor hij over de kop ging en in een klein waterornament belandde. De golfbaan in piratenthema stond er vol mee, en degene waar Tomek in viel bleek de ergste van allemaal: een grote vijver met een bijna twee meter brede waterval die ijskoud water over hem heen liet stromen.

Het duurde een paar seconden voordat hij zichzelf kon oprichten en uit de ijskoude vijver kon kruipen. Ondertussen stond Kasia dubbel van het lachen, met haar handen op de grond.

Hij kon haar moeilijk de schuld geven; hij zou hetzelfde hebben gedaan.

Tomek was doorweekt, en binnen enkele seconden was de kou door zijn lagen heen gedrongen en had zich om zijn rug en dijen gewikkeld.

'Zo te zien was jij degene die toch ging zwemmen,' spotte ze.

Tomek opende zijn mond om te reageren, maar hij liet haar deze opmerking maken.

Ze was zeker een Bowen met die opmerking, ook al was haar achternaam Coleman.

'Ik denk dat we hier maar beter weg kunnen gaan,' zei hij, terwijl zijn tanden klapperden en hij probeerde zichzelf op te warmen.

'Maar ik stond voor!'

Dat maakte niet uit. Niet nu hij het zo koud had. Hij negeerde haar, pakte haar club en bal, en haastte zich naar het einde van de baan, waar hij de uitrusting inleverde. Met Kasia vlak achter hem, sprintte hij, zo snel als zijn verkleumde benen het toelieten, naar de auto.

Tien minuten later zaten ze in de warmte. Hij had zich uitgekleed tot één laag, en zijn lichaam werd verwarmd door de chicken selects die momenteel hun weg door zijn systeem vonden. Ondertussen was Kasia bezig met een deelbox nuggets die ze absoluut niet van plan was te delen. De verwarming in de McDonald's stond op volle kracht, en na een paar minuten begon hij op te warmen. Het gaf hem ook een psychologische warmte, wetende dat hij de elektriciteit van iemand anders gebruikte in plaats van zijn eigen.

'Hoe is het eten?' vroeg hij.

'Goed!' antwoordde Kasia, stukjes fijngekauwde kip bewogen in haar mond. 'Echt lekker.'

Tieners waren zo simpel. Zet een decoratieve doos fastfood voor ze neer en ze waren zo mak als een lammetje. Hij begreep niet waarom hij hier niet eerder aan had gedacht.

'Hoe is die van jou?' vroeg ze.

'Ook echt lekker.'

De koffie daarentegen niet.

Terwijl ze verder van hun maaltijd genoten, liet Tomek zijn blik door het restaurant dwalen. Het was net na acht uur en het was er nog steeds druk. Tieners, kinderen, gezinnen, stelletjes. Een nieuwe generatie die opgroeide met dit spul.

'Papa...'

Kasia's stem trok zijn aandacht weg van het cliëntèle.

'Over gisteravond...' vervolgde ze.

'Ja?'

'Ik... ik heb je toch niet gekwetst?'

Tomek dacht terug.

'Welk deel?'

'Toen je zei dat je van me hield?'

'Oh.'

'Ja.'

'*Dat* deel.'

Kasia sloeg haar ogen neer en staarde diep in haar kipnugget.

'Meende je... meende je dat?'

Tomek snoof, en slikte toen zijn hap eten door. 'Natuurlijk meende ik dat. Anders zou ik het niet hebben gezegd.'

Haar gezicht glinsterde lichtjes.

'Het spijt me dat ik het niet terugzei.'

'Dat... dat is oké.'

Tomek zou liegen als hij zei dat hij niet gekwetst was. Maar wat kon hij verwachten? Ze kende hem pas een half jaar. Ze waren nog steeds vreemden. Het zou dwaas zijn om te verwachten dat ze het zou terugzeggen.

'Je hoeft je niet te verontschuldigen,' vervolgde hij.

'Het is gewoon... ik ben niet gewend om het te zeggen.'

'Hé, en als je het nooit zegt, dan is dat ook prima voor mij.'

'Echt?'

'Echt.'

Behalve dat het niet zo was. Maar dat kon hij haar nooit vertellen, toch?

HOOFDSTUK
VIERENDERTIG

Tomek en het team begonnen met hun discrete en subtiele onderzoek naar het leven van de zeven mannen op de lijst van Terrence Toffolo en de volgende paar dagen vlogen voorbij. Samen hadden ze onvermoeibaar gewerkt om de achtergronden van elke man te begrijpen, met hun voormalige medewerkers gesproken, hun politieke en professionele verleden onderzocht, hun telefoon- en autogeschiedenis gevolgd waar gepast en toepasselijk, en daarbij in elk opzicht binnen de grenzen van de wet gebleven. Het laatste wat ze wilden was dat een veroordeling zou worden vernietigd omdat het verzamelde bewijsmateriaal op illegale wijze was verkregen. Vooral wanneer een van de onderzochte personen een openbaar aanklager was.

In die tijd had het team maar weinig vooruitgang geboekt. Informatie over elk individu was verrassend schaars, en vanwege de aard van hun onderzoek konden ze alleen mensen aan de rand van het leven van deze mannen ondervragen. In totaal hadden ze meer dan vijftig getuigenverklaringen verzameld, en niemand kon rekenschap geven van de verblijfplaats van de mannen op de avond dat Herbert Tucker stierf. Wat velen van hen echter wel hadden kunnen bevestigen, was dat elke man op een bepaald moment in zijn politieke of professionele leven ruzie had gehad met Herbert Tucker.

Dit bracht hen niet veel verder in een bepaalde richting, behalve dat er een mogelijkheid bestond dat ze allemaal op de een of andere manier betrokken waren.

De mannen op de lijst waren machtig en invloedrijk, leden van de lokale gemeenschap en in gezaghebbende posities. Als gevolg daarvan was het moeilijk om informatie te verzamelen. Maar de moeilijkste van allemaal was John Mullen geweest, de hoofdredacteur van de *Southend Echo*. De man bracht zijn hele leven door met het schrijven over anderen, maar nooit over zichzelf. Hij was als een zwart gat; alles ging erin, maar er kwam nooit iets uit, wat de reden was dat Tomek, na een paar dagen van het geheime onderzoek, besefte dat ze hulp nodig hadden. En wie kon hij beter vragen dan Abigail? Zij werkte met hem en kende Mullen beter dan Tomek waarschijnlijk ooit zou doen. Het enige probleem was dat hij in ruil daarvoor iets voor haar moest doen.

'Weet je zeker dat je haar het juiste adres hebt gegeven?' vroeg Tomek.

'Ja.'

'En de juiste tijd?'

'Ja.'

'En de juiste datum?'

'Ja. Hoe dom denk je dat ik ben?' vroeg Abigail.

'Wil je dat ik daar antwoord op geef, of...?'

'Het was retorisch, lul.'

Abigail richtte haar aandacht op de dampende kop koffie die Morgana slechts momenten eerder voor haar had neergezet, hun tweede sinds ze zaten te wachten. Wachten op een van de belangrijkste getuigen die naar voren was gekomen met de bewering dat Herbert Tucker haar seksueel had misbruikt.

Abigail wilde de naam van de vrouw niet met hem delen, en verwees naar haar alleen als Vrouw X. Ook wilde ze geen andere informatie delen over de mysterieuze vrouw die de dag ervoor al niet was komen opdagen voor een afspraak.

'Heeft ze je een bericht gestuurd?' vroeg Tomek. Zijn geduld raakte snel op, en hoewel het technisch gezien niet Abi's schuld was, was zij de enige die voor hem zat.

Abi pakte haar telefoon van de tafel en tikte op het scherm. Niets. Geen sms'jes, geen WhatsApp-berichten, niets. Alleen een paar dozijn Twitter-meldingen.

'Geef het nog tien minuten,' smeekte ze.

'Ik heb dingen te doen. Ik kan eigenlijk geen tien minuten missen.'

'En jij denkt dat ik dat wel kan?'

'Jij bent niet degene die een moord onderzoekt.'

'Nee, maar jij vraagt me wel om mijn baas te onderzoeken.'

Tomek scande snel de ruimte, om er zeker van te zijn dat niemand haar kleine uitbarsting had gehoord. Dat was niet het geval, dus richtte hij zijn aandacht weer op haar.

'Je zult hem moeten vertellen dat hij gas terug moet nemen,' zei hij.

'Waarmee?'

'Met ons. Hij is meedogenloos geweest.'

'Het is zijn werk.'

Tomek was sceptisch. Misschien was de echte reden waarom John Mullen Nick en het team de afgelopen dagen voortdurend had lastiggevallen, omdat hij dicht bij de actie wilde zijn. Hij wilde weten wat er gaande was, tegelijk met iedereen.

'Had je überhaupt met hem over Herbert Tucker gesproken voordat dit allemaal begon?' vroeg Tomek.

Abigail schudde haar hoofd en kauwde op de bovenkant van haar pen. 'Niet in detail. In het verleden zei hij ons gewoon om een paar dingen te negeren. Het naar achteren te schuiven. Meestal zei hij dat hij het zelf zou onderzoeken.'

'Zoals wat?'

'Je weet wel, wanneer mensen beschuldigingen over hem maakten of wanneer hij zijn politieke standpunt over iets veranderde.'

'En heeft hij ooit follow-up gegeven aan degene waarvan hij zei dat hij ze zou onderzoeken?'

Ze haalde haar schouders op. 'Ik heb er nooit iets over gehoord. Ik was altijd te druk bezig met mijn eigen dingen.'

'Dus wat is er veranderd?' vroeg Tomek. 'Waarom laat hij je deze beschuldigingen van seksueel misbruik onderzoeken?'

Abigail stopte met kauwen op haar pen. 'Dat doet hij niet...' antwoordde ze. 'Hij weet er niets van. De vrouwen hebben apart contact met mij opgenomen.'

'Waarom heb je het geheim gehouden?'

'Omdat op het moment dat Herbert Tucker stierf, ik alleen maar corruptie kon ruiken. Ik wist dat er iets gaande was en ik wilde het voor mezelf houden.'

'Zodat jij de primeur kon hebben en alle roem die daarmee kwam?'

Weer een schouderophaling, dit keer meer onverschillig. 'Ik heb ook dromen en carrièredoelen, weet je. Ik was van plan te wachten tot ik alle informatie klaar had, artikel geschreven, getuigenverklaringen voorbereid, en het *dan* aan hem te laten zien. Hij zou niet hebben kunnen weigeren.'

'Nee, maar hij had je misschien wel kunnen ontslaan.'

Ze begon weer op haar pen te kauwen. 'Als dat het geval zou zijn, dan zouden we weten aan welke kant hij staat.'

Tomek moest het haar nageven. Ze had het systeem bespeeld en het op haar eigen manier gebruikt. Hij had dat niet van haar verwacht, en hij was enigszins onder de indruk.

Net toen hij op het punt stond op zijn horloge te kijken, zich afvragend waar de getuige zou kunnen zijn, piepte zijn telefoon. Een sms. Van Sean.

Sorry, maat - ik moet afhaken voor de wedstrijd dit weekend. Je kunt mijn kaartje gebruiken als je iemand nodig hebt om mee te gaan. Abigail, misschien? Laat het me gewoon weten.

Abigails naam was niet de eerste die in hem opkwam. In plaats daarvan was het Kasia's. Een leuke vader-dochter middag om te binden. Toegegeven, het was weer iets wat hij wilde doen, en ze zouden misschien haar karateles in de ochtend moeten afzeggen, maar het zou desondanks een goede middag worden. En hij was er zeker van dat hij de deal aantrekkelijker kon maken door haar nog een afhaalmaaltijd aan te bieden als een vorm van aansporing.

'Wie is dat?' vroeg Abigail, terwijl ze een beetje naar voren leunde. 'Je andere vriendin?'

Tomek keek haar vreemd aan, schakelde snel zijn telefoon uit en legde hem met het scherm naar beneden neer.

'Wie was het?' vroeg ze, met groeiende bezorgdheid in haar stem.

'Sean,' antwoordde hij. 'Zegt dat ik over ongeveer een half uur terug moet zijn.'

Het was geen complete leugen; er *was* een vergadering over een half uur, het was alleen zo dat Nick degene was die het had georganiseerd en hem herhaaldelijk had herinnerd dat hij niet te laat kon komen.

Gelukkig voor Nick leek dat niet waarschijnlijk. Vrouw X was niet komen opdagen, en met een beetje geluk zou Tomek in een mum van tijd terug op kantoor zijn.

Maar terwijl hij aanstalten maakte om te vertrekken, schoot Abigails hoofd omhoog als dat van een stokstaartje, haar ogen gefixeerd op het raam van het restaurant alsof ze net een roofdier had gespot.

'Is dat...?' vroeg Abigail.

Tomek keek naar het raam. Aan de andere kant stond een figuur. Een vrouw, gekleed in een dikke jas, sjaal opgetrokken tot aan haar kin, haar gelaatstrekken vertekend door de regen aan de ene kant en condens aan de andere.

'Is dat haar?' vroeg Tomek.

'Ik weet het niet. Ik...'

De volgende keer dat Tomek keek, was de vrouw verdwenen. Ze rende weg naar rechts.

Tomek zette de achtervolging in, slalommend tussen de tafels en groepen klanten die het café in en uit gingen. Toen hij in de open ruimte kwam, landde zijn voet in een plas water. De ijskoude vloeistof spatte op zijn schoenen en tegen zijn been, maar hij besteedde er weinig aandacht aan, want daar, in de verte, was de vrouw.

Ze sloeg een hoek om.

Net toen hij haar achterna wilde gaan, kwam Abigail het restaurant uit stormen en botste tegen hem aan. Haar plotselinge aanval deed hem naar voren struikelen en nog een golf water golfde over zijn benen en schoenen.

'Godverdomme,' siste hij terwijl hij zijn benen schudde.

In de tijd die het hem kostte om zijn kalmte te hervinden, had Abigail hem achtergelaten op het beton en sprintte ze al naar de steeg waarin de mysterieuze figuur was verdwenen. Tegen de tijd dat Tomek haar uiteindelijk had ingehaald, was het te laat.

Wolkjes mist explodeerden voor hun gezichten terwijl ze op adem kwamen. Tomek was verrast om te zien dat hij zwaarder ademde dan zij.

'Ben je daar al moe van?' vroeg Abigail.

'Ik heb een grote lunch gehad, oké!' zei hij terwijl hij zijn handen in zijn zij plaatste. 'Welke kant is ze opgegaan?'

'Ik weet het niet.'

Het was toen dat Tomek zich realiseerde dat hij uitkeek op een parkeerplaats die uitkwam bij een Aldi. Ondanks het tijdstip en het weer was de supermarktparkeerplaats overvol, en er was zeer weinig kans dat ze haar zouden vinden.

'Nou, ze is in ieder geval komen opdagen,' zei Abigail.

'Nee, dat deed ze niet.'

'Jawel. Dat telt.'

Tomek schudde zijn hoofd, zwaaide gedag en liep toen naar zijn auto. Hij hijgde nog steeds toen hij op de bestuurdersstoel gleed.

HOOFDSTUK
VIJFENDERTIG

De vergadering was belegd voor precies zeven uur 's avonds. Etenstijd voor velen, zo niet iedereen. En om de knorrende magen en de steeds korter wordende lontjes die daarmee gepaard gingen te bestrijden, had Chey een lading curry's en verschillende rijstgerechten besteld bij het Indiase restaurant van zijn ouders. Maar vrijwel zodra het was gearriveerd en op tafel was gezet, was het weer in de verpakking gestopt. Er was geen tijd voor eten, niet wanneer Nick de leiding had over vergaderingen.

Zijn besluit om het eten achter te houden tot na de vergadering had iedereen gefrustreerd achtergelaten en iedereen stond te popelen om het zo snel mogelijk achter de rug te hebben. Inclusief Tomek, wiens humeur afhing van zijn bloedsuikerspiegel en het aantal calorieën dat momenteel door zijn systeem zwom.

Nick stond aan het hoofd van de kamer toen de vergadering begon. Naast hem stonden vier whiteboards. Elk van de zeven individuen had met naam en gezicht een plek gekregen op de borden. Twee gezichten per bord, behalve bij één - Gregory Chaplin, de burgemeester van Southend. De lijst met informatie onder zijn naam was het langst en rechtvaardigde de extra ruimte.

Tomek was gretig om de vergadering te beginnen. Niet alleen vanwege het vooruitzicht van eten aan het einde ervan, maar ook omdat hij benieuwd was wat elke detective had weten te ontdekken.

'Ten eerste wil ik beginnen met Terrence Toffolo,' zei Nick, zijn lichaam schuin hangend naar één kant. In de dagen sinds Tomek hem voor het laatst had gezien in de vergaderruimte, waar hij niet achter zijn bureau zat, leek zijn buik een paar centimeter te zijn uitgezet sinds het incident met zijn dochter. 'Aangezien Toffolo degene is die dit alles in gang heeft gezet en er snel bij was om zichzelf van alle blaam te zuiveren, wil ik zien of hij zo brandschoon is als hij beweert te zijn.'

Terrence Toffolo was toevertrouwd aan rechercheur Martin Brown. Nadat hij de getuigenverklaring van de man had afgenomen (wat Tomek later had geleerd een drie uur durend proces was geweest), was Martin maar al te blij geweest om stiekem het leven van de man te onderzoeken. Hij had het gezien als een soort vergelding voor het verspillen van zoveel van zijn tijd in de verhoorkamer.

'Terrence Toffolo,' begon Martin, lezend van een vel papier voor hem. 'Negenenveertig jaar oud. Geboren in Dagenham, Oost-Londen. Verhuisde naar Southend toen hij dertien was. Afgestudeerd met een eerstegraads politieke wetenschappen aan de Universiteit van East Anglia. Zijn vader was zijn hele leven in de politiek geweest. Een pennenlikker, zou je kunnen zeggen. Hij heeft het niet ver geschopt, meer een ambtenaar in het oog van politieke carrièrevoortgang, maar zijn vader heeft hem ingeprint dat hij andere mensen moest helpen. En ik denk dat Terrence het als een uitdaging zag om beter te zijn dan zijn vader ooit was geweest. Dus kwam hij Herbert Tucker tegen, en we kennen de rest: de drugs, de prostitutie. Wat betreft de avond van Herbert Tuckers dood, ik heb niets kunnen vinden. Van wat ik hoor van de buren, houden hij en Alina Zandecka zich veel op de achtergrond. Ze verschijnen alleen in het openbaar als ze iets nodig hebben van de supermarkt, en helaas verwijdert de slijterij bij het tankstation hun beeldmateriaal na achtenveertig uur. Het was te laat tegen de tijd dat ik daar aankwam.'

'Dus niemand kan zijn bewegingen op die avond bevestigen?' vroeg Nick.

'Nee, sir.'

'Motieven?'

'Ik zou zeggen dat zijn verwijdering uit Herberts team voldoende was. Of het achterhouden van het geld voor hem en Alina.'

'Nog iets anders?'

Martin schudde zijn hoofd.

Nick zuchtte zoals Nick dat gewoonlijk deed, en wees toen naar de volgende naam op de lijst. Anthony Arnold, de beste aanklager van het Openbaar Ministerie. De verantwoordelijkheid om informatie over hem te onthullen viel aan Sean. De vriendelijke reus klaarde ook zijn keel toen hij begon.

'Ik heb gesproken met Anthony Arnolds secretaresse en gevraagd of ik de lijst van zijn eerdere zaken kon inzien. Er was maar zoveel dat Google en de *Southend Echo* me konden vertellen, maar toen werd me beleefd meegedeeld dat veel van zijn werk onderhevig is aan juridische vertrouwelijkheid. Van de weinige informatie die ik *uit* Google en de *Southend Echo* heb kunnen halen, hebben geen van Anthony Arnolds verdachten iets te maken gehad met Herbert Tucker. Behalve één man.'

Sean pauzeerde voor een dramatisch effect, maar toen dat uitbleef, ging hij verder.

'Ryan Maston werd ongeveer tien jaar geleden gearresteerd en aangeklaagd wegens smaad tegen Herbert Tucker. Hij schreef enkele controversiële dingen over onze parlementariër op een blog en Tucker kreeg er lucht van, dus hij diende een aanklacht in. Nu, ik heb de stukken gelezen en van wat we al over meneer Tucker hebben geleerd, lijkt het helemaal niet zo controversieel te zijn.'

'Wat stond er?' vroeg Victoria.

'Niets meer dan wat we al weten. Dat hij een politicus was die verslaafd was aan cocaïne en een voorliefde had voor prostituees en losbandige vrouwen; Ryan Mastons woorden, niet de mijne.'

'En hij zei dit tien jaar geleden?' vroeg Tomek.

Sean knikte.

'Hmm. Misschien kan hij me de lottogetallen van deze week vertellen.'

'Weinig kans daarop. Hij is dood. Twee jaar geleden overleden aan een hartaanval.'

'Was het op enigerlei wijze verdacht?' vroeg Nick, die zich in het gesprek mengde.

'Niet dat ik heb kunnen vaststellen, sir.'

'Prima. Goed werk. En een motief? Tot nu toe zie ik er geen.'

Sean aarzelde en wreef met zijn reusachtige vingers aan zijn oorlel. 'Voor zover ik kan opmaken, lijkt dat inderdaad het geval te zijn,' antwoordde hij. 'Van wat ik heb kunnen verzamelen, ging de aanklacht harder tegen de smaad in dan bij sommige andere zaken van Anthony Arnold, wat suggereert dat Herbert een gunst heeft gevraagd. Tenzij die twee ruzie hebben gekregen over iets met betrekking tot Ryan Maston meer dan tien jaar later, kan ik daar geen ander motief in zien.'

'Bij welk soort zaken is Anthony Arnold mild geweest?' vroeg Tomek nieuwsgierig.

'Voornamelijk drugszaken. Mensen die door ons zijn gepakt en gearresteerd. Hij heeft ze óf vrijgekregen óf op de een of andere manier een ongelooflijk lage straf weten te regelen door zijn plichten als openbaar aanklager niet na te komen.'

'Interessant...'

In Tomeks hoofd begon zich een beeld te vormen. Het leek erop dat hetzelfde beeld zich ook in Nicks hoofd vormde, want hij riep Oscar erbij, die Richard Stafford had onderzocht.

'Die man is een raadsel,' zei Oscar. 'Eigenlijk is hij erger dan dat. Ik heb niet eens een woord om hem te beschrijven. Hij heeft geen sociale media, geen website, en lijkt geen mobiele telefoon te hebben. Hij lijkt niets te hebben behalve een paar enorme rottweilers voor zijn huis in Hockley. Het is alsof hij niet bestaat, en als we de geruchten mogen geloven, is dat precies wat de grootste drugsdealer van de provincie je wil laten geloven. Ik heb met een paar gasten in Colchester gesproken en zij hebben gedeeld wat ze hadden, maar ze waarschuwden ons dat we ons onder geen enkele voorwaarde mochten bemoeien met meneer Stafford, voor het geval dat het hun lopende drugsonderzoeken naar de man zou verstoren.'

'Dus je hebt niets?'

De kapitein kauwde op zijn onderlip voordat hij antwoordde, zich opwindend voor een grote onthulling. 'Eigenlijk wel. Ik heb *iets*. Maar of het van enig nut is, valt nog te bezien.'

'Vooruit,' snauwde Nick. 'Spuug het uit.'

'Richard Stafford en Anthony Arnold zijn verschillende keren samen gezien.'

'Op dates? In het park, hand in hand?'

'Op de Boyce Hill golfbaan.'

Waarom was het altijd golf? vroeg Tomek zich af. Overal waar je keek, ontmoetten criminelen elkaar ofwel op een achttien-holes baan of in het midden van een smerige onderdoorgang. Er leek niet veel tussenin te zijn. Was het omdat het voor rijke mensen was en ze dachten dat de politie te arm zou zijn om toegang tot de baan te krijgen? Of hadden ze mooi landschap, een vijfde ijzer en een prachtige dag nodig terwijl ze hun illegale activiteiten bespraken?

Het beeld in Tomeks hoofd verhardde zich.

De volgende die besproken zou worden was Gregory Chaplin, de burgemeester van Southend.

'Gregory is enigszins anders dan de anderen die tot nu toe zijn genoemd,' begon Anna nadat Nick haar een moment had gegeven om haar slok water af te maken, 'in zoverre dat alles over hem op internet staat. Hij is in veel opzichten een open boek. Hij heeft zijn eigen Wikipedia-pagina, hoewel ik niet zeker weet of die door hemzelf is gemaakt of dat iemand anders het voor hem heeft gedaan. Maar uit mijn onderzoek blijkt dat de burgemeester brandschoon is. Bijna té schoon. En voor het grootste deel lijkt hij hoog aangeschreven te staan in de lokale gemeenschap. Ik heb met een paar mensen gesproken die in het verleden nauw met hem hebben samengewerkt en ze zeggen allemaal hetzelfde - dat hij aangenaam, vriendelijk en een genot was om mee te werken. Velen van hen hadden niets slechts over hem te zeggen.'

'En wat zeiden degenen die dat wel hadden?' vroeg Victoria.

'Alleen dat hij een beetje controlerend was en soms zijn geduld verloor, maar ter verdediging zeiden ze dat hij in een omgeving met hoge druk werkte. Als er al iets was, waren ze verbaasd dat hij het niet vaker deed.'

Tomek wierp een snelle blik op Nick, die het opving en beantwoordde met een zelfvoldane blik die zei: "Ik heb hetzelfde excuus - dit is een omgeving met hoge druk, en niemand kan me verdomme iets anders vertellen." Tomek wist dat de hoofdinspecteur nog wel even zou teren op dat excuus. Totdat hij een ander zou vinden om steeds te herhalen.

Nick ging verder naar de vijfde naam op de muur.

James Colehill, behandeld door Chey.

De jonge agent besteedde de volgende vijf minuten aan het uitleggen aan het team van alles wat Tomek al wist. Aan het einde ervan was hij zeer zeker een van de hoofdverdachten van het team.

Voordat Tomek aan de beurt was om John Mullen te bespreken, was Nadia aan zet, die de taak had gekregen om Brendan Door te onderzoeken, de Politie-, Brand- en Misdaadcommissaris voor Southend. En nog voordat ze was begonnen, verschoof Nick ongemakkelijk heen en weer op zijn stoel. Het was geen geheim dat hij en de PBMC de meest directe relatie deelden van iedereen in het team en de namen op de lijst. Nick en Brendan hadden vergelijkbare posities en waren verantwoordelijk voor het politie- werk in Southend. Zij bepaalden de strategieën, de budgetten en de hiërar- chie. Alles wat het team en de bredere politiefamilie deed, was aan hen te danken. En dat Brendan mogelijk een verdachte was geworden in een moordzaak, was verontrustend voor alle betrokkenen. Vooral voor Nick.

'Ik haat het om het te zeggen,' begon ze, 'maar overal waar ik keek, vond ik de PBMC. Zakelijke bijeenkomsten, feestelijke evenementen, prijsuitreikingen, ze waren altijd samen, zagen er vriendschappelijk uit, bijna...' Ze kon het einde van haar zin niet afmaken, maar iedereen begreep haar suggestie. 'Ik weet niet precies hoe hun professionele relatie werkte, maar Brendan en Herbert leken elke werkdag met elkaar door te brengen.'

Nadia wendde zich tot Nick voor een antwoord.

Hij liet zijn hoofd langzaam zakken. 'Ze kwamen vaak samen om strategie te bespreken.'

Nadia knikte en ging verder. 'Ik heb moeite gehad om informatie over Brendan te vinden, als ik eerlijk ben. Ik wist niet waar ik moest zoeken.'

Tomek vond haar eerlijkheid verfrissend. Het kwam niet vaak voor dat iemand toegaf een fout te hebben gemaakt of gefaald, en het was fijn om te zien.

Toen Nick genoeg had gehoord, bracht hij het gesprek verder naar Tomek.

En het onderwerp John Mullen.

'Waar zal ik beginnen?' begon hij, luid pratend voor effect, hoewel het bij de rest verloren ging. Ze waren hongerig, moe en gaven er niet veel om. 'Voor iemand die zo gewend is om over anderen te schrijven, is er verrassend weinig informatie over meneer Mullen. Hij is al ruim twintig jaar hoofdredacteur van de *Southend Echo* en kent de industrie, de business en het landschap erg goed. Maar als het gaat om Herbert Tucker, daar is heel weinig over bekend, als de hoeveelheid inhoud die over hem wordt geproduceerd iets zegt. Mijn bron vertelt me dat Mullen zelf vaak alles wat omstreden of problematisch is over Herbert Tucker afhandelt. En vervolgens wordt negen van de tien keer niets daarvan afgedrukt. Het verdwijnt gewoon in het niets, vergeten.'

'Dat lijkt nu niet het geval te zijn,' antwoordde Nick, zwaar zuchtend met zijn armen over zijn borst gevouwen. 'Ik krijg ongeveer twee telefoontjes per dag van die klootzak die wil weten hoe het zit met zijn dood.'

'Ik weet het. Verdacht, nietwaar?' Zijn theatrale handbewegingen deden weinig om de lol-meter op de gezichten van zijn collega's te doen bewegen. Ze waren bijna net zo dood als Herbert Tucker. 'Ik heb met mijn contactpersoon over die specifieke kwestie gesproken, en zij zei dat het de eerste keer is dat ze druk aan hun kant hebben opgemerkt. Mijn theorie is dat hij bezorgd is en op de hoogte wil blijven van alles. Hij zou iemand kunnen beschermen.' Tomek streek met zijn vinger door zijn stoppelbaard en begon aan een haar te trekken die hem de afgelopen uren wat ongemak had bezorgd. 'Heeft u iets gelezen van wat er in de *Echo* is gepubliceerd, chef?'

'Niet veel ervan. Ik heb geen tijd. Waarom?'

Hij haalde zijn schouders op. 'Ik ben benieuwd of er feiten zijn weggelaten uit wat u hem heeft verteld. Als er iets in de verklaringen staat dat u hem expliciet heeft verteld en hij heeft nagelaten om dat in zijn artikelen op te nemen, dan gaan de alarmbellen rinkelen.'

'Alarmbellen?' merkte Chey op. 'Kijk jou eens met je hippe taalgebruik.'

Tomek grinnikte. 'Goeie. Is het je al gelukt om al dat zand uit je schoenen te krijgen?'

Er kwam geen reactie. In plaats daarvan zakte Chey weg in zijn stoel.

Tomek richtte zijn aandacht weer op Nick. 'Het zou interessant zijn om te zien, als we alle interviews hebben gedaan, of er de komende dagen ook maar enige vermelding van de namen op die lijst in geschrifte wordt gepubliceerd, chef. Ik zou mijn bonsaiboompjes erop durven verwedden dat er niets verschijnt.'

'Je bonsaiboompjes?' vroeg Chey, die besloot weer op te duiken. 'Dat is nogal een grote inzet!'

Tomek haalde zijn schouders op alsof hij wilde zeggen: ik zet mijn geld waar mijn mond is.

'Wat denkt uw bron?' vroeg Nadia. 'Ik moet toegeven, ze klinkt erg goed.'

'Helpt als je met haar naar bed gaat,' antwoordde Rachel.

'Ongeacht of hij wel of niet met haar naar bed gaat, ze is een grote

hulp geweest bij het begrijpen van wat er achter de schermen gebeurt,'
zei Nick.

Tomek was verrast de man zijn verdediging te horen opnemen; hij
was er eerst tegen geweest dat Tomek contact zocht met Abigail.

'Zolang ze maar te vertrouwen is...' voegde Nick toe, met een opgetrokken wenkbrauw.

'Natuurlijk,' antwoordde Tomek, met hoorbare aarzeling in zijn
stem.

'Uitstekend.' Nick tikte op het whiteboard. 'Dan hebben we iedereen
behandeld. Het lijkt erop dat iedereen op deze lijst iets te verbergen
heeft. Ze hebben misschien allemaal redenen om Herbert Tucker te
doden, maar we moeten ook uitzoeken wat ze deden op de avond dat
hij stierf. En zodra we met hen allemaal hebben gesproken, hebben we
veel meer flexibiliteit in met wie we spreken en wat we kunnen doen.'

Nu moesten ze weggaan van het theoretische en het praktische
bespreken: hoe ze zeven mannen tegelijkertijd gingen onderzoeken
zonder dat een van hen lucht zou krijgen van wat er gaande was. Of
erger nog, manieren zouden vinden om hun sporen te wissen.

HOOFDSTUK
ZESENDERTIG

De herenclub Southend Seven bevond zich om de hoek van treinstation Southend Victoria, in een rustige en afgelegen straat. De ingang van het gebouw was onopvallend, oninteressant voor het ongetrainde oog: een grote rode deur die niet zou misstaan als ingang van een fabriek ergens. Tomek liep erop af en legde zijn hand om de koperen deurknop. Terwijl hij duwde, voelde hij zijn spieren spannen onder het gewicht. Eenmaal binnen overspoelde een onfrisse, louche sensatie hem. Alsof het verkeerd voelde om hier te zijn, dat het een vieze plek was. Behalve dat, als de schoonmaakstandaarden een indicatie waren, het helemaal niet vies was.

Een zwart-witte mozaïekvloer glinsterde onder zijn voeten. Direct voor hem stond een sierlijke kapstok en een gietijzeren bak voor paraplu's, die beide niet in gebruik waren. Aan zijn rechterhand hing een spiegel, groter dan de deur waardoor hij naar binnen was gekomen, met houtsnijwerk rond de randen. Nergens was ook maar een spoor van stof te bekennen. Op basis van zijn eerste observaties was Tomek onder de indruk. De plek was schoner dan hij had verwacht. Maar aan de andere kant, met het cliënteel dat hier kwam, en de soort dingen die ze hier uitspookten, verbaasde het hem niet dat ze zoveel moeite staken in het schoonhouden. Hij was sterk geneigd om een blacklight over het gebouw te laten schijnen, alleen maar om te zien wat voor vingerafdrukken en vlekken hij zou kunnen vinden.

Aan zijn linkerhand was een deur met een klein raampje. Daarachter stond een jonge man gekleed in een overhemd en stropdas. Netjes, professioneel. Begin twintig, ongeveer dezelfde leeftijd als Chey. Hij zat achter een restaurantlessenaar en streek voorzichtig door zijn haar. Bij het zien van Tomek, iemand die hij nog nooit de club had zien binnenkomen, werden zijn ogen groot en raakte hij in paniek. Arme jongen, dacht Tomek. Hij was waarschijnlijk tot geheimhouding gedwongen, moest meerdere geheimhoudingsverklaringen ondertekenen, werd aangemoedigd om zijn vrienden en familie te vertellen dat hij ergens in een supermarkt werkte. Waarschijnlijk kreeg hij zelfs het uniform om dat verhaal geloofwaardig te maken.

'Goedemorgen, meneer,' zei de jonge man zachtjes nadat Tomek door de deur was gestapt. 'Hoe kan ik u vandaag van dienst zijn?'

'Ik ben hier om iemand te ontmoeten.'

'Heeft u... heeft u een lidmaatschap bij ons?'

Tomek klopte zijn zakken af. 'Dat zou ik wel moeten hebben... Ergens... Je kunt nooit iets vinden als je het nodig hebt, hè!'

De spanning op het gezicht van de man veranderde in angst.

'Maak je geen zorgen,' zei Tomek. 'Ik heb hier geen pistool in zitten.'

Een ongemakkelijk lachje ontsnapte uit de mond van de jonge man.

'Ah! Hier is het. Is dit waar je naar zocht?' vroeg Tomek terwijl hij zijn politielegitimatie uit zijn zak haalde en voor het gezicht van de man hield.

Aanvankelijk wist de receptionist niet waar hij naar keek, dus boog hij voorover om de kaart van dichtbij te bekijken. Toen het besef doordrong, werden zijn ogen nog groter.

'Ik heb uit betrouwbare bron vernomen dat de burgemeester hier zou kunnen zijn...'

De mond van de jonge man ging open en dicht als een vis op het droge, happend naar lucht.

'U kunt daar niet naar binnen zonder lidmaatschap!'

Hij stapte voor Tomek, maar de rechercheur liet zich niet tegenhouden.

'Dit *is* mijn lidmaatschap, vriend. Het opent vele deuren. Net zoals deze.'

De receptionist rende Tomek achterna door nog een deurset, maar vertraagde snel toen hij besefte dat hij machteloos was om hem tegen te houden. Tomek was zojuist de centrale ledenruimte binnengestapt, vol met imposante houten meubels, vergulde schilderijlijsten met beroemde landschapsschilderijen, sierlijke decoraties en een rijke rode vloerbedekking die niet Tomeks eerste keuze zou zijn geweest. Twee grote banken stonden in het midden van de ruimte, met verschillende fauteuils aan weerszijden. In het midden van het gebied stond een handgemaakte mahonie salontafel met daarop een assortiment aan voorwerpen. In een hoek stond een vleugel, met een fluwelen kussen op het bankje, en aan de aangrenzende zijde was een kleine barruimte. Flessenhouders met verschillende sterke dranken hingen aan de muur, en rij na rij glazen bungelden van boven de bar. In elk van de vier muren van de kamer was een kleine deur, die naar ergens privé leidde.

Tomek pauzeerde, terwijl hij elk van hen bekeek.

'Waar is hij?'

De receptionist antwoordde niet vanuit de deuropening, mompelde slechts onsamenhangend.

'Moet ik elk van hen controleren? Of ga je het me vertellen...'

'Ik...'

Tomek zuchtte en luisterde.

Zachte, stille gemompel weerklonk vanuit de deur aan Tomeks linkerhand.

De jonge man achterlatend, liep hij er rechtstreeks naartoe en stormde zonder waarschuwing naar binnen. Daar, zittend in het midden van de kamer op een dure fauteuil, was de burgemeester, met zijn broek rond zijn enkels en een vrouw op handen en knieën, met haar gezicht in zijn schoot.

'Wat gebeurt hier in godsnaam!' bulderde Gregory Chaplin terwijl hij de vrouw van zich afduwde. 'Wat doe jij hier verdomme? Niemand komt hier binnen tenzij ik het zeg!'

Tomek stond volkomen stil met zijn armen over zijn borst gevouwen. Terwijl Gregory Chaplin naar zijn broek graaide, kreeg Tomek meer te zien dan hij wilde. Ondertussen was de vrouw die hem aan het pijpen was bezig haar blouse dicht te doen. In de opwinding van hun activiteit waren haar knoopjes losgegaan, waardoor haar beha en decolleté zichtbaar waren.

'Hoop dat ik niet stoor,' merkte Tomek op, zijn blik stevig gericht op de man in de stoel. 'Ik probeerde van tevoren te bellen, maar de ontvangst in deze plek *zuigt* echt.'

De opmerking ging niet verloren bij Gregory, die snoof terwijl hij zichzelf uit zijn stoel duwde.

'Wie ben jij in godsnaam en wat doe je hier verdomme? Je hebt geen lidmaatschap bij ons.' Voordat Tomek kon antwoorden, keek Gregory langs hem heen en wees naar de receptionist die in het deurkozijn hing. 'En *jij* - waarom heb je hem doorgelaten? Je weet dat je niemand mag binnenlaten die mij stoort.'

'Hij... hij...' begon de jonge kerel, maar kon niet afmaken.

'Ik heb wel een lidmaatschap,' verklaarde Tomek. 'Zoals ik aan je medewerker hier uitlegde, geeft het me toegang tot veel plekken.'

Bij het zien van Tomeks legitimatiebewijs verdween alle kleur uit Gregory Chaplins gezicht en werden de kraaienpootjes rond zijn ogen dieper.

'Fuck.'

'Inderdaad, fuck.'

'Het is niet wat het lijkt. Alles was met wederzijdse toestemming. Ik heb haar nergens toe gedwongen, en ik heb haar niet betaald. Er zijn geen wetten overtreden.'

Tomek aarzelde en wendde zich tot de vrouw. 'Is dat waar?'

Ze knikte langzaam, niet in staat Tomek in de ogen te kijken. Inmiddels was ze volledig gekleed en stond ze met haar armen achter haar rug. Tomek nam even de tijd om haar gelaatstrekken gedetailleerder te bestuderen.

'Ken ik u?' vroeg hij.

'Ik... ik denk het niet.'

'Hebben we elkaar eerder ontmoet? Ik herken uw gezicht.' Hij wees met zijn vinger naar haar. 'Van het gemeentehuis,' vervolgde hij. 'U was op kantoor toen ik laatst zijn secretaresse kwam spreken. Bij de water-koeler. En de nucleaire lanceeringscodes.'

'Ik...' zei ze met een plechtige hoofdknik, wat zijn vermoedens zo goed als bevestigde. 'Alstublieft, u kunt dit aan niemand vertellen. Ik zal mijn baan verliezen.'

'Ik hoop oprecht dat dit niet is hoe u hem in eerste instantie hebt behouden...'

Daarop had ze geen antwoord. Tomek nam haar gegevens op en zei haar daarna te vertrekken. En dat als ze iets geks zou proberen, hij zou weten waar hij haar kon vinden.

Nadat ze de kamer had verlaten, gaf Tomek de jonge man opdracht haar naar buiten te begeleiden en de deur achter zich dicht te doen, zodat ze met z'n tweeën waren.

Gregory Chaplin droeg nog steeds zijn burgemeestersoutfit, met de ambtsketen om zijn nek, en de bolling in zijn broek was nog steeds zichtbaar. Tomek gebaarde hem te gaan zitten.

'Waar gaat dit over?' vroeg Gregory. 'Ik heb niets verkeerd gedaan.'

Tomek negeerde de man terwijl hij door de kamer begon te ijsberen, alsof hij een Bond-schurk was.

De muren waren bedekt met foto's uit verschillende tijdperken. Voornamelijk van voormalige leden in zwart-wit, bekende mensen die ooit in hun leven de club hadden bezocht. Maar het was pas toen Tomek aan de andere kant van de kamer was dat iets anders dan de rest zijn aandacht trok.

Een digitale foto, slechts enkele jaren geleden genomen. Een foto met een dode man in het midden van het beeld. Hierop was Herbert Tucker gekleed in een bevlekte en gescheurde zwarte broek. Op zijn bovenlijf droeg hij een verfomfaaide trui die bij de borst was gescheurd. Rond zijn nek en handen waren zwarte vegen. Zijn haar was vies en verward, en zijn voorhoofd was bedekt met modder. Daaronder, vastgeplakt in zijn neusgaten, zat een residu van wit poeder dat hij was vergeten op te snuiven. Maar niets daarvan verontrustte Tomek. Het was eerder de mond van de man die hem van zijn stuk bracht. Die was rood, gezwollen en bedekt met lippenstift.

Flitsen van de dode man liggend tussen de strandhuisjes en op dezelfde manier gekleed, verschenen in Tomeks gedachten. Bijna een exacte kopie van hoe Herbert Tucker eruit was gemaakt om eruit te zien.

'Wat gebeurt hier?' vroeg Tomek, wijzend naar de foto.

'*Dat*? Eh... u... u had dat niet mogen zien.'

'Ik had ook niet mogen zien wat ik een paar momenten geleden zag, maar toch zijn we hier. Vertel me nu, wat gebeurt er op deze foto?'

Gregory Chaplin brabbelde onsamenhangend, zijn bloed nog steeds razend van op heterdaad betrapt te zijn.

'Die foto is een tijd geleden genomen.'

'Het kan me niet schelen wanneer hij genomen is. Ik wil weten wat erop gebeurt en waarom hij verdomme aan de muur hangt in het midden van een sekskamer.'

Tomek boog zich dichterbij om de achtergrond van de foto te inspecteren en keek vervolgens om zich heen.

'De foto is hier genomen,' zei hij. 'Is dit een soort altaar-annex-sekskerker?'

'Het is niet wat u denkt.' Een zweetdruppel had zich inmiddels gevormd op Gregory Chaplins voorhoofd, en een natte plek was zichtbaar rond de halslijn van zijn burgemeestersoutfit.

'Vertel me dan wat het is, want ik ben ernstig in de war.'

'Het was gewoon een van onze avonden!'

Onze avonden. Tomek wist er alles van.

'Het was doordeweeks,' vervolgde Gregory. 'Ik kan niet meer herinneren welke dag. Het was een verkleedfeestje... Herbert vond het grappig om verkleed als dakloze te komen...'

Verkleed als een van de mensen die hij beloofde te helpen.

Tomek voelde plotseling een steek van verdriet voor Aaron Howell-Jones en zijn broer.

Gregory ging verder. 'Hij zag er slordig uit, maar dat deden we allemaal. Die avond... die avond hebben we...'

'Cocaïne gebruikt en geslapen met prostituees?'

Nog meer schok tekende zich af op Gregory's gezicht, als dat al mogelijk was.

'Hoe weet u van-?'

'Maak u geen zorgen,' onderbrak Tomek hem. 'Ik weet alles van uw kleine seks- en drugsfeestjes. Het hele team weet het ook. Ik vermoed dat het slechts een kwestie van tijd is voordat de pers het ontdekt en dan de hele gemeenschap het weet.'

'Mullen...' fluisterde Gregory. Als hij probeerde het stilletjes te doen en het te verbergen voor Tomeks oren, dan had hij het verschrikkelijk gedaan, want Tomek hoorde elke laatste lettergreep. De naam bevestigde zo goed als Tomeks vermoedens. Dat het kliekje van zeven mannen met elkaar samenwerkte en op elkaar leunde om hun vuile geheimpjes uit de openbaarheid te houden.

'Wie heeft de foto genomen?' vroeg Tomek.

'Een vrouw.'

'Wat was haar naam?'

Er schoot hem meteen een naam te binnen, maar hij wachtte op bevestiging.

'Een of andere Oost-Europese vrouw. Ik kan het me niet herinneren.' Gregory keek weg, knippend met zijn vingers, alsof het de gedachten in zijn brein zou aanwakkeren. 'Ali... Allen... Alina! Alina iemand.'

Bingo.

'En wie weet nog meer van deze foto?'

'Dit is de enige kopie. Alina heeft hem verwijderd nadat ze hem naar ons had gestuurd.'

Van wat hij de afgelopen week over Alina Zandecka had geleerd, betwijfelde hij dat ten zeerste.

'U hebt me nog steeds niet verteld wat u hier doet,' zei Gregory Chaplin, nu met wat meer vastberadenheid in zijn stem. 'U overtreedt de wet.'

'Nee, dat doe ik niet. Maar aangezien u zo bezorgd bent over waarom ik hier ben, laat ik het uitleggen. Waar was u op de avond van vijftien januari?'

'Welke avond was dat?'

'Een koude.'

'Hè?'

'Het was de avond waarop Herbert Tucker, een van uw naaste collega's, stierf.'

'Oh...'

'Waar was u?'

'Word ik nu serieus ondervraagd in verband met zijn moord?'

Tomek pakte de foto en haalde hem van de muur.

'Ons onderzoek loopt nog,' zei hij langzaam. 'Dit is onderdeel van ons routineonderzoek. U werkte vele jaren met hem samen, nietwaar?'

'Ja.' Inmiddels was wat vastberadenheid weer uit zijn stem verdwenen. 'We werkten nauw samen. Maar ik vind niet wat u insinueert.'

'Ik insinueer niets.'

'Jawel. U suggereert dat ik iets te maken had met zijn dood.'

Tomek hief zijn hand op in een gebaar van schijnbare overgave. 'Hé, u bent degene die het net zei.'

Gregory gromde en zwaaide boos met zijn vuisten, als een verwend kind dat net 'nee' te horen had gekregen. Tomek genoot hiervan, een volwassen man te zien kronkelen voordat de vrouw die zijn penis afzoog dat kon.

'Beantwoord de vraag,' zei Tomek. 'Waar was u op de avond dat hij stierf?'

'Ik was op kantoor,' snoof Gregory.

'Welk kantoor?'

'*Het mijne.*'

'Hier? Of in de gemeentekantoren tegelijk met Herbert en zijn collega's?'

Gregory had zichzelf in de val gelokt, en beide mannen wisten het.

'Hier. Ik was hier, oké?'

'Met een andere vrouwelijke vriend?'

Gregory liet zijn hoofd zakken van schaamte. 'Misschien. Maar ik heb haar niet betaald. Het is allemaal met wederzijdse instemming. Ze zijn allemaal bereid om hier te zijn.'

Tomek kon zich niemand voorstellen die met een dikke, zweterige, man van middelbare leeftijd zou willen slapen. Maar toen keek hij naar zichzelf in een van de spiegels en herinnerde zich dat hij zelf niet ver van dat beeld af stond.

'Ik heb de naam en contactgegevens nodig van de vrouw met wie u de nacht doorbracht.'

'Ik denk niet dat ik-'

'U kunt het, en u zult het doen.'

'Maar...' Gregory hield zichzelf tegen voordat hij verder ging. Hij wist dat hij geen andere keuze had.

'Hoe laat hebben u en zij uw liefdesnacht beëindigd?'

De burgemeester nam zijn tijd voordat hij antwoordde. 'Het was rond middernacht. Misschien eerder. En toen ging ik naar huis.'

'Naar uw vrouw?'

'Ja, naar mijn *vrouw*.'

Tomek plaatste zijn handen achter zijn onderrug. 'Hoe verliep dat gesprek?'

'Dat was er niet. Ze weet het niet.'

Tomek tuitte zijn lippen en siste tussen zijn tanden door. 'Misschien is het de moeite waard om het haar te vertellen voordat ze het uit een andere bron verneemt.'

'Is dat een dreigement?' vroeg Gregory, terwijl hij zich voor Tomek oprichtte.

'Helemaal niet. Maar u lijkt veel te weten over dreigingen, meneer Chaplin. Is dat wat er met Herbert is gebeurd? Heeft hij u bedreigd maar was u hem voor, of was het andersom? U uitte de dreiging en voerde die vervolgens uit?'

'Absoluut niet! U gaat hier veel te ver. U heeft geen enkel recht om mij van zulke belachelijke dingen te beschuldigen. Als u geen verdere vragen voor mij heeft, ga ik er vandoor!'

Zonder iets te zeggen pakte Gregory zijn kleding en de rest van zijn spullen, en maakte aanstalten om te vertrekken. Toen hij de deurklink vastpakte, riep Tomek hem terug en wees naar een kleine aluminium strip die op de armleuning van de stoel lag. Erin zaten kleine blauwe pillen.

'Volgens mij vergeet u iets,' merkte Tomek op. 'Maar ik zou niet aanraden er nog meer van te nemen. We zouden niet willen dat het gesprek met uw vrouw nog *moeilijker* wordt, nietwaar?'

HOOFDSTUK
ZEVENENDERTIG

Tegen de tijd dat Tomek terugkeerde naar het bureau, waren alle andere leden van de Southend Seven, inclusief Richard Stafford, aangesproken en ondervraagd. En het werd als een succes beschouwd, een gecoördineerde aanval waar Noord-Korea jaloers op zou zijn geweest.

Het nieuws over de compromitterende positie waarin hij Gregory Chaplin had aangetroffen, had zich snel verspreid, en kort na zijn terugkeer had iedereen in het team er om gelachen en grappen over gemaakt, zo'n dertig seconden lang voordat Nick er een einde aan maakte en iedereen opdroeg naar de incidentkamer te komen voor een debriefing. Een kans om alles te verzamelen terwijl het nog vers in hun geheugen lag.

Helaas was het enige wat nog vers in Tomeks geheugen lag, het onuitwisbare beeld van Gregory Chaplins erecte penis. Hij huiverde bij de gedachte eraan toen hij de grote incidentkamer binnenkwam.

'Kom op dan,' zei Nick, terwijl hij iedereen achter zich door de deur naar binnen dreef. 'Schiet een beetje op.'

De laatsten die binnenkwamen waren Chey en Rachel, die op het briljante idee waren gekomen om voor zichzelf een kopje thee te maken voorafgaand aan de vergadering.

'Heb je toevallig nog meer eten van je restaurant meegenomen?' vroeg Tomek aan de jonge agent.

'Er ligt nog wat in de koelkast van gisteravond.'

'Toppie!' zei Tomek. 'Ik ben dol op wat koude rijst de dag erna.'

'Nee!' gilde Nadia, die bijna van haar stoel viel toen ze zich omdraaide om hem aan te kijken. 'Ben je gek? Koude rijst? Je kunt gekookte rijst niet koud eten!'

'Waarom niet?'

'Omdat het je kan doden. Er zitten overal bacteriën op. Je moet het *grondig* opwarmen voordat je het weer kunt eten.'

'Is dat niet een mythe?' vroeg hij oprecht.

'Ik zal je een mythe geven,' zei Nadia, die zichzelf nu beheerste. 'Hoe kun je dat niet weten?'

Tomek haalde zijn schouders op. 'Ik heb het altijd gedaan. Het heeft me nog niet gedood.'

'Nou, onder geen enkele omstandigheid mag je koude rijst eten nadat die gekookt is.' Ze schudde haar hoofd en blies zwaar door haar lippen. 'Je bent verdomme veertig jaar, Tomek. Ik kan niet geloven dat ik je dit soort dingen moet leren alsof ik je ouder ben.'

Tomek knikte naar de baby die in haar buik groeide. 'Allemaal goede oefening voor je.'

'Ja, want dat is de eerste les die ik haar ga leren.'

Nadia draaide zich om in haar stoel en wachtte tot Nick de vergadering zou beginnen. De hoofdinspecteur bleef bij het hoofd van de kamer staan en keek afkeurend naar Tomek.

'Je blijft me verbazen, echt waar,' zei hij.

Tomek maakte een nep-buiging. 'Ik ben hier de hele week. Behalve zaterdag. Heb zaterdag vrij. West Ham.'

Maar Nick was al gestopt met luisteren en liep naar de namen op de whiteboards. Het volgende uur liep het team door de informatie die ze hadden weten te verzamelen van hun respectievelijke verdachten.

Kort gezegd, niemand praatte. Niemand gaf iets toe. Niemand had iets te maken gehad met de moord op Herbert Tucker. Ze waren allemaal thuis, in diepe slaap, veilig in bed. Als dat echt het geval was, dan wees dat sterk in de richting van twee mensen als medeplichtigen.

'Afgezien van het feit dat ik veel meer heb gezien dan ik had verwacht,' begon Tomek, 'heb ik ook dit gevonden.'

Hij hield de foto omhoog die hij uit de sekskamer had meegenomen en wees naar Herbert Tuckers rode mond.

'Herkennen jullie iets? De gelijkenis is onmiskenbaar. Deze is een paar jaar geleden genomen door onze vriendin Alina Zandecka, tijdens een avond van plezier en vermaak bij de Southend Seven. Dit is volgens Gregory Chaplin het enige exemplaar.'

'Dikke kans dat dat niet waar is,' bood Martin aan.

'Precies wat ik denk. Ik denk ook dat wie Herbert Tucker heeft vermoord, deze foto heeft gezien.'

'Dat vernauwt zeker het veld,' zei Nick. 'Goed werk.' Toen richtte hij snel zijn aandacht op Chey, die als laatste aan het woord was.

De agent straalde van vreugde.

'Jullie gaan dit willen horen!' zei hij, niet in staat zijn opwinding te verbergen. 'Terwijl de rest van jullie met muren aan het praten waren, zong meneer Colehill bij de voetbalclub als een kanarie. Of plaste als een tachtigjarige, zoals ik graag zeg.'

'Verrassend dat je de betekenis van dat woord kent,' kaatste Tomek terug.

'Je bent er bijna, opa! Hoewel je voorhoofd je misschien voor is!'

Tomek besloot de opmerking te laten gaan. 'Wacht maar tot je in de veertig bent. Je hebt nierstenen voordat ik blaasproblemen heb.'

Dat leek hem de mond te snoeren, toen richtte hij zijn aandacht op Nick. 'Zoals ik al zei...'

'Zingend als een kanarie...' maakte de hoofdinspecteur voor hem af.

'Ja. In tegenstelling tot hoe Tomek hem de andere dag beschreef, was hij bereid om te praten. En dat deed hij. Hij vertelde me eigenlijk een paar verbazingwekkende dingen. Volgens James Colehill had Herbert Tucker een groter probleem met drugs dan we in eerste instantie dachten.'

'Op welke manier?'

'Hij gebruikte ze niet alleen, maar hij leverde ze ook.'

'Wat?'

'O ja! Het wordt nog beter. Blijkbaar runden de vier van hen hun eigen kleine drugsnetwerk-'

'Wie?' vroeg Nick.

'Herbert, de PFCC, de burgemeester en Richard Stafford.'

Een moment van korte stilte, geladen met schok, vulde de kamer.

'Leg uit,' beval Nick.

'Zoals ik het begrijp, was Richard degene die de drugs leverde; natuurlijk, gezien zijn verleden. Ondertussen zeiden Gregory Chaplin en Herbert Tucker alle juiste dingen tegen het publiek wanneer dat nodig was, zoals dat ze hard zouden optreden tegen drugs en strengere straffen voor degenen die betrapt werden op bezit en handel. Maar achter gesloten deuren gaven ze instructies door aan de PFCC.'

'Wat voor soort instructies?'

'Hij vertelde hem om te bezuinigen op de eerstelijnspolitie, om de focus te verleggen van drugsinterventies en personeel in gebieden waar het meer voorkwam, naar iets compleet ongerelateerds, zoals inbraken of autodiefstallen. Ze wilden dat de straten vol kwamen te liggen met die troep, zoveel mogelijk geld verdienen aan de junkies en gebruikers, wachten tot het probleem uit de hand liep, en dan, als ze een snelle PR-stunt nodig hadden, zouden ze het probleem weer oplossen.' Chey bewoog zijn hand op en neer als een sinusgolf. 'Pieken en dalen. Pieken en dalen. En ondertussen staken ze flink wat van de opbrengsten in eigen zak.'

Nick opende zijn mond om te spreken, maar Chey onderbrak hem en ging verder.

'Ik zag zelfs enkele maandelijkse betalingen, vermoedelijk vaste vergoedingen, aan Brendan Door, Gregory Chaplin en Richard Stafford toen ik door Herberts financiële overzichten keek.'

Alle ogen richtten zich op Nick die, in zekere zin, enige verantwoordelijkheid moest dragen. Het politiewerk in het gebied Southend was zijn domein; hij zou op een bepaald moment de budgetten hebben goedgekeurd en de strategie met Brendan hebben afgestemd.

'Verdomme,' siste hij.

Verdomme inderdaad, dacht Tomek. Hetzelfde sentiment stond op de gezichten van zijn collega's te lezen.

'Ik... ik heb dit nooit zien aankomen...' zei hij, terwijl hij zijn hoofd liet zakken. 'Ik...'

Niemand zei iets. Niemand wist wat te zeggen. Een vreemd gevoel voor Tomek.

'Kunnen we dit bewijzen?' vroeg Nick.

'We kunnen de betalingen onderzoeken, ja. Maar zoals bij veel van dit soort zaken is het onwaarschijnlijk dat er een spoor te vinden is, tenzij we iets op Tuckers laptop vinden - e-mails, berichten, dat soort dingen.'

Het enige probleem was dat het digitale forensische team nog bezig was met het onderzoeken van de harde schijf van de politicus. En het zou nog een week of zo duren voordat ze al het bewijsmateriaal volledig hadden doorgespit.

'Goed,' zei Nick, verloren in zijn gedachten. 'Maar wat is het motief in dit alles? Als Herbert Tucker maandelijkse vergoedingen betaalde aan de PFCC, hoe vertaalt zich dat dan naar zijn dood?'

Chey pauzeerde, overwoog. 'Omdat de betalingen stopten, ongeveer in dezelfde periode als ze stopten aan Alina Zandecka en Terrence Toffolo.'

'Dus hij sneed gewoon alle geldstromen af, en toen nam iemand wraak?'

'Zo lijkt het, sir.'

Tomek zat geduldig te luisteren, terwijl hij de informatie in zijn hoofd omdraaide. Voordat hij zich er goed op kon concentreren, kuchte Chey.

'Er is meer...' zei hij theatraal.

'Meer?'

'O, ja. Ik zei het je, plassen als een tachtiger!' Chey krabde aan de zijkant van zijn gezicht terwijl hij zich voorbereidde op de volgende theatrale vertoning van zijn betoog. 'Meneer Colehill vertelde me ook dat Herbert Tucker niet de enige was met een drugsprobleem.'

'Wie nog meer?'

'Zijn dochter, Whitney. Gedurende een periode van tien tot twaalf maanden was ze verslaafd aan cocaïne en heroïne. Zoals vader, zo dochter. Dit was ongeveer zes jaar geleden. Maar toen kwam haar moeder erachter en haalde haar ervan af. Dat weerhield Herbert er echter niet van om in de eerste plaats de verslaving te financieren, toch? Hij verkocht het nog steeds aan verslaafden met de hulp van de PFCC. Die idioot was bereid zijn eigen dochter te doden voor wat extra geld.'

Het was misselijkmakend. En Tomek dacht kort aan zijn dochter thuis. Hoe ze was blootgesteld aan een drugsverslaafde moeder voordat ze uiteindelijk bij hem terechtkwam. Hoe ze uit eerste hand had gezien welke verwoesting het kon aanrichten. Hoe ze verleid had kunnen worden om op zo'n jonge leeftijd die wereld in te gaan. En hoe ze al tekenen daarvan begon te vertonen: ze had al alcohol gedronken onder de toegestane leeftijd en hij had haar al twee keer betrapt terwijl ze een vape rookte in haar slaapkamer. Hij hoopte dat er geen natuurlijke progressie in haar gedrag zat...

Tomek zette zijn gedachten uit en concentreerde zich weer op de kamer.

'Nog twee dingen,' zei Chey.

'*Twee?*'

'Ja. Welke wil je eerst horen?'

'In de volgorde waarin jij het hoorde,' antwoordde Nick, ook al had iedereen in de kamer zijn mond geopend om zijn keuze kenbaar te maken.

'Heel goed dan.' Chey kuchte. 'Ten eerste, volgens James Colehill heeft onze commissaris voor Politie, Brandweer en Misdaadbestrijding, meneer Brendan Door, al lange tijd een affaire met Herberts vrouw, Nora. En ten tweede, het gerucht gaat dat Richard Stafford iets over Herbert Tucker weet dat niemand anders weet. Iets dat hij naar verluidt mee het graf in neemt...'

HOOFDSTUK
ACHTENDERTIG

Z aterdag. Tomeks vrije dag. De eerste in wat een lange tijd leek. Het was ook wedstrijddag. Zijn eerste in wat een nog langere tijd leek.

Maar voor Kasia was het de eerste in haar leven.

En voor de komende vierentwintig uur had hij beloofd dat hij niet zou denken aan Herbert Tucker, Alina Zandecka, Gregory Chaplin of het meisje dat met haar gezicht in zijn schoot had gelegen (hoewel hij niets over haar had gezegd toen hij zijn belofte deed). Kasia had zijn onverdeelde aandacht voor de hele dag, en hij zou het niet verpesten. Een wedstrijd van West Ham bijwonen, zijn favoriete team, was een bijzondere dag voor hem. Een dag om een band op te bouwen.

Of ze de grootsheid ervan waardeerde, kon hij niet met zekerheid zeggen. Maar hij hoopte dat ze aan het eind van de dag tenminste een leuke tijd zou hebben gehad.

Toen ze het stadion binnenkwamen, kocht Tomek een wedstrijdprogramma en een bordeauxrode en blauwe sjaal voor Kasia bij een kraampje.

'Nu zijn we twinning,' zei hij, terwijl hij de hare naast de zijne hield.

'Moet ik dit dragen?'

'Als je vanavond je eten wilt, ja.'

Met tegenzin nam ze de sjaal van hem aan en wikkelde die om haar nek, waarbij ze ervoor zorgde dat ze zoveel mogelijk in haar jas stopte. Toen ze naar hun stoelen liepen, gaf hij haar het programmaboekje.

'Daarin staat wie al hun spelers zijn,' vertelde hij haar.

'Ik weet wie ze zijn,' antwoordde ze. 'Ik heb ze online opgezocht.'

Dat herinnerde hem aan iets. Hij haalde zijn telefoon tevoorschijn en navigeerde naar de William Hill gok-app. Net toen hij de software wilde laden, verscheen er een melding bovenaan het scherm. Een bericht. Van Abigail.

Heb al een tijdje niets van je gehoord. Alles goed? Vroeg me af of we...

Tomek was enorm in de verleiding om met zijn mollige vinger op de melding te tikken en de rest van het bericht te lezen, en misschien een antwoord te typen, maar toen dacht hij aan Kasia en zijn belofte aan zijn dochter. Nadat de melding was verdwenen, laadde hij de gok-app, zocht de West Ham-wedstrijd op en zette tien pond in op hun overwinning. Geen fantastische odds met 18/10, maar ze waren de favorieten. En hij zou zijn geld bijna verdubbelen.

Nee. Hij *zou* zijn geld bijna verdubbelen. Hij was er zeker van. West Ham tegen Manchester United, het thuisteam in goede vorm, de ander met problemen binnen en buiten het veld, en één was de underdog. Er kon in zijn gedachten maar één winnaar zijn, en dat waren zijn geliefde Hammers.

Ze kwamen bij hun stoelen aan en gingen zitten ondanks de kou. Ze waren een half uur te vroeg, en het stadion begon al vol te stromen. Een massale opkomst voor een massale wedstrijd. Tomek voelde de sfeer in het stadion al op gang komen.

'Wie denk je dat voor ons gaat scoren?' vroeg Tomek haar terwijl hij zijn eerste weddenschap plaatste.

Kasia raadpleegde het wedstrijdprogramma voordat ze antwoordde.

Uiteindelijk zei ze: 'Bowen,' terwijl ze enthousiast naar de naam van de vleugelspeler wees.

'Ik vraag me af waarom...'

'Zijn we familie van hem?'

Tomek haalde zijn schouders op. 'Niet dat ik weet. We zouden het kunnen zijn.'

'Meneer Hendricks zegt dat we allemaal op de een of andere manier familie zijn.'

'Waarom zegt hij dat?'

'Blijkbaar beweert een of andere kerel dat er een genetisch isopunt is dat betekent dat we allemaal van twee mensen ver terug in de geschiedenis afstammen.'

'Juist.' Tomek knikte. 'Ik denk dat we misschien op bepaalde manieren allemaal familie zijn.'

'Hebben we beroemde mensen in onze familie?' vroeg Kasia.

Ze was verrassend spraakzaam voor een koude januarimiddag, in een onbekende omgeving en een onbekende ervaring, maar hij klaagde niet. Misschien was dit haar manier om hem te laten weten dat ze een goede tijd had.

'Ik denk dat de beroemdste persoon die we ooit in de familie hadden een oudtante was - *mijn* oudtante. Ik weet niet welke relatie zij tot jou zou hebben.'

'Wat deed ze?'

'Ze was een crimineel. Ze heeft ooit een juwelierswinkel beroofd, in Polen.'

'Oh.'

'Ja. Ze stierf een paar jaar voordat jij werd geboren, denk ik.'

'Is het erfelijk?'

'Wat? In je hoofd geschoten worden? Ik denk dat jij veilig bent.'

Kasia's lippen gingen uit elkaar en haar ogen werden groot. 'Ze is in haar hoofd geschoten! Waarom?'

'Vergelding. Van wat ik begrijp, was ze geen bijzonder aardige vrouw, en ze had iemand een paar jaar eerder boos gemaakt en toen kwamen ze om het karwei af te maken.'

'Wow.'

'Ja. Dus wees voorzichtig wie je in je leven kwaad maakt.'

Met dat verontrustende stukje wijsheid dat in haar hoofd zweefde, zakte Kasia in haar stoel en zei niets meer. Maar de stilte duurde niet lang, en een paar minuten later betraden de teams het veld en begon de wedstrijd. Vervolgens vlogen alle gedachten aan criminele betovergrootvaders en kogels door het hoofd het raam uit gedurende de negentig minuten plus blessuretijd, terwijl ze zagen hoe West Ham zich vastklampte aan een 1-0 overwinning, waarbij Jarrod Bowen het enige doelpunt in de wedstrijd scoorde. Nadat de wedstrijd was afgelopen, klonk het gejuich van "Bowen's on fire, your defence is terrified" op de muziek van Gala's 'Freed From Desire' door het hele stadion. Tomek betrapte zichzelf erop dat hij meedeed, luid scanderend, meegesleept door de opwinding van het allemaal.

'Zo gênant,' zei Kasia, toen ze hun stoelen begonnen te verlaten.

'Wat? Ik sta in vuur en vlam, toch?'

'Jij hebt het doelpunt niet gescoord.'

'Nee. Ik bedoel gewoon in het algemeen. In het leven.'

De uitdrukking op haar gezicht zei dat ze wilde zeggen: "Waar de fuck heb je het over, pap?" maar in plaats daarvan koos ze voor de kindvriendelijke versie.

'Je bent soms zo raar.'

'Dat hoort bij het ouderschap. Het staat in het regelboek. Je kind zo veel mogelijk in verlegenheid brengen.'

'Ja... Tuurlijk...'

'Bovendien heb ik mijn weddenschappen gewonnen, toch? *Nu* ben ik op dreef.'

'Een deel van dat geld zou van mij moeten zijn.'

Fair point.

'Het betaalt vanavond je afhaalmaaltijd, alsjeblieft.'

Kort nadat ze hun stoelen hadden verlaten, werden ze al snel meegevoerd in de zee van fans die gretig het stadion wilden verlaten en zo snel mogelijk naar huis wilden gaan. Net toen ze de kleine trap af waren die naar de hoofddoorgang leidde, legde Kasia uit dat ze naar de wc moest, dus Tomek wachtte aan de andere kant op haar. Terwijl hij daar tegen de muur leunde, pakte hij zijn telefoon en keek naar de meldingen. Tijdens de wedstrijd had hij nog twee berichten van Abigail ontvangen. Beide zeiden hetzelfde.

Hoop dat ik je niet heb beledigd...

Wil niet dat je denkt dat ik veeleisend of opdringerig ben...

Tomek dacht dat niet. Hij had dat eerder meegemaakt, in het extreme, en dit was helemaal niet zoiets. Op een bepaalde manier was het zelfs een beetje ontroerend. Dat ze serieus was en toegewijd aan de relatie en hem wilde leren kennen. Nu was het zijn beurt om hetzelfde te doen. Zolang hij zijn prioriteiten maar op orde kreeg.

Over prioriteiten gesproken. Waar was ze?

Het was al minstens vijf minuten en er was nog steeds geen spoor van Kasia. Hij stopte zijn telefoon in zijn zak en begon zich door de menigte te wurmen, vechtend tegen de spieren en het spek van mannen van middelbare leeftijd met alcoholgeladen adem die in zijn gezicht schreeuwden. Plotseling boeide de euforie en opwinding van de overwinning hem niet meer zoals een paar momenten eerder.

Gelukkig was de milde staat van paniek van korte duur, want daar, uit het toilet komend, zij aan zij lopend met een ander meisje, was

Kasia. Tomek herkende het meisje dat haar vergezelde, maar kon haar gezicht niet plaatsen.

'Pap, herinner je je Yasmin nog?' vroeg Kasia.

Yasmin. Yasmin. Tomek herhaalde de naam meerdere keren in zijn hoofd. Toen, terwijl ze naar hem opkeek en haar volwassen gelaatstrekken zichtbaar werden, herkende hij haar. Yasmin. Het meisje van het strand voor Kerstmis. Degene die er was op de avond dat Nicks dochter was aangevallen.

'Yasmin. Ja, natuurlijk herinner ik me jou. Hoe gaat het met je? Ben je hier alleen of met iemand?'

'Ik ben met mijn ouders.' Ze draaide zich om en wees naar een figuur aan de andere kant van de menigte. 'Mijn moeder wacht op me.'

Kasia zwaaide snel en onhandig gedag. Toen ze zich naar hem omdraaide, waren haar wangen rood geworden.

'Wat een toeval was dat!' zei Tomek.

'Haar moeder en vader hebben seizoenskaarten.'

'Ik denk dat als je een vriendin hebt die komt, je meer geneigd zult zijn om naar de thuiswedstrijden te komen, nietwaar? En niet alleen omdat je lieve oude vader je dat vroeg.'

Kasia zei niets terwijl ze zich bij de stroom van mensen voegden en hun weg naar buiten uit het stadion maakten.

Toen ze in de metro stapten, zei Tomek: 'Vanavond eten dus. Heb je al bedacht wat je wilt?'

'Chinees. Ik heb echt zin in Chinees.'

Natuurlijk had ze dat. Het was haar favoriet. En meestal het duurste. Het was maar goed dat meneer William Hill de rekening betaalde.

HOOFDSTUK
NEGENENDERTIG

B atterijzuur sist in de ogen van mijn broer. Regen klettert op zijn gezicht, bruisend waar het in contact komt met het zuur.

Of misschien ook niet. Ik weet het niet.

Maar wat ik wel weet is dat er twee moordenaars zijn. Twee moordenaars die over mijn broer heen gebogen staan als ik het veld binnenkom waar ik Michał zou ontmoeten.

Twee moordenaars die vluchtten. Maar niet voordat ik een van hen had gezien.

In deze droom staar ik recht naar Nathan, de moordenaar die gearresteerd werd voor de moord op Michał, terwijl de ander wazig is, vaag op de achtergrond. Ik wil mijn hand uitstrekken en hem in het licht trekken, maar er gebeurt niets. Hij beweegt niet.

Maar Nathan...

Die kleine klootzak staart me recht aan; zijn gezicht vol dreiging en kwaad, zijn ogen doorspekt met haat.

Hij draagt een zwart trainingspak. Adidas, denk ik. De drie strepen. Hij heeft een capuchon maar draagt die niet. Niet dat hij die nodig heeft, want het regent eigenlijk niet. De regen is er niet echt. Ik weet dat het er niet is, maar om de een of andere reden blijft het verschijnen.

Maar Nathan lijkt het sowieso niets te kunnen schelen.

Nathan is vijftien. Vier jaar ouder dan ik, twee jaar ouder dan Michał. Een van de oudsten op school. Hij heeft smalle, dunne schouders en een nog dunnere, smallere gestalte. Hij doet graag alsof hij een van de stoere jongens is, *die ergens in een achterbuurt woont. Hij doet graag alsof hij de school bezit wanneer hij binnenkomt, maar dat is niet zo. Zijn dikke, warrige zwarte pony zwiept en deint in de wind, en zijn mond opent zich in een scheve glimlach, waarbij zijn afschuwelijke tanden zichtbaar worden - tanden die waarschijnlijk al weken niet gepoetst zijn. Zijn handen en jas zitten onder het bloed, en als hij een haarlok uit zijn gezicht veegt, smeert hij wat bloed op zijn wang.*

Michałs bloed. Het bloed van mijn broer.

Ze hebben hem afgeslacht. Vermoord. Hem volledig toegetakeld.

En ik zal het hen nooit vergeven. Ik zal hen nooit vergeven voor wat ze hebben gedaan.

Ik wou dat we de doodstraf hadden. Ik wou dat ze ter dood veroordeeld hadden kunnen worden. Opgehangen voor hun misdaden. Een dodelijke injectie of de elektrische stoel gekregen.

Gedood, van de planeet gewist. Op dezelfde manier als ze Michał hebben uitgewist.

Maar in plaats daarvan hebben ze een tweede kans gekregen.

Nathan kreeg dertig jaar.

De andere... Charlie, nou, waar hij ook moge zijn, ik hoop dat hij lijdt, zoals hij verdient.

Hij verdient het batterijzuur in zijn ogen.

De bakstenen tegen zijn gezicht.

De aarde in zijn mond.

De steekwonden in zijn buik en borst.

De verminking van zijn penis.

Hij verdient het allemaal. Elke stukje pijn dat hij Michał heeft aangedaan, verdient hij tien keer zo erg.

HOOFDSTUK
VEERTIG

D e *Southend Echo* was gevestigd in een klein kantoor op de eerste verdieping in het centrum van Basildon, in een saai, grijs gebouw dat sinds de oorspronkelijke bouw in de jaren tachtig op geen enkele manier was veranderd. Er waren geen ramen van vloer tot plafond, geen moderne panelen, niets wat suggereerde dat het vooruitstrevend was gebouwd. Het was deprimerend om van buiten te zien, en Tomek hoopte dat het binnen iets vrolijker zou zijn.

Hij had het mis.

De binnenkant was net zo somber en triest als de buitenkant en deed hem denken aan zijn klaslokalen uit de jaren negentig. Bij de receptie werden ze begroet door een vrouw van middelbare leeftijd die eerder in een bibliotheek leek te horen dan in een krantenbureau. Tomek en Rachel stelden zichzelf voor en legden uit dat ze daar waren om John Mullen te ontmoeten, en-

'Heeft u een afspraak?'

'Nee,' antwoordde Tomek met een sarcastische glimlach. 'Die hebben we niet nodig.'

'Ik ben bang van wel. Meneer Mullen is een bijzonder drukbezet man.'

'Wij ook,' antwoordde Rachel met evenveel overtuiging als een peuter die zichzelf gelijk geeft.

Voordat de receptioniste kon antwoorden, vroeg Tomek: 'Werkt Abigail vandaag?'

'Wat heeft dat te maken met-?'

'Werkt ze?' drong Tomek aan.

'Ja, ze is-'

'Uitstekend. Ik zal met haar spreken. Ik heb een afspraak met haar.'

Tomek wendde zich af van de vrouw, ging door de deur waarop in vette letters *Southend Echo* stond, en liep verder door een lange gang met paars tapijt dat minstens dertig jaar oud was, mogelijk ouder.

'Het slapen met een van de schrijvers van de krant heeft zo zijn voordelen,' merkte Tomek op.

'Naast de voor de hand liggende.'

'Hoor ik daar een vleugje jaloezie, rechercheur Hamilton?'

'Alleen omdat ik lesbisch ben, betekent niet dat ik elke vrouw aantrekkelijk vind. Net zoals jij niet elke man aantrekkelijk zou vinden als je homo was. Maar ja, ik denk dat je bij haar ver boven je stand grijpt.'

Tomek trok een wenkbrauw op. 'Schroom de volgende keer niet om te zeggen wat je voelt, oké? Ik ben een grote jongen, ik kan er tegen.'

'Pas op wat je wenst, brigadier,' antwoordde ze met een ondeugende glimlach.

Uiteindelijk kwamen ze aan het einde van de gang in een kleine open ruimte met zes mensen die over hun bureaus gebogen zaten, met een muur van computerschermen en kabels die hen belette elkaar te zien. Het geluid van woest getik was oorverdovend. Aan de andere kant van de ruimte was een kleine kantoorruimte, met de naam van John Mullen erop in hetzelfde lettertype dat ze onderweg waren gepasseerd.

Tomek negeerde de werknemers, en Abigail, die met haar rug naar hem toe aan het einde van de rij zat, en liep rechtstreeks naar het kantoor van John Mullen.

Hij had slechts een paar stappen gezet voordat ze hem vanuit haar ooghoek opmerkte en in haar stoel draaide, haar gezicht een beeld van verrassing en opwinding.

'Tomek! Wat doe jij-?'

'Sorry,' zei hij, haar meteen onderbrekend. 'Ik spreek je straks. Eerst moet ik iets afhandelen.'

Met John Mullen spreken was na Chey's onthulling een topprioriteit geworden. Hetzelfde gold voor Brendan Door, de PFCC, behalve dat Nick had geadviseerd dat hij die zaak zou overnemen. En hetzelfde gold ook voor Richard Stafford. Het enige probleem was dat het team moeite had de verdachte drugshandelaar te vinden. Volgens de berichten was hij naar zijn villa in het zonnige Spanje gevlogen en konden ze hem niet uitleveren omdat er geen aanklachten tegen hem konden worden ingediend zonder voldoende bewijs. Momenteel.

John Mullen was echter een gemakkelijk doelwit. En Nick had gevraagd of Tomek rechtstreeks met hem wilde spreken. Een brigadier, iemand met senioriteit. Het was moeilijk geweest om niet aan Sean te denken toen hij het te weten kwam, maar het moment van medeleven had slechts enkele seconden geduurd voordat hij zijn politiepet weer had opgezet en met Rachel was vertrokken.

Tomek klopte op de deur van John Mullens kantoor en wachtte. De negenenveertigjarige opende de deur enkele seconden later.

'Wie zijn jullie?' siste hij, de verontwaardiging in zijn stem was duidelijk hoorbaar.

'Vrienden,' antwoordde Tomek terwijl hij zijn politielegitimatie voor het gezicht van de man hield. 'We willen u geen kwaad doen.'

Fysiek dan toch niet.

Met tegenzin besefte John Mullen dat hij weinig macht had in de situatie en stapte opzij. Rachel ging als eerste naar binnen, gevolgd door Tomek. Er waren geen stoelen in het kantoor, behalve degene die aan de redacteur was toegewezen, wat betekende dat Tomek en Rachel gedwongen waren te blijven staan, iets waar Tomek geen probleem mee had. Meer macht voor hem, een meer intimiderende aanwezigheid; een aanwezigheid die misschien een bepaald goudklompje aan informatie of wijsheid zou ontlokken.

Even later begon Tomek. 'We wilden met u spreken in verband met Herbert Tucker, en-'

'Ik heb jullie jongens de andere dag al alles verteld wat ik weet.'

'Helaas hebben we reden om aan te nemen dat dat niet klopt.'

John Mullen vouwde zijn vingers in elkaar en nam een peinzende uitdrukking aan.

'Het is ons ter ore gekomen dat u bepaalde zaken over Herbert Tucker al een tijdje uit de pers houdt.'

'Hoe?'

'Een getuige.'

'Wie heeft gepraat?' zei Mullen snel, en herstelde zich net zo snel.

'Niemand heeft gepraat, meneer Mullen,' loog Tomek. 'Onze gewaardeerde collega's waren in staat om informatie los te krijgen.'

'Denk niet dat dat bij mij gaat werken.'

Rachel en Tomek keken elkaar aan. 'Wat schattig,' zei Tomek tegen haar. 'Dat zeggen ze allemaal.'

'Inderdaad, brigadier. Je hebt gelijk.'

Tomek deed een stap naar voren.

'Daar zijn we eigenlijk niet voor hier, John. We zijn hier om wat andere zaken te bespreken.'

De lijnen op zijn voorhoofd verdiepten zich naarmate de bezorgdheid toenam.

'We vroegen ons af of je ons meer informatie zou kunnen geven over de drugsverslaving van zijn dochter.'

Johns pupillen vernauwden zich, zijn hoofd kantelde opzij.

'Wat wil je daarover weten?'

'Hoeveel je betaald kreeg om het geheim te houden.'

'Ik werd niet betaald.'

'Echt niet? Hoe verklaar je dit dan?' Rachel stapte voor hem en gaf een A4-document aan John. Bovenaan het document stond een enkele rij cellen. In de eerste stond Johns naam, dan zijn persoonlijke bankgegevens, sorteercode en rekeningnummer, de datum van de transactie, en ten slotte het bedrag.

'Wil je dit uitleggen?'

'Het was... ik werd... Het was een adviesvergoeding.'

'Veertigduizend pond is veel geld voor advies. Waarover adviseerde hij je?'

'Zijn politieke standpunten,' antwoordde John, glimlachend alsof hij trots was dat hij het ter plekke had bedacht. 'Hij moest weten hoe zijn meningen en toespraken er vanuit PR-perspectief uit zouden zien.'

'Dus jij adviseerde hem?' vroeg Tomek.

'Ja.'

'Vertelde je hem ooit wat hij moest zeggen?'

'Soms.'

'Is dat toegestaan? Dat klinkt een beetje als manipulatie voor mij. Het klinkt ook alsof deze man geen eigen originele gedachten had.'

'Ik...'

'Maakte dat je helemaal niet boos?'

John schudde langzaam zijn hoofd. 'Dat was wat hij deed. We hadden het allemaal geaccepteerd.'

'We?'

Tomek genoot hiervan. De man struikelde over zijn woorden. En op deze manier zou hij misschien aan het einde van het gesprek de moord bekennen.

'Gewoon... gewoon wij, hier. Bij de krant.'

'Niets te maken met Gregory Chaplin, Richard Stafford, Brendan Door, Anthony Arnold, James Colehill of Terrence Toffolo?'

John zei een tijdje niets, zat daar gewoon ongemakkelijk, terwijl hij de namen in zijn hoofd omdraaide. Er ontstond een tic in zijn rechteroog.

'Ik ken die namen niet.'

'Echt niet? Zelfs niet die van de burgemeester? Dat lijkt me vreemd. Waren jullie twee niet samen afgelopen weekend?'

'O. Juist. Nou, ja. Ik ken ze in professionele zin.'

'Maar niet persoonlijk?'

'Dat zou ik niet zeggen, nee.'

'Dus je weet niets over de Southend Seven herenclub aan de Richmond Avenue?'

Johns gezicht werd een tint lichter.

'Of de foto die aan de muur hing in een van de kamers?'

Nog een tint.

Toen Tomek een afgedrukte kopie van de foto uit zijn zak haalde en deze aan de man liet zien, verdween alle kleur uit zijn gezicht.

'Was je erbij toen deze foto werd genomen?'

'Ik... Eh...' John kuchte, pakte een beker water van zijn bureau en dronk. De man was aan het vertragen, dat was duidelijk te zien, maar het maakte niet uit of hij tien minuten of tien uur vertraagde; wat belangrijk was, was wat er daarna uit zijn mond zou komen. Alle vijf - de advocaat, de burgemeester, de PFCC, John en de drugshandelaar - hielden hun mond, zorgden ervoor dat ze zwegen. Het waren moeilijk te kraken noten. Maar een van hen zou uiteindelijk beginnen te praten. En Tomek wilde erbij zijn wanneer dat gebeurde.

'Ik weet niets over die foto,' antwoordde John. 'Word ik gearresteerd?'

'Niet tenzij je wilt dat we je arresteren?'

'Dan zeg ik verder niets meer.'

Tomek liet de foto op tafel liggen en stak zijn handen in zijn zakken.

'We hebben nog steeds wat vragen die we willen stellen, dus dat gaan we doen.'

John snoof.

'Hoe vaak ga je naar de Southend Seven?'

De man zei niets en zat daar met zijn lippen op elkaar geklemd alsof hij zijn punt verder wilde bewijzen.

'Wekelijks? Dagelijks?'

Niets.

'Weet je vrouw dat je daar komt?'

De spanning in zijn lippen verminderde iets.

'Weet ze wat je daar uitspookt? Weet ze wie de foto heeft genomen?'

Losser, losser.

'Weet ze van de drugs?'

Losser, nu weer normaal.

'Weet ze waar je was op de avond van Herbert Tuckers dood? Kan zij dat bevestigen, of moeten we dit gesprek in een formelere setting voeren? Of moet ze van ons horen wat voor dingen je zoal uitspookt?'

'Goed! Hou je mond, verdomme. Stop met praten. Nee, ze weet het niet, oké? En ik zou het waarderen als je het zo hield.'

'De enige manier waarop ze het zou kunnen ontdekken, is als het in het nieuws zou lekken, maar aangezien jij deze publicatie bezit en je niet hoeft te betalen voor je eigen stilzwijgen, denk ik dat je wel oké bent. Als je echter wordt veroordeeld voor Tuckers moord, stel ik me voor dat al die geheimen, en wie weet wat nog meer, naar buiten zouden kunnen sijpelen.'

'Ik had niets te maken met Herberts dood. Ik was er kapot van toen ik het hoorde. Eerlijk waar.'

Dat was precies wat iemand zou zeggen die niet eerlijk was.

'Weet je wie het deed?' vroeg Rachel.

De man schudde heftig zijn hoofd. 'Ik wou dat ik het wist. Maar ik weet het niet. Het spijt me.'

'Kun je ons *iets* vertellen?'

'Ik heb jullie de andere dag al alles verteld wat ik weet.'

'Dat is een leugen, nietwaar, John, en dat weet je?'

'W- Wa-? Ik begrijp het niet.'

'Herberts dochter gebruikte drugs en jij hield dat buiten de publiciteit, nietwaar?' vervolgde Rachel. 'Hoeveel betaalde hij je daarvoor? Was dat nog een van je adviesvergoedingen? Nog eens veertigduizend op je rekening om je mond te houden?'

'Ik zeg niets,' zei hij. Maar door dat te zeggen, had hij zijn schuld vrijwel bevestigd. Hij had steekpenningen aangenomen in ruil voor stilzwijgen.

Wat een terugkerend thema was geweest bij bijna iedereen met wie ze hadden gesproken. Het kwam allemaal neer op geld. En bij een man met zoveel invloed en macht, was er geen tekort aan aanbod.

Evenmin was er een tekort aan vraag.

HOOFDSTUK
EENENVEERTIG

Op weg naar buiten vanuit John Mullens kantoor trok Tomek Abigail opzij en legde uit dat hij haar, ondanks wat ze zichzelf had wijsgemaakt, niet had genegeerd en dat hij een dochter had waar hij voor moest zorgen. Kasia was zijn prioriteit, en Abigail toonde vervolgens veel begrip voor de situatie en bood haar excuses aan voor het feit dat ze zo opdringerig en verstikkend was overgekomen. Aan het einde van het gesprek opperde Tomek het idee om elkaar het volgende weekend te ontmoeten, mogelijk bij een van de komende thuiswedstrijden.

'Maak je een grapje? Ik ben mijn hele leven al fan van West Ham. Ik zou *dolgraag* gaan!'

Het was een afspraak. In de agenda. Iets om naar uit te kijken.

Helaas kon hetzelfde niet gezegd worden over zijn middag. Zodra hij klaar was met John Mullen, was de volgende persoon op zijn lijst om mee te spreken Brendan Door, de commissaris voor Politie, Brandweer en Criminaliteit van Southend. Nick vergezelde hem.

De hoofdinspecteur was zichtbaar nerveus. Hij ijsbeerde, verplaatste zijn gewicht van de ene voet naar de andere wanneer hij niet liep, en krabde bijna onophoudelijk aan zijn achterhoofd terwijl ze wachtten tot Brendans secretaresse hen zou doorlaten.

'Gaat het, chef?' vroeg Tomek.

'Ja,' antwoordde Nick beverig. 'Het is gewoon... het is lastig, weet je.'

'Probeer er niet aan te denken.'

Normaal gesproken zou Nick op zo'n opmerking hebben gezucht, Tomek een boze blik hebben toegeworpen en een of andere vloekende opmerking hebben gemaakt over hoe hij daar zelf niet aan had gedacht, maar nu was er niets. Niet eens het geringste teken van uitademing. Alsof zijn baas kapot was.

Een paar momenten later ging de deur van Brendans kantoor open en er stapte een grote, zwaarlijvige man uit met terugwijkend haar waar duidelijk veel geld aan was besteed om het maar marginaal te verbeteren. Zijn ogen lagen diep in hun kassen, en hij had een dikke bril die bovenop zijn voorhoofd was geschoven. Hij droeg een duur, diepblauw pak dat te los rond zijn schouders hing, en een stropdas die een halve kilometer van de bovenste knoop verwijderd was. Het hele ensemble zag eruit alsof het met het oog op de toekomst was gekocht, alsof zijn moeder het voor hem had aangeschaft in de hoop dat hij er ooit in zou groeien.

'Ik zie dat je dit keer versterking hebt meegebracht, Nick,' zei Brendan met een diepe, schorre stem.

'Je hoeft dit niet zo moeilijk te maken als de vorige keer.'

'Verlaat mijn kantoor en dan hebben we geen probleem.'

Tomek voelde dat er een conflict aan zat te komen. Hij kon de adrenaline in zich voelen opborrelen.

Een lange tijd zei niemand iets terwijl Nick en Tomek wachtten tot Brendan zou barsten. En na nog een paar seconden gebeurde dat eindelijk. De tirannieke man draaide hen de rug toe en haastte zich terug naar zijn kantoor. Nick zat hem op de hielen en ving de deur op voordat die in zijn gezicht werd dichtgesmeten.

'Weet je, dit gedrag suggereert alleen maar dat je iets te verbergen hebt,' merkte Nick op. 'Het geeft me niet bepaald veel vertrouwen.'

'Welk bewijs heb je tegen mij?' vroeg de man terwijl hij op zijn bureaustoel plaatsnam.

'Niets dat je incrimineert. Slechts een paar vreemde betalingen die je moet uitleggen, maar nie-'

'Dus ik ben schuldig door associatie, is dat het?'

'En de rest,' zei Tomek, die zichzelf niet kon beheersen. Daar was die grote mond van hem weer.

'Pardon?' blafte Brendan. 'Wie de fuck ben jij?'

'DS Tomek Bowen, meneer.'

'Nou, DS Bowen, hou je bek en laat de twee meest senior mannen in deze divisie dit uitzoeken.'

De adrenaline nam toe.

'Met alle respect, meneer, op dit moment bent u een verdachte in een moordzaak. Uw geloofwaardigheid, rang en status zijn allemaal uit het raam gevlogen. In mijn ogen maakt dat u net zo laag als sommige mensen die we dagelijks arresteren.'

'Ik ben niets zoals het uitschot daarbuiten. Ik heb een mooi huis en een mooie auto. Ik ben een machtige, invloedrijke man.'

'En denkt u dat u daardoor het recht heeft om levens te verwoesten en iemand te doden?'

Brendan reageerde niet. Tenminste niet onmiddellijk. Maar toen hij dat deed, stormde hij uit zijn stoel en beende naar Tomek. Hij kwam abrupt tot stilstand op enkele centimeters afstand, met opgeheven vuist, zwaar ademend door zijn neus.

'Doe het,' smeekte Tomek, zijn blik op die van de commissaris gericht. 'Alsjeblieft. Ik smeek het je. Zodra we je kunnen aanklagen voor mishandeling, wie weet wat we dan nog meer vinden?'

Het dilemma speelde zich af op Brendans gezicht. Doorslaan of loslaten. Doorslaan of loslaten. Uiteindelijk liet hij zijn vuist zakken en zei: 'Nick, is dit kleine rotjochie altijd zo?'

'Helaas wel. Maar het is een deel van wat hem een van de beste agenten maakt die ik ken. Dus ik ga je vragen om bij hem weg te stappen en onze vragen te beantwoorden.'

Met tegenzin schuifelde de man weg van Tomek, ogen op elkaar gericht, en stapte in de ruimte tussen hen en het bureau.

'*Gowniaki*,' fluisterde Tomek.

Vertaling: Kleine Schijter.

Als de commissaris het begreep, was dat niet te zien aan de reeds woedende uitdrukking op zijn gezicht.

'Nu,' begon Nick toen de sfeer enigszins was genormaliseerd. 'Herbert Tucker. Hoe lang ken je hem al en werk je al met hem?'

'Vijftien jaar.'

'Samenwerken of kennen?'

'Beide.'

'Juist. En in welke hoedanigheid werkten jullie twee samen?'

'Ik kwam hem voor het eerst tegen toen hij zijn vastgoedbedrijf begon. Hij had net een klein dorpje met huizen gebouwd in Rawreth, maar hij klaagde over mensen die inbraken en de woningen vandaliseerden. Dus kwam hij naar mij toen ik nog manager gemeentelijke veiligheid en strafrecht was, in de hoop dat ik er iets aan zou kunnen doen.'

'En lukte dat?'

Brendan haalde zijn schouders op. 'Ik heb destijds een politiesergeant in dat gebied gesproken en gevraagd of hij af en toe wat meer geüniformeerde patrouilles die kant op kon sturen, gewoon als afschrikmiddel.'

'Dus je kwam al snel in zijn zak terecht?'

'Helemaal niet.'

'Wat is dan de verklaring voor het geld?' Nicks stem bleef kalm, wat verrassend was aangezien de kleinste ergernis hem normaal gesproken al over de rand duwde.

'Welk geld?'

'Speel niet dom. Je bent een intelligent man. Je weet hoe wij werken. Je weet dat we gemakkelijk dingen kunnen uitzoeken. We hebben de betalingen gezien. We willen alleen dat je bevestigt waarvoor ze zijn.'

'Als jullie ze al hebben gevonden, dan zouden jullie dat al moeten weten.'

Nick zei niets.

'En als dat zo is, waar wachten jullie dan op?' Brendan stak zijn handen uit, polsen tegen elkaar. 'Arresteer me. Kom op. Arresteer me.'

Tomek noch Nick bewoog. Ze zaten vast, konden niets doen. Het enige wat erop wees dat Brendan Door betalingen had ontvangen van Herbert Tucker om de drugshandel in de stad te vergroten, was een getuigenverklaring. Er was geen hard bewijs, geen concreet bewijs dat hij iets illegaals en immoreel had gedaan. En Brendan wist dat.

'Nee? Jullie willen me niet arresteren? In dat geval kunnen jullie vertrekken.'

Terwijl Brendan zich van hen afdraaide, zei Tomek: 'De naam Richard Stafford zegt je niets, toch?'

Brendan stopte halverwege zijn draai, zijn mondhoeken krulden in een scheve glimlach. 'Natuurlijk wel. Hij is een verschrikkelijke man die verschrikkelijke dingen heeft gedaan.'

'Je zou toevallig niets weten over de foto die aan de muur hangt in de Southend Seven, of wel?' vroeg Tomek. 'Die waarop jij op de achtergrond staat, naast een man die Richard Stafford heet?'

Brendan pauzeerde even terwijl hij het beeld van de foto in zijn gedachten opriep. Tomek had gelogen; geen van beiden stond op de achtergrond, maar dat kon hem niet schelen. De volgende woorden uit Brendans mond zouden op een bepaalde manier zijn schuld bepalen. 'Leuke poging,' antwoordde de man. 'Geen van ons staat op die foto.'

Tomek kon zijn grijns niet verbergen. 'Maar je weet wel over welke foto ik het heb, en je weet over welke club ik het heb, en je weet over welke persoon ik het heb.'

'Ik...'

'Kun je uitleggen hoe je daarvan weet? Kijk, we weten veel over de club, en we weten ook veel over je relatie met Richard Stafford.'

'Als dat werkelijk zo was, dan had je me inmiddels al gearresteerd.'

Tomek kon zijn oren niet geloven. De commissaris van Politie, Brandweer en Misdaadbestrijding had zojuist, al dan niet per ongeluk, toegegeven actief betrokken te zijn bij een criminele relatie met een drugshandelaar.

'Maar zoals ik eerder al zei, jullie hebben geen enkel fysiek bewijs van wat dan ook. Het is allemaal van horen zeggen. Het is allemaal onzin.'

Nick opende zijn mond om te spreken, maar Tomek was hem voor.

'De club,' begon hij, 'vertel ons meer.'

'Zoals ik al zei, jullie lijken al alles te weten wat er is.'

'Niet helemaal. Is het waar Herbert ontdekte dat je een affaire had met zijn vrouw, of gebeurde dat ergens anders?'

Brendan keek naar de grond en toen weer omhoog. 'Mijn privéleven heeft niets te maken met de dood van Herbert Tucker.'

'Dat heeft het wel als je met zijn vrouw naar bed ging. Kwam hij erachter en dreigde hij de betalingen stop te zetten? Of dreigde hij naar John en de *Echo* te gaan? Maar jij kon het je niet veroorloven dat je reputatie beschadigd zou raken, dus hebben jullie tweeën hem op de een of andere manier uit de weg geruimd?'

Brendan snoof spottend. 'Mijn reputatie liep nooit gevaar beschadigd te raken.'

'Juist. Omdat je te machtig en invloedrijk bent om zoiets ooit in het publieke domein te laten komen, toch? Dus misschien heb je hem uit hebzucht vermoord? Je was niet blij dat Tucker het investeringsfonds stopzette en wilde een soort vergelding?'

'Denk je echt dat ik zo kleinzielig ben? Ik heb mijn eigen geld, ik heb het zijne niet nodig.'

'Dus je geeft toe dat Herbert Tucker je maandelijkse betalingen stuurde voor iets waarvoor hij dat niet had moeten doen?'

'Nee. Dat is het laatste wat ik zeg. Je kunt blijven proberen me te laten struikelen over mijn eigen woorden, maar dat zal niet lukken. Ik zit al heel lang in dit vak, langer dan je baas hier, en ik ken alle trucs uit het boekje.'

Zonder iets te zeggen draaide Nick Brendan de rug toe en liep de kamer uit. Tomek voelde zich genoodzaakt hem te volgen. Toen Nick bij de deur kwam, legde hij zijn hand op de klink en zei tegen Brendan: 'Ik heb me nog nooit zo teleurgesteld en walgend gevoeld over het hele politie- en politieke systeem als de afgelopen paar dagen. En jij bent een van de redenen waarom. Ik hoop, ongeacht de uitkomst van dit onderzoek, dat je het fatsoenlijke doet en ontslag neemt. Je bent een verdomde smet op deze stad, Brendan. En ik kijk ernaar uit om nooit meer met je te hoeven werken.'

HOOFDSTUK
TWEEËNVEERTIG

Tomek had een plotselinge golf van euforie gevoeld en had de hoofdinspecteur willen high-fiven zodra ze het gebouw verlieten, maar Nick had hem meteen afgewezen. Hij had gezegd dat a) er geen reden was om opgewonden te zijn, en b) er het inherente risico bestond dat Brendan Door hen vanuit het raam bekeek als een achtergelaten kind dat zijn ouders ziet vertrekken.

Geen van beide was naar Tomeks mening waar.

Ten eerste was er alle reden om opgewonden te zijn. Ze hadden Brendan Door uit zijn tent gelokt, een barst in zijn pantser gevonden en zich daarin vastgezet. Het voelde misschien niet zo, maar Tomek was er zeker van dat het binnenkort wijd open zou barsten. En ten tweede, wie maakte zich er druk om of hij keek? Het zou hem alleen maar meer irriteren.

Helaas zag Nick geen geldigheid in Tomeks tegenargumenten, en zelfs nadat ze het politiebureau binnengingen, bleef de hoofdinspecteur het aanbod van een high-five weigeren. Om de gênante situatie te doorbreken, vond Tomek de dichtstbijzijnde persoon achter een bureau en hield zijn hand voor hun gezicht.

'Wat moet ik in godsnaam hiermee?' vroeg Chey. 'Wat laat je me zien?'

'Sla erop, idioot.'

'Er zijn maar een handvol gelegenheden waarbij ik de bevelen van een volwassen man opvolg om iets te slaan, en dit is er geen van.'

Tomek vroeg zich af naar welke andere gelegenheden Chey zou kunnen verwijzen. Toen besefte hij dat hij het eigenlijk helemaal niet wilde weten.

'Druk gewoon je handpalm tegen de mijne.'

'Dit is toch niet een of andere fetisj van je, hè?'

'Het is een high-five, jij verdomde dwaas.'

Cheys ogen werden groot, alsof hij plotseling het vermogen had ontwikkeld om te horen. 'Betekent dit dat ik je nieuwe beste vriend ben, sarge?'

Uiteindelijk sloeg de agent tegen Tomeks handpalm. Het geluid echode door de kamer en het brandende gevoel bleef op zijn huid hangen.

'Absoluut verdomme niet,' antwoordde Tomek. 'Niet met de vreemde fetisjen waar jij in geïnteresseerd bent.'

Voordat Chey kon reageren, klopte een politieagente van begin twintig op de deur en stapte aarzelend naar voren.

'Excuseer mij,' zei ze nerveus.

'Alles goed, collega?' vroeg Tomek.

'Ik vroeg me af...' zei ze, waarna ze haar keel schraapte om opnieuw te beginnen. 'Er is beneden iemand die beweert iets te hebben wat u misschien zou willen zien.'

Daar gaan we weer, dacht Tomek. Waarschijnlijk nog zo'n gekkie die denkt dat hij de crimineel Herbert Tucker heeft zien vermoorden en die pas uit zijn schulp is gekropen nadat hij had ontdekt dat er een financiële beloning te verdienen viel.

'Wat wil hij?'

'Hij... heeft blijkbaar iets op het strand gevonden op de dag dat Tucker werd vermoord. Hij is gekomen om het af te geven.'

Tomek werd onmiddellijk teruggeworpen naar de parkeerplaats waar Herbert Tucker was ontvoerd, en later naar de plek tussen de strandhuisjes waar zijn lichaam was gevonden. De geur die Albert Patterson verspreidde was overweldigend. Zo sterk dat Tomek ervan overtuigd was dat de man het uit zijn poriën uitwasemde.

'Dank u dat u de tijd hebt genomen om vandaag naar het bureau te komen,' begon Tomek.

Nadat hij had gehoord wat Albert Patterson wilde, had Tomek het op zich genomen om met de man te spreken. Maar hij begon snel te wensen dat hij dat niet had gedaan. Of op zijn minst dat hij een plastic raam tussen hen in had. Of neusklemmen. Iets om de stank van urine en lichaamsgeur tegen te gaan.

'Ik begrijp dat u iets heeft wat u wilde delen, iets waarvan u denkt dat het nuttig zou kunnen zijn voor ons onderzoek.'

Albert Patterson was midden in de zeventig en zag er ook zo uit. Zijn lichaam was broos, zijn huid hing om zijn geraamte, en het was duidelijk te zien dat hij enige moeite had om voor zichzelf te zorgen. Maar zodra hij het kleine voorwerp uit zijn zak haalde (een proces dat op zich al langer duurde dan normaal), kwam hij tot leven, alsof iemand zijn klok weer had opgewonden en hem een nieuw leven had gegeven.

In zijn hand hield hij een kleine, met diamanten bezette gouden trouwring. Tomek wist er niet veel van - de gedachte aan een huwelijk en langdurige verbintenis kwam zelden in hem op - maar hij kon aan de kwaliteit van de glans, het gewicht ervan in de hand van de andere man, en de diamanten die fonkelden in het licht, zien dat het een dure aankoop was geweest.

'Het is massief goud en de diamanten zijn bijna een kwart karaat elk,' zei Albert Patterson.

'Is dat goed?' vroeg Tomek, die probeerde de naïviteit in zijn stem te verbergen maar daarin faalde.

'Het is duur, dat is het.' De oude man sprak met een echte Essex-tongval. Bijna Cockney. Alsof hij dichter bij Londen was opgegroeid dan bij Southend. 'Prachtig ding. Ik had er alleen maar van kunnen dromen om zoiets te bezitten totdat ik het vond. De vorige eigenaar hiervan was een rijk man.'

'Weet u wie de vorige eigenaar was?' vroeg Tomek, alsof het antwoord voor de hand lag.

'Nee. Geen idee.'

'Waar heeft u het gevonden?' vroeg Tomek.

'Thorpe Bay. Bij de strandhuisjes.'

'Juist. En waarom heeft u het meegebracht?'

'Dacht dat het u misschien kon helpen bij het vinden van de persoon die die moord heeft gepleegd.'

'Dus, denkt u dat het misschien toebehoort aan de persoon die is overleden?'

'Zou kunnen. Kan me hun naam alleen niet herinneren. Misschien kun je me daarmee helpen. Er staan initialen gegraveerd aan de binnenkant van de ring.'

Het werd Tomek snel duidelijk dat de man meer hulp nodig had dan alleen bij aankleden en zichzelf schoonmaken. Hij had professionele hulp nodig, iemand die voor hem kon zorgen.

'Mag ik de ring zien?'

Zodra Tomek zijn hand uitstak, trok Albert de zijne terug en drukte de ring tegen zijn borst.

'*Mijn kostbare,*' siste Albert.

Tomek lachte ongemakkelijk. 'Ik ga hem niet stelen.'

'Heb je je handen gewassen?'

'Wat?'

'Heb je je handen gewassen? Je mag hem niet met vieze vingers aanraken. Vieze vingers zijn niet toegestaan.'

Tomek keek naar zijn handen. Hij wist dat wat hij op het punt stond te zeggen verkeerd was, maar hij deed het toch.

'Absoluut, ze zijn schoon. Ik heb handreiniger gebruikt toen ik binnenkwam. Heb je dat niet gezien?'

Albert krabde aan zijn kin en staarde onheilspellend naar de deur. 'Nee, dat heb ik denk ik gemist. Nou, in dat geval...'

Langzaam, voorzichtig, alsof hij de fysieke belichaming van Gollum was, overhandigde Albert Patterson de ring aan Tomek, die hem behoedzaam in zijn handpalm legde - de hand die vrij was van Cheys handkiemen. De inscriptie aan de binnenkant van de ring was minuscuul, nauwelijks leesbaar. Tomek hield hem tegen het licht en bekeek hem nauwkeurig.

H & N.

Herbert en Nora.

Bingo.

'De eigenaar hiervan is het lichaam dat op het strand is gevonden,' bevestigde Tomek. 'Hoe hebt u hem gevonden?'

Albert Patterson leek plotseling tot leven te komen. 'Met mijn metaaldetector. Ik loop bijna elke dag langs de boulevard op zoek naar iets.'

'Cool.'

'Ik heb maar één keer geluk gehad. En dat was toen ik zes jaar oud was. Een munt. Romeins, meer dan tweeduizend jaar oud. De waarde ervan heeft ervoor gezorgd dat mijn familie uit de armoede kwam. Denk je dat de man die deze ring bezat me een beloning zal geven?'

Tomek keek naar de ring en voelde de drang om zijn vingers eromheen te vouwen. 'Helaas niet,' zei hij. 'De man die deze bezat is dood. U moet hem gezien hebben toen u de ring vond. Hij lag op het strand, tussen de strandhuisjes...'

Albert doorzocht zijn geheugen. 'Ik dacht dat dat een dakloze was.'

Hij was niet de enige.

'Als ik er geen beloning voor krijg, wil ik hem graag terug.'

Tomek klemde de ring steviger in zijn greep. 'Dat kan ik helaas niet doen, meneer,' antwoordde hij. 'Dit is nu bewijsmateriaal in een moordonderzoek. Ik moet hem meenemen.'

'Maar wie het vindt mag het houden...' Alberts ogen zakten en zijn gezichtsuitdrukking was alsof hij zojuist zijn eigen naam was vergeten. 'Dat is nu mijn eigendom. Het was van mij toen ik het vond.'

'Ja. En u hebt het net ingeleverd.'

Albert sloeg met zijn vingers op tafel. Het geluid, en het rimpeleffect door de tafel, was zwak, maar Tomek voelde de woede en razernij achter de ogen van de man. Een actie die in het verleden misschien op andere mensen was afgereageerd.

'Ik eis een vergoeding!'

'Dat kan ik helaas niet doen, meneer Patterson.'

En toen begon het huilen. Eerst zacht en voorzichtig. En toen nam het tempo toe terwijl Albert begon te hyperventileren.

'Alsjeblieft. Ik heb niets. Het is... het is pas mijn tweede vondst ooit. Ik... ik heb het nodig.'

Tomek stak zijn vrije hand over de tafel en legde die op die van Albert. Hij keek de man in de ogen. 'Het spijt me,' zei hij. 'Maar mijn handen zijn gebonden. Ik zou het u graag geven, maar er zou DNA-bewijs op kunnen zitten.'

'Alstublieft...'

'Ik kan niets beloven, maar ik kan met de familie praten en kijken of ze bereid zijn om hem af te staan aan het einde van het onderzoek, ervan uitgaande dat hij vrijgegeven wordt. Maar dat kan enige tijd duren. Het kunnen maanden, jaren zijn.'

En tegen die tijd zou hij het misschien helemaal vergeten zijn.

Tomek wachtte geduldig tot de man zou reageren.

Hij had alle kleur uit zijn gezicht verloren, zijn huid leek lager van zijn wangen te zijn gezakt, en zijn lippen waren van elkaar gegaan waardoor een set slecht onderhouden tanden zichtbaar werd.

'Dat zou geweldig zijn,' zei hij met een zachte glimlach. 'U bent een heer, dank u. Dat zou zoveel voor me betekenen. Het is goed om te weten dat er nog steeds fatsoenlijke mensen in de wereld zijn.'

———

Tomek voelde zich nog steeds schuldig - alsof hij een man van zijn laatste bezit had beroofd; een bezit dat niet eens van hem was - toen hij terugkeerde naar de ruimte voor grote incidenten.

'Ik onderbreek niets, toch?' vroeg hij.

Zonder het te beseffen was hij te laat voor een vergadering. Het hele team zat in de ruimte voor grote incidenten, kijkend naar de twee figuren aan het hoofd van de ruimte: Nick, en Liam Porter, de manager van de plaats delict die verantwoordelijk was geweest voor het verzamelen van bewijsmateriaal van Herbert Tuckers lichaam. Hij was een jonge man, begin dertig, maar was in korte tijd naar de top van zijn carrièreladder gestegen. Ondanks dat was hij nuchter, ontspannen, en een van de vriendelijkere leden van dat specifieke team waarmee Tomek te maken had gehad.

'Net op tijd eigenlijk,' zei Liam, die hem wild naar binnen wenkte. 'Een paar momenten later en je had het gemist.'

'Nu ben ik nieuwsgierig,' zei Tomek terwijl hij een stoel pakte die het dichtst bij de deur stond.

Toen hij was gaan zitten, en alle ogen waren afgewend van Tomek, kuchte Liam.

'Het DNA-testrapport is terug voor Herbert Tucker. Zijn kleding. Zijn haar. De auto. En het belangrijkste, de lippenstift.'

Tomek schoof naar de rand van zijn stoel, aandachtig.

'De korte versie is dat een groot deel van het DNA dat op hem is gevonden, is weggespoeld door de regen en het weer. Wat betreft de auto, het team heeft sporen van haar, kledingvezels en enkele vingerafdrukken gevonden, maar aangezien het een gezinsauto is, en hij iedereen erin rondrijdt, zal het even duren om uit te zoeken wat van wie is.'

'Hebben we DNA-monsters van de familie genomen zodat we hen kunnen uitsluiten?' vroeg Nick aan de aanwezigen.

Alle ogen richtten zich op Anna. De agente keek op en schudde haar hoofd.

'Prima. Dat heeft prioriteit na deze vergadering.'

Anna knikte instemmend.

'Het deel waar ik het meest enthousiast over ben om jullie te vertellen, is echter iets anders,' zei Liam, terwijl hij zijn vuisten van opwinding balde.

'Ga dan door. Wat is het, Liam? We hebben een moordonderzoek waar we mee bezig moeten.'

'Ik weet het. Sorry. Ja. U hebt gelijk. Nou...' hij pauzeerde voor een dramatisch effect; Tomek viel bijna van de rand van zijn stoel. 'De lippenstift. De chemische analyse die erop is uitgevoerd wees uit dat er *twee* sets DNA zijn gevonden op de hand van Herbert Tucker. Op dezelfde plek.'

'Twee mensen hebben zijn hand gekust op de avond dat hij stierf?' vroeg Tomek, verbijsterd.

Liam knikte. 'En beiden met dezelfde lippenstift.'

Hij hield een A4-papier omhoog. Het document was in tweeën gesplitst met twee lijngrafieken die elk de chemische samenstelling toonden van dezelfde lippenstift die op Herbert Tuckers hand was gevonden.

'Omdat het glanzend en waterbestendig is, en gelukkig beschermd was onder het dekbed waarin hij werd gevonden, kon het team een monster van goede kwaliteit nemen.'

'Geen wonder,' zei Tomek afwezig.

Zijn gedachten gingen met hem op de loop, terug naar een paar dagen geleden. Naar het gesprek dat hij had gehad met Sarah Jewell, Tuckers secretaresse en minnares.

Nadat we... het hadden gedaan, zei hij dat ik hem op zijn hand moest kussen.

Het was gewoon een van zijn kleine fetisjes, weet je.

Hij kocht de lippenstift speciaal voor mij. Hij gaf het me als cadeau.

Tientallen vragen schoten door zijn hoofd.

Had Tucker seks gehad na het slapen met Sarah Jewell? Had hij met twee vrouwen op één avond geslapen?

Of wist zijn moordenaar dat hij graag zijn hand gekust kreeg na de seks, en had die het gedaan om hen te verwarren en te desoriënteren?

Als dat het geval was, dan kwamen er slechts drie namen bij hem op.

Sarah Jewell.

Alina Zandecka.

En nu zijn vrouw, Nora Tucker.

HOOFDSTUK
DRIEËNVEERTIG

Tomek liet het slokje water voorzichtig door zijn keel glijden, nam zijn tijd terwijl hij het glas op tafel zette.

'Je water is fantastisch.'

'Dank je,' antwoordde Isabel. 'Het komt rechtstreeks gefilterd uit de kraan.'

'En ik dacht nog wel dat ik al het metaal en fluoride erin kon proeven.'

'Ik kan ze voor u toevoegen als u wilt?'

Dat wilde Tomek niet. Hij wilde ook niet in dezelfde kamer als Isabel zitten voor zijn tweede afspraak.

'Heb je een fijne tijd gehad tijdens je vakantie?' vroeg hij, het gesprek zoveel mogelijk van zichzelf afleidend.

Er stonden nog iets meer dan vijftig minuten op de klok.

'Het was fijn, dank je. Aangenaam, gezien het weer.'

'Waar ben je geweest?'

'Cornwall.'

'Klassiek. Ik wed dat u een van die mensen bent met een tweede huis daar, nietwaar? Verhuurt u het op Airbnb en jaagt u de lokale bevolking de stad uit?'

Isabel legde haar pen op tafel. 'Nee. Maar veel mensen met wie ik sprak waren erg ongelukkig over Airbnb. Velen vergeleken het met een ziekte, een aandoening.'

Tomek snoof spottend. 'Dat is een stevige woordkeuze.'

'Welke woorden zou jij kiezen om het te beschrijven?' Isabel sprak zachtjes, en terwijl hij naar haar luisterde, vergat hij soms dat ze zijn therapeut was die probeerde de deur naar zijn geest te openen.

'Ik zou zeggen... ik zou zeggen dat het oneerlijk is, en het lijkt moreel verkeerd, maar ik zou deze mensen geen kanker noemen.'

'Niemand zei kanker, Tomek. Heeft uw geest de neiging naar het extreme af te dwalen?'

Tomeks lichaam verstijfde toen hij voelde dat ze de sleutel in het slot stak.

'Nee...'

'Oké. Gewoon nieuwsgierig. Vertel me over je nachtmerries sinds we de laatste keer spraken. Heb je er nog gehad?'

De kern van waarom hij daar was.

'Ze zijn... anders geweest.'

'Hoe bedoel je?' vroeg ze, terwijl ze de pen weer oppakte.

'Ze zijn... Sommige spelen trucs met me.'

'Ben je gestopt met Kasia erin te zien?'

'Ja,' zei hij botweg. Hij had het niet beseft, maar hij kon zich niet herinneren wanneer Kasia voor het laatst in plaats van zijn broer was verschenen.

'Dat is goed. Bemoedigende tekenen van vooruitgang. Hoe vaak heb je ze gehad deze laatste week of zo? Bijna elke nacht? Een paar?'

'Een paar.'

'En schieten je gemeenschappelijke triggers te binnen?'

Tomek voelde dat hij verdwaalde in het gesprek, nieuwsgierig naar de innerlijke werking van zijn geest nu ze hem in staat had gesteld het zelf te zien. En de volgende momenten zat hij daar zwijgend, proberend uit te zoeken wat hij had gedaan op de dagen van zijn nachtmerries.

'Ik weet het niet,' loog hij. 'Het is gewoon...'

'Wat?' polste Isabel zachtjes.

'Ik weet niet of het iets betekent, maar...'

Waarom? Waarom geef je dit toe? Je hebt dit nog nooit bij iemand gedaan...

'Ga door,' moedigde ze aan, haar hoofd schuin houdend.

'Er is iets gebeurd een paar maanden geleden. Iets soortgelijks. Er was een meisje met wie ik uitging. Katie heette ze. Hoewel het eigenlijk Charlotte bleek te zijn, maar dat is een gesprek voor een andere keer, dus denk er niet eens aan om me iets over haar te vragen. We waren een paar weken samen, en ik viel voor haar. Eigenlijk viel ik hard. Het ging

fantastisch. Ze begreep mij, ik begreep haar. Het was geweldig. Ik zei
het L-woord op een ochtend en zij zei het terug. Het ging goed...'
'Wat gebeurde er?'
Tomek zwaaide met zijn vinger in de lucht. 'Gesprek voor een
andere dag, dat zei ik je net.'
'Leg mij dan uit wat de overeenkomsten zijn tussen toen en nu. Wat
was hetzelfde?'
'De nachtmerries,' zei Tomek terwijl er een glimlach op zijn gezicht
verscheen. 'De nachtmerries werden beter. Op de avond dat ik haar zei
dat ik van haar hield, had ik een nachtmerrie. De duidelijkste die ik ooit
heb gehad. Het kwam het dichtst bij de werkelijkheid.'
'Hoe?'
'Ik hoorde de naam van de andere moordenaar van mijn broer.
Degene die is ontkomen. *Charlie.*'
Het was een tijd geleden dat Tomek die naam voor het laatst hardop
had uitgesproken, en toen hij dat deed, voelde hij een combinatie van
emoties. Woede op de man voor wat hij had gedaan. Wrok omdat hij
zijn gezicht niet duidelijker kon voorstellen. En opluchting, dat de naam
veilig was om uit te spreken, dat het niet de duivel zou oproepen en
hem op een of andere manier zou kwetsen.
Dat hij de naam zo vaak kon zeggen als hij wilde.
En dat hij dat zou moeten doen.
'Dat is fantastisch,' antwoordde Isabel, met een dunne glimlach. 'Heb
je iets met die informatie gedaan sinds je het ontdekte?'
Tomek schudde zijn hoofd en liet het zakken. Bijna alsof hij zich
schaamde voor zijn antwoord.
'En hoe voelde die ontdekking?'
'Het inspireerde me om het meisje dat me het antwoord gaf te
vertellen dat ik van haar hield.'
'Wat bedoel je?'
'Zodra Katie in mijn leven kwam, werden de nachtmerries beter. Ze
stopten niet. Ze werden gewoon beter, duidelijker. Er werd me meer in
onthuld.'
'En hetzelfde gebeurt nu?'
Tomek knikte. 'Ik denk het. Ik denk dat elke keer als ik iemand
toelaat of dichterbij iemand kom, mijn hersenen zichzelf lijken te orde-
nen. Het moeten de endorfinen zijn.'
Isabel neuriede en knikte terwijl ze enkele dingen op haar papier

noteerde. 'Dat is erg interessant. Maar door de manier waarop je het zegt, laat je het klinken alsof het iets slechts is.'

Tomek krabde aan zijn nek. 'Ik denk dat ik gewoon niet afhankelijk wil zijn van iemand anders die in mijn leven komt om antwoorden te vinden. Wat als ik uit elkaar ga met iemand, of als ze sterven, of als er iets gebeurt? Ik wil niet van de ene relatie naar de andere springen om de antwoorden over de dood van mijn broer te vinden.'

Isabel maakte haar aantekeningen af, plaatste haar handen op haar bureau en vlocht haar vingers ineen.

'Ik denk dat je het helemaal verkeerd ziet,' zei ze tegen hem, haar stem nu strenger. 'Ik denk niet dat je een liefdesinteresse of een nieuw persoon in je leven nodig hebt om je te helpen de identiteit van de moordenaar van je broer te ontrafelen. Ik denk dat je twee dingen nodig hebt.' Ze stak een vinger op. 'Het eerste is dat het klinkt alsof je hunkert naar affectie. Affectie die al zo lang ontbreekt door de uitsluiting van je familie. Ik denk dat je de gebroken barrières en de beschadigde relaties met je ouders en je broer moet helen. De affectie waar je naar verlangt, en waarvan je denkt dat die van je romantische partners komt, is affectie die je van hen nodig hebt. Nu kan ik niet garanderen dat het je open-stellen voor hen je nachtmerries volledig zal stoppen, maar het volgende punt is er een waarvan ik denk dat het dat in grotere mate zal doen.' Ze hield ook haar middelvinger naar hem op, zodat ze nu het vredesteken maakte. 'Het tweede waarvan ik geloof dat het je zal helpen om mentale duidelijkheid te krijgen over de situatie van je broer, is iets dat je al te lang uitstelt. Dertig jaar, om precies te zijn. Sinds voor mijn geboorte. In die tijd heb je vertrouwd op je geest om je de antwoorden te geven waar je naar verlangt, terwijl je de antwoorden al die tijd voor je had: de moordenaar van je broer. Degene die in de gevangenis zit. Hij weet alles wat jij niet weet. Mijn advies zou zijn om de moed te vinden om contact met hem op te nemen en met hem te spreken. Hij zou misschien bereidwilliger kunnen zijn dan je denkt om uit te weiden over wat al dertig jaar in je geest opgesloten zit. Als je iemand hebt om mee te gaan, prima. Zo niet, en je voelt je meer op je gemak als je alleen gaat, doe dat dan. Maar ik denk dat een ontmoeting met hem je een stap dichter bij de waarheid zal brengen. Bij de waarheid van je *broer*.'

HOOFDSTUK
VIERENVEERTIG

Tomek had vannacht geen nachtmerrie gehad. Hij had trouwens helemaal niet geslapen. In plaats daarvan had hij wakker gelegen, woelend terwijl hij nadacht over Isabels woorden. Of hij de moordenaar van zijn broer onder ogen zou moeten komen. Of hij mentaal sterk genoeg was om dertig jaar later tegenover hem aan tafel te zitten en hem te vragen hoe hij Michał had vermoord, waarom, en wie er nog meer bij betrokken waren geweest.

Lange tijd had Tomek overwogen om Abigail mee te nemen, maar vervolgens verwierp hij dat idee. Ze wist nauwelijks iets van de situatie. Ze was nieuw in zijn leven. En als wat Isabel had gezegd waar was, dan had hij haar daar toch niet bij nodig. Het zou eerder zijn familie moeten zijn. Zijn moeder, vader, misschien zelfs zijn oudere broer.

Maar hij kon zich niet voorstellen dat zij daarmee zouden instemmen. Ze hadden Nathan nooit vergeven voor wat hij hun familie had aangedaan, en hij verwachtte niet dat dit binnenkort zou veranderen. In plaats daarvan zou hij alleen moeten gaan, als hij ooit de moed zou verzamelen om überhaupt te gaan.

Hij twijfelde nog steeds. En hij dacht er nog steeds over na terwijl hij naar de plant naast de voordeur van Herbert Tucker staarde. Hij schrok op toen hij een por in zijn arm voelde.

'Ej, co tam?' vroeg Anna, terwijl ze hem in zijn schouder porde met een bezorgde uitdrukking op haar gezicht.

'Sorry. Zat met mijn gedachten mijlenver weg. Het gaat prima. Alles goed. Niets om je zorgen over te maken!'

Tomek hief zijn blik op en nam zijn omgeving in zich op. Even was hij vergeten dat ze hier waren om Nora Tucker te zien. En voordat hij meer van zijn omgeving kon waarnemen, ging de voordeur open en werden beide rechercheurs begroet door een perfect verzorgde Nora, gekleed in leggings, een dunne hoodie en witte sportschoenen. Sinds Tomek haar voor het laatst had gezien, waren haar lippen voller geworden en waren de lijntjes en elasticiteit in haar voorhoofd verdwenen. Terwijl ze uitbundig naar Anna glimlachte, bewoog er zeer weinig in haar gezicht.

'Anna, schat!' riep Nora terwijl ze de agent in een omhelzing trok. 'Hoe gaat het met je, liefje?'

'Goed,' antwoordde Anna, verlegen.

Toen was Tomek aan de beurt. De vijftigjarige vrouw duwde Anna opzij en strekte haar armen uit naar Tomek, waardoor hij nauwelijks kans had om aan haar avances te ontkomen. Haar armen waren om zijn nek geslagen en haar borsten drukten tegen zijn ribben voordat hij het kon vermijden. Voor een lang moment, veel langer dan bij Anna, bleef Nora daar staan, tegen hem aangedrukt. Toen ze hem uiteindelijk losliet, staarde ze in zijn ogen en gaf hem een flirterige glimlach.

'En rechercheur Bowen,' zei ze verleidelijk. 'Het is een tijdje geleden, maar ik vergeet nooit een naam. Of een knap gezicht.'

Anna rolde met haar ogen in zijn gezichtsveld; dit was niet de eerste keer dat een getuige met hem flirtte in haar bijzijn.

'Leuk je weer te zien, Nora,' zei Tomek, terwijl hij probeerde zijn zelfbeheersing terug te vinden, maar in plaats daarvan gaapte hij in haar gezicht. 'Zouden we binnenkomen en even met je kunnen praten? Er zijn wat ontwikkelingen die we graag willen bespreken.'

Nora was maar al te blij om hen te ontvangen. Ze was al naar de sportschool geweest en haar yogales was pas 's middags, vertelde ze hen, dus ze had genoeg tijd te doden. Terwijl ze wachtten op de verfrissingen die Nora er per se voor hen wilde maken, namen Tomek en Anna plaats op de chaise longue in de woonkamer. Terwijl Tomek het meubilair begon te bekijken dat hij al twee keer eerder had gezien, porde Anna hem in zijn been.

'Ze is oud genoeg om je moeder te zijn!'

'Waar heb je het over? Nee, dat is ze niet. En in godsnaam, zeg zoiets nooit meer. Dat is een beeld dat ik absoluut NIET in mijn hoofd wil hebben.'

'Viezerik.'

Voordat Tomek zichzelf kon verdedigen, kwam Nora terug met drie hoge glazen met een dikke, groene vloeistof op een houten dienblad. Ze zette ze neer op de salontafel voor hen.

'Ik hoop dat jullie het niet erg vinden, maar ik wilde jullie mening horen over iets waar mijn personal trainer me op heeft gezet.'

'Heet het toevallig een koeiendieet?' vroeg Tomek, terwijl zijn blik verdwaalde in het groen.

'Het is een gemixte combinatie van eiwitpoeder, boerenkool, honing, spinazie, komkommers, selderij, citroen en gember. Het bevat een prachtige mix van vitamines A, C, calcium en ijzer. Het is geweldig voor de maag, het helpt je enorm met afvallen, en je voelt je er goed door. Ik drink ze pas een paar dagen maar ik kan nu al voelen dat mijn huid stralender wordt en mijn haar zachter.'

Weet je zeker dat het niets te maken heeft met al die cosmetica en synthetische troep die je op je gezicht smeert? Tomek was de tel kwijtgeraakt van alle nieuwe woorden die hij had geleerd sinds hij een tienerdochter had. Collagenmaskers dit. Salicylzuur dat. Het was een nachtmerrie en een mijnenveld van verwarrende en zinloze terminologie.

'Moet ik het in één keer drinken als een shotje, of neem ik er de tijd voor?' vroeg Anna onschuldig.

'Ik denk dat je het maar beter snel achterover kunt slaan,' antwoordde Tomek.

Zonder iets te zeggen pakte hij het glas dat het dichtst bij hem stond en hield het onder zijn neus. De stank van groenten en gezond voedsel, verergerd door het feit dat het hem in het gezicht werd geduwd, deed hem ineenkrimpen. De vloeistof was dik en kleverig, met kleine belletjes die aan het oppervlak dreven. Zijn neus dichthoudend, slikte hij de drank door en sloot zijn ogen. Zodra de vloeistof zijn tong raakte, trok hij een grimas en wilde het weer uitspugen, maar herinnerde zich toen dat hij in gezelschap was, en dat dit geen wildernisuitdaging was. Tot zijn verbazing ging de rest van de vloeistof na de eerste slok makkelijker naar binnen. Toen hij klaar was, zette hij het glas op tafel en veegde zijn mond af met zijn mouw.

'En?' vroeg Nora gretig, terwijl ze naar voren leunde, met grote ogen.

'Ik denk dat de smaak van selderij me de rest van de dag zal bijblijven,' zei hij met zwakke stem. 'Maar ik heb ergere dingen geproefd, laat ik het zo zeggen.'

'Oh, geweldig! Ik ben verrukt. Ik weet dat de meiden het heerlijk zullen vinden!'

'Waar zijn ze, uit nieuwsgierigheid?' vroeg Anna terwijl ze het glas op tafel zette. Het perfecte excuus om niet meer van dat verschrikkelijke drankje te hoeven drinken.

'Whit is bij haar vriendje en Eleanor is boven. Ze is niet veel naar beneden gekomen sinds wat er gebeurd is. De school is zo goed voor haar geweest, ze houden contact via e-mail en telefoontjes. Ze hebben zelfs wat huiswerk gestuurd voor het geval ze afleiding nodig had.'

En om ervoor te zorgen dat ze haar lessen niet zou mislukken.

'Hoe gaan ze om met de dood van hun vader?' vroeg Tomek, en voegde eraan toe: 'Sorry als dit oude kost is. Het is voor mijn eigen begrip, omdat ik je een tijdje niet heb gezien.'

Nora wuifde zijn excuses weg. 'Geen probleem. Ik begrijp het. Het is je werk.' De flirterige glimlach bleef. Tomek was maar al te blij om het voorlopig te accepteren. 'Whit heeft het iets beter verwerkt, zoals je zou verwachten. Ze heeft het voordeel van haar leeftijd, al wil dat niet zeggen dat het haar niet erg heeft geraakt. Maar Eleanor lijdt er meer onder, dat is zeker. Ze is veel jonger, en ze stond veel dichter bij haar vader.'

Tomek knikte en legde zijn handen op zijn schoot. 'Ik begrijp het. En is dat altijd al zo geweest?'

Als Nora de insinuatie achter zijn vraag opmerkte, liet ze het niet blijken. In plaats daarvan kantelde ze haar hoofd opzij als een verwarde hond en zei: 'Ik denk dat Herbert en Whit natuurlijk uit elkaar groeiden nadat ze ouder werd. Dat doen kinderen toch? Ze groeien op en worden hun eigen persoon.'

'Dus het had niets te maken met haar drugsverslaving die Herbert had helpen faciliteren?'

De vraag sloeg Nora uit het veld. Haar mond viel open en ze schudde haar hoofd. Daarna leunde ze voorover zodat haar ellebogen op haar knieën rustten en een flink stuk decolleté onder haar sportbeha recht op hem gericht was. Ze begon met haar gemanicuurde nagels te spelen.

'Ik... ik weet niet wat... Hoe weet je daarvan?'

'Het is ons werk. Waarom heb je ons dat niet verteld?'

'Ik... ik dacht niet dat het belangrijk was.'

'Net zoals je niet dacht dat je lopende affaire met Brendan Door belangrijk was?'

Nora's ogen werden zo groot dat ze eruitzag als een verraste meeuw, en haar hoofd begon heen en weer te draaien tussen Tomek en Anna.

'Wat er tussen Brendan en mij gaande is, gaat jou of het onderzoek niet aan,' mompelde ze.

'Ik bepaal wel wat van belang is, dank je. Hoe lang hebben jullie twee al een relatie?'

'Lang genoeg.'

'We hebben van betrouwbare bron vernomen dat het al bijna een jaar duurt.'

Dankzij James Colehill, hun zingende kanarievogel.

'Als je het weet, waarom vraag je het mij dan?'

'Omdat we het graag uit *jouw* mond willen horen. En we houden er niet van als er tegen ons gelogen wordt. Het ziet er niet goed voor je uit als je dat doet.'

Nora liet haar hoofd zakken, alsof ze de dreiging achter Tomeks woorden begreep.

'Herbert had er nooit problemen mee, als je het per se wilt weten. Hoe kon hij ook met de dingen die hij in het verleden had gedaan?' Ze pauzeerde terwijl ze aan een van haar nagels peuterde. 'We hielden nooit van elkaar. Misschien aan het begin van de relatie, maar dat doofde vrij snel. En toen ontdekte ik dat ik zwanger was, dus besloten we bij elkaar te blijven. We zijn sindsdien zo gebleven, voor het welzijn van de meisjes. Ik weet het, ik weet het, Whitney is oud genoeg om alleen te wonen, en Eleanor is er ook bijna. Maar eerlijk gezegd ben ik altijd bang geweest voor het idee dat ze zouden vertrekken. Ik wilde niet alleen met hem zijn.' Ze stokte door een brok in haar keel en streek met haar vingers langs haar nek. 'Ik heb in het verleden genoeg kansen gehad om bij hem weg te gaan, maar ik heb ze nooit gegrepen. Ik had het te comfortabel. Ik hoefde niet te werken, alles werd voor me geregeld. En ik kon zoveel relaties buiten mijn huwelijk hebben als ik wilde. Hetzelfde gold voor hem. Hij wist waar ik mee bezig was, en ik wist waar hij mee bezig was.'

'Wist je van zijn buitenechtelijk kind?' vroeg Tomek, nieuwsgierig.

'Natuurlijk wist ik dat. Hij had een zwak voor Oost-Europeanen. Er stond altijd wel een of andere buitenlandse naam op zijn telefoon. En *die* slet, Alina, vertoonde haar gezicht hier een paar keer om Herbert te zoeken. Uiteraard wist ik dat hij niets met het kind te maken wilde hebben, en ik ook niet. Ik hield me er zoveel mogelijk buiten, maar zij bleef maar langskomen.'

'Wist je dat hij haar elke maand betaalde?'

Nora hield op met het peuteren aan haar nagels en liet haar hoofd zakken. 'Dat was mijn idee. Ze had duidelijk gemaakt dat ze niet zou verdwijnen, en het aantal keren dat ze dreigde naar de pers te stappen, mijn God! Hoewel we wisten dat als ze naar John zou gaan, we veilig zouden zijn; hij zou niets publiceren. Maar ik besefte al snel dat haar afkopen de beste manier was om haar stil te houden.'

Tomek ging voorover zitten in zijn stoel, met zijn armen over elkaar, gefascineerd.

'Dus je moet ook weten waarom de betalingen stopten?' vroeg hij.

'*Beide* betalingen.'

'Beide betalingen?' herhaalde ze. 'Wat bedoel je?'

'De betalingen aan Alina Zandecka en de betalingen aan Brendan Door. Van wat we hebben ontdekt, lijkt het erop dat je man veel mensen veel geld betaalde voor veel verschillende dingen. Waarom zijn ze gestopt?'

'Hij had er genoeg van. Zo simpel was het. Hij had genoeg van mensen die hem chanteerden, en hij had ook genoeg van zichzelf omdat hij hun bluf niet durfde te doorprikken.'

Tomek wist niet wat hij had verwacht te horen. Tot nu toe was dit alles wat hij had gehoord. Dat Herbert Tucker er genoeg van had om mensen te betalen voor ofwel hun stilzwijgen of hun steun, en hij had hen afgesneden. Dus hij wist niet waarom hij teleurgesteld was nadat hij het uit Nora's mond had gehoord.

'Waarom betaalde hij geld aan Brendan Door?' vroeg Anna slim.

'Vanwege onze affaire. Herbert wist ervan, maar dat betekende niet dat hij het leuk vond. Vooral niet als het met iemand was die zowel professioneel als persoonlijk zo dicht bij hem stond. Hij vond het idee dat wij samen waren niet leuk, en af en toe probeerde hij ons uit elkaar te drijven - je weet wel, andere mensen in ons leven brengen, proberen onze hoofden te doen omdraaien. Maar het werkte nooit, en Brendan werd het zat. Dus Brendan dreigde John te overtuigen hem een artikel te laten schrijven over de affaires die Herbert had en ook over het buitenechtelijke kind dat hij had. Zoiets was veel erger als het uitkwam voor een Parlementslid dan voor Brendan.

Brendan stond niet zo in de publieke belangstelling, maar een parlements-lid...' Ze floot tussen haar tanden door. 'Dat was een heel ander verhaal.' Tot nu toe was dit allemaal logisch voor Tomek. Behalve het deel over de chantage. Een deel van hem dacht dat ze misschien loog; dat ze precies wist waar het voor was, en dat ze niets had gedaan om de drugs tegen te houden die de straten van Southend overspoelden en in het leven van haar dochter terechtkwamen. Terwijl het andere deel van hem, het deel dat hij geloofde, was dat ze de leugen was voorgehouden door beide mannen; dat ze haar hadden verteld dat het was om te voor-komen dat Brendan naar de pers zou stappen over hun affaire. En dat het niets te maken had met het overspoelen van de straten van Sout-hend met drugs.

'Je zei dat Brendan wist van het buitenechtelijke kind...' begon Tomek.

'Ja.'

'Wie wist er nog meer van?'

'Een handvol mensen. Ik kan me hun namen niet herinneren. Maar ik weet dat Herbert ze allemaal tot geheimhouding heeft verplicht.'

Tomek slikte en likte zijn lippen voor het volgende deel van het gesprek.

'Wat kunt u ons vertellen over de herenclub waar uw man naartoe ging?'

Voordat ze antwoordde, wuifde Nora met haar hand voor haar gezicht, alsof ze de woorden uit haar gezichtsveld wegjoeg. 'Ik wil niet over die plek praten. Ik haat het. Ik heb elke vermelding ervan in dit huis verboden. Ik wist precies wat voor dingen Herbert daar uitspookte. Hij vertelde me er altijd alles over, alsof hij *opschepte*, pronkte. De dingen die ze daar deden... ik werd er misselijk van.'

'U bent er toch wel van op de hoogte dat Brendan ook in die club komt, toch?'

Nora haalde diep en langzaam adem, om tijd te rekken. Aan haar gezichtsuitdrukking te zien wist ze precies waarover Tomek het had. Nu moest ze het alleen nog toegeven.

'Hij heeft het me uitgelegd, ja. Maar hij is er niet meer geweest sinds we elkaar zien.'

Tomek maakte een mentale notitie om dat te verifiëren. En toen dwaalden zijn gedachten af naar het beeld van zijn enige bezoek. Zijn onfortuinlijke en slecht getimede bezoek. Hij huiverde bij de aanblik in zijn hoofd.

'Als u het op een schaal van één tot tien zou moeten beoordelen,' begon Tomek, 'hoeveel zou u dan zeggen dat u weet over de interne werking van die club?'

'Eén,' zei ze zonder aarzeling. 'Ik zei het je al. Ik wilde er toen niets over weten en dat wil ik nog steeds niet. Waarom vraag je me er trouwens zo veel over?'

Tomek stak zijn hand in zijn binnenzak en gaf haar een warme, ontwapende en zeker *niet* flirterige glimlach. Toen haalde hij een kopie tevoorschijn van de foto die hij had gevonden in wat hij 'De Kamer' was gaan noemen.

'Hebt u deze foto ooit eerder gezien?' vroeg Tomek terwijl hij hem over de tafel schoof, waarbij hij de glazen net vermeed.

Nora nam het document van hem aan en bekeek het zorgvuldig, op dezelfde manier als zoveel anderen voor haar hadden gedaan.

'Ja, die heb ik eerder gezien.'

Interessant. Dit zou het enige exemplaar moeten zijn, en voor iemand die zo vastbesloten was de herenclub te vermijden als zij, was hij benieuwd hoe ze het had gezien.

'Zou u kunnen uitleggen waar u dit eerder bent tegengekomen?'

'Het werd bij ons bezorgd. Kwam een paar weken geleden met de post. Arme Whitney, zij was degene die het opende.'

'Was het aan haar geadresseerd?' vroeg Anna.

'Nee. Er stond geen naam op. Iemand had het persoonlijk afgeleverd.'

'Weet u wie?'

Nora begon weer met haar nagels te spelen. 'Het was die Litouwse slet. Ik zag haar op het bewakingssysteem toen ze het afleverde met die vriend van haar.'

'Terrence?'

'Ja. Hij.'

Nu viel alles op zijn plaats. De oorspronkelijke eigenaar van de foto had meer dan één kopie, anders dan werd aangenomen. Tomek knikte, draaide zich toen naar Anna en gaf haar een subtiel knikje. Het was nu tijd voor de laatste fase van het bezoek.

'Nora,' begon Anna. 'Als onderdeel van ons onderzoek hebben we gesproken met Alina Zandecka en ook met zijn secretaresse, Sarah Jewell-'

'Bah! Was zij de laatste, ja? Stom klein meisje. Altijd wanhopig om vooruit te komen door bij hem in bed te duiken, was ze.'

Anna negeerde de opmerking en ging verder. 'Beide vrouwen hebben gezegd dat Herbert hen na de geslachtsgemeenschap zijn hand liet kussen. Was dit iets wat hij ook van jou verwachtte?'

'O, dat? Ja. Dat is verdomd raar, nietwaar? Het is niet alleen ik die dat denkt, toch?'

Tomek hief zijn handen in overgave. 'Mensen houden van wat ze leuk vinden. Ik ben niet degene die oordeelt.'

'Dat wed ik,' antwoordde Nora, hem verleidend met haar glimlach.

'Heeft hij je ooit gevraagd dat voor hem te doen?' herhaalde Anna.

'Ja,' antwoordde Nora. 'Toen we net bij elkaar waren, in de beginfase van onze relatie. Hij was er eigenlijk vrij open en eerlijk over, en we zaten in de wittebroodsweken, dus ik had er geen probleem mee. Ik deed het in het begin, maar nadat de wittebroodsweken voorbij waren en ik besefte wat voor soort man hij was, ben ik er snel mee gestopt en heb ik hem verteld op te rotten. Hij kon zich door andere vrouwen laten aanbidden als hij dat wilde, maar niet door mij.'

'Heeft hij je ooit gevraagd het met een specifieke lippenstift te doen?'

Nora keek de kamer rond. 'Ik heb hem nog steeds,' zei ze, en liep naar een ladekast aan de zijkant van de woonkamer. Ze begon de inhoud van elke lade te doorzoeken, haar handen verloren tussen de troep die erin lag. 'Ik bewaar wat make-up hier beneden, maar ik denk dat het boven in mijn make-uptafel ligt. Vreemd genoeg heb ik het al die jaren bewaard.'

'Zouden we het alstublieft mogen hebben?' vroeg Tomek. 'En we hebben ook een DNA-monster van u nodig, alstublieft.'

Nora sloeg de lade dicht.

'Waarom? U denkt toch niet dat ik iets met zijn moord te maken had, wel?'

HOOFDSTUK
VIJFENVEERTIG

D e deurbel ging, maar het geluid was nauwelijks hoorbaar. Het klonk alsof het diep uit het appartement kwam. Ze wachtten, maar er kwam nog steeds geen antwoord.

Niemand thuis.

'Misschien zijn ze naar de club,' zei Rachel.

'Welke?'

'Southend Seven...'

'Kan me niet voorstellen dat ze daar binnenkort nog welkom zijn. En ik betwijfel of ze hun ledenpassen bij de hand hebben. Ze zijn daar behoorlijk streng op dat soort dingen.'

'Ik wil niet weten hoe *jij* daar binnen bent gekomen...'

Na het verzamelen van het DNA-monster van Nora Tucker had Tomek Rachel gebeld en haar gevraagd om hem te ontmoeten bij het appartement van Alina en Terrence, terwijl Anna het monster terugbracht naar het forensisch team. Het was iets na vijf uur, de lichten waren uit en er was niemand thuis. Tenzij ze hun zoon naar een middagactiviteit hadden moeten brengen, vroeg Tomek zich af waar ze konden zijn. Misschien hadden ze beseft dat het net van het onderzoek zich om hen heen sloot, waren ze in paniek geraakt en hadden ze besloten te vertrekken. Het laatste wat het onderzoek nodig had, was dat zij tweeën de stad zouden verlaten om nooit meer terug te keren.

Ze hadden immers het geld, ze hadden geen bindingen die hen in de omgeving hielden. Ze konden vertrekken wanneer ze wilden, gaan waarheen ze wilden.

'Ik heb een idee,' zei hij.

'Toch niet een *geniaal plan*, Baldrick?'

Tomek stopte halverwege zijn draai. 'Dat is best goed van je,' zei hij sarcastisch. 'Je zou het moeten opschrijven. Zorg dat je het bij iemand anders gebruikt.'

Tomek grinnikte terwijl hij zich van haar afdraaide en de trap afliep die naar buiten leidde. Onderaan de trap sloeg Tomek linksaf en liep de Co-op binnen die aan het tankstation vastzat. Het voorterrein was druk met bestuurders die hun auto's tankten terwijl hun passagiers geduldig op de voorstoel zaten te scrollen op hun mobiele telefoons. Het interieur was, tot zijn verbazing, groter dan hij had verwacht. Het was alsof je een Tesco Express of Sainsbury's Local binnenliep. Rij na rij met alles wat je nodig had. Dranken, snacks, maaltijden, toiletartikelen, tandpasta, dierenvoeding, diepvriesproducten. Het was geen wonder dat Alina en Terrence hier hun wekelijkse boodschappen deden.

Na een paar minuten ongeduldig in de rij te hebben gestaan, wachtend terwijl de mensen voor hem betaalden voor hun benzine en sigaretten kochten, bereikte Tomek de kassa. Erachter stond een Aziatische man van middelbare leeftijd in zijn eigen kleding. Ondertussen droeg de rest van het personeel in de winkel uniformen.

'U moet de manager zijn,' stelde Tomek vast.

'Ja, meneer,' antwoordde de man beleefd.

'Uitstekend. Ik moet u een paar vragen stellen.'

Tomeks politielegitimatie was genoeg om de onmiddellijke protesten van de man te smoren. Tomek vroeg vervolgens of er een meer privéplek was waar ze het gesprek konden voeren, dus nam de eigenaar hen mee naar het kantoor aan de achterkant. De ruimte was klein en vol, grotendeels ingenomen door een bureau en een bureaustoel. Aan de ene kant stond een kleine computer, terwijl de andere kant een grote reeks CCTV-schermen toonde.

'Ik heb toch niets verkeerd gedaan?' vroeg de man, terwijl hij beefde. 'Mijn familie heeft toch niets verkeerd gedaan?'

'Nee, meneer,' zei Tomek, die zijn best deed om de man gerust te stellen, maar zijn diepe stem en dominante aanwezigheid hadden weinig effect.

In plaats daarvan was het Rachel die de man kalmeerde nadat ze de situatie had uitgelegd.

'Wat is uw naam?' vroeg Tomek.

'Rohit.'

'Hallo, Rohit. Ik ben Tomek en dit is Rachel. Wat kunt u ons vertellen over het stel dat boven u woont?'

'Alina en Terrence?'

'Ja.'

'Oh. We zien hen de hele tijd. Met kleine Francis. Ze doen altijd hun boodschappen bij ons. Soms geef ik ze korting op bepaalde producten.'

'Waarom?'

Rohit haalde zijn schouders op. 'Omdat ze aardige mensen zijn. Ze glimlachen altijd en praten met ons als ze binnenkomen.'

'Praten ze weleens over hun persoonlijke leven?'

Rohit haalde halfhartig zijn schouders op. 'Niet zo vaak. Meestal alleen over kleine Francis.'

'Wanneer hebt u hen voor het laatst gezien?'

'Niet zo lang geleden.' De winkeleigenaar draaide zich naar de bank met live CCTV-beelden achter hem. 'Een paar uur geleden eigenlijk. Terrence kwam binnen in zijn witte hoodie.'

'Wat wilde hij?'

'Een nieuwe tandenborstel.'

'Zag u waar hij daarna naartoe ging?'

'Nee, sorry. Maar het staat hierop.' Rohit wees naar de bank CCTV-schermen en voordat Tomek of Rachel iets konden zeggen, begon hij de band terug te spoelen. Hij vond wat hij zocht een paar momenten later. 'Daar is hij. Net na een tandenborstel.'

Tomek bekeek het gepixelde beeld van de man, met zijn capuchon opgetrokken, laag over zijn ogen, en een honkbalpet ertussen geklemd, die zijn gezicht verhulde.

'Ziet hij er altijd uit alsof hij op het punt staat de zaak te beroven?'

'O, ja. We hebben er een keer grapjes over gemaakt. De eerste keer dat hij het eigenlijk droeg.'

Tomek grijnsde en draaide zich toen naar Rachel. Hij wist niet waarom, maar er begon iets te gebeuren in zijn hoofd. Een denkproces, een reflectie.

'Alina's stalker...' zei hij, meer voor zijn eigen voordeel dan dat van iemand anders.

'Wat is daarmee?'

Tomek wees naar het scherm. 'Komt *dat* niet overeen met de beschrijving die ze ons gaf?'

Rachel pauzeerde terwijl ze dichter naar het scherm leunde, zich vasthoudend aan een stoel voor steun.

'Denk je dat ze heeft gefaket dat ze gestalkt werd?'

'Nou, ik heb geleerd om geen enkel woord te vertrouwen dat uit haar mond komt. En wie kan er beter worden beschreven dan de man waarvan niemand mocht weten dat ze bij hem was? Ze kon geen originele beschrijving bedenken, dus gaf ze ons die.'

'En wat als we hem hadden gevonden zonder te weten dat ze samen waren? Denk je dat ze hem dan zo onder de bus had gegooid?'

Tomek haalde zijn schouders op. 'Zolang ze er zelf zonder kleerscheuren vanaf komt, denk ik niet dat het haar iets kan schelen wat er met anderen gebeurt.'

Stof tot nadenken. Als Alina Zandecka werkelijk had gedaan alsof ze een stalker had, wat had ze dan van Herbert te winnen? Ze had beweerd dat de stalker door hem was gestuurd om haar ervan te weerhouden naar de pers te gaan. Tenzij zij degene was geweest die hem met dat idee had bedreigd: dat Herbert Tucker, de prominente en eminente lokale politicus, een buitenechtelijk kind had verwekt bij een prostituee, haar vervolgens had afgekocht, en haar had bedreigd met een stalker, waardoor ze gedwongen werd te doen wat hij wilde.

Het zou ongetwijfeld voor krantenkoppen hebben gezorgd en haar een klein fortuin hebben opgeleverd.

Het was niet ondenkbaar, maar ook niet volledig aannemelijk.

Maar er was één ding dat voor Tomek geen steek hield. De kleding van de man. Toen Terrence die ochtend het bureau was binnengelopen, zag hij eruit alsof hij net van de boerderij kwam, en toch droeg hij casual kleding. Toen realiseerde hij zich dat zijn outfit tijdens de getuigenverklaring in scène was gezet, dat ze hem hadden aangekleed om eruit te zien als iemand die hij niet was. Dat Alina misschien had beseft dat ze zijn beschrijving aan Tomek en Rachel had weggegeven, zodat ze hem gedwongen hadden iets compleet anders te dragen, om hen op een dwaalspoor te brengen.

Tomek hield het idee in zijn achterhoofd. Toen richtte hij zich tot Rohit.

'Heb je ooit iets vreemds of verdachts gezien in het appartement boven?'

'Ik... We hebben niet zoveel met hen te maken,' legde Rohit uit. 'Het is een andere huisbaas dan die van ons, begrijpt u, en-'

'Vreemde mensen die komen en gaan? Mensen die buiten rondhangen?'

'Drugs?' vroeg Rohit. 'Denkt u dat ze daar drugs verkopen?'

'Vertel jij het ons maar,' drong Rachel aan. 'Jij bent degene die vierentwintig uur per dag zicht hebt op de plek. We kunnen echt wat hulp gebruiken.'

Rohit keek weg en werd plotseling erg schichtig.

'Er was een vrouw,' begon hij, niet in staat hun harde blik te beantwoorden. 'Aantrekkelijk. Ze was erg aantrekkelijk. Mooi haar. Mooie benen. Mooie kleding. Mooie...'

Rohit had moeite om het volgende stukje te zeggen. In plaats daarvan vormde hij een kommetje met zijn handen en bracht ze naar zijn borst, terwijl hij Rachel met één oog in de gaten hield.

'Het is oké,' zei ze. 'Je mag het gewoon zeggen. Ik smeek je om het te zeggen in plaats van uit te beelden.'

'Borsten!' zei Rohit met het enthousiasme van een tiener die er net voor het eerst een paar had aangeraakt. 'Ze had mooie borsten. Erg aantrekkelijk.'

'Wanneer?'

'Een paar weken geleden. Ze stond urenlang te wachten buiten hun flat. Toen kwam ze binnen om te vragen of ze op de juiste plek was.'

'Weet je nog hoe ze eruitzag?'

Rohit stopte met praten en draaide zich langzaam naar de CCTV-schermen. 'Ik heb de beelden hierop opgeslagen.'

'Opgeslagen?' vroeg Rachel. 'Ik dacht dat je beelden na achtenveertig uur werden gewist?'

Rohit lachte ongemakkelijk. De vieze kleine perverseling was net betrapt. 'Ik heb het opgeslagen,' legde hij uit. 'Voor het geval dat.'

'Voor het geval je het nodig had wanneer je het 's nachts koud kreeg?'

Nog meer ongemakkelijk gelach. 'Wilt u het zien?'

Duidelijk niet zo graag als jij.

Binnen enkele seconden had de winkeleigenaar een video op het scherm geladen waarop onweerlegbaar Nora Tucker te zien was. Tomek herkende haar onmiddellijk. De benen, het haar, en Rohit had gelijk, de borsten. Ze droeg bijna dezelfde outfit die Tomek haar slechts enkele uren eerder had zien dragen, en ze stond op de parkeerplaats met een grote tas onder haar arm.

'Wat is dat?' vroeg Tomek.

Er kwam geen antwoord. Rohit spoelde de video snel door, die later liet zien hoe Nora de flat binnenging en slechts enkele minuten later weer vertrok.

'Ze bleef niet lang,' merkte Rachel op.

Maar Tomek luisterde niet. Een van die kleine ideeën was in zijn hoofd begonnen te vormen.

'Wanneer was dit?' vroeg hij, en vond het antwoord zelf. 'November de-'

'Is dat niet dezelfde tijd dat het geld werd opgenomen van Herbert Tuckers rekening?'

Dat was het.

'Het was bedoeld voor Alina,' zei Tomek, hardop denkend. 'Nora was de koerier die het haar op dezelfde dag gaf. Maar waarvoor was het?'

'Zwijggeld?'

'Of om hem te vermoorden.'

Een plotselinge stilte viel in de kamer. Buiten was de muziek in de winkel te horen. Tomek en Rachel stonden stil, starend in de verte. Ondertussen keek Rohit, die geen idee had wat er aan de hand was, doodsbang om in het gezelschap te zijn van twee personen die in dezelfde zin over doden en geld spraken.

Beseffend dat hij een tijdje niets had gezegd, bedankte Tomek de man voor het tonen en vertelde hem dat ze een kopie van de beelden nodig zouden hebben als bewijsmateriaal. Nadat de man het had gedownload op een memory stick, drukte hij op een knop en keerde terug naar de live videobeelden. Terwijl Tomek de USB van de man aannam, viel er iets op.

Een man in een witte hoodie.

Een vrouw in een zwarte jas.

Een kleine jongen die beide handen vasthield.

Ze waren thuis.

HOOFDSTUK
ZESENVEERTIG

'Goedenavond.'
Alle drie slaakten ze een geschrokken zucht.
'Rechercheurs...' begon Terrence, met voorzichtigheid in zijn stem.
'Goedenavond.'
'Vindt u het goed als we binnenkomen?'
De deur stond al half open, dus ze konden eigenlijk geen nee zeggen.
'Natuurlijk. Ik zet de waterkoker aan.'
'Dat is niet nodig,' legde Tomek uit.
Angst flitste over de gezichten van beide volwassenen terwijl ze hun zoon het appartement binnen leidden. Tomek was meer dan tevreden om hen een tijdje met die gedachte te laten stoeien.
Eenmaal binnen stuurde Alina de jongen naar zijn kamer, waar het vooruitzicht om op zijn iPad te mogen spelen en tv te kijken interessanter was dan wat de volwassenen gingen bespreken. Zodra de deur achter hem dichtging, loodste Tomek Alina en Terrence de keuken in.
'Ik vind uw hoodie mooi,' zei Tomek vlak.
'Wa-? Oh... deze?' Terrence keek verbaasd naar zijn trui, alsof hij was vergeten dat hij hem droeg. 'Dit oude ding? Heb ik al jaren.'
'Lijkt veel op degene die u ons laatst beschreef, Alina, vindt u niet?'
'Degene die ik...?' herhaalde ze, zich van den domme houdend.
'Ja. U weet wel. Die stalker waarover u ons vertelde. Gestuurd door

Herbert voor zijn dood. Zei u niet dat hij precies zo'n hoodie en pet droeg?'

'Ik... Eh...' mompelde ze.

'Ik zou zeggen dat u het verzonnen hebt. Er was geen stalker. U hebt tegen ons gelogen. Waarom?'

'Omdat ik... omdat jullie niet wisten hoe hij was. Het was het soort ding dat hij zou hebben gedaan.'

'Maar dat deed hij niet,' snauwde Tomek, terwijl hij zijn armen over elkaar sloeg. 'Waarom deed u alsof u een stalker had?'

Alina draaide zich naar haar partner en zuchtte zo diep dat Nick onder de indruk zou zijn geweest. 'Herbert bleef dreigen ons af te snijden. Hij zei dat er geen betalingen meer zouden komen. Dus besloot ik terug te slaan, vertelde hem dat ik naar de pers zou gaan en zou zeggen dat hij een huurmoordenaar had ingehuurd om me te stalken en te vermoorden. Ik nam zelfs foto's van Terrence op straat als "bewijs".' Ze gebruikte haar vingers als aanhalingstekens in de lucht. 'Ik was nooit van plan het echt te doen.'

'En Herbert doorprikte uw bluf?' vroeg Rachel.

'Ik denk het wel.'

'Dus u hebt daarover gelogen,' begon Tomek. 'Waarover hebt u nog meer gelogen?'

'Ik begrijp het niet. Ik heb niet-'

'Herkent u dit?' Tomek haalde de foto van Herbert Tucker in de club tevoorschijn en duwde die voor hun gezichten. 'Ik ben betrouwbaar geïnformeerd dat er maar één exemplaar van bestaat en dat die trots in de herenclub in Southend hing. Maar dat is niet het geval, toch, Alina?'

'Ik weet niet wat u bedoelt...' Haar stem brak van angst en spanning.

'Stop alstublieft met liegen. Het is vermoeiend. Leg alles uit en doe dat nu.' Tomek was teleurgesteld dat er geen tafel was waarop hij zijn hand kon slaan om zijn afkeer te benadrukken.

'Ik... Ja, ik heb die foto genomen. En nee, het is niet het enige exemplaar.' Ze keek in Tomeks ogen alsof ze wachtte op goedkeuring om door te gaan. 'Ik hield een paar kopieën achter voor de zekerheid, als onderpand. Voor het geval dat.'

'Waarom hebt u die naar Herberts vrouw gestuurd?'

Ze zuchtte diep. 'Omdat zij ons bedreigde. Toen Herbert het geld stopzette, lachte ze ons uit, vertelde ons wat voor verachtelijke mensen we zijn. Dus stuurde ik haar de foto als bewijs van hoe verachtelijk haar *man* was, niet wij. Ik stuurde het naar hun thuisadres en zei dat ik het naar de pers zou sturen als we ons geld niet kregen. Maar ik had het niet over de *Southend Echo*. Ik bedoelde groter - *The Sun, The Daily Mail*. Die zouden veel meer hebben betaald voor een exclusief verhaal over zoiets.'

'Dus toen bracht zij persoonlijk de laatste betaling?'

'Hoe weet u...?' begon ze, maar besefte toen dat de vraag zinloos was; dat ze alles wisten. 'Nora haalde een groot bedrag van Herberts rekening zonder dat hij het wist en bracht het toen naar ons. Dat was de laatste betaling die we hebben gehad.'

'Het was dus geen aanbetaling om haar man te vermoorden?' vroeg Rachel, de vraag in het gesprek wringend als een kind dat een blok door een rond gat probeert te duwen.

'Hem vermoorden? Waar hebt u het over?'

'Herberts vrouw heeft u niet betaald om hem te vermoorden?' herhaalde Rachel.

'Natuurlijk niet!' viel Terrence binnen, zijn diepe stem resoneerde op het serviesgoed. 'We hebben niets te maken met de moord op Herb, dat beloof ik u.'

'Dat zullen we nog zien,' antwoordde Tomek zachtjes, en draaide zich toen naar Rachel en stak zijn hand uit.

'Wat moet dat betekenen?' blafte Terrence. 'Waar hebt u het over? We hebben niets te maken met de moord op Herbert!'

Tomek negeerde hen terwijl hij een reageerbuisje van Rachel aannam en een paar blauwe forensische handschoenen aantrok.

'Wat doet u?' ging Terrence door. 'Waar is dat voor?'

'Alina, ik moet u vragen uw mond voor mij te openen, alstublieft.'

Alina klemde instinctief haar lippen op elkaar.

'Ik moet gewoon snel een DNA-monster van u nemen.'

Terrence stapte voor haar, zijn rotsblok van een buik deed goed werk om haar te beschermen tegen Tomek.

'Dit kunt u niet doen! U hebt geen recht! Laat me Brendan bellen, hij zal-'

Tomek verstijfde, fronsend terwijl de dwaas zichzelf midden in zijn zin onderbrak.

'Wat zal Brendan doen?' vroeg Tomek.

Terrence werd plotseling stug en stapte opzij.

'Ga alstublieft door. Ik wil horen wat u wilde zeggen.'

'Niets. Niets. Ik ging niets zeggen. Vergeet dat ik zijn naam noemde.'
'Hebt u zijn invloed en macht gebruikt om onder bepaalde aanklachten uit te komen in het verleden?' vroeg Rachel.

Geen antwoord.

'We weten dat hij zeer overtuigend kan zijn.'

Nog steeds niets.

'Vertel het ons,' beval Tomek. 'Anders hebben we een fijn matrasje voor u klaarliggen op het bureau.'

Terrence schudde zijn hoofd en begon zich uitvoerig te verontschuldigen. 'Hij heeft me door mijn verslaving heen geholpen. Hij hielp de politie weg te houden van mijn huis destijds. Dat was alles. Ik ben hem veel verschuldigd.'

Dat zal wel ja.

'Open je mond alsjeblieft, Alina,' zei Tomek terwijl hij het wattenstaafje voor haar gezicht hield. 'Het is zo voorbij.'

Met tegenzin opende Alina haar mond en Tomek wreef met het staafje aan de binnenkant van haar wangen, waarbij hij rustig de tijd nam. Uit wraak. Toen hij klaar was, plaatste hij het terug in het buisje, overhandigde het bewijsmateriaal aan Rachel en trok vervolgens zijn handschoenen uit, die hij op het aanrecht legde zodat de huiseigenaren ermee konden omgaan.

'Waarvoor hebt u het nodig?' vroeg Alina, haar stem zwak, alsof ze net was hersteld van een pak slaag.

'Routineprocedure,' loog Tomek. Toen voegde hij toe: 'Uit nieuwsgierigheid, zegt Claire's Sumptuous Strawberry je iets?'

'Dat is de naam van een lippenstiftmerk.'

'Juist. En heeft het nog een andere betekenis voor je?'

'Het is...' ze draaide zich naar Terrence en toen weer naar Tomek. 'Het is de lippenstift die Herbert me elke keer liet dragen als we seks hadden.'

HOOFDSTUK
ZEVENENVEERTIG

D ertig minuten werden eenendertig.
Eenendertig werd tweeëndertig.

'Mooi zo,' zei Tomek. 'Volgens mij komt ze niet opdagen, maat.'
Hij stak zijn hand op en wenkte de eigenaar. Het was vanavond
druk bij Morgana's. Net als elke avond. En dag. En elk uur dat het café
open was. Hoe vaak Tomek het café ook bezocht, het bleef hem
verbazen hoe druk het er altijd was.

Een moment later snelde Morgana naar hen toe met haar pen en
notitieboekje in de hand, en haar ingestudeerde glimlach op haar
gezicht.

'Wat kan ik voor u bestellen?'

'Een worst-en-eibroodje alstublieft,' zei Tomek tegen haar.

'Voor mij hetzelfde alstublieft,' antwoordde Abigail zuchtend.

'Kijk ons eens, precies hetzelfde bestellen.'

'Het is bijna alsof we allebei mensen zijn en van hetzelfde soort eten
houden.'

'Iemand is een beetje bitter,' antwoordde Tomek.

'En daar heb ik alle recht toe. Dit is de derde keer dat ze niet komt
opdagen. Ik weet niet hoeveel kansen ik haar nog kan geven.'

Tomek haalde zijn schouders op, pakte het servet van tafel en begon
ermee te spelen tussen zijn vingers. 'Ik bedoel, je kunt me altijd haar
naam en gegevens geven, dan kan ik Anna langs sturen om met haar te
praten.'

'Nee! Ben je gek? Dat is het laatste wat we willen doen. Dan komt ze zeker niet meer.'

Tomek dacht niet dat Vrouw X behandelen als een angstig hert haar sneller uit haar hol zou lokken, maar besloot haar daar niet aan te herinneren.

Toen tweeëndertig minuten vijfendertig werden, was er nog steeds geen spoor van haar. Er stond echter wel eten op tafel. Heerlijke goedheid, zoals Tomek het graag noemde. Een late avondsnack. Een voorgerecht voor zijn hoofdmaaltijd thuis met Kasia. Het bord voor hem was van indrukwekkende proporties. Twee eieren, twee sneetjes toast, en minstens zes reepjes bacon, met een bijgerecht van bonen in een klein kommetje waar hij niet om had gevraagd. Het water liep hem in de mond bij het zien ervan.

Hij draaide zich naar Abigail, die net zo veel kwijlde over haar eten als hij.

'Is dit een date?' vroeg hij.

'Nee.'

'Het voelt wel zo.'

'Het is het niet.'

'Maar het heeft alle kenmerken. Een restaurant. Een maaltijd. Wij tweeën – alleen.'

'Het telt niet mee.'

'De vorige keer wel.'

'Ja, maar vanavond niet.'

'Mag *ik* het dan als date beschouwen?'

'Nee. Het werkt niet als maar één van ons het als een echte date beschouwt. Dat is alsof je zegt dat je een vliegtuig hebt bestuurd, maar je hebt alleen maar in de cockpit gestaan. Je moet je handen aan de stuurknuppel zetten en dat ding echt vliegen voordat je het een date kunt noemen.'

Tomek keek haar verbaasd aan. Ondanks de beeldspraak beschouwde hij het nog steeds als een date, ook al wilde zij dat niet.

'Het spijt me dat we elkaar steeds zo ontmoeten,' zei ze, net toen hij een hap ei en bacon naar binnen werkte.

'Hoe zo ontmoeten?'

'Op het werk... voor werk-gerelateerde dingen. Je weet wel, toen je laatst op mijn kantoor kwam; de vorige keer dat we dit deden, en nu doen we het weer.'

'Het is niet erg,' zei hij. 'Ik vind het niet erg. Echt niet. Het geeft me tenminste nog een excuus om je te zien. En ik voel me minder schuldig als ik weet dat er een werkgerelateerd voorwendsel achter zit.'

Abigail speelde peinzend met haar eten. 'Je zegt gewoon wat je denkt dat ik wil horen.'

Tomek zwaaide met zijn mes voor haar neus. 'Nee hoor. Wat jij wilt horen, is dat dit *wel* een date is.'

'Ik denk dat dat is wat *jij* wilt horen,' antwoordde ze.

'Wat dan?'

'Dat dit een date is!'

'Hoera!' juichte Tomek, waarbij stukjes eten uit zijn mond vlogen. 'Hebbes. Je hebt het toegegeven. Dit. Is. Een. Date. En nog een goede ook. Dus verpest het niet.'

Diep zuchtend rolde Abigail met haar ogen en richtte haar aandacht op haar eten. Er waren bijna veertig minuten verstreken en er was nog steeds geen spoor van haar. Bij minuut eenenveertig had Abigail haar nederlaag toegegeven.

'Aangezien dit een date is onder het mom van werk,' begon ze, 'zal ik me niet te schuldig voelen als ik je vraag hoe het onderzoek gaat.'

Tomek grijnsde. 'Je weet dat ik je niet alles kan vertellen.'

'Misschien doe je dat op een dag wel.'

'Helaas niet deze keer,' legde hij uit, en vertelde haar vervolgens het tamelijk onschuldige en oninteressante verhaal van Albert Patterson, de metaaldetectorist die Herbert Tuckers trouwring op het strand had ontdekt.

'Arme kerel,' zei ze. 'Het klinkt alsof hij er nogal aan gehecht was geraakt.'

'Ik weet het. Ik vond het vervelend om het van hem af te pakken. Ik kreeg de indruk dat hij niet veel bezat, en dat het de laatste bezitting was die hij had. Hij was ook erg vergeetachtig... beetje in de war.'

'Arme ziel.'

Een moment van stilte daalde neer op de tafel terwijl ze beiden nog een hap namen.

'En jij dan? Wat is het nieuws in Southend en omgeving?'

'Heb je het nog niet gehoord?'

Tomek keek haar fronsend aan. 'Als ik het had gehoord, zou ik het niet vragen...'

'Wat dan ook. Het is momenteel een gekkenhuis. John heeft me groen licht gegeven om door te gaan met het verhaal waaraan ik werk.

Hij heeft ook enkele andere meiden groen licht gegeven om verhalen te schrijven over Brendan Door, de burgemeester, de voorzitter van Southend FC, Anthony Arnold - de hele bende. Ieder van hen. We hebben zelfs toegang gekregen tot de Southend Seven.'

Tomek nam even de tijd om de informatie te verwerken. Het huis stortte in en John Mullen zorgde ervoor dat hij als enige buiten stond. Maar waarom? Wat had hij te winnen nu Herbert Tucker dood was? Probeerde hij gewoon ieders naam te besmeuren zodat hij zelf met alle glorie ging strijken? Of hoopte hij dat het publiek zo overspoeld zou raken door het verschrikkelijke nieuws over enkele van de meest prominente figuren van hun stad, dat tegen de tijd dat er een artikel over hem zou verschijnen, ze er afgestompt voor waren en de impact verminderd was? Tomek wist het niet. Maar een deel van hem vond het zorgwekkend. Terwijl het andere deel niet kon wachten om te ontdekken wat voor verhalen er nog naar buiten zouden komen.

'Je weet dat ik je niet alles kan vertellen,' zei ze knipogend.

'Misschien zul je dat op een dag wel doen,' zei hij.

'Misschien,' antwoordde ze. 'Hangt ervan af hoe goed je me behandelt.'

Net toen Tomek het laatste stukje eten in zijn mond wilde stoppen, begon zijn telefoon op tafel te trillen. Onbekende beller.

Hij veegde met zijn vinger over de onderkant van het scherm en hield de telefoon tegen zijn oor terwijl hij het eten in zijn mond propte.

'DS Bowen,' zei hij bijna onverstaanbaar.

'DS Bowen?' herhaalde een mannenstem. 'Mijn naam is PS Knight. Ik heb de opdracht gekregen u te laten weten dat Richard Stafford zojuist is gesignaleerd in het Victoria Shopping Centre. Een van onze agenten wacht nu op u buiten Peacocks.'

HOOFDSTUK
ACHTENVEERTIG

Tomek wist niet wat verwarrender was: waarom een rijke en welgestelde drugsbaas aan het winkelen was in een zaak als Peacocks, of waarom hij plotseling uit het niets was opgedoken. Sinds het team alle zes andere leden van de Southend Seven had ondervraagd, waren er verschillende pogingen gedaan om de gezochte drugshandelaar te vinden, maar inlichtingen van de narcoticabrigade in Colchester hadden aangegeven dat hij naar Spanje was gevlogen en, aangezien er geen arrestatiebevel tegen hem was uitgevaardigd, was er geen kans geweest om hem aan te houden zodra hij was geland.

Tomek arriveerde bij Victoria Shopping Centre twintig minuten nadat hij het telefoontje had ontvangen. Het complex lag aan het einde van de hoofdstraat, op minder dan honderd meter van het treinstation Southend Victoria. De bouw was gestart en voltooid in de late jaren zestig en was sindsdien een vaste waarde in de omgeving van Southend. Honderdduizenden bezoekers stapten er elk jaar naar binnen, en Tomek was verbaasd bij de gedachte dat Richard Stafford een van hen was.

Bij de ingang van het centrum stond een jonge politieagent op hem te wachten, gekleed in een onberispelijk uniform, met zijn armen langs zijn zij alsof hij lid was geweest van de koninklijke garde of kort in het leger had gediend.

Tomek liep naar de man toe en stelde zichzelf voor.

'Agent Ryan Blackpool,' antwoordde de agent met een stevige handdruk.

'Heb je hem nog steeds in het vizier?'

Blackpool gebaarde met zijn hoofd naar de Boots drogisterij aan zijn linkerzijde.

Toepasselijk.

'Hij is daar nu ongeveer tien minuten binnen. Eerst was hij zo'n twintig minuten in Peacocks, toen ging hij naar Deichmann, en nu is hij hier.'

'Is hij alleen?'

Blackpool knikte. 'Voor zover ik kan zien, ja.'

'Uitstekend. Laat het maar aan mij over. Als hij u in uw uniform ziet, raakt hij misschien in paniek.'

Nog een knik. Deze keer nam de agent zijn politiepet af en hield hem onder zijn arm.

Tomek liet de man achter en liep naar de winkel. Menige middag had hij daar doorgebracht met Kasia, snuffelend langs de schappen, op zoek naar de nieuwste make-up en haarproducten. Zozeer zelfs dat hij de gangpaden nu kende als zijn broekzak. Hij wist waar de merkproducten voor make-up stonden, waar de maandverband lag, waar de haarverf werd bewaard en, het belangrijkst, hij wist waar de middelen tegen gewrichtspijn verstopt waren.

Terwijl hij rustig door de winkelingang liep, voorbij de make-up balies, vroeg hij zich af hoe vaak Herbert Tucker door die deuren was gegaan. Of hij naar binnen was gekomen en de Strawberry Surprise lippenstift had gekocht die hij zijn seksuele veroveringen had gevraagd te dragen. En of hij nog iets anders voor dat doel had gekocht terwijl hij daar was.

Voordat hij er verder over kon nadenken, spotte Tomek Richard Stafford in het gangpad met tandpasta. Het was duidelijk dat hij niet op zijn plaats was, hij viel op als een puist op het gezicht van een tiener, met zijn plattelandslook, zijn rubberen laarzen en zijn platte pet.

De man bukte zich, reikend naar een tube Sensodyne tandpasta, toen Tomek hem aansprak.

'Meneer Stafford?'

Richard keek op naar Tomek, met minachting in zijn gezicht.

'Dat zou kunnen. Hangt ervan af wie dat wil weten.'

'Detective Sergeant Tomek Bowen.' Tomek glimlachte zelfvoldaan terwijl hij zijn hand uitstak om Richard overeind te helpen. De man negeerde het en kwam overeind, met de tube tandpasta in zijn hand.

'Ik hoorde dat negen van de tien tandartsen deze aanraden,' zei hij.

'Moet wel goed zijn als dat zo is.'

Richard was niet onder de indruk. 'Wat wilt u?'

'Ik zou graag een paar vragen willen stellen, als ik mag?'

Inmiddels had zich een klein groepje mensen verzameld aan het andere einde van het gangpad; Tomek had geen poging gedaan om zijn stem te dempen, en was dus meer dan tevreden met een publiek.

'Gaat dit over d'andere dag?'

'Ja. U bent een moeilijk te vinden man.'

'Ik heb het graag zo.'

'Nou, je weet wat ze zeggen. Een privéjet per dag houdt de rechercheurs op afstand. Zullen we gaan?'

Ze vertrokken vriendschappelijk, door de voorkant van de winkel, dicht bij elkaar als goede vrienden op een alledaags winkeluitje, geld uitgeven dat ze niet hadden aan dingen die ze niet nodig hadden. Wachtend op hen, leunend tegen een muur met één hand in zijn zak, stond agent Blackpool.

'Hou op met doen alsof je in een Tarantino-film zit en kom met ons mee,' zei Tomek toen ze hem passeerden.

De agent volgde snel, rennend achter hen aan. Buiten, aan het einde van de hoofdstraat, namen ze een afslag naar links en liepen richting de Pizza Hut op de hoek. Daar had Tomek geparkeerd achter de gemarkeerde politieauto van Blackpool. Toen ze bij de politieauto aankwamen, opende Tomek het achterportier en gebaarde Richard om in te stappen.

'Echt?' vroeg de man.

'Het is gewoon een gesprek. Ergens iets minder gênant dan een drogisterij.'

Met tegenzin, en met de houding van een dwarse tiener, boog Richard Stafford zijn hoofd en stapte in op de achterbank. Terwijl

Tomek de deur achter hem sloot en rond de achterkant van het voertuig liep, riep een stem van achter hen.

'Blackpool, waar ben je geweest, maat?'

Ryan, verward en in staat van paraatheid, draaide zich om en zag een man naar hem toe wandelen. De toestand van de man verwarde Tomek. Zijn haar was in de war, zijn baard onverzorgd, en zijn gezicht vuil. In zijn armen droeg hij een groen-grijze slaapzak, en op zijn schouder hing een grote rugzak in dezelfde kleuren. Alles aan zijn uiterlijk suggereerde dat hij dakloos was, inclusief zijn ontbrekende tanden, maar het waren zijn kleren die Tomek in verwarring brachten. Hij droeg een bijna onberispelijk geperst grijs pak. Duur, op maat gemaakt.

'Alles goed, Rick?' vroeg Ryan. 'Heb je een tijdje niet gezien. Waar ben je geweest?'

'Ach, je weet wel. Hier en daar. Rond en om.'

'Je ziet er wel scherp uit, dat moet ik zeggen. Waar heb je dat vandaan?' Ryan bekeek de man van top tot teen en wees naar zijn schoenen. 'Heb je nog nooit zoiets schoons zien dragen.'

'Een of andere gast heeft het de andere avond bij me afgeleverd, weet je.'

'Wat zeg je me nou?'

Tomek draaide zich om en liep weer naar de achterkant van de auto.

'Ja, het was gestoord, maar ik ging niet nee zeggen. Deze vent kwam midden in de nacht naar me toe. Maakte me wakker enzo, en vroeg of ik mijn kleren wilde ruilen voor het pak van zijn maat.'

Tomeks hand lag op de deurklink van de auto toen hij stopte. 'Wat zei je net?'

Rick verstijfde, zijn lichaam gespannen. 'Niks. Ik heb niks gezegd.'

'Het is oké, Rick,' onderbrak Ryan. 'Hij is bij mij. Je wordt niet gearresteerd.'

'Oh. Juist. In dat geval, wat wil je weten?'

Tomek zuchtte. 'Wat zei je net over iemand die je dat pak gaf?'

'Een of andere gozer maakte me midden in de nacht wakker, zwaaide met dit pak voor mijn gezicht, en vroeg of ik het wilde ruilen voor mijn kleren.'

'Heb je gevraagd waarom?'

'Hij zei dat het voor een grap was. Hij haalde een grap uit met een van zijn vrienden.'

'Heb je zijn gezicht gezien?' vroeg Tomek.

'Niet echt, maat. Het was donker. Ik was moe. En ik stond mijn kloten af te vriezen, dus was ik meer geïnteresseerd in warm worden.'

Verdomme.

'Heeft hij je nog iets anders gegeven? Geld?'

'Waarom wil je dat weten?' vroeg Rick, zijn lichaam verstijvend.

'Nieuwsgierigheid.' Tomek pauzeerde terwijl zijn gedachten de informatie verwerkten. Toen keek hij door het achterste zijraam en wees erdoorheen. 'Lijkt de man in deze auto op hem?'

Ricks gezicht vertrok terwijl hij opzij boog om beter zicht te krijgen op Richard Stafford die in de auto zat.

Een moment later veerde hij op als een hondenstaart en zei: 'Nee, sorry, maat. Hij is het niet. Droeg zeker geen kleren zoals dat.'

Dubbel verdomme.

'Kun je je herinneren welke kleren hij aan had?'

Rick prikte een vinger in zijn neus terwijl hij diep nadacht. 'Volgens mij droeg hij een pak of zoiets. Of misschien een trainingspak. Een hoodie, misschien. Kan het me niet herinneren, als ik honderd procent eerlijk ben. Het was donker, zoals ik al zei. En ik zat in mijn eigen hoekje terwijl ik me omkleedde enzo.'

Tomek knikte begrijpend. 'Is er nog iets anders dat je je kunt herinneren? Iets dat hij misschien gezegd heeft? Iets dat hij gedaan heeft? Welke kant hij op ging?'

'Hij was met een vrouw, maar die heb ik niet gezien. Ze was ergens om de hoek. Het enige wat ze deed was "Kom op" roepen en toen rende hij achter haar aan.'

Driedubbel verdomme.

De moordenaars waren daar geweest. En ze hadden een getuige gehad. Misschien hadden ze niet gedacht dat Rick ooit naar de politie zou gaan, of dat hij hen ooit zou tegenkomen aan de kant van de straat.

'Heb je een mobiel of zoiets?' vroeg Tomek. 'Zodat we je kunnen bereiken als we je voor iets nodig hebben.'

'Lijkt het alsof ik een mobiel bij me heb?'

'Nee. Je hebt gelijk. Sorry.'

Stomme klootzak.

'Hoe zit het met de kleren? Zouden we die van je kunnen krijgen? We moeten ze onderzoeken op bewijs.'

'Geen sprake van. Geen sprake van dat jullie deze krijgen. Wat moet ik verdomme aan? Het is alles wat ik heb.'

'We kunnen iets voor je vinden in de opslag.'

'Nee, bekijk het. Je kunt in plaats daarvan iets voor me kopen.'

Tomek dacht even na. Toen kreeg hij een idee. Hij opende de auto-deur en wees naar het voorwerp in Richards hand.

'Mag ik dat hebben?'

'Mijn tandpasta? Absoluut verdomme niet.'

'Kom op. Deze kerel heeft het harder nodig dan jij. En ik weet zeker dat je een nieuwe kunt kopen.'

Met tegenzin, alsof Tomek hem net had gevraagd zijn spaargeld weg te geven, overhandigde Richard Stafford de tube tandpasta aan hem. Klootzak, dacht Tomek terwijl hij de verpakking naar Rick gooide.

'Beschouw dit als een aanbetaling,' zei hij, en draaide zich toen naar Ryan. 'Kan ik dit aan jou overlaten?'

Ryan knikte, bevestigend dat hij dat kon.

Tomek wendde zich tot Rick. 'Namens de familie van Herbert Tucker, bedankt voor je hulp.'

Even later stapte hij in de achterkant van de auto. De deur sloeg dicht, hen omhullend in een bubbel van stilte.

'Heb je de antwoorden gekregen die je van hem nodig had?' vroeg Richard Stafford.

'Helaas niet, dus dat betekent dat ik nog steeds een paar voor jou heb.'

'Je kunt je adem besparen, maat,' antwoordde Richard, terwijl hij aan zijn pet frummelde. 'Ik heb niets te maken gehad met de moord op Herbert. Dat heb ik jullie de andere dag al verteld.'

'Waarom ben je dan gevlucht?'

'Dat deed ik niet.'

'Naar een ander land vliegen suggereert iets anders.'

'Ik heb daar zakelijke belangen die mijn onmiddellijke aandacht vereisten.'

Tomek gromde en draaide zich om naar de voorruit.

'Had je nooit aangezien voor een Peacocks-shopper,' zei hij.

'Ik hou van hun ondergoed.'

'Maar je hebt er geen gekocht?'

Tomek rook onzin.

'Ze hadden mijn maat niet.'

'Welke maten hebben ze daar? Ons of gram?' vroeg Tomek, een gok wagend.

'Is dat waar je me over komt vragen, rechercheur? Of gaat het over de dood van mijn dierbare oude vriend?'

'Geen van beide. Het gaat over het geheim dat je mee het graf in neemt.'

Richard draaide zijn hoofd langzaam naar het zijraam en keek naar voorbijgangers die langs het voertuig liepen, het geluid van hun gesprekken en voetstappen gedempt.

'Ik ben bang dat ik niet weet waar u het over heeft, rechercheur. Ik heb geen geheimen.'

'Dat is een net zo grote leugen als dat negen van de tien tandartsending, en dat weet je.'

'Mijn tandarts zou het niet met u eens zijn.' Een scheve grijns verscheen op Richards gezicht.

'Dus je weet niets over Herberts dood?'

'Helaas niet, rechercheur. Er waren veel mensen die mijn vriend niet mochten, waaronder sommige van mijn andere vrienden, zoals u ongetwijfeld weet. Ze hadden allemaal redenen om hem pijn te doen, maar nooit om hem te doden. Ze zijn allemaal even schuldig aan een heleboel dingen.'

HOOFDSTUK
NEGENENVEERTIG

Tomek bracht de volgende uren door met het verwerken van Richard Staffords woorden. *Ze hadden allemaal redenen om hem pijn te doen, maar nooit om hem te doden. Ze zijn allemaal net zo schuldig als de rest voor een heleboel dingen.* Het geheim dat Richard Stafford mee het graf in nam, aan hem gegeven in de vorm van een raadsel. Het was alleen jammer dat noch hij, noch de rest van het team in staat was om de betekenis ervan te ontcijferen. Iets in zijn woordkeuze en de manier waarop hij het had gezegd, suggereerde dat er iets anders was met Herbert Tucker dat hij en het team hadden moeten weten maar niet wisten. Dat er iets anders achter de schermen gaande was.

'Welke stenen moeten we nog omkeren?' vroeg Nick.

In de kamer bij hen waren Sean en Victoria, de vier meest seniore leden van het team. Nick had de crisisvergadering bijeengeroepen kort nadat een artikel in de *Southend Echo* Nick had bekritiseerd vanwege zijn professionele betrokkenheid bij Brendan Door. Het artikel had de integriteit en bekwaamheid van de hoofdinspecteur voor de baan in twijfel getrokken. Iets wat hij vastbesloten was te weerleggen met een snelle en efficiënte arrestatie voor de moord op Herbert.

'Niets komt bij me op, sir,' antwoordde Sean.

'Nou, ik ben blij dat u hier bent, sergeant, met uw fantastische inzicht,' siste Nick. 'Verdomme nog aan toe.'

Sean liet zijn hoofd zakken en bleef de volgende minuten stil.

Toen begon Nick door de kamer te ijsberen, terwijl hij Richard Staffords woorden voor zichzelf mompelde.

'Ze zijn allemaal even schuldig... Wat bedoelt hij daarmee? Zouden ze allemaal betrokken kunnen zijn geweest? Zouden ze dit samen gepland kunnen hebben? Alle negen?'

'Negen, sir?' vroeg Tomek.

Nick stopte plotseling en begon op zijn vingers te tellen. 'Alina, Terrence, John, Brendan, Nora, Gregory, Anthony, James en Richard Stafford.'

'Beschouwen we Nora als verdachte?' vroeg Tomek.

'Totdat we de DNA-monsters van haar en Alina terugkrijgen, absoluut. Er is ergens een vrouw bij betrokken, en het is een van hen.'

'Dus het is of Brendan als medeplichtige of Terrence.'

'Welke vrouw wilde hem meer dood hebben?' vroeg Victoria.

'Degene die financieel zo zwaar op hem leunde en op het punt stond die inkomstenbron te verliezen, of de vrouw die hij zo vaak had bedrogen en dreigde te scheiden?'

'Het is dezelfde vrouw,' antwoordde Tomek, terwijl hij zijn armen over zijn borst kruiste. 'Ze hebben allebei dezelfde motieven. Ze waren beiden financieel afhankelijk van hem en de afgelopen maanden had hij gedreigd dat inkomen stop te zetten. Het komt neer op de mannen.'

Victoria rolde met haar ogen en liet zich achterover zakken in haar stoel.

'Wat denk je, Tomek? Ga door,' drong Nick aan.

'Terrence was de opkomende ster, de tweede in rang, voorbestemd voor politieke grootsheid totdat Herbert hem aan zijn drugsverslaving introduceerde en hem uit het team schopte. Terwijl Brendan financieel van hem afhankelijk was; de steekpenningen om de drugs de stad in te laten komen. Maar ik denk dat Herbert in dat specifieke voorbeeld meer op Brendan leunde. Dus als ik moet beslissen, gaat Terrence voor mij net voor.'

'En je bent er zeker van dat Richard Stafford helemaal niet in dit plaatje past?'

Tomek schudde zijn hoofd. 'In het begin dacht ik dat hij er misschien iets mee te maken had. Gezien waarvoor hij gezocht wordt, zou het logisch zijn dat hij de criminele contacten zou hebben om zoiets te regelen, maar na wat Rick zei, denk ik niet dat hij het is.'

'Denk je echt dat we de getuigenverklaring van een dakloze kunnen geloven?' begon Victoria. 'Hoe weten we dat hij niet een van Richards gebruikers is? Hoe weten we dat hij hem niet gewoon dekt?'

'Omdat een van onze eigen mensen voor Rick heeft ingestaan. Hij is geen gebruiker. Hij doet niet aan drugs. Hij heeft gewoon veel pech gehad, van wat ik hoor.'

'Dat spreekt hem nog niet vrij van-'

'Probeer jij eens op straat te leven,' onderbrak Tomek. 'En kijk dan hoe snel je de kans op nieuwe kleren aangrijpt.'

'Genoeg!' blafte Nick, zijn stem echode tot in de gang. 'Genoeg, jullie beiden. We hebben nog steeds een moord op te lossen.' Hij zuchtte diep. 'Wat is er met die ring? Is daar al iets over teruggekomen?'

Sean schudde zijn hoofd. 'Niets, chef. Geen DNA, niks. Hij is zo grondig schoongemaakt dat de jongens hem bijna voor gloednieuw aanzagen.'

'Verdomme. Wat is er met-?'

Voordat Nick kon eindigen, vloog de deur open en stormde Oscar binnen, snel ademend terwijl hij zich aan de deurklink vastklampte om te voorkomen dat zijn vaart hem de kamer in zou dragen.

'Sorry voor de onderbreking, chef,' zei hij, hijgend, 'maar dit is belangrijk.'

Nog een zucht. Lichter deze keer, gevuld met een gevoel van optimisme. 'Wat is er?'

'Digitaal forensisch onderzoek. Ze hebben net het rapport voor Herbert Tuckers telefoon en laptop doorgestuurd.' Oscar zwaaide met een stapel documenten in de lucht.

'En? Wat hebben ze gevonden?'

Oscar sloot de deur achter zich en haastte zich naar het midden van de kamer. Zijn ogen waren wild van opwinding en zijn bewegingen waren frenetiek.

'Ze hebben tientallen sms'jes en e-mails gevonden die bewijzen dat Herbert Tucker en zijn groepje politici en invloedrijke mensen in de Southend Seven een sekshandel netwerk runden.'

Stilte.

Niemand zei iets terwijl ze de informatie verwerkten.

Sean was de eerste die sprak. 'Wie waren erbij betrokken?'

'Allemaal. De PFCC, de burgemeester, James Colehill, John Mullen, Terrence Toffolo, allemaal. Ze haalden meisjes uit Oost-Europa, installeerden ze - letterlijk - in die club, en dwongen ze vervolgens om te doen wat de Southend Seven maar wilden.'

Tomeks gedachten leken op duizend kilometer per uur te werken. De namen van de verdachten schoten door zijn hoofd, om vervolgens bijna even snel weer te verdwijnen.

Toen kwamen Nora's woorden in hem op: *Hij had een zwak voor Oost-Europeanen. Er verscheen altijd wel een of andere buitenlandse naam op zijn telefoon.*

Het begon allemaal logisch te worden. Alina Zandecka had gelogen. Ze was het land binnengebracht door de mensenhandelaren en in het systeem gehouden totdat ze zwanger raakte. Vanaf dat moment waren de rollen omgedraaid en was haar macht binnen de groep toegenomen. Ze had Herbert in haar greep, en ze had dat de afgelopen vier jaar kunnen uitbuiten, terwijl ze verantwoordelijk was voor het binnenbrengen van andere vrouwen uit het buitenland. Tomek wilde niet nadenken over hoeveel levens ze had veranderd, allemaal voor een maandelijkse vergoeding.

'Daarom gooit John Mullen iedereen voor de bus,' zei Nick zachtjes, alsof hij het aan zichzelf uitlegde. 'Daarom brengt hij al deze informatie over de anderen naar buiten. Hij wist dat het slechts een kwestie van tijd was voordat dit nieuws naar buiten zou komen, dus probeerde hij zoveel mogelijk af te leiden.'

'Wat met Richard Stafford?' vroeg Tomek, die langzaam bij zijn positieven kwam. 'U noemde zijn naam niet.'

'Dat is omdat hij niet voorkomt in de e-mails of correspondentie.'

Tomeks blik dwaalde weg van Oscar en landde op de tafel in het midden van de kamer. 'Hij was alleen verantwoordelijk voor het leveren van de drugs voor hun feestjes; de rest was belast met het binnenbrengen van de meisjes.'

'Eigenlijk viel die specifieke verantwoordelijkheid grotendeels toe aan Keith Ferguson.'

'Die kerel die zelfmoord heeft gepleegd?'

'Ja.'

'Christus.'

Dat verklaarde zijn zelfmoord.

Keith Ferguson had zich niet druk gemaakt over wat er over hem naar buiten zou kunnen komen met betrekking tot zijn drugs- en prostitueegebruik. Hij was meer bezorgd geweest dat de politie zijn betrokkenheid bij het verhandelen van vrouwen over het continent voor seks zou ontdekken.

En toen stopten de gedachten, abrupt onderbroken door een zacht kuchje.

Alle vier de mannen draaiden zich naar Victoria.

'Ik wil niet de advocaat van de duivel spelen,' zei ze zachtjes, 'maar dit alles verklaart niet wie Herbert Tucker heeft vermoord.'

HOOFDSTUK
VIJFTIG

Victoria had gelijk gehad. Geen van de beschuldigingen van mensenhandel had iets te maken met de moord op Herbert Tucker. Maar dat weerhield hen er niet van om de verantwoordelijken te vervolgen.

In de dagen die volgden, arresteerden Tomek en het team iedereen die in verband stond met de e-mails en tekstberichten. Ze gingen zorgvuldig door het bewijsmateriaal dat door de digitale forensische teams was verzameld: e-mails van Herbert en John Mullen met instructies aan Keith Ferguson en Terrence Toffolo over wanneer ze naar Roemenië en Litouwen moesten vliegen, waar ze naartoe moesten gaan, met wie ze moesten spreken en wanneer ze de vrouwen moesten terugbrengen. Het team had zelfs de vluchtgeschiedenis van de mannen bij verschillende luchtvaartmaatschappijen gecontroleerd en hun bewegingen bevestigd. Daarnaast waren Rachel en Anna eropuit gestuurd om een aantal vrouwen op te sporen die vermoedelijk slachtoffer waren van mensenhandel. Gelukkig hadden ze hen gevonden. En nog gelukkiger was dat de vrouwen maar al te graag wilden praten. Volledige getuigenverklaringen die de laatste spijkers in de doodskisten van verschillende leden van de Southend Seven sloegen.

Behalve twee: Richard Stafford en Anthony Arnold, de advocaat van het Openbaar Ministerie.

Beide mannen waren niet opgenomen in de e-mails, en er was geen aanwijzing dat een van hen betrokken was geweest bij de misdaden. Wat volgens Tomek geen toeval was, aangezien de persoon met de meeste juridische kennis van hen allemaal erin was geslaagd vervolging te vermijden voor zowel zichzelf als degene met wie hij de meest relevante zakelijke relatie had. Tot Tomeks verbazing had ook geen van de andere leden van de Southend Seven een van beide mannen verlinkt. Maar aangezien er geen bewijs tegen hen was, kon Tomek hen nergens voor arresteren of aanklagen. De troef die Tomek echter achter de hand had, was de kennisgeving die hij naar het politieteam van Essex in Colchester had gestuurd, waarin hij zijn vermoeden uiteenzette dat Richard Stafford het grootste deel van zijn drugsoperatie vanuit de Peacocks kledingwinkel in het Victoria Shopping Centre leidde. Tomek vermoedde dat Richard Stafford daar naartoe ging, zaken deed met het personeel dat allemaal op zijn loonlijst stond, en van daaruit tonnen drugs verscheepte die hun weg vonden naar de straten. Het was slechts een voorgevoel, maar niettemin een voorgevoel. En door de jaren heen had zijn intuïtie hem slechts een handvol keren in de steek gelaten. Het was nu aan het drugsteam om de link te vinden en de punten met elkaar te verbinden.

Aan het einde van de week had het team Terrence Toffolo, John Mullen, Brendan Door, James Colehill en Gregory Chaplin met succes aangeklaagd voor een reeks misdrijven.

De laatste op hun lijst was Alina Zandecka.

Op basis van de informatie die het digitale forensische team had verzameld, en de getuigenverklaringen die Martin en Oscar hadden weten te verzamelen, had Alina Zandecka een cruciale rol gespeeld bij de mensenhandel van nietsvermoedende vrouwen. Ze had zich als hun vriendin voorgedaan, deed alsof ze hen onderdak bood en hen hielp settelen onder het mom dat ze een goed leven werden aangeboden. Ze had hen gemanipuleerd en klaargestoomd voor het werk dat ze moesten doen, allemaal voor haar maandelijkse vergoeding van vijfduizend pond.

Ze hadden een overvloed aan bewijs tegen haar voor dit misdrijf. Het enige wat ze niet tegen haar hadden, was bewijs dat suggereerde dat zij Herbert Tucker had vermoord.

Tomek zat al een uur tegenover haar en haar advocaat, in een poging haar te breken. Maar ze praatte niet. De woorden 'geen commentaar' waren het enige dat uit haar mond was gekomen. Ze was een gesloten boek, en ongeacht welke tactieken hij probeerde, ze brak niet.

Het probleem was dat er zeer weinig bewijs was dat suggereerde dat zij het had gedaan.

Het enige wat ze tegen haar hadden was een motief.

En natuurlijk de DNA-resultaten van de lippenstift, waar ze nog steeds op wachtten.

———

Een paar uur later keerde Tomek terug naar het bureau, met een gevoel van nederlaag. Hij vond Nick en de rest van het team in de kamer voor grote incidenten.

'En?' vroeg Nick, met volop hoop in zijn stem.

Tomek schudde zijn hoofd naar de hoofdinspecteur.

'Niets,' zei hij. 'Ik heb het geprobeerd, maar alles wat ze aanbood was "geen commentaar".'

'Verdomme!'

Met één woedende zwaai smeet Nick een balpen naar de andere kant van de kamer. Degenen die in het pad van de pen stonden, moesten bukken en wegduiken, tenzij ze geraakt wilden worden.

'We zijn zo verdomd dichtbij, ik kan het voelen.'

'Het is niet het einde van de wereld,' bood Sean aan. 'We hebben nog steeds de DNA-resultaten om-'

En toen klonk er een klop op de deur. Zacht, bijna onhoorbaar.

Liam Porter, de plaats delict manager, stak zijn hoofd door de deuropening. 'Ik onderbreek toch niets, hè?'

'Jawel,' siste Nick. 'Wat wil je?'

Porter zwaaide met een paarse map in zijn handen, zette toen voorzichtig een stap door de deur, de drempel over in de ijzige atmosfeer. Hij liep behendig naar Nick aan het hoofd van de kamer en overhandigde de hoofdinspecteur de map.

'Ik heb geen tijd om dit te lezen,' zei Nick.

'Zou u liever de samenvatting willen?'

'Ja. Schiet op. *Alsjeblieft*.' De nadruk die Nick op het laatste woord legde was net zo duidelijk als het ongeduld op zijn gezicht.

Voordat hij de kamer toesprak, schraapte Liam zijn keel. 'Het gaat om je DNA-resultaten. Het mondmonster dat je hebt opgestuurd.'

'*Monster*?' herhaalde Tomek, onbewust een stap naar voren zettend.

'Ja,' antwoordde Liam beschaamd. 'We hebben maar één monster voor onderzoek opgestuurd.'

'Nee, nee, nee. Er hadden er twee moeten zijn.'

Tomek keek omlaag naar Rachel en Anna, in de verwachting dat ze zijn gedachten konden horen.

'Ik heb het monster opgestuurd, echt waar,' antwoordde Rachel als eerste.

'Ik ook,' voegde Anna toe. 'Zodra ik terug was.'

'Dus hoe kan het in godsnaam dat er maar één monster is opgestuurd?' schreeuwde Tomek. Toen sloeg het antwoord hem in het gezicht en hij hief zijn blik op tot hij Nick aankeek.

'Brendan...' zeiden ze beiden tegelijk.

'Chey, ik wil dat je de server controleert,' begon Nick. 'Ik wil weten wie toegang had tot de bestanden en wie de bewijsstukken heeft verwijderd vanaf het moment dat ze werden ingediend tot het moment dat ze werden verstuurd.'

Chey knikte, stond op uit zijn stoel en haastte zich de kamer uit.

Alle ogen vielen op de map in Nicks hand.

Aarzelend hield de hoofdinspecteur hem voor zich en opende hem...

Tomek hield zijn adem in terwijl hij wachtte op het antwoord waar ze allemaal op hadden gewacht.

'Het ingediende DNA-monster behoorde toe aan mevrouw Alina Zandecka,' zei hij, 'en het is negatief. Haar DNA komt niet overeen met een van de profielen die op Herbert Tuckers hand zijn gevonden.'

———

Wat één persoon overhield.

Nora Tucker. Herberts bedrieglijke en overspelige vrouw, degene die grotendeels onder de radar was gebleven tijdens het onderzoek.

Een snelle controle in het systeem bevestigde Tomeks en Nicks vermoedens dat Brendan Door toegang had gehad tot Nora's DNA-monster en het uit het bewijsmateriaal had verwijderd. De twee hadden samengewerkt, maar terwijl ze Brendan in hechtenis hadden, misten ze nog steeds het laatste stukje van de puzzel.

Het enige probleem dat nu nog overbleef, was haar vinden.

Net toen Tomek het bureau verliet richting het huis van de Tuckers, werd hij op de parkeerplaats aangesproken door Abigail. Ze droeg een dikke winterjas en haar wangen waren rood.

'Dit is geen goed moment, Abi,' vertelde hij haar.

'Er is iemand die je moet zien.'

'Is Vrouw X hier?'

'Nee. Maar haar ouders wel. En ze hebben je iets te vertellen.'

Tomek keek op zijn horloge voordat hij instemde met de ontmoeting. Het gezin van drie - moeder, vader en een zus - wachtten op hem in Morgana's. De rit was gelukkig kort, aangezien de wegen leeg waren vanwege de voorjaarsvakantie in februari, en om de regen te vermijden die hevig was begonnen te vallen.

Toen ze binnenkwamen, zag Tomek het gezin meteen. Ze zagen er het meest misplaatst uit, alsof ze zich ongemakkelijk voelden om daar te zijn, ongemakkelijk in het vuil en vet, ongemakkelijk door de mensen om hen heen. De mensen die, in hun ogen, uit sociale klassen kwamen die een paar niveaus onder hen lagen.

'Tomek, dit zijn Stephanie, Alan, en hun dochter, Felicity. Ze hebben iets wat ze denken dat je moet weten over Herbert Tucker.'

HOOFDSTUK
EENENVIJFTIG

Tomek bracht de auto slippend tot stilstand op de gladde klinkers. Hij zette de motor uit, rolde uit de auto en sprintte naar de voordeur van Nora Tucker. De regen beukte op het beton en geselde hem van alle kanten. Boven zijn hoofd dwong de wind de bomen tot overgave, waardoor ze trilden en zwaaiden onder de druk. Bij de voordeur aangekomen, bonsde hij erop met zijn vuist.

Hij stopte na de derde keer bonzen.

De deur was niet op slot geweest en zwaaide nu zachtjes open. Tomek stapte voorzichtig en behoedzaam naar binnen en sloot de deur achter zich.

Stilte. De goed vervaardigde en dure deur hield het geluid van regen en wind perfect buiten.

Hij wachtte, hield zijn adem in, luisterde.

Niets. Geen teken van beweging. Geen teken van leven.

'Hallo?' riep hij, maar er kwam geen antwoord.

Nog voorzichtiger nu, zijn lichaam gespannen alert op het minste geluid, begaf Tomek zich dieper in het huis, beginnend met de woonkamer. De ruimte was leeg, bijna perfect schoon, en zag eruit alsof er in weken niemand was geweest. Hetzelfde gold voor de rest van de begane grond. De interessante delen bevonden zich echter boven. Tomek was nog nooit zo ver gekomen. De bovenverdieping bestond uit vijf slaapkamers, een kantoor, twee badkamers en een en-suite badkamer in de hoofdslaapkamer.

Bovenaan de trap stopte hij en luisterde, terwijl hij de trapleuning met beide handen omklemde. Het huis was stil, geluidloos. Zijn eerste stop was de slaapkamer van Nora en Herbert. Een groot kingsize bed nam het grootste deel van de ruimte in beslag, omringd door dik, metaalgrijs tapijt. Roze pluizige kussens lagen netjes voor de hoofdkussens, en een dunne bordeauxrode sprei was opgevouwen aan het voeteneinde. De ramen keken uit op de tuin beneden. Tomek schuifelde erheen en staarde naar het uitzicht. Beneden borrelde het zwembad terwijl duizenden regendruppels erin plonsden, en het meubilair - stoelen, een tafel en een barbecue - was slachtoffer geworden van de wind.

Tomek draaide zich om om naar de andere kamers te gaan, maar terwijl hij dat deed, zag hij vanuit zijn ooghoek een gedaante.

'Fuck!' schreeuwde hij, opspringend.

Toen realiseerde hij zich dat het zijn spiegelbeeld was in een enorme vloer-tot-plafond spiegel die hij bij binnenkomst had gemist.

'Stom verdomd ding,' zei hij, terwijl hij het levenloze object vervloekte dat zichzelf niet kon verdedigen.

Tegenover het voeteneinde van het bed stond een make-uptafel, vol met rij na rij van een assortiment kleine zwarte stiften van verschillende diktes, die uit een reeks Perspex bakjes staken. Tomek had nog nooit zoveel make-up bij elkaar gezien, zelfs niet in supermarkten. Er waren in totaal vier Perspex houders. Eén voor eyeliner. Eén voor mascara. Eén voor kwasten. En nog een die bevatte wat hij had leren kennen als foundation. Of zoiets. Hij wist niet wat het was; hij wist alleen dat het een belangrijk onderdeel was van het schminkproces.

Tomek ging dichter bij de tafel staan en begon door de inhoud te zoeken. Hij vond niets in de bakjes, maar toen hij op een verborgen lade aan de onderkant stuitte, vond hij meteen wat hij zocht.

De lippenstift.

Strawberry Surprise, in al zijn glorie.

Tomek pakte het en hield het bijna even delicaat vast als Albert Patterson de trouwring die hij op de boulevard had gevonden. Het was kleiner, kinderlijker dan hij had verwacht. Voordat hij in de verleiding kwam om wat op zijn lippen aan te brengen om het zelf te proeven, klemde hij de lippenstift in zijn handen en sloot de lade. Toen hij de kamer verliet, bleef hij staan bij een nachtkastje. De kleine gloeilampjes van intuïtie begonnen te vonken, en iets in zijn brein zei hem dat hij het moest inspecteren.

Langzaam, alsof hij daarmee een soort explosie zou kunnen veroorzaken, opende hij de enige lade in het nachtkastje. Daar, bovenop, in vieren gevouwen, lag een fotokopie van de onfatsoenlijke foto die van Herbert Tucker in de herenclub was genomen. Tomek haalde het eruit en begon het te ontvouwen totdat de man hem aanstaarde, zijn mond bedekt met rode lippenstift, zijn gezicht en huid besmeurd met vuil en modder.

Tomek werd misselijk bij het zien ervan. Bij de man die zoveel had beloofd aan degenen die hij bespotte. Bij de man die alles belichaamde wat er mis was met de politiek.

Hij wendde zich af terwijl hij het in zijn zak stak, de kamer uit lopend en de volgende binnen. De rest van het huis was zoals de hoofdslaapkamer: volledig schoon, en volledig leeg. Ofwel de huishoudster had uitzonderlijk goed werk geleverd, of er was iets anders gebeurd.

Tomek haalde zijn telefoon uit zijn zak en belde Anna.

De rechercheur nam op bij de tweede ring.

'Alles in orde, chef?'

'Ze is er niet,' zei hij, starend naar een metalen sculptuur van een hert op de overloop die er net zo misplaatst uitzag als Tomek zich voelde. 'Weet u waar ze zou kunnen zijn? Heeft ze iets tegen u gezegd over het meenemen van de meisjes ergens naartoe?'

'Ik denk dat ze iets gezegd heeft over dat zij en de meisjes weg zouden gaan wanneer Eleanor vrij was van school.'

'Weet u waarheen?'

Tomek kon haar bijna haar hoofd horen schudden. 'Ik heb er niet aan gedacht om dat te vragen...'

Maar dat was oké.

Want Tomek had een idee.

Een ander gloeilampje knipperde woest in zijn hoofd.

HOOFDSTUK
TWEEËNVIJFTIG

V an alle plekken in Essex waar Herbert Tucker een huis kon kopen voor een van zijn dochters, moest die klootzak er uitgerekend een in Danbury aanschaffen, op veertig minuten rijden. Door het weer en het verkeer duurde het nog vijf minuten langer. Het huis dat Herbert op naam van Whitney had gekocht, was eigenlijk helemaal geen huis. Het was een landhuis, inclusief een terrein van ruim zes hectare. Iets kleiner dan het familiehuis, maar nog steeds veel te groot voor een vijfentwintigjarige die nog thuis woonde. Tomek zou moord hebben gepleegd om zo'n plek voor zichzelf te kunnen betalen, laat staan voor Kasia.

Hij liet de auto langzaam tot stilstand komen toen hij de drukke A-weg verliet en de oprit opdraaide. Het gazon aan de voorkant was bijna net zo perfect onderhouden als bij het familiehuis, en Tomek vroeg zich af of ze een apart bedrijf of tuinman hadden die het elke week voor hen verzorgde.

Nadat de auto tot stilstand was gekomen, trok hij de handrem aan en tuurde door de voorruit. Daar, op de oprit, stond de Range Rover van Nora Tucker, die het andere toegangspunt blokkeerde.

Tomek maakte er een mentale notitie van en pakte toen zijn telefoon en hield deze tegen zijn oor. De telefoon ging over en over. Tot Anna opnam.

'Ik denk dat ik ze gevonden heb.'

'Waar?'

'Whitney's huis. Danbury.'

'Christus. Goed. Ik kom je daar nu ontmoeten.'

Tomek hing op en stopte zijn telefoon in zijn zak. Hij was niet van plan om te wachten. Er was een moordenaar te pakken en tijd was van essentieel belang.

Tomek maakte zijn gordel los, opende het portier en stapte uit in de regen. Terwijl hij naar de voordeur liep, begon zijn lichaam zich te spannen. Schouders, armen, rug. Zelfs zijn kont trok zich een beetje samen. Hij klopte op de deur. Niets. Stilte, behalve het geluid van regen die op de auto achter hem neerkwam.

Nog een keer kloppen. Nog steeds niets.

Naast de deur zat een klein ruitje. Tomek plaatste zijn handen als een kom voor zijn gezicht en tuurde naar binnen. Het interieur van het huis was bijna net zo weelderig als de gebruikelijke residentie, met een grote entreehal, bijna Victoriaans.

Maar dat was niet waar hij in geïnteresseerd was. Het was het hoofd dat hij achter een muur aan de andere kant van het glas had zien verschijnen dat zijn aandacht trok.

Hij boog voorover, opende de brievenbus en begon erdoorheen te roepen. 'Ik weet dat u daar bent. Is het goed als ik binnenkom? Ik heb nog een paar vragen die ik u wil stellen over uw relatie met Brendan.'

Net toen hij wilde doorgaan, haastte er zich een figuur naar de deur en gooide deze open. De metalen brievenbus werd uit zijn hand gerukt, waarbij hij zich bijna sneed.

Daar stond Whitney Tucker, de oudste dochter van Herbert, en nu de trotse eigenaar van een woning die minstens vijf keer boven Tomeks prijsklasse lag.

'Wat doe je hier?'

'Ik wilde met je moeder spreken.'

'Waarom zou zij hier zijn?'

Tomek wees naar de auto. 'Dat was een grote aanwijzing.'

'Ze is hier niet,' zei ze, met paniek in haar stem. 'Het zijn mijn vriend en ik. We... we zijn hier voor de vakantie.'

'Dat weet ik, Whitney. Als je het niet erg vindt, zou ik graag binnen willen komen.'

Ze had niets te zeggen. Tomek forceerde zijn weg naar binnen en betrad het huis. Zodra hij over de drempel was gestapt, wist hij dat hij veilig was.

Of tenminste zo veilig als iemand kan zijn in het gezelschap van een moordenaar.

'Waar is ze?' vroeg Tomek, terwijl hij de deur achter zich sloot. 'Ik ben bezorgd om haar veiligheid.'

Hij vergrendelde de deur met het nachtslot. Het geluid echode door het huis.

'Waarom zou ze in gevaar zijn?' vroeg Whitney, die zich langzaam steeds verder terugtrok in haar huis.

'Dat weet je best, Whitney.'

'Ik heb geen idee waar je het over hebt.'

Maar Tomek luisterde niet. Hij negeerde haar, stormde langs haar heen en begon de kamers binnen te gaan, op zoek naar Nora. Maar ze was nergens beneden te vinden. En toen hij de wenteltrap opging, rende Whitney achter hem aan en trok aan zijn arm.

'Je kunt daar niet naar boven!'

Net als in de familiewoning bevonden zich op de bovenverdieping vijf slaapkamers en drie badkamers, met als enige uitzondering een kantoorruimte. Maar gelukkig hoefde hij niet ver te zoeken om te vinden wat hij zocht.

De plaats delict was in de hoofdslaapkamer.

Eleanor, Whitney's zus, de jonge vrouw die hij slechts twee keer had ontmoet. En Charlie, Whitney's vriend, de man die hij slechts één keer het genoegen had gehad te ontmoeten. Beiden stonden ze over het levenloze lichaam van Nora Tucker, vastgebonden aan de hoeken van het bed. Tomek stapte langzaam de kamer binnen, en onthulde met elke aarzelende stap meer van de plaats delict.

Het eerste wat hem opviel was de geur en de rode vlekken rond haar mond. Consistent met ammoniavergiftiging.

'Ik denk dat jullie allemaal gearresteerd zijn,' zei Tomek.

'Dat denk ik niet,' antwoordde Whitney achter hem, de trap blokkerend.

'Wat, ga je mij ook vermoorden, net als je ouders?'

'Hoe wist je dat wij het waren?'

Tomek draaide zijn nek van links naar rechts terwijl hij probeerde naar hen allemaal te kijken, maar het deed hem pijn. 'Mijn nek gaat zo meteen vastzitten, kunnen we allemaal gewoon zo gaan staan dat ik jullie drieën tegelijk kan zien?'

Tomek had in zijn tijd heel wat moordenaars tegenover zich gehad.

Seriemoordenaars, kwaadaardige meesterbreinen, rotterende. Maar deze drie waren niets van dat alles. Het waren kinderen. Onschadelijke idioten die hun ouders hadden vermoord en die niet van plan waren hem kwaad te doen. Misschien dwaas, maar hij voelde zich verrassend veilig.

Dat gezegd hebbende, wist hij ook hoe het voelde om een wilde hond in het nauw te drijven.

'We blijven precies hier, dank je wel,' antwoordde Whitney.

Tomek zuchtte en liet zijn blik naar de vloer zakken. 'Prima, maar als ik een whiplash krijg dan geef ik jou de schuld.'

In zijn achterhoofd tikte de mentale klok af voor Anna en de rest van het team om te arriveren. Hij schatte dat hij nu nog vijfendertig minuten had. Vijfendertig minuten om hen aan het praten te krijgen, om hen af te leiden tot de cavalerie arriveerde.

'Wiens idee was het?' vroeg Tomek terwijl hij in zijn zak tastte en zijn telefoon tevoorschijn haalde.

'Hé, hé, hé!' schreeuwde Charlie naar hem. 'Wat doe je verdomme met dat ding? Je gaat niet de politie bellen!'

'Dat weet ik,' zei Tomek, terwijl hij zijn toestel ontgrendelde en met één oog de opname-app zocht. 'Dat komt omdat ik de politie bén.'

'Hou je bek en geef me die telefoon!' schreeuwde Charlie, met een trillende stem.

Tomek drukte op opnemen en verborg het scherm met zijn handpalm. 'Is dat op dezelfde manier hoe je tegen Rick praatte op de avond dat je Herbert vermoordde?'

'Rick? Rick? Wie de fuck is Rick?'

Tomek liet zijn telefoon onopvallend in zijn zak glijden, in de hoop dat ze allemaal te afgeleid waren om te letten op wat hij deed.

'Rick is de dakloze man met wie je van kleding ruilde.'

'Hoe moest ik in godsnaam zijn naam weten?'

'Dat hoefde niet. Ik vroeg me alleen af of je zo tegen hem sprak. Heb je hem ook als stront behandeld?'

Charlie's gezicht vertrok in een frons. 'Waar heb je het in godsnaam over, maat? Je moet je kop houden en-'

'Ik heb eerst een paar vragen die ik moet stellen.'

'O ja, zoals wat?' zei Whitney, terwijl ze de controle over het gesprek overnam.

'Zoals of je moeder echt dood is of niet.'

Whitney snoof spottend. 'Ja, ze is dood. Je kunt het alleen niet zien onder al die plastic troep die ze in haar borsten heeft.'

Tomeks ogen schoten onbedoeld naar Nora's borsten, toen zei hij: 'Ik moet dat zelf controleren. Ik kan hier niet weggaan wetende dat ze misschien nog leeft.'

Zodra Tomek zijn mouwen begon op te rollen, protesteerde Charlie en zette een stap naar hem toe, maar hij hield de jonge man tegen met een opgeheven hand en een strenge blik. Zonder acht te slaan op de stille protesten, schoof Tomek naar de rand van het bed en reikte naar Nora's nek, waarbij hij twee vingers op haar huid plaatste. Hij wachtte, tellend. Niets. Er was geen pols, en haar lichaam was koud geworden.

Nora Tucker was dood.

Terwijl hij zich terugtrok en zijn mouw weer omlaag deed, viel zijn blik op Eleanor.

'Het spijt me...' zei hij zachtjes tegen haar. Ze was even oud als Kasia, en het zien van haar vormde een knoop in zijn maag.

Het jonge meisje stond met gekruiste armen, haar lichaam stevig vastklemmend. 'Waar ben je... Waar ben je sorry voor?' vroeg ze.

'Het spijt me wat er met je is gebeurd. Het spijt me wat je vader jou en je vriendin heeft aangedaan. Hij had daar nooit zo lang mee weg mogen komen.'

'Ik...' Eleanors stem brak terwijl haar ogen herhaaldelijk naar Whitney flikkerden. 'Ik weet niet wat... Ik weet niet waar je het over hebt.'

'Het is oké,' zei Tomek. 'Je hoeft je er niet meer voor te verstoppen. Ik ken de waarheid. Ik weet dat hij jullie beiden heeft misbruikt.'

'Hoe?' siste Whitney. 'Hoe kun je dat mogelijk weten? De enigen die het wisten waren Charlie, en-'

'En je moeder...' Tomek pauzeerde, een stap achteruit zettend zodat de hoek tussen hen drieën minder belastend was voor zijn nek. 'Ze wist ervan toen het met jou gebeurde Whitney, nietwaar?'

Whitneys ogen dwaalden af.

'Ze wist van die avond dat ze uit was met haar vriendinnen. Tijdens de storm. De logeerpartij bij Stacey. De nacht die je in zijn bed doorbracht. De hand die hij jullie beiden liet kussen. Ze wist er alles van en ze deed niets.'

Een dunne lijn van tranen begon zich te vormen aan de onderrand van Whitneys ogen, en ze snoof de tranen weg die op het punt stonden door te breken.

'Ze gaf nooit om mij. Ze gaf nooit om Eleanor. Ze gaf nooit om ons. Geen van beiden deed dat. Het was altijd wij tegen hen beiden. Nora was nooit thuis, nooit aanwezig om voor ons te zorgen, dus moest ik het doen. Ze was altijd bezig met haar meidenavonden, haar sociale agenda en hoe ze eruitzag. Het kon haar geen reet schelen hoe het met ons ging. En toen ze erachter kwam wat hij bij Stacey en mij had gedaan, zette ze ons bij elkaar en vertelde ons dat we niets mochten zeggen. Dat we niemand mochten vertellen hoe hij ons zijn lul had laten zuigen om ons te kalmeren. We waren allebei doodsbang voor de storm en de donder. We gingen zijn kamer binnen op zoek naar wat troost. En we verlieten het nog banger dan we erin waren gegaan. Lange tijd was ik bang voor de donder, maar nu niet meer.'

Tomek perste zijn lippen op elkaar en verlaagde zijn toon. 'Ik begrijp het,' zei hij zachtjes. 'En toen hij hetzelfde deed bij Eleanor en haar vriendin, besloot je dat het genoeg was.'

En toen kwamen de tranen. Zwaar, bruut. Stromend over haar gezicht. Tussen het snuiven en wegvegen van de tranen door zei ze: 'Ik heb haar zo lang proberen te beschermen, maar hij vond een weg. Hij vond toen een weg, en hij vond nu een weg.'

'Hoe weet je wat er met mij en Felicity is gebeurd?' vroeg Eleanor, waarmee ze Tomek verraste.

'Haar ouders,' legde Tomek uit. 'Ik heb niet lang geleden met hen gezeten. Ze kwamen naar voren om me uit te leggen wat er met Felicity was gebeurd. Het was dapper, wat je vriendin deed.'

'Was Stacey daar? Stacey had daar moeten zijn,' vroeg Whitney, hoopvol.

Tomek aarzelde terwijl hij zich schrapzette. 'Nee, ze was er niet,' vertelde hij haar. 'Ze wilde er zijn, geloof me. Een paar weken geleden sprak ze met iemand die ik ken, een journalist. Ze kwam naar voren om te zeggen dat je vader haar had verkracht, maar elke keer als we een ontmoeting probeerden te regelen, kwam ze niet opdagen. Vanochtend ontdekte ik dat haar ouders haar de avond ervoor dood in haar slaapkamer hadden gevonden. Ze had een overdosis paracetamol genomen. Ik denk dat ze het niet meer aankon.'

Na het horen van het nieuws dat haar vriendin, degene met wie ze dat trauma had gedeeld, zelfmoord had gepleegd, was Whitneys onmiddellijke reactie om op de grond te vallen, haar rug tegen de trapleuning gedrukt, haar knieën tegen haar borst getrokken. En toen werd ze ontroostbaar, snikkend in haar handen. Charlie en Eleanor haastten zich zonder aarzeling naar haar toe.

Tomek voelde een brok in zijn keel groeien terwijl hij toekeek hoe de drie elkaar omhelsden, dicht bij elkaar gekropen als een sportteam klaar voor de aftrap.

Wat er met die meisjes was gebeurd, ging verder dan onacceptabel, onbegrijpelijk. Dat hun vertrouwen en geloof in de wereld was geruïneerd en vernietigd door hun vader. De gedachte eraan maakte hem misselijk. Hij opende zijn mond om te spreken zodra beelden van Kasia in zijn gedachten verschenen.

'Het spijt me van je verlies,' zei hij. 'En het spijt me voor wat je is overkomen. Echt waar. Maar ik zal je moeten arresteren. Je hebt twee mensen vermoord.'

'Maar ze verdienden het!' schreeuwde Whitney.

'Ik weet het. Ik weet het. Maar je hebt de wet overtreden. Je hebt twee levens genomen.'

'Alsjeblieft...'

Tomek wilde het. Diep vanbinnen. Als hij de deur had kunnen openen om hen te laten gaan, zou hij het hebben gedaan. Maar hij kon het niet. Het was zijn plicht om hen te arresteren, om hen van de straat te halen. Met z'n drieën hadden ze twee mensen gedood.

'Op de avond van je vaders dood,' begon Tomek opnieuw. 'Wat gebeurde er? Hoe ben je ontsnapt?'

'We...' begon Whitney, maar stopte toen, haar mond sloot zich zachtjes.

'Ik had Whit eerder die dag bij mij uitgenodigd,' zei Charlie, zijn stem dieper dan Tomek zich herinnerde. 'We besloten dat die avond de juiste zou zijn. We weten niet waarom. We kozen het gewoon. Dus wachtten we urenlang buiten zijn werk, zittend, pratend, onszelf moed insprekend.'

'Maar hij was natuurlijk te druk bezig die hoer boven in zijn kantoor te neuken!' schreeuwde Whitney hysterisch.

'Tegen de tijd dat hij klaar was, waren we bijna in slaap gevallen. Zodra ik hem zag, stapte ik uit de auto en gaf hem een kopstoot. Ik zweer dat de bult op mijn hoofd sindsdien niet is verdwenen.'

Tomek had het de eerste keer dat hij de man ontmoette niet opgemerkt, maar realiseerde zich toen dat hij er ook niet naar had gezocht.
'We grepen hem terwijl hij aan de telefoon was,' vervolgde Charlie.
'Hij stond op het punt Whits naam te zeggen toen we hem in de auto
kregen.'

Tomek speelde de audio van het telefoongesprek af in zijn hoofd.

Hé, Wat - Wat doe jij hier?

Al die tijd had Tomek *Whit* aangezien voor *wat.*

Hé, Whit - wat doe jij hier?

En toen was hij aangevallen.

'Ik kreeg hem in de auto met de ammoniak, en toen brachten we
hem naar het strand. De ammoniak deed daarna al het werk.'

'Wiens idee?' vroeg hij. 'Waar heb je het vandaan gehaald?'

'Ik ben een zelfstandig hovenier,' legde Charlie uit, 'maar ik werk
samen met een maat van me aan sommige van de grotere klussen.'

Tomek haalde scherp adem. 'Ik geloof het verdomme niet. Aaron
Howell-Jones?'

'Hoe... hoe ken je hem?'

'Dat is niet belangrijk. Wat was zijn betrokkenheid bij dit alles?'

'Helemaal niets. Eerlijk. Hij had er niets mee te maken. Ik zweer
het.'

Tomek wist niet zeker hoeveel waarde hij daaraan moest hechten.

'En toen...' Hij richtte zijn blik op de slaapkamer. 'Wat is hier
gebeurd?'

Tomek snoof hard, terwijl hij moeite had de uitdrukking van
afschuw op zijn gezicht te verbergen.

'Ze kreeg wat ze verdiende,' mompelde Eleanor.

Haar toon was monotoon, droog, koud. Ze klonk alsof ze een deel
van haar ziel had verloren.

'Heb jij haar vermoord, Eleanor?'

'Ja-'

'Nee!' onderbrak Whitney haar. 'Ik was het. Ik deed het. Ik zei je al,
Eleanor had hier niets mee te maken.'

Tomek was sceptisch. 'Wat gebeurde er?'

'Niets. We brachten haar gewoon hierheen, en...'

'Hebben de foto opnieuw nagebootst.'

Whitney's ogen werden groot. 'Hoe weet u van de foto?'

'Ik heb het origineel gevonden,' antwoordde Tomek. 'Ik neem aan dat het jouw idee was om het te laten lijken alsof iemand met wie je vader in het verleden had geslapen het had gedaan?'

'Nadat hij mij had aangedaan wat hij deed, besefte ik dat hij mijn moeder ook zijn hand had laten kussen. En toen ontdekte ik dat hij die teef met wie hij het kind had het ook had laten doen, dus ik wist dat het zou werken. Bovendien was het een laatste "fuck you" naar die klootzak die nooit iets meer heeft liefgehad dan zichzelf.'

'Het kind is trouwens niet van hem,' vertelde Tomek haar.

'Wat?'

'Het was van iemand anders.'

'Maakt niet uit. Ze was nog steeds een verdomde hoer, net als de rest van hen die daar naartoe gingen naar die-'

Voordat Whitney kon eindigen, onderbrak het geluid van piepende banden op het asfalt het gesprek. Meteen kwamen de drie moordenaars in actie. Er waren er te veel. Charlie reageerde het snelst en sprintte al de trap af voordat Tomek de kans had om te merken wat er gaande was. Ondertussen zaten Whitney en Eleanor boven aan de trap in elkaar gedoken, elkaar omhelzend alsof het voor de laatste keer was.

Tomek rende achter Charlie aan. De jonge man was veel fitter en sterker dan hij, en tegen de tijd dat Tomek de onderste trede had bereikt, had Charlie de voordeur geopend en sprintte hij over het asfalt.

Toen Tomek bij de deur kwam, zag hij de twee gemarkeerde politie-auto's en een ongemarkeerd voertuig geparkeerd bij de ingang aan de rechterkant. Dankzij zijn auto die midden op de oprit geparkeerd stond, was er weinig ruimte voor hen achter hem, en een van de voertuigen was half op de drukke A-weg blijven staan.

Ondertussen was Charlie naar links gegaan en sprintte naar de vrij-heid - recht op de Range Rover en het uitgestrekte veld aan de andere kant van de weg af.

'Hou hem tegen!' schreeuwde een van de geüniformeerde agenten terwijl hij uit het dichtstbijzijnde voertuig sprong.

Maar het was zinloos.

De achtervolging was voorbij zodra die begon.

Net toen Tomek op het punt stond de agent te volgen, sprintte Charlie de weg op en zag of hoorde de Tesla niet die met tachtig kilo-meter per uur op hem af raasde. Daardoor stuiterde zijn lichaam op de motorkap, rolde over de voorruit en viel op de grond. Hij lag slap, volledig stil, bijna levenloos op het asfalt.

Maar Tomek kon er geen aandacht aan besteden. Er waren nog steeds twee moordenaars in het huis.

Onmiddellijk keerde hij de ongevalslocatie de rug toe en stormde terug naar boven.

Gelukkig vond hij de zussen waar hij ze had achtergelaten, opgerold tot een bal, in elkaars armen gesloten. Grote zus beschermde kleine zus voor de laatste keer.

'Alsjeblieft...' zei Whitney tussen hyperventilerende ademhalingen terwijl ze naar hem opkeek. 'Alsjeblieft, doe dit niet.'

HOOFDSTUK
DRIEËNVIJFTIG

Albert Patterson woonde in Sandy Bay Caravan Park op Canvey Island. Het gebied telde meer dan vierhonderd stacaravans en werd exclusief verkocht aan vijftigplussers en gepensioneerden. Het lag direct aan de kust, alleen beschermd tegen het stijgende water door een betonnen zeedijk, en als geen van de bewoners dapper genoeg was om zich in het Thames-estuarium te wagen, was er altijd de mogelijkheid om een snelle duik te nemen in het zwembad bij de ingang van het park.

Tomek was er nog nooit eerder geweest; hij had er alleen online over gelezen of gesprekken opgevangen, en zijn eerste indruk was dat het net zo verwarrend was als een sudokupuzzel. Er stonden rij na rij woningen, die zich zo ver uitstrekten als het oog kon zien. Voorbij de talloze witte caravans staken de enorme opslagtanks van de Oikos vloeistofopslagfaciliteit uit, die als de noppen op een Legosteentje boven de horizon uitstaken. De faciliteit bestond al sinds de jaren dertig en was uitgegroeid tot een van de technologisch meest geavanceerde opslagfaciliteiten in Europa, wat helaas voor de bewoners van Canvey betekende dat het lelijke uitzicht niet snel zou verdwijnen. Toen Tomek onhandig parkeerde voor Alberts woning, was hij verbaasd te merken dat het er doodstil was. Hij had verwacht dat de faciliteit zou kreunen en mompelen, als een angstaanjagend en onheilspellend monster in de schaduwen, maar er was niets. Alleen het geluid van de wind die tussen de caravans door joeg.

De woning van Albert Patterson was in alle opzichten aan de mindere kant. Het was de kleinste, al was het maar met een paar centimeter. Het was de meest vervallen en vieze, en had dringend een opknapbeurt nodig. En het stond ook het laagst bij de grond, waarbij verschillende steunen afbrokkelden onder het gewicht van de woning.

Een metalen strandstoel, verroest en kapot bij de scharnieren, was op het verhoogde platform vastgesmolten en zag eruit alsof hij er al sinds het begin van het park stond. Het kleine metalen tafeltje dat erbij hoorde, was er echter nog erger aan toe, met één poot ontbrekend en het glazen blad op verschillende plaatsen verbrijzeld.

Arme drommel, dacht Tomek terwijl hij de trede op klom en op de houten gevelbekleding klopte.

Een paar ogenblikken later verscheen er een figuur, die naar hem toe schuifelde. Deze ochtend was Albert gekleed in een vuile spijkerbroek, een dikke zwarte trui en een paar wollen handschoenen. De winter liep op zijn einde, maar er hing nog steeds een kilte in de lucht, en Tomek kon zich alleen maar voorstellen hoe koud het binnen in de caravan moest zijn.

Hij kwam daar een moment later achter toen Albert hem gebaarde binnen te komen. Op de een of andere manier, als dat al mogelijk was, voelde het binnen kouder aan dan buiten, en Tomeks adem vormde wolkjes voor zijn gezicht en zijn vingertoppen werden onmiddellijk gevoelloos.

'Leuk... leuk klein plekje heeft u hier,' zei Tomek beleefd.

'Nee, dat is het niet,' mompelde Albert terwijl hij naar de bank schuifelde. 'Het is een teringzooi, maar ik zit hier vast voor de rest van mijn leven.' Hij plofte op de bank, zijn lichaam zakte met gemak in het kussen weg op de plek waar hij al jaren had gezeten. 'Wilt u gaan zitten?'

Tomek zocht naar een veilige zitplaats die niet bedekt was met oude tijdschriften en kranten en dikke lagen stof. 'Het gaat wel, dank u. Ik blijf niet lang.'

'Ik geef u geen ongelijk.'

De man voor hem was compleet anders dan de man die hij in de verhoorkamer had gezien. Hij was gebroken, kwetsbaarder, zijn gezicht terneergeslagen, bijna depressief.

'Hebt u uiteindelijk ontdekt wie het gedaan heeft?' vroeg Albert, waarmee hij Tomek verraste.

'Dat hebben we, ja.'

'Heeft de trouwring nog geholpen?'

Tomek stak zijn hand in zijn jaszak en liet de metalen band door zijn vingers glijden.

'Zeker,' loog Tomek. 'We konden er wat DNA op vinden dat hielp bewijzen dat de moordenaar daar was op het moment van de moord.'

Opwinding flitste kort over Alberts gezicht, voordat het snel weer verdween. 'Fijn om te horen. Al heb ik hem blijkbaar niet goed schoongemaakt.'

'Dat is het ding met DNA, het vindt altijd een manier om te blijven plakken. De dingen die onze forensische teams er tegenwoordig mee kunnen doen zijn angstaanjagend.'

'Herinner me er dan aan om nooit iemand te vermoorden.'

Tomek grijnsde. 'Ik zal mijn best doen.'

Er viel een moment van ongemakkelijke stilte tussen hen. Tomek verplaatste zijn gewicht van de ene voet naar de andere terwijl hij het gebrek aan huiselijk comfort en persoonlijke bezittingen in de caravan observeerde. De man had weinig op zijn naam staan, en wat hij had, waren de basisbehoeften van het bestaan, genoeg om hem een dag per keer door te laten komen.

'Ik neem aan dat jullie mijn schat willen houden, als vuile piraten.'

Tomek lachte, terwijl hij de trouwring in zijn vuist klemde. 'Eigenlijk...' begon hij, terwijl hij zijn hand tevoorschijn haalde. 'Daarom ben ik hier.' Hij opende zijn vuist en onthulde de trouwring in zijn handpalm. 'Ik heb toestemming gekregen om hem terug te geven aan-'

Maar Tomek kon zijn zin niet afmaken. Bij het zien ervan was Albert als door een wesp gestoken uit zijn stoel gesprongen en naar Tomek toe gehaast. De oude man griste de ring weg en hield hem in zijn handen alsof het zijn kostbaarste bezit was.

'U hebt hem teruggegeven!' piepte hij.

'Dat maakt mij dus het tegenovergestelde van een piraat?'

'U bent de beste piraat.'

Voordat Tomek kon reageren, sprong de man op hem af en sloeg zijn armen om hem heen. De geur van lichaamsgeur, urine en vocht drong zijn neusgaten binnen, maar hij besteedde er weinig aandacht aan. Terwijl Tomek zijn armen om de man heen sloeg, voelde hij zijn dunne, ondervoede gestalte. Onder de dikke trui trilde Albert. Of het van opwinding of van de kou was, kon Tomek niet zeggen. Maar hij hoopte dat het de eerste was. Dat hij de man iets had gegeven om opgewonden over te zijn, iets om voor te leven.

'Heel erg bedankt,' zei Albert terwijl hij zich terugtrok. 'U hebt geen idee wat dit voor me betekent.'

Tomek kantelde zijn hoofd naar de zijkant. 'Geen probleem.'

Albert liet toen de ring in een kleine houten doos vallen op een plank boven zijn televisie. Toen hij zich omdraaide naar Tomek, glansden zijn ogen van opwinding. 'Wil je mijn metaaldetector zien?'

'Ehm...'

'Alsjeblieft. Ik laat je niet vertrekken voordat je mijn trots en vreugde hebt gezien.'

Tomek keek op zijn horloge. Ze waren inmiddels al te laat.

'Goed dan,' zei hij. 'Ik zie niet waarom niet.'

Net toen Albert naar het andere uiteinde van de caravan schuifelde, stopte er een auto buiten. Het geluid van dichtslaande portieren en de voetstappen die volgden waren zo duidelijk alsof Tomek buiten stond om hen te begroeten. Een moment later klopten de bezoekers op het raam.

'Wie is dat?' vroeg Albert, plotseling defensief en beschermend. Voordat hij de deur opende, haalde hij de houten doos van de plank en verstopte deze in een van de keukenkastjes boven de gootsteen.

Vervolgens begaf hij zich naar de deur.

Aan de andere kant stonden een man en een vrouw, netjes gekleed onder hun regenjassen, die vriendelijk naar hem glimlachten.

'Goedemorgen, meneer Patterson,' zei de vrouw.

'Wat is dit? Wie bent u?'

'Ik heb ze gebeld,' zei Tomek. 'Zij is een arts. Ze is gekomen om met u te praten over het krijgen van hulp, en misschien de mogelijkheid om naar een verzorgingstehuis te gaan.'

'Een *tehuis?*' Woede tekende zich af op Alberts gezicht.

'Ja. Ergens wat warmer, met betere omstandigheden.'

'Maar... maar hoe zal ik dat betalen?'

'Ik heb gesproken met de man daar.' Tomek wees naar de figuur achter de arts. 'En vanwege de hulp die u hebt geboden bij het moord-onderzoek, heeft hij toegestemd om u kosteloos te laten verblijven.'

Alberts hoofd bewoog heen en weer. Het was veel om in één keer te verwerken, dus gaven ze hem wat tijd om het te laten bezinken.

'Wat gebeurt er met mijn metaaldetectie? Hoe kan ik dat doen als ik in een tehuis zit?'

'Dat zal geen probleem zijn, meneer Patterson,' riep de figuur van achteren. 'U kunt bij ons verblijven en nog steeds zoveel aan metaaldetectie doen als u maar wilt.'

HOOFDSTUK
VIERENVIJFTIG

Tomek had de nacht ervoor nauwelijks geslapen in het hotel. Woelend, draaiend, zwetend, het gezicht van de jonge man voorstellend, nu dertig jaar ouder, op het plafond. De gebeurtenissen speelden zich steeds opnieuw af in zijn hoofd tot het bijna een nachtmerrie werd.

Eigenlijk wás het een nachtmerrie.

Want vandaag was de dag.

Vandaag was de dag waarop hij voor het eerst in dertig jaar het gezicht van de moordenaar van zijn broer zou zien.

Tomek had de afgelopen dagen geprobeerd zich mentaal voor te bereiden op dit moment, maar niets hielp. Niets kon het geschreeuw in zijn hoofd tot zwijgen brengen, of de pijn die door zijn maag kolkte.

Hij trok de badkamerdeur achter zich dicht en slenterde naar de wastafel. Zijn derde nerveuze ontlasting in bijna drie uur tijd. Hij waste zijn handen met zeep en liep terug naar de wachtruimte. Hij was al eerder in gevangenissen geweest, zelfs meerdere keren, maar dit was anders - compleet anders.

Eerder waren het professionele bezoeken geweest, om corruptie, zelfmoorden en andere gedetineerden te bespreken die verband hielden met moordonderzoeken. Nu was het echter persoonlijk.

In de wachtruimte van HMP Wakefield vond hij een zitplaats en liet zijn blik over de overvloed aan gezichten gaan. Bejaarde ouders, echtgenotes, vriendinnen, broers, zussen, allemaal op bezoek bij de monsters binnen die muren. Degenen van wie ze bleven houden ondanks alles wat ze hadden gedaan.

Tomek vroeg zich af of Nathan bezoekers kreeg, of zijn familie nog steeds van hem hield, voor hem zorgde. Hij hoopte van niet. Hij hoopte dat de man eenzaam wegkwijnde achter de tralies.

Maar voor hij er meer over kon nadenken, verscheen een medewerker van de gevangenis en begon instructies te geven, alsof hij tegen kinderen sprak. Nadat ze waren herinnerd aan de regels, werden ze de zaal binnengelaten.

Tomek bleef achter en liet iedereen voor hem gaan. Niet uit hoffelijkheid of uit de goedheid van zijn hart, maar omdat hij in paniek was, zijn dijen trilden, zijn adem stokte.

En toen besefte hij dat het geen zin had om als laatste te gaan. Dat ze toch moesten zitten en wachten tot de gedetineerden arriveerden. Dat hij daar een paar minuten zou moeten zitten, nerveus met zijn been wippend, aan zijn nagels plukkend.

Hij vond een tafel achterin de ruimte en trok de stoel naar achteren. Toen hij ging zitten, voelde zijn lichaam zwak, had het dringend behoefte aan wat voedsel of suiker, wat elektrolyten om de vloeistoffen te vervangen die al drie keer uit hem waren gestroomd.

Er ging een minuut voorbij zonder iets bijzonders, waarin hij ongemakkelijke blikken uitwisselde met de andere bezoekers, waarin hij de schaamte in zijn ogen niet kon verbergen.

Een minuut werd twee.

Twee werd drie.

Tomek kon zichzelf er niet toe brengen om naar de deur te kijken waardoor Nathan zou binnenkomen. Hij kon zichzelf er niet toe brengen om de man de ruimte te zien betreden.

Toen hoorde hij het geluid van geschreeuw en gevechten aan de andere kant van de deur. De verstoring verlengde het wachten.

Drie minuten werden vier.

Vier werden vijf.

Toen, terwijl de secondewijzer langs de twaalf tikte, ging de deur open en marcheerde de groep mannen naar binnen. De meesten wisten waar ze heen moesten en liepen rechtstreeks naar hun bezoekers, terwijl anderen achteraan bleven hangen, ofwel te bang om met hun dierbaren te praten, ofwel erop gebrand het proces zoveel mogelijk te vertragen.

En toen zag Tomek hem.

Nathan Burrows.

De laatste man die binnenkwam.

Binnenlopend alsof hij de eigenaar van de plek was.

Tomek herkende hem onmiddellijk.

De gelaatstrekken van de vijftienjarige jongen die hij die nacht had gezien waren er nog steeds, slechts licht verouderd in de dertig jaar sindsdien. Het enige bewijs dat hij was opgegroeid, was de dikke baard op zijn kin.

Afgezien daarvan had hij nog steeds het gezicht dat Tomek in zijn nachtmerries zag.

Hij had nog steeds dezelfde bouw als de figuur die hij in zijn nachtmerries zag.

Hij was nog steeds dezelfde tiener die zijn broer had vermoord.

Dertig jaar ouder.

Toen alle andere gedetineerden hun bezoekers hadden gevonden en tegenover hen waren gaan zitten, kruisten Nathan en Tomek elkaars blik. Die donkere, doordringende ogen, vol kwaadaardigheid en boosheid, waren meedogenloos terwijl hij naar hem toe slenterde.

Nog steeds lopend alsof hij de eigenaar van de plek was.

Nog steeds lopend alsof hij de machtigste man in de ruimte was.

Toen trok hij de stoel onder de tafel vandaan en ging zitten, schoof brutaal helemaal aan tafel en legde beide handen op het oppervlak. Tomek had de man nog geen moment zien knipperen.

Terwijl er een scheef glimlachje op het gezicht van de man verscheen, zei hij: 'Hallo, Tomek. Ik vroeg me al af of we elkaar nog eens zouden zien.'

OVER DE AUTEUR

Jack Probyn is een Britse misdaadschrijver en de auteur van de Jake Tanner misdaadthrillerserie, die zich afspeelt in Londen.

Hij woont momenteel in Surrey met zijn partner en kat, en werkt aan een nieuwe detectiveserie die zich afspeelt in zijn geboortestreek Essex.

Wil je je niet aanmelden voor nog een maillijst? Dan kun je op de hoogte blijven van Jacks nieuwe uitgaven door een van de onderstaande accounts te volgen. Je krijgt bericht wanneer ik een nieuw boek uitbreng, zonder de rompslomp van het aanmelden voor mijn maillijst.

BookBub Auteurspagina "Volgen":

1. Vergelijkbaar met Amazon hierboven, klik op deze link: https://www.bookbub.com/authors/jack-probyn

2. Naast mijn profielfoto staat een knop met "Volgen"

3. Klik daarop, en BookBub zal je informeren wanneer ik een nieuw boek uitbreng

Als je meer actuele informatie wilt over nieuwe uitgaven, mijn schrijfproces en alles daartussenin, dan is mijn Facebook-pagina de beste plek om op de hoogte te blijven. We hebben daar een kleine gemeenschap die groeit. Waarom zou je er geen deel van uitmaken?